Imogen Clark
Die letzten Worte von dir

TINTE & FEDER

Das Buch

Die vier Bliss-Geschwister könnten unterschiedlicher nicht sein. Miriam ist die Vernünftige, Nachzügler Sebastian etwas zu sensibel, Anna immer ehrlich und Clare ... Clare ist eben Clare. Spröde, schwierig und stets für eine Überraschung gut.

Als die Mutter der vier hochbetagt stirbt, ist Lieblingstochter Anna die Einzige, die das handgeschriebene Testament kennt – und einen Brief, der brisante Informationen über eines der Geschwister enthält. Anna steht vor einer schwierigen Entscheidung: Soll sie den anderen von dem Geheimnis erzählen? Oder soll sie die Papiere vernichten – so wie sie es der Mutter kurz vor ihrem Tod versprochen hat?

Die Autorin

Imogen Clark studierte Jura und arbeitete als Rechtsanwältin, bevor sie sich ganz ihrer großen Leidenschaft widmete – dem Schreiben. In deutscher Sprache ist bisher der Titel »Wenn deine Zeilen mich berühren« erschienen, der es bis an die Spitze der Kindle-Charts geschafft hat.

Imogen Clark lebt mit ihrem Mann und ihren vier Kindern in Yorkshire.

IMOGEN CLARK

Die letzten Worte von dir

ROMAN

Aus dem Englischen von Katja Rudnik

TINTE & FEDER

Die englische Ausgabe erschien 2018 unter dem Titel »The Thing About Clare« bei Lake Union Publishing, Seattle.

Deutsche Erstveröffentlichung bei
Tinte & Feder, Amazon Media EU S.à r.l.
38, avenue John F. Kennedy, L-1855 Luxembourg
April 2020

Die Übersetzung dieses Buches wurde durch Amazon Crossing ermöglicht.

Umschlaggestaltung: semper smile, München, www.sempersmile.de
Umschlagmotiv: © YamabikaY / Shutterstock; © slava17 / Shutterstock;
© HiSunnySky / Shutterstock; © HiSunnySky / Shutterstock;
© Engel Ching / Shutterstock
Lektorat: Rainer Schöttle
Korrektorat: Manuela Tiller/DRSVS
Gedruckt durch:
Amazon Distribution GmbH, Amazonstraße 1, 04347 Leipzig /
Canon Deutschland Business Services GmbH, Ferdinand-Jühlke-Straße 7, 99095 Erfurt /
CPI Books GmbH, Birkstraße 10, 25917 Leck

ISBN: 978-2-49670-340-5

www.tinte-feder.de

Anna – 2015

I

Es war viel zu sonnig für eine Beerdigung. Den ganzen Monat war es schon wahnsinnig heiß gewesen, und die Zeitungen hatten sich mit ihren Berichten über Rekordtemperaturen in einen Rausch gesteigert. Jetzt drohten die Schlagzeilen Tod und Katastrophen an, weil der Grundwasserspiegel sank. Dass man den regenreichsten Frühling seit Aufzeichnung der Wetterdaten gehabt hatte, schien plötzlich niemanden mehr zu interessieren.

Anna warf einen verstohlenen Blick auf die anderen Trauernden, die um das offene Grab standen. Jeder schien mit einem ähnlichen Dilemma konfrontiert zu sein. Dunkle Kleidung war von Natur aus dick. Schwere Mäntel, dunkle Anzüge, schwarze Hüte – das trug man üblicherweise bei einer Beerdigung, und das Wetter sollte sich eigentlich dieser Kleidung durch Regen oder zumindest Niesel anpassen. Eine sengende Sonne schuf keine angemessene morbide Stimmung.

Anna hatte in letzter Sekunde ein angemessenes Outfit kaufen müssen. Das hatte sich auch nicht richtig angefühlt. Shoppen zu gehen sollte ein Vergnügen sein, ein Genuss, den man auskostete, und keine lästige Pflicht. Doch Kleidung für eine Beerdigung zu kaufen, hatte nichts mit Spaß zu tun. Anna hatte überhaupt nichts Schwarzes im Kleiderschrank. Es ließ sie aussehen wie der Tod auf Latschen, wie ihre Mutter ihr während ihrer kurzen, aber intensiven Gothic-Phase erklärt hatte. Sobald Anna zu dem Schluss gekommen war, dass ihre Mutter wie immer richtiglag, war nichts Dunkles mehr in ihren Kleiderschrank gewandert.

Also war sie schweren Herzens auf der Suche nach einem schwarzen Kleid in die Stadt gefahren. Angefangen hatte sie in den Billigläden. Schließlich würde sie dieses Kleid nie wieder tragen, es sei denn, jemand anderer entschied sich, mitten in einer Hitzewelle das Zeitliche zu segnen. Als Anna zwischen den randvollen Regalen mit schlecht gefertigten Kleidungsstücken stand, konnte sie ihre Mutter mit ihr schimpfen hören.

So etwas Billiges kannst du nicht zu einer Beerdigung anziehen, Anna. Hast du denn gar keinen Respekt vor den Toten? Sie werden sich in ihren Gräbern umdrehen, wenn sie diese Säume sehen, und die Passe ist völlig falsch angesetzt. Leg es zurück.

Sie hatte es tatsächlich getan und war zur Haupteinkaufsstraße gegangen. In den Geschäften dort strahlte die Kleidung, die zweifellos in denselben widerwärtigen Ausbeuterbetrieben gefertigt worden war wie die aus den Billigläden, dezent Klasse aus. Viel Auswahl gab es nicht. Alle Kleider schienen in peppigem Orange und Rot luftig und im Boho-Stil geschneidert zu sein oder sie waren in sanften Pastelltönen gehalten, was eher etwas für Brautmütter war. Anna überlegte, ob man nicht vorschlagen könnte, dass auf der Beerdigung lebhafte Farben getragen werden sollten, aber von solchen neumodischen Ideen wollte die alte Generation nichts wissen, besonders nicht die aus dem traditionsbewussten ländlichen Irland.

Anna zog an den Falten des Hemdblusenkleides, das sie doch noch hinter den Schuhen versteckt am Ende einer

Kleiderstange gefunden hatte. Es passte ihr nicht wirklich und rutschte ständig an der Hüfte hoch, aber sie hatte keine andere Wahl gehabt. Kurz hatte sie darüber nachgedacht, das Schild am Plastikbändchen ins Kleid zu stecken. Dann hätte es ihr zwar den ganzen Tag am Rücken gekratzt, aber sie hätte das Kleid nach der Beerdigung wieder in den Laden zurückbringen können. Das missbilligende *Tsts* ihrer Mutter, das sie in Gedanken hörte, ließ sie diesen Plan jedoch wieder verwerfen, und widerwillig hatte sie das Schildchen vom Kleid gerissen. Dadurch war ein winziges Loch im Stoff entstanden, was alles nur noch schlimmer gemacht hatte. Obwohl es klein war, würde man es nicht ausbessern können, und im Laufe des Tages würde es wie eine Krebsgeschwulst immer größer werden, bis das Kleid nicht mehr für den ursprünglichen Zweck geeignet war. Vielleicht war das die Strafe für Annas Knausrigkeit.

Die anderen Trauernden schienen bei dem Versuch, in der Hitze beerdigungsgemäß auszusehen, erfolgreicher gewesen zu sein. Für die Männer war es einfach, jeder trug einen dunklen Anzug. Dass der Wollstoff dicker war, als für das Wetter erforderlich, war nicht so schlimm, denn beim Leichenschmaus konnten sie das Jackett ausziehen. Dem Pfarrer schien ein bisschen heiß zu sein. Anna fragte sich, ob er einen Sommertalar besaß. Aber vielleicht trug er sommers wie winters denselben und hatte mehrere Schichten Kleidung darunter an, wenn das Wetter kühler wurde. Hatte sie jemals den Eindruck gehabt, dass Pfarrer in den kühleren Monaten rundlicher aussahen? Als Mitglied des Klerus musste man doch ein Vermögen für die chemische Reinigung ausgeben. Konnte man wohl die Rechnungen von der Steuer absetzen? War das bei Pfarrern überhaupt möglich oder alles nur Teil des Aufwandes für die Gottesverehrung? Anna kicherte fast, riss sich aber noch rechtzeitig zusammen. Lachen auf einer Beerdigung ging gar nicht! Sie würde auf der

Stelle vom Blitz getroffen werden und in ihrem grässlichen Kleid kopfüber ins Grab stürzen.

»Wir übergeben nun die Seele unserer verstorbenen lieben Schwester Dorothy der Erde«, sagte der Pfarrer. Die Träger ließen den Sarg langsam in die Grube hinab. Sie war an den Seiten scharf abgestochen, und Anna konnte das durch die verschiedenen Bodenschichten entstandene Muster sehen. Grau ganz oben, aber dann schlängelnd verlaufende Orange- und Brauntöne sowie ein hellgelber Streifen Lehm auf halber Höhe. Anna versuchte, jede Schicht zu identifizieren und auszurechnen, wie lange sie dort schon verborgen lag. Mr Monkhouse, ihr ehemaliger Erdkundelehrer, wäre stolz auf sie gewesen. Immerhin war es sicher kalt dort unten im Loch. Ein Schweißtropfen rann Anna über den oberen Rücken, bis er vom engen Band ihres BHs aufgefangen wurde, der ebenfalls schwarz war, aber mehr Chancen auf Weiterverwendung hatte als das Kleid.

Jetzt hatten sie den Teil erreicht, bei dem die engsten Familienangehörigen Erde auf den Sarg warfen. Was die Stars der Beerdigungsshow jedoch fallen ließen, war eher Staub, da es seit Wochen nicht geregnet hatte. Anna beobachtete, wie ein Familienmitglied nach dem anderen eine Handvoll Erdreich nahm und es auf die glänzende Messingplatte warf. Fast sah es so aus, als schwebte die Erde, der die Feuchtigkeit fehlte, um ihr eine festere Form zu geben, und landete dann mit einem leisen Prasseln auf dem Sargdeckel, sodass es sich anhörte wie winzige Regentropfen vor Beginn eines heftigen Gewitters. Sebastian, das jüngste Kind und der einzige Sohn der Verstorbenen, wollte gerade seine staubige Hand an der Hose abwischen, überlegte es sich dann jedoch anders. Vielleicht hatte er sogar an ihrem Grab die allgegenwärtige Stimme seiner Mutter im Ohr. Anna bemerkte, dass er weinte, zwar nicht mit der emotionalen Heftigkeit der anderen Trauernden, doch rannen ihm kleine aufrichtige Tränen über die Wangen. Er machte sich nicht die Mühe, sie wegzuwischen. Vielleicht würden Tränen bald die einzige Form von Feuchtigkeit auf der Erde sein, dachte Anna. Jede Träne wäre so wertvoll, dass sie aufgefangen und entsalzt werden müsste. Die Welt müsste ein unfassbar trauriger Ort werden, um genug Tränen hervorzubringen. Es gäbe Geldstrafen für Gelächter, es sei denn, es wäre so heftig, dass kostbare Lachtränen fließen würden. Nur extreme Gefühlsausbrüche wären akzeptabel. Mittelmaß gäbe es nicht, keinen Raum für einen Zustand des Wohlgefühls. Wie würde man die Tränen aufbewahren?, fragte sich Anna. Sie würden doch sicherlich verdunsten, wenn man jeweils nur eine auffinge. Furchtbar viel Weinen wäre nötig.

Hier gab es jedenfalls gerade reichlich Tränen, wenn man nach kostenloser Nässe suchte. Anna schien von bebenden Schultern und schniefenden Nasen umgeben zu sein. Trauer steckte offensichtlich an. Irgendwo gab jemand Klagelaute von sich. Doch nicht etwa hier? Dorothy Bliss war alt gewesen und hatte ein höchst zufriedenstellendes Leben gehabt. Ihr Tod war vielleicht traurig, aber nicht traurig genug, um so etwas Ergreifendes wie Klagelaute zu bewirken. Anna und ein paar weniger ergriffene Trauernde schauten auf, um herauszufinden, woher das Geräusch kam. Offensichtlich von einer Trauergemeinde in einem anderen Teil des Friedhofs. Aber konnte das sein? Zwei Beerdigungen zur selben Zeit? Man hätte doch angenommen, dass derjenige, der die Zeiten für die einzelnen Beisetzungen vergab, darauf achtete, dass immer nur jeweils eine Gruppe einen Bestattungstermin hatte, um ein Durcheinander zu vermeiden. Es wäre doch unangemessen, am falschen Grab zu trauern. Aber vielleicht gab es in dieser Hitze so viele Tote, dass es nicht möglich war, genügend Abstand zwischen den einzelnen Beisetzungen einzuplanen. Hatten die

Schwarzmaler der nationalen Presse womöglich doch recht und die Leute fielen um wie die Fliegen?

Als sich der zweite überladene Sarg in einer langsamen Prozession über den Kiesweg seiner finalen Ruhestätte näherte, sah Anna, dass die farbenprächtigen Blumen auf dem winzigen Sargdeckel kunstvoll zu Buchstaben arrangiert waren. *Benny.* Ein Kind? Das wäre vielleicht eine Erklärung für das Wehklagen. War der Tod eines Kindes nicht viel trauriger, sodass Klagelaute erlaubt waren, wohingegen sie bei ihrer eigenen kleinen Trauergemeinde übertrieben erschienen wären? Wie viele alte tote Leute entsprachen einem toten Kind?

Anna richtete ihre Aufmerksamkeit wieder auf ihre eigene Beerdigung … sozusagen. Es funktionierte. Trotz all dieser willkürlichen, sie ablenkenden Gedanken hatte sie sich immer noch im Griff. Heulen und Klagelaute waren von ihr nicht zu hören, und viele Tränen vergoss sie auch nicht. Sie musste sich zusammenreißen, denn wenn sie die Kontrolle über ihre Emotionen verlor, wusste sie nicht, ob sie sich wieder in den Griff bekommen würde. Lange dauerte es nicht mehr. Der Pfarrer kam mit Gebeten und dem ganzen Zeug zum Schluss. Endlich! Die Sonne brannte gnadenlos auf jeden, der nicht das Glück hatte, im Schatten Schutz gefunden zu haben. Einige der älteren Trauernden sahen aus, als würde sie jeden Augenblick aus den Latschen kippen. Der Pfarrer schien das Tempo seiner Gebete zu beschleunigen. Wurde er bei der anderen Beerdigung gebraucht? Nein. Die hatte bereits begonnen. Da war offenbar ein Kollege im Einsatz. Wie viele Geistliche konnten hier gleichzeitig Dienst tun? Waren zwei das Maximum? Mehr als zwei Beerdigungen waren fast schon eine Party, und das ging natürlich nicht.

Der Pfarrer war fertig, senkte die Arme und trat langsam vom Grab zurück. Die Trauernden hoben die Köpfe und sahen ein bisschen erleichtert aus. Ein paar putzten sich die Nase. Anna nahm halb wahr, wie ein Mann, den sie kaum kannte, sein Handy aus der Innentasche des Jacketts zog und darauf schaute. Keine Nachrichten. Er war offensichtlich entbehrlicher, als er angenommen hatte. Er steckte das Handy zurück in die Tasche und zuckte entschuldigend mit den Schultern. Dabei sah er niemand Bestimmtes an.

Langsam zogen sich die ganz gewöhnlichen Trauernden zurück, bis nur noch die vier übrig waren. Niemand sagte etwas. Sie starrten nur in das düstere Loch.

»Das war's dann wohl«, sagte Clare schließlich. Sie strich mit einem Hauch von Endgültigkeit ihr schäbiges Kleid glatt. »Wir sollten lieber zurück zu den Autos gehen, sonst sind die anderen vor uns da.«

»Es ist ja schließlich keine Hochzeit«, blaffte Miriam. »Wir brauchen nicht Spalier zu stehen. Also fahren wir hin, wenn wir so weit sind. Bist du okay, Sebastian?«, fragte sie behutsam, griff nach dem Arm ihres Bruders und drückte ihn unbeholfen. Sebastian schaute auf. Er musste die Tränen mit seiner staubigen Hand weggewischt haben, denn von der Nase zum Kiefer verlief eine dreckige Spur.

»Ja«, sagte er leise. »Clare hat recht. Wir sollten gehen. Es gibt keinen Grund, noch länger hierzubleiben. Mum gibt es nicht mehr. Also los.« Er hielt seinen Schwestern die Hände hin. Miriam griff mit beiden Händen nach einer und Clare nahm die andere.

»Anna?« Er hatte keine Hand mehr frei, hob aber den Ellbogen in ihre Richtung. Anna reihte sich neben Clare ein und fasste nach der Hand ihrer Schwester, als diese sie durch einen heftigen Schlag auf den Oberschenkel dazu aufforderte. In einer Reihe drehten sie dem Grab ihrer Mutter den Rücken zu und machten sich unter der glühenden Sonne auf zu ihren Autos.

II

Als sie im Golfklub ankamen, war der Leichenschmaus bereits in vollem Gange. Irgendjemand hatte das Buffet für eröffnet erklärt, und eine Schlange hatte sich gebildet. An der Bar war auch viel los.

»Denkt ihr, wir hätten den Gästen bei der Wahl der Getränke freie Hand lassen sollen?«, fragte Sebastian und schaute zu ihren Freunden und Verwandten, die ewig auf die Bedienung warteten.

»Nein«, entgegnete Clare und schüttelte den Kopf über solch eine abwegige Idee. »Es gibt genug Tee und Kaffee. Wenn sie etwas anderes wollen, dann müssen sie selbst in die Tasche greifen.«

»Das macht aber einen etwas knausrigen Eindruck. Immerhin war sie Irin.«

»Aber keine Trinkerin, oder? Nur Onkel Stephen ist aus der alten Heimat gekommen, und auch nur, um zu sehen, ob er etwas erbt.«

»Dann wird er aber enttäuscht sein«, flüsterte Anna.

»Es ist gut so, Seb.« Jetzt übernahm Miriam das Kommando. »Es gibt genug zu essen. Wenn sich die Leute volllaufen lassen wollen, dann können sie das selbst bezahlen.« Sie ließ ihren Blick durch den Raum wandern. »Wir müssen ein bisschen die Runde machen und uns mit den Leuten unterhalten.«

»In dem Fall gehe ich zur Bar«, sagte Sebastian. »Will noch jemand was?«

»Ich hätte gern einen doppelten Whisky ohne Wasser«, meldete sich Anna zu Wort.

»Wirklich?« Erstaunt hob Sebastian die Augenbrauen in Richtung seiner blonden Locken.

»Nein. Nicht wirklich. Obwohl ich annehme, dass mir ein Drink helfen wird, das hier durchzustehen. Ich nehme einen Gin mit wenig Tonic. Brauchst du Hilfe?«

Anna hoffte, dass Sebastian ihren Blick richtig deuten würde, aber das tat er absichtlich nicht.

»Nein danke. Mach du mal die Runde, und ich bringe dir dann den Drink.«

»Ich hätte auch gern einen Gin«, gab Miriam ihre Bestellung auf. »Clare?«

Leichthin und in beiläufigem Tonfall hatte sie den Namen ausgesprochen, aber alle waren gespannt auf die Antwort. Clare schaute keinen von ihnen an.

»Mir reicht Tee«, erwiderte sie und machte sich auf zu einer kleinen Schar von Trauernden, die zum achtzehnten Loch schauten.

Anna blickte ihr nach.

»Glaubt ihr, sie ist okay? Sie scheint tatsächlich nüchtern zu sein.«

»Ich glaube schon«, bekräftigte Miriam. »Wir müssen nur mit Argusaugen über sie wachen. Ich könnte es nicht verkraften, wenn sie sich an einem Tag wie diesem vergessen würde.« Sie fächelte sich mit den Händen erfolglos Luft zu. »Gott, ist das heiß hier. Kann nicht mal jemand die Terrassentüren aufmachen?«

Zielstrebig ging Miriam los und stieß die Türen auf, um jede auch noch so kleine Brise hereinzulassen. Doch nur heiße Luft strömte herein, von Abkühlung keine Spur.

Anna drehte sich zu Sebastian um, aber der hatte ihr schon den Rücken zugekehrt und stand in der Schlange vor der Bar. Miriam hatte recht. Clare war so unberechenbar wie sonst nur Nitroglyzerin. Gott allein wusste, was passieren würde, wenn jemand sie in Rage brachte.

Anna dachte wieder an ihre Mutter, und in ihren Augen sammelten sich unerwünschte Tränen. Ihre Mum hatte sich mit Clare immer sehr große Mühe gegeben. Nie hatte sie aufgegeben, auch wenn Clare ihre Geduld derart auf die Probe gestellt hatte, dass es kaum zu ertragen gewesen war. Ihre anderen drei Kinder zu erziehen, war einem Spaziergang gleichgekommen. Natürlich hatten auch die ihre fünf Minuten gehabt, aber keiner hatte Katastrophen derart herausgefordert wie Clare. Sie war von einem Unglück ins nächste gestolpert, und keiner hatte gewusst, was sie eigentlich antrieb.

Vielleicht stand etwas über Clare in diesem Brief. Anna wurde von Gewissensbissen geplagt, als sie an die sehr genauen Anweisungen ihrer Mutter dachte. Sie hatte das Testament und den Brief aus dem Haus holen und beides verbrennen sollen, ohne den anderen etwas zu sagen. Anna hatte die Dokumente wie instruiert an sich genommen, doch anstatt sie zu vernichten, hatte sie sie unter einem Stapel Zeitschriften in ihrer Küche versteckt. Sie wusste nicht, weshalb sie der Bitte ihrer Mutter nicht nachgekommen war. War es bloße Neugier oder das Gefühl, der Brief könne etwas Wichtiges enthalten, das nicht verloren gehen durfte? Anna war sich nicht sicher, doch was sie sehr genau wusste, war, dass ihre Geschwister nichts davon erfahren durften. Es war das Geheimnis ihrer Mutter, und Anna hütete es.

Sie sah sich im Raum um und ließ alles auf sich wirken. Es waren vielleicht sechzig Leute da, hauptsächlich ihre Freunde und die ihrer Geschwister mit Partnern. In Bezug auf Partner waren die vier Bliss-Kinder nicht besonders erfolgreich gewesen. Nur Miriam war es gelungen, einen Ehemann zu finden und festzuhalten, was nicht völlig überraschend war. Miriams Töchter waren ebenfalls da und sahen in ihren kurzen, figurbetonten schwarzen Kleidern und den High Heels eher aus, als gingen sie zu einer Party und nicht zu einer Beerdigung. Sie standen ein wenig abseits von den anderen, und Rosie knabberte an einem Würstchen im Schlafrock. Miriams Mann Richard erwehrte sich zweier Freundinnen ihrer Mutter aus der Kirche, die ihn mit Beschlag belegen wollten. Er lächelte und nickte, während er sich über ein Stück anämisch aussehender Quiche hermachte.

Anna suchte den Raum nach River ab, Clares Sohn, war jedoch nicht wirklich überrascht, als sie ihn nirgendwo entdeckte. Keiner hatte erwartet, dass er hier auftauchen würde. Als er noch klein war, hatte Anna ein Faible für ihren Neffen gehabt und fest geglaubt, dass er trotz des äußeren Anscheins ein gutes Herz hatte. Seine kratzbürstige Fassade diente lediglich als Selbstschutz vor der chaotischen Welt, die Clare um sie beide erschaffen hatte. Jedenfalls hatte Anna das geglaubt. Jetzt, da er ein erwachsener Mann war, war es schwer, an der guten Meinung über ihn festzuhalten. Als Erwachsener hatte er sich von allen distanziert, sogar von Clare, als gäbe er ihnen irgendwie die Schuld daran, wie ihm das Leben mitgespielt hatte. Angesichts der unzähligen Hilfsangebote, die die Familie Bliss Clare und ihrem Sohn über die Jahre gemacht hatte, war das für Anna enttäuschend, aber sie konnte es nicht ändern. Es war eine Schande, aber so war es nun einmal. Allerdings wäre es schön für Clare gewesen, wenn er sich heute hätte blicken lassen.

Anna entdeckte Clare, die scheinbar eine Auseinandersetzung mit Onkel Stephen hatte. Es konnte aber auch sein, dass es nur wegen Clares Gesichtsausdruck so aussah. Wo ihre Schwester auftauchte, war Streit meistens nicht weit. Schon als sie Kinder gewesen waren, hatte Clare aus dem Nichts einen Streit vom Zaun brechen können. Es war lustig, wie sie alle einfach zu älteren Versionen ihres kindlichen Ichs geworden waren. Miriam war die Älteste und hatte das Sagen. Clare zog Streit magisch an. Sebastian war liebenswert und nachgiebig. Und sie selbst?

Na ja, sie war der Liebling. Jeder wusste das. Oder zumindest war sie der gewesen, als ihre Eltern noch gelebt hatten. Ihre Mutter hatte es immer bestritten, aber alle hatten die Wahrheit gekannt. Anna war der Liebling und Clare das schwarze Schaf.

Anna musste etwas mit ihren Händen machen. Wo blieb Sebastian mit dem Drink? Sie zog das Buffet in Erwägung, war aber zu nervös, um zu essen, und die Sandwiches bogen sich schon in der Hitze. Sie würde sich mit jemandem unterhalten müssen.

»Sie war so eine entzückende Frau, weißt du«, sagte eine raue Stimme irgendwo links von Anna. »Immer so hilfsbereit. Sie hat in der Kirche bei der Blumendekoration geholfen, bis sie in dieses Heim gekommen ist. Das war eine Schande.« Die Stimme wurde zu einem Flüstern. »Bei vier Kindern hätte man doch annehmen können, dass eines sie zu sich genommen hätte. Das ist doch das Mindeste, was man erwarten kann, oder? Nachdem Frank gestorben war, meine ich. Aber sie in ein Pflegeheim zu stecken, wo die Familie so nahe wohnt … Du kennst mich, ich verurteile niemanden, aber das war eine Schande. Die arme Dorothy. Nicht, dass sie je ein Wort gegen ihre Kinder gesagt hätte. Kein einziges ist ihr je über die Lippen gekommen, obwohl sie sie im Stich gelassen haben und sie in einem fremden Bett sterben musste, ohne ihre Liebsten um sich zu haben.«

Anna wusste, wer da sprach, ohne dass sie hinschauen musste. Solange sie denken konnte, hatten Marjorie Connors und ihr Sohn Malcolm neben ihrer Mutter gewohnt. Anna wirbelte herum und war mit zwei schnellen Schritten an Marjories Seite. Ein scharfer Geruch nach Mottenkugeln, gemischt mit abgestandenem Schweiß, ging von der alten Frau aus. Marjories Wangen waren gerötet, und über der Oberlippe glänzten Schweißperlen.

»Marjorie«, sagte Anna scharf. »Wie nett, dass Sie gekommen sind. Es muss dieser Tage doch schwer für Sie sein, rauszukommen. Und ohne Malcolm? Ach nein, da ist er ja. Immer in der Nähe, nicht wahr? Hat er immer noch kein eigenes Leben? Wie schade. Wundert mich, dass noch keine aus seinem Schachklub sein Herz im Sturm erobert hat. Ich muss weiter. Muss mich noch mit vielen Leuten unterhalten, wissen Sie?«

Anna entfernte sich und ließ Marjorie zurück, die den Mund im Wechsel auf- und zumachte wie ein Fisch auf dem Trockenen.

»Also! Hast du das …?«, hörte Anna Marjorie zu ihrer Nachbarin sagen.

Sebastian kam mit ihrem Drink durch den Raum und balancierte das Glas über dem Kopf, um es vor der Menschenmenge zu schützen. Er kam nur langsam voran und nickte dankend denen zu, die ihm ihr Beileid aussprachen, als er vorbeiging. Schließlich drang er bis zu Anna vor und hielt ihr den Drink hin.

»Ich glaube, das ganze Eis ist bereits geschmolzen. Sorry, Schwester. Wie geht's dir?«

»Mittelprächtig. Ich wünschte, es wäre vorbei«, stöhnte Anna und nahm einen kräftigen Schluck. »Und du? Kommst du zurecht?«

Sebastian nickte entschieden. »Ich kann nicht sagen, dass ich von der Aussicht auf den heutigen Tag begeistert gewesen bin, aber ich glaube, es wird ein bisschen leichter nach der Beerdi…« Mitten im Wort brach er ab, schloss die Augen, biss sich auf die Lippe und holte tief Luft. Anna berührte ihn leicht am Arm und schwieg. Was gab es auch zu sagen?

»Immerhin«, fuhr Sebastian einen Augenblick später fröhlicher fort, »müssen wir jetzt nicht mehr die horrenden Altersheimkosten bezahlen. Alles hat zwei Seiten.« Er lächelte zwar, doch das Lächeln erreichte nicht seine Augen.

Anna überlegte, ob sie ihm erzählen sollte, was sie zufällig von Marjorie Connors mitbekommen hatte, aber was nützte das? Die Leute konnten denken, was sie wollten.

»Wir müssen uns treffen«, sagte Anna, »und einige Entscheidungen wegen des Hauses treffen. Irgendwann werden wir es ausräumen müssen. Davor graust mir schon. Kram, der sich in fünfzig Jahren angesammelt hat.« Anna lächelte. »Kannst du dir vorstellen, was wir da alles ausgraben werden? Weißt du, dass Miriam über hundert Toilettenpapierrollen im Schrank auf dem Dachboden gefunden hat? Weiß der Himmel, was sie damit vorgehabt hat. Und dann die Rollen mit Klarsichtfolie. Diese breiten für die Gastronomie! Also ehrlich. Wozu?«

»War wahrscheinlich ein Schnäppchen«, lachte Sebastian. »Spare in der Zeit, so hast du in der Not. Irgendwo wird doch auch ein Testament sein, nehme ich an.«

Es war eine beiläufige Bemerkung, doch Anna spürte, wie sie das Kreuz durchdrückte. Sie schaute auf ihr Glas und hoffte, dass Sebastian nicht ihr Gesicht sah. Ansonsten hätte er sofort bemerkt, dass sie etwas verschwieg.

»Ein Testament hat sie nie erwähnt, aber wenn es eins gibt, werden wir es sicher finden«, sagte sie schnell. Anna hatte das Gefühl, dass ein riesiger neonfarbiger Pfeil von der Decke auf sie zeigte. *Lügnerin* stand da in blinkenden, über ihrem Kopf schwebenden Buchstaben. Bestimmt bemerkte es Sebastian. Der ganze Raum musste es sehen, dachte sie, aber keiner schaute auf. Anna trank mit einem Schluck das Glas leer.

»Der war jetzt aber schnell weg«, scherzte sie, machte eine nickende Kopfbewegung in Richtung ihres Glases, und das Neonschild verschwand. »Lust auf noch einen?«

»Glaubst du, das geht?«, fragte Sebastian. »Wegen Clare, meine ich. Und River ist auch nicht da.«

»Hast du wirklich geglaubt, dass er kommt?«

»Na ja, sie war seine Großmutter. Wäre doch nett gewesen, wenn er aufgetaucht wäre, wenn auch nur seiner Mutter zuliebe.«

»Ich glaube, er will mit uns nichts mehr zu tun haben«, meinte Anna. »Und ehrlich gesagt ist es mir egal, ob es diplomatisch ist oder nicht – ich will noch einen Drink. Was unsere Schwester macht, ist ihre Sache. Genau das ist übrigens das Problem mit Clare: Sie macht, was sie will, und es ist ihr egal, was wir tun. Soll ich dir auch einen mitbringen?«

Sebastian hob sein Glas, das noch drei viertel voll war.

»Geh nur, ich bleibe bei dem hier. Jemand sollte sich mit Onkel Stephen unterhalten, bevor er sternhagelvoll ist und *Danny Boy* singt.« Sebastian stand auf. »Bis nachher.«

Anna schaute ihrem Bruder nach, der sich durch die Menge zu ihrem Onkel schlängelte. Im Raum war es jetzt drückend heiß, und von dem Geruch nach schalem Essen und schwitzenden Körpern wurde ihr schlecht. Sie würde sich einen weiteren Drink holen und dann nach draußen gehen. Miriam wurde von Frauen bedrängt, die Anna nicht kannte. Vielleicht sollte sie ihr zu Hilfe eilen, aber scheiß drauf. Das war Miriams Aufgabe. Sie war die Älteste, kannte sich mit Verantwortung aus und war in der Lage, Small Talk zu betreiben. Sie kam klar.

Anna bestellte ihren Drink und trat dann durch die Fenstertüren auf die Veranda. Eine Gruppe von drei Männern in auffälligen Poloshirts war gerade am achtzehnten Loch beim Putten. Zwei lachten schallend über den dritten, als sein Schlag danebenging und es ihm furchtbar peinlich war, den Ball nun direkt vor dem Klubhaus einlochen zu müssen. Als ob jeder zuschauen würde oder interessiert daran wäre.

Schnell ging Anna auf ein Wäldchen zu, bevor jemand sie aufhalten konnte. Bei den Bäumen angekommen, ging sie weiter, bis sie außer Sicht des Klubhauses war. Als sie sich auf den Boden fallen ließ, hörte sie, wie die Nähte des

Beerdigungskleides nachgaben. Jetzt konnte sie es nicht mehr ins Geschäft zurückbringen – weder mit noch ohne Schildchen. Die letzten beiden Wochen waren in einer Art Nebel vergangen. Seitdem ihr Miriam am Telefon die traurige Nachricht vom Tod ihrer Mutter überbracht hatte, schien sich alles in Zeitlupe abzuspielen. Doch hier, im Halbschatten, ließ Anna endlich ihr Schutzschild herunter und weinte zum ersten Mal.

Dorothy – 1961

I

Wenn dieses Baby, ihre Erstgeborene, ihr Ein und Alles, die kostbare Frucht ihres Leibes, nicht bald aufhören würde zu schreien, dann könnte Dorothy Bernadette Bliss (geborene McBride) für nichts mehr garantieren. Sie nahm das Kind hoch, hielt es auf Armeslänge von sich gestreckt und schaute prüfend in das kleine, bis zur Unkenntlichkeit verzogene Gesicht, das so rot war wie die Soutane eines Kardinals. Es war kaum mehr als der liebliche Engel auf den Bounty-Baby-Fotos zu erkennen, zu denen Frank sie in den ersten Tagen überredet hatte, bevor sie überzeugt davon war, dass ihr der Teufel höchstpersönlich dieses Kind als Prüfung geschickt hatte. Empörung strömte aus jeder Pore des Babys, als könne es nicht glauben, diese unfähigste aller Mütter bekommen zu haben. Für einen Außenstehenden schien es, als starrten sich Mutter und Kind mit kaum verhohlener Abscheu an. Das Baby fixierte Dorothy wie eine wärmegesteuerte Rakete, hielt kurz inne, um die Lunge wieder mit frischem Sauerstoff zu füllen, und schrie dann erneut.

Wie konnte etwas so Kleines so viel mutwillige Zerstörung anrichten?, fragte sich Dorothy. Vor der Geburt ihres lang ersehnten Nachwuchses war ihr Leben ruhig und geordnet gewesen. Sie war durch die Tage geschwebt, ihren vielen Pflichten in aller Ruhe und nach einem Zeitplan nachgekommen, der ihren Bedürfnissen entsprach, und hatte nicht befürchten müssen, dass sie unterbrochen oder ihr widersprochen wurde. Jetzt brauchte sie für ganz simple Arbeiten eine Ewigkeit. Allein sich zu waschen und anzuziehen war so anstrengend wie die Besteigung der Eiger-Nordwand. Zum Glück war Frank nicht hier und sah, wie sie im Morast dieser Karikatur ihres früheren Alltags herumstolperte. Früher hatte sie ihn dafür verflucht, dass er tagelang weg gewesen war, jetzt konnte sie, zumindest, wenn sie einen Zahn zulegte, den Anschein erwecken, alles unter Kontrolle zu haben, wenn er nach Hause kam.

»Was ist los mit dir, Kind?«, fragte Dorothy die schreiende Miriam, die daraufhin die Lautstärke noch um ein oder zwei Dezibel erhöhte und Dorothys bereits überbeanspruchte Nerven fast zum Zerreißen brachte.

Dorothy ging die Checkliste durch, die sie von der Hebamme bei der Nachsorge bekommen hatte, als sie mit dem Wonneproppen oder besser dem Schreihals namens Miriam aus der Entbindungsklinik nach Hause gekommen war. Darin standen mögliche Gründe für diese Angstzustände: War dem Baby zu warm oder zu kalt? Hatte es Hunger oder war es übersättigt? Waren die Windeln nass oder voll? War das Kind übermüdet, hatte es Blähungen? Oder war es einfach nur Sturheit, die seine Mutter an einen Punkt treiben sollte, von dem es kein Zurück mehr gab? An dem sie sich nicht mehr anders zu helfen wusste, als den Sozialdienst oder vielleicht sogar die Polizei zu rufen? Dorothy entschied sich für Letzteres. Dieses Kind war ganz sicher ein Teufel. Dorothy bekreuzigte sich, als dieser Gedanke den düsteren Winkeln ihres erschöpften Verstandes entschlüpfte. Ihr Glaube an Gott und die Kirche mochte an hauchdünnen Fäden hängen, aber es gab keinen Grund, jetzt das Schicksal herauszufordern, oder?

Das Kind konnte keinen Hunger haben, und die Windel war sauber, soweit Dorothys Spürnase das einschätzen konnte. Deshalb beschloss sie, dass es das Beste wäre, einen Abstand zwischen sich und das Kind zu bringen. Sie spähte aus den Fenstern, die verschmierter waren als vor der Zeit ihrer Mutterschaft, um zu sehen, was der Wettergott heute für sie bereithielt. Regen war jedenfalls nicht in Sicht, was schon mal ein Segen war. Aufgrund des sich endlich heranschleichenden Frühlings, der sich für seine späte Ankunft entschuldigte, würde das Baby immerhin nicht erfrieren, wenn sie es im Garten ließ.

Der Kinderwagen von Silver Cross (das Topmodell – »nur das Beste für meinen Liebling Dorothy und die Frucht meiner Lenden«) stand verlassen im Flur. Der schräge Winkel, in dem er dort abgestellt worden war, deutete darauf hin, mit welchem Schwung sie Miriam vor ungefähr zwei Stunden nach dem Spaziergang im Park herausgehoben hatte. Hatte dieses Kind seitdem geschrien? Dorothy hatte jegliches Zeitgefühl verloren. Zwar ließ sie das Baby nicht gerade in den Kinderwagen fallen, musste aber zugeben, dass sie in der Vergangenheit vorsichtiger mit ihm umgegangen war. Miriam sah ein wenig schockiert aus über den plötzlichen Wechsel der Perspektive, als sie sich plötzlich bäuchlings im Kinderwagen wiederfand. Ruckartig streckte sie die Arme von sich und sog ein paarmal scharf die Luft ein, bevor sie neue Energie sammelte und wieder losschrie.

Dorothy manövrierte den Kinderwagen um den Konsolentisch herum, während sie ihn die ganze Zeit so kräftig rüttelte, dass es niemanden gewundert hätte, wenn das Kind herausgefallen wäre. So schaffte sie es durch die Haustür in den Garten hinaus. Dorothy war stolz auf ihren Vorgarten, denn er war für all diejenigen, die vorbeigingen, die äußere Visitenkarte für die Ordnung im Haus. Zu dieser Jahreszeit gab es natürlich nicht viel zu sehen. Ein paar Schneeglöckchen und frühe Narzissen, aber trotz der Jahreszeit waren die Rabatten unkrautfrei, die quadratische Rasenfläche ordentlich gemäht und die Kanten exakt abgestochen.

Miriam schrie weiter, und Dorothy fragte sich, ob schon jemand Knebel für Babys erfunden hatte und, falls ja, ob sie legal waren. Vor ihrem inneren Auge sah sie eine völlig neue Geschäftsidee. Knebel unterschiedlichster Machart passend zum Kinderwagen oder zur Kleidung des Kindes oder seiner Augenfarbe – in Miriams Fall bisher ein schmutziges Grau.

Der Vorgarten war hinsichtlich der Größe nicht der Rede wert, und mit fünf schnellen Schritten hatte Dorothy die Backsteinmauer erreicht, die die Grenze bildete.

»Das Kind zahnt«, erklang eine bekannte Stimme. »Du wirst Nelkenöl brauchen. Das hilft.«

Dorothy kochte vor Wut. Langsam drehte sie sich um und sah sich Marjorie Connors gegenüber, den Kopf voller Lockenwickler und die Arme vor dem Busen verschränkt. Manchmal wünschte sich Dorothy, sie könnte Marjorie Connors nehmen und …

»Ja, arme kleine Maus«, presste Dorothy mit zusammengebissenen Zähnen hervor. »Heute kann ich sie gar nicht beruhigen. Tut mir leid, wenn sie dich stört, Marjorie.«

Eigentlich hoffte Dorothy gerade in diesem Moment, dass Miriams Schreien für ihre Nachbarin genauso unerträglich war wie für sie selbst. Wenn sie noch eine dieser selbstgefälligen, klugscheißerischen Weisheiten von der bisher kinderlosen Marjorie Connors würde ertragen müssen, dann könnte es sein, dass sie nicht nur für einen, sondern für zwei Morde in den Knast wanderte.

Und dann geschah ein Wunder. Nach einem letzten Zornesausbruch über ihre unzumutbare Behandlung schloss

Miriam die verquollenen Augen und schlief ein. Auf einmal sah sie aus, als könne sie kein Wässerchen trüben und sei das liebste Kind auf der Welt. Dorothy entfuhr ein langer, aufrichtiger Seufzer. Sie stellte die Bremsen des Kinderwagens fest, prüfte, ob das Mückennetz richtig saß, und bewegte sich, Marjorie entschuldigend zuwinkend, auf Zehenspitzen auf die Haustür zu, hinter der sie verschwand. Schon als Dorothy in die Küche ging, um den Wasserkessel aufzusetzen, überlegte sie, wie lange es wohl dauern würde, bis Miriam wieder ihre Aufmerksamkeit forderte. Bestimmt würde das Kind eine Stunde oder vielleicht sogar zwei schlafen. Genug Zeit, um die Böden zu wischen und einen Shepherd's Pie für Franks Mittagessen vorzubereiten. Aber zuerst würde sie sich eine Tasse Tee kochen. Die hatte sie sich zumindest verdient. War das zu viel verlangt? Eine Tasse Tee? Dorothy schlief am Küchentisch ein, bevor sie die Möglichkeit hatte, das herauszufinden.

II

»Hervorragender Shepherd's Pie«, lobte Frank Dorothy später, als er seinen Teller mit einem Stück Weißbrot so sauber wischte, dass er glänzte. »Du bewirkst Wunder, meine geliebte Frau.«

Von Wundern war Dorothy in diesen Tagen Lichtjahre entfernt.

»Habe ich dir schon gesagt, dass ich nächste Woche wegmuss?«, fragte Frank leichthin und faltete seine Zeitung so fachmännisch, dass das Kreuzworträtsel den Quadranten füllte, den er in der Hand hielt. »Örtliche Gewerkschaftskonferenz? Blackpool? Vier Tage, drei Nächte?«

Dorothy fiel auf, dass er sie nicht anschaute, während er sprach. Das war ein sicheres Zeichen von Schuldgefühlen, wenn es denn welche gab. Die Konferenz hatte er bisher mit Sicherheit nicht erwähnt. Daran hätte sie sich garantiert erinnert. Dorothy konnte es dabei bewenden lassen, sollte es vielleicht auch. Frank hatte eine gute Stelle bei der Zeitung, und diese Konferenzen gehörten dazu, aber nach den Tagen, die sie gerade mit seinem Kind verbracht hatte (Miriam war nur dann ihr Kind, wenn sie fröhlich in ihrem Bettchen lag und die kleinen Zehen in die Luft streckte), verspürte sie ein Gefühl der Beklemmung.

»Nein, ich glaube, du hast es nicht erwähnt«, sagte sie und presste die Lippen zusammen. »Blackpool ist doch nicht weit entfernt. Kannst du nicht wenigstens für eine Nacht nach Hause kommen?«

Sie kannte die Antwort auf diese Frage, hatte aber dennoch das Gefühl, ihrer geistigen Gesundheit zuliebe wenigstens fragen zu müssen.

Frank schüttelte betrübt den Kopf, als wäre eine Fahrt von fünfzig Meilen, um seine Lieben zu sehen, schon eine Herkules-Aufgabe.

»Weißt du, Dottie, das würde ich gern, wenn ich könnte, aber es wird erwartet, dass wir auch abends vor Ort sind. Die richtigen Hände schütteln und die richtigen Schultern klopfen. Die interessanten Geschichten erfährt man in der Bar, weißt du?«

Sie wusste es nicht. Es war ihr auch egal. Wenn er sie den größten Teil der Woche allein ließ, konnte es gut sein, dass er zu einer leicht reduzierten und sicherlich leiseren Familie zurückkehren würde. Doch sie nickte und lächelte auf eine Art, die ihm hoffentlich ihr Verständnis dafür zeigte, dass er bei der Tagung gezwungenermaßen die ganze Zeit über anwesend sein musste, obwohl es bedeutete, seine erschöpfte Frau und das Teufelskind ganz allein auf sich gestellt zurückzulassen. Dorothy befürchtete allerdings, dass ihr Lächeln sein Ziel verfehlte.

Am zweiten Tag der ach so wichtigen Konferenz in Blackpool durchstieß Miriams winziger Zahn endlich den wunden, roten Gaumen, und ein zerbrechlicher, vorübergehender Frieden war wiederhergestellt. Allerdings war Dorothy weit davon entfernt, sich auf ihren Lorbeeren auszuruhen, denn sie wusste, dass Babys zwanzig Zähne bekamen. Doch jegliche kindsmörderischen Tendenzen, die sie entwickelt haben mochte, lösten sich mit der Rückkehr einer normalen Lautstärke im Haus in Luft auf.

Dorothy hatte ein wenig das Gefühl, dass sie sich mit ihrem Nachwuchs wieder in der Öffentlichkeit sehen lassen konnte, ohne dass die Leute glaubten, gleich würde jemand ermordet werden. Deshalb zog sie ein sauberes Kleid an, das ihr sofort das Gefühl gab, mehr Frau als Mutter zu sein. Zugegebenermaßen spannte der geblümte Stoff etwas mehr an den Hüften als beim letzten Tragen des Kleides, aber wer würde das schon bemerken? Sie band die Bänder der Babymütze unter Miriams Kinn fest zu und wusste genau, dass die Mütze vom Kopf gerutscht sein würde, bevor sie die Haustür abgeschlossen und sich auf der Suche nach der Gesellschaft Erwachsener auf den Weg zu ihrem Lieblingscafé gemacht hatte.

In den wenigen Tagen, die vergangen waren, seitdem Dorothy das letzte Mal über die Schwelle getreten war, schien in der Welt ein Jahreszeitenwechsel stattgefunden zu haben. Die ersten Blüten der Pflaumenbäume schoben sich aus den saftigen Zweigen, vertrieben das düstere Winterbraun und verbreiteten eine rosafarbene Aura. Eine Amsel zwitscherte vergnügt in der Nähe und schuf eine positive, euphorische Stimmung. Fast war es warm genug, dass sie die Jacke hätte zu Hause lassen können, doch Dorothy wusste, dass der Mai ein trügerischer Geselle war. Dennoch ließ sie als Zugeständnis an den nahenden Frühling die Knöpfe ihrer Wolljacke offen. Sogar Miriam schien ein völlig neues Baby zu sein, nachdem der lästige Zahn das Licht der Welt erblickt hatte. Sie saß aufrecht in ihrem Kinderwagen und deutete auf alles, was ihre Aufmerksamkeit erregte.

Dorothy führte mit ihr eine lebhafte einseitige Unterhaltung. »Ja, Miriam. Das ist ein Hund. Und weißt du, wie dieser Hund heißt? Er heißt Tinker. Und woher weiß ich das? Das ist eine sehr gute Frage, Miriam. Ich weiß das, weil er mindestens einmal pro Tag entwischt und ich Mr Mason aus der Nummer siebenundzwanzig nach ihm rufen höre, als hinge sein Leben davon ab. Was ich mir gut vorstellen kann, weil ich Mrs Mason kenne.«

Und so ging es auf dem ganzen Weg zum Café weiter. *Jack's Corner Café* war nichts Besonderes, außer dass es sich an einer Ecke befand und einem Mann namens Jack gehörte. Jack war im Krieg Pilot gewesen und durch einen unglaublichen Glücksfall äußerlich fast unversehrt aus Frankreich zurückgekehrt. Er hatte ein Café eröffnet und war scheinbar nahtlos in diese neue Phase seines Lebens gerutscht. Die einzigen verräterischen Hinweise auf die Zeit davor waren ein leichtes Humpeln (schlimmer bei Kälte) und ein gelegentliches Zittern. Letzteres bedeutete, dass sich manchmal mehr Tee auf dem Unterteller als in der Tasse befand, bis er damit am Tisch der Gäste ankam. War der See besonders groß, ging Jack zurück, goss eine neue Tasse ein und stellte sie auf den Tresen, damit der Gast sie selbst abholte.

Dorothys Cafébesuche hatten begonnen, als sie schwanger geworden war und entschlossen zu tun, was Frank ihr ständig riet, nämlich es ruhig angehen zu lassen. Ihr gefiel die Anonymität des Cafés. Es war weit genug von ihrer Straße entfernt, um nicht voller Nachbarn zu sein, und der stets höfliche Jack fragte sie nie über ihr Leben aus. Er schien nur an dem interessiert zu sein, was er vor Augen hatte, und ging in seinen kurzen Unterhaltungen mit Dorothy nie darüber hinaus. Sobald sie das Café im Doppelpack besuchte und nicht mehr als fülliges Einzelexemplar, erkundigte Jack sich einfach nach der Gesundheit von Mutter und Kind. Er fragte nicht einmal nach dem Namen des Kindes. Doch Dorothy platzte sowieso damit heraus, denn sie war so daran gewöhnt, jedem, den sie traf, die wesentlichen Eckdaten des Kindes mitzuteilen.

»Das ist Miriam. Sie ist X Wochen alt. Sie hat dreitausendvierhundert Gramm gewogen und schläft gut, danke.«

(Der letzte Teil war eine Lüge gewesen, aber Dorothy hatte herausgefunden, dass man entweder mit einem selbstgefälligen, mitleidigen Lächeln bedacht wurde oder eine Liste idiotensicherer und garantiert funktionierender Ratschläge bekam, wenn man anderen Müttern gegenüber zugab, dass das eigene Kind nicht schlief.)

Heute war es ruhig im Café. Dadurch, dass Dorothy Miriam um zehn Uhr gefüttert hatte, hatten sie das Frühstücksgeschäft verpasst und waren zu früh für diejenigen, die hier ihre Mittagspause verbrachten. Dorothy parkte den Kinderwagen auf dem Bürgersteig, nahm Miriam auf den Arm und betrat mit ihr das Café. Der noch in der Luft liegende Duft nach Toast wurde leicht vom Wasserboiler gedämpft, der wie ein Geysir zischte und brodelte.

»Guten Morgen«, sagte Jack, ohne sich vom Spülbecken umzudrehen, wo er mit hochgekrempelten Ärmeln, die Arme tief im Seifenwasser, mit in den Streitkräften erlernter Gründlichkeit abwusch. »Bin sofort bei Ihnen.«

»Nur eine Tasse Tee wäre großartig«, gab Dorothy ihre Bestellung auf und versuchte, nicht die Rosinenbrötchen anzuschauen, die bereits aufgeschnitten auf der Theke lagen und danach schrien, getoastet und mit Butter bestrichen zu werden. Doch dem engen Sitz des Kleides nach zu urteilen, schleppte sie immer noch ein paar überflüssige Babypfunde mit sich herum.

»Geht in Ordnung.« Jack wischte sich die Arme mit einem fadenscheinigen Geschirrtuch ab. »Setzen Sie sich, und ich bringe sie Ihnen.«

Heute also kein Nachkriegszittern.

Dorothy wählte einen Tisch am Fenster, zog ihre Jacke aus – eine beachtliche Leistung mit Miriam unter einem Arm – und setzte sich, während sie das Baby auf dem Schoß balancierte und sein winziges Rückgrat, das einem Ästchen glich, fest gegen ihren leicht wabbeligen Bauch drückte. Sie schlang die Arme um das Kind, damit es ihr nicht vom Schoß rutschte. Dann sah Dorothy sich um. Wer war sonst noch da? Sie sah eine Frau, die sie von ihren jetzt seltenen Gottesdienstbesuchen zu kennen glaubte. Sie unterhielt sich ernsthaft und in gedämpftem Ton mit einer anderen Frau, die möglicherweise mit dem Küster verheiratet war. Ein flüchtiger Blick auf ihre Körpersprache sagte Dorothy, dass gerade auf eine arme Seele in Abwesenheit ein Attentat verübt wurde. Das war eine der Herausforderungen, mit denen Dorothy bei der Dreieinigkeitskirche konfrontiert worden war, die sich nach ihrer Ankunft aus Irland ihrer angenommen hatte. Die Mitglieder waren die unchristlichsten Personen, die sie je kennengelernt hatte. Sie schaute wieder weg und hoffte, dass die Frauen zu sehr auf ihr Getratsche fixiert waren, um Dorothy zu bemerken, doch sie wusste, dass das leider äußerst unwahrscheinlich war.

Der einzige weitere Gast war heute ein Mann, der ziemlich ungünstig direkt in ihrer Blickrichtung saß. Er war ungefähr so alt wie sie, vielleicht ein bisschen älter. Dorothy war nie gut darin gewesen, das Alter von jemandem zu schätzen. Sie wollte ihn nicht direkt anschauen, hatte aber das Gefühl, dass er sich in seiner Haut wohlfühlte und dennoch zurückhaltend und verschlossen war. Er bildete einen ziemlichen Kontrast zu ihrem lauten, selbstbewussten und offenen Ehemann, der das Herz auf der Zunge trug, und war deshalb sofort interessant. Dorothy merkte, wie ihr Blick von ihm angezogen wurde, bis sie sich plötzlich aus Angst, er könne glauben, sie sei sehr dreist, auf Miriam konzentrierte, was nur begrenzt möglich war, denn das Baby wandte ihr den Rücken zu. Miriam hatte jedoch ihre eigenen Ideen. Sie deutete auf den Mann mit so wild winkenden Armen, dass Dorothy aus Angst, sie könne ihr vom Schoß rutschen, den Griff um ihr Kind verstärken musste. Jack kam mit unsicherem Gang über das karierte Linoleum auf sie zu und behauptete sich wacker mit ihrer Tasse Tee in der Hand gegen das Humpeln und Zittern. Als er das Getränk vor sie auf den Tisch stellte, hatte nur eine winzige Menge Tee die Reise von der Tasse auf den Unterteller angetreten. Jack lächelte über diese unbedeutende Leistung, und Dorothy war erleichtert. Es war ihr immer peinlich, wenn der Tee ersetzt werden musste und sich die Aufmerksamkeit der Gäste auf Jacks offensichtliche Defizite richtete, weil sie sich beschwerte, doch verschütteter Tee schien Jack nie zu stören.

Als Dorothy sich wieder ihrer Tochter widmete, war die voll und ganz in so etwas wie ein Gespräch mit dem Mann gegenüber verwickelt. Er unterhielt sich mit ihr und antwortete auf Fragen, die er glaubte, aus ihrem Gebrabbel herauszuhören, mit einer Stimme, die annehmen ließ, dass er lebenslange Erfahrung mit Kleinkindern hatte. Dorothy war hin und weg. Welche Qualitäten sie selbst auch immer haben mochte, Kinderflüstern gehörte nicht dazu. Das hatte dieser Mann ihr eindeutig voraus. Miriam und er waren so voneinander fasziniert, dass Dorothy fast das Gefühl hatte, es wäre unhöflich, sie zu unterbrechen. Sie saß einfach da, hielt Miriam fest und lächelte, während sie darauf wartete, dass einer von beiden sie bemerkte. Der Mann brach als Erster den Blickkontakt.

»Dieses Kind ist absolut entzückend«, schwärmte er. »Und zweifellos sehr intelligent. Man sieht es an seinen Augen, wissen Sie? Damit verraten sich die Schlauen immer.«

Während er sprach, meinte Dorothy tief verborgen in seinem Gesicht eine Traurigkeit zu erkennen, wie ein Hinweis in einem Kunstwerk, und sie fragte sich, was dahintersteckte.

»Danke«, sagte sie. Weiter schien es nichts zu sagen zu geben.

Dorothy hielt Miriam mit einem Arm fest und hob die Tasse an die Lippen. Sie pustete und nahm einen kräftigen Schluck. Wenn ein Baby dabei war, gab es kein Nippen. Man trank schnell, wenn man nicht wollte, dass das Getränk abkühlte.

Miriam verlor das Interesse an dem Mann und wandte ihre Aufmerksamkeit dem Stoff von Dorothys Kleid zu. Dorothy merkte jedoch, dass sich ihr eigener Blick nicht von ihm losreißen konnte, als ginge eine ganz eigene Anziehungskraft von dem Mann aus. Über seine Brust wanderte ihr Blick hinauf, verharrte kurz an einem kleinen Stück Papiertaschentuch, das auf einem Schnitt am Hals klebte, und erreichte sein Gesicht. Erschrocken stellte sie fest, dass er sie ebenfalls anschaute, jedoch schien es mehr ein objektives Interesse zu sein, wie bei einem Modell, das er skizzieren wollte. Er nahm ihr Gesicht in sich auf, als würde er es in allen Einzelheiten und mit höchster Genauigkeit ausarbeiten, und war überhaupt nicht verlegen, dabei erwischt worden zu sein, sie anzustarren. Dorothy, die spürte, wie ihre Wangen brannten, wandte ihre Aufmerksamkeit Miriam zu und zeigte auf den Zuckerstreuer auf dem Tisch. Sofort bereute sie es, denn Miriam wollte damit spielen und drückte ihren Unmut mit einem prompten Aufschrei aus, als ihr der Streuer wieder weggenommen wurde. Dorothy wagte einen erneuten Blick und stellte fest, dass der Mann immer noch zu ihnen herüberschaute. Dieses Mal blickte sie ihn jedoch frech an. Sie hoffte, ihr Gesichtsausdruck ließ erkennen, dass sie eine glücklich verheiratete Frau war und es unverschämt fand, von ihm dermaßen angestarrt zu werden. Doch was sie wirklich dachte, war, wie die konzentrischen grauen Kreise in seinen Augen sie in einen hypnotischen Bann zogen.

Schluss jetzt. Frank war gerade abgefahren, und sie saß hier und schaute einem Mann so tief in die Augen, dass sie jede Einzelheit darin erkennen konnte. Allerdings war er sehr ansehnlich. Nicht direkt gut aussehend, sondern eher … attraktiv. War das das richtige Wort? Attraktiv? Er zog sie und Miriam ganz sicher an. Dorothy drehte sich um, damit sie ihn nicht mehr anschauen konnte, und konzentrierte sich voll und ganz auf ihre Tochter. Sich von Fremden in Cafés angezogen zu fühlen, war so gar nicht ihr Ding.

III

Nach diesem ersten Zusammentreffen stellte Dorothy fest, dass sie den Mann überall sah. Er stalkte sie nicht, da war sie sich sicher. Es war nur so, dass sie überrascht war, wie viele Orte sie beide zu frequentieren schienen, seitdem sie ihn zum ersten Mal bewusst wahrgenommen hatte. Sie fragte sich, weshalb er ihr bisher noch nicht aufgefallen war.

Das erste Mal war vor dem Gemüsehändler, als Dorothy kurz losgegangen war, um Kohl für Franks Abendessen zu kaufen. Sie hatte den Kinderwagen vor dem Laden abgestellt und war hineingegangen. Als sie wieder herauskam, war der Mann in ein Gespräch mit der glucksenden Miriam vertieft. Er trat einen energischen Schritt zurück, als befürchtete er, Anstoß zu erregen. Obwohl es sicherlich ungewöhnlich für einen Mann war, Interesse an ihrem Baby zu zeigen, nahm Dorothy es ihm kein bisschen übel, besonders als sie sah, dass er es war.

»Hallo noch mal«, grüßte er und hob den Hut an. »Ich habe gerade die neuesten Nachrichten mit Ihrer entzückenden Tochter ausgetauscht.«

»Miriam«, sagte Dorothy, und als er ein wenig irritiert aussah, fügte sie hinzu: »Meine Tochter heißt Miriam. Und ich bin Dorothy. Wie geht es Ihnen?«

Dorothy streckte dem Mann förmlich die Hand hin, und er schüttelte sie.

»StJohn«, stellte er sich vor.

»Das ist aber ein ungewöhnlicher Name«, platzte Dorothy ohne nachzudenken heraus. Sie spürte, wie sie rot wurde, und hoffte, dass er sie nicht für vorlaut hielt.

»Der Name ist eine Plage«, gestand der Mann. »Wenn ich ihn sage, kann ihn keiner buchstabieren, und wenn ihn jemand liest, kann er ihn nicht aussprechen. Meine Mutter ist schuld daran.«

Er lächelte und Dorothy erinnerte sich daran, wie faszinierend sie seine grauen Augen gefunden hatte, als sie sich das letzte Mal gesehen hatten.

»Also, ich muss weiter«, stieß Dorothy schnell hervor und ärgerte sich darüber, dass sie ihren Blick länger als vorgehabt auf seine Augen gerichtet hatte. »War nett, Sie noch einmal getroffen zu haben.« Dann schob sie den Kinderwagen wieder in Richtung ihres Zuhauses und fragte sich, ob er ihr nachschaute. Allerdings drehte sie sich sicherheitshalber nicht um.

Das nächste Mal traf sie ihn, als sie mit Miriam im Park war. Das Wetter war jetzt ein bisschen wärmer, und Dorothy hatte eine Decke und eine Art Picknick dabei. Sie ließ sich entfernt vom Hauptweg am ruhigen äußersten Ende des Parks unter einer ausladenden Eiche im Gras nieder. Die Bäume schlugen gerade aus, und das Sonnenlicht drang durch die Zweige und warf ein Muster auf den Rasen. Dorothy genoss das Gefühl, Platz zu haben. Ihr Garten war zwar gut und schön, aber Passanten liefen daran vorbei, und dann gab es auch noch Marjorie von nebenan. Wenn man dort aß, saß man wie auf dem Präsentierteller, und das wollte Dorothy nicht.

Miriam hatte das Stadium erreicht, in dem sie sicher saß, aber noch nicht krabbeln konnte. Dorothy würde diese Phase bei ihren anderen Kindern zu schätzen wissen, aber jetzt, beim ersten, lebte sie noch in gnädiger Unkenntnis davon, wie aufreibend ein Kind sein konnte, das aus eigener Kraft vorwärtskam. Miriam spielte glücklich mit einer Schachtel Bauklötze, setzte einen Klotz auf den anderen und stieß den Turm um, was sie jedes Mal zu einem begeisterten Quieken veranlasste, als hätte sie das noch nie gesehen. Für Dorothy war es nicht besonders faszinierend, aber sie war glücklich, wenn sie Momente der Ruhe genießen konnte.

Miriam hatte gerade wieder zum soundsovielten Mal einen Turm umgestoßen, als Dorothy zu ihrer Linken eine Stimme vernahm.

»Guten Tag.«

Es war der Mann aus dem Café, StJohn.

»Hallo«, begrüßte Dorothy ihn und strich über ihren Rock, damit die Beine mehr bedeckt waren.

»Wunderschöner Tag heute«, fügte er hinzu, und Dorothy nickte lediglich, weil sie fand, dass das vollkommen offensichtlich war und nicht kommentiert werden musste. »Und die kleine Miriam macht das sehr gut mit den Bauklötzen. Wie alt ist sie jetzt?«

»Sechs Monate«, antwortete Dorothy stolz. Jeder dieser Monate war eine Herausforderung gewesen, und für jeden durchgestandenen gebührte ihr eigentlich eine Medaille.

»Und immer noch so ein cleveres Mädchen«, lobte er.

»Also das kann ich nicht mit Sicherheit sagen«, erwiderte Dorothy bescheiden.

»Man sagt ja, es sei schwer, sich um ein Baby zu kümmern«, fuhr der Mann fort. »Nicht, dass ich darüber Bescheid wüsste, aber ich kann es mir gut vorstellen. So ein kleiner Mensch verlangt Tag und Nacht nach Aufmerksamkeit. Ich bin sicher, dass das anstrengend ist.«

Dorothy schaute dankbar zu ihm auf. Dieser Fremde hatte innerhalb von Sekunden erfasst, was Frank nicht zu begreifen schien. Babys zu betreuen war hart. Es war langweilig und monoton und unbarmherzig, und es gab absolut kein Entrinnen.

»Das ist es«, gab Dorothy zu. »Und keiner sagt einem das!« Sie lächelte, aber er erwiderte nichts und schien zu warten, dass sie fortfuhr. »Ich habe keine Familie hier. Meine Mutter lebt in Irland. Ich telefoniere mit ihr, wissen Sie, aber es ist nicht dasselbe, wie jemanden in der Nähe zu haben, der einem hilft. Und mein Mann ist so oft weg. Also … arbeitsbedingt.«

Sie spürte, wie sie rot wurde. Eigentlich sollte sie Frank nicht schlechtmachen, aber irgendetwas an der Art, wie der Mann sie anlächelte, ließ sie glauben, dass er mit ihr seelenverwandt war. Sie sah, dass er sie verstand. Die Kämpfe, die sie ausfocht, und die quälende Sorge, dass sie keine besonders gute Mutter war und vielleicht nicht einmal dafür geschaffen, eine zu sein.

»Ich kann mir nicht vorstellen, wie schwer das sein muss«, bekannte er.

»Und Sie?«, fragte Dorothy und lenkte von sich ab. »Was machen Sie so?« Ihr fiel auf, dass sie ihn immer tagsüber sah. Vielleicht hatte er keinen Job.

»Oh, ich beschäftige mich«, war die ärgerlich vage Antwort. »Hauptsächlich mit Gärten«, fügte er hinzu.

»Möchten Sie sich zu mir setzen?«, fragte Dorothy. »Ich habe ein paar Vollkornkekse dabei, und in der Thermosflasche ist jede Menge Tee.« Es war vermessen oder sogar dreist von ihr zu fragen, aber wer sah sie schon? Und außerdem brauchte sie dringend jemanden zum Reden.

»Wenn es Ihnen nichts ausmacht«, sagte er. »Ich habe etwas Zeit.«

Er kniete sich auf die Decke, und Miriam saß wie ein Anstandswauwau zwischen ihnen. Dorothy goss Tee in den Deckelbecher der Thermosflasche und reichte ihn dem Mann.

Fast eine Stunde unterhielten sie sich, bis Miriam mürrisch wurde, weil sie Hunger hatte. Er fragte sie nach ihrer Kindheit in Irland, und sie erzählte ihm, wie sie nach England gekommen war, eine Stelle als Sekretärin angetreten und Frank bei der Zeitung kennengelernt hatte. Aufmerksam hörte er ihr zu, hatte seinen Blick fast ununterbrochen auf ihr Gesicht gerichtet, und ihr gefiel es, ihm einfach von sich zu erzählen. Als ihn ihre Geschichte zum Lachen brachte, freute sie das, und sie schmückte das Erzählte aus, nur damit es ihm gefiel, und kam dabei immer mehr in Schwung. Es schien, als wäre die Stille, die in all den Monaten geherrscht hatte, seitdem sie die Arbeit aufgegeben hatte, durch einen Plaudernachmittag verscheucht worden.

Schließlich stand er auf.

»Ich muss gehen«, sagte er. »Aber unser Gespräch habe ich sehr genossen. Können wir uns vielleicht noch einmal treffen?«

»Ich bin meistens hier, wenn es nicht regnet«, teilte ihm Dorothy ohne zu zögern mit.

Das ist okay, sagte sie sich. Es war nicht so, dass sie sich tatsächlich verabredet hätten, aber wenn sie zufällig wieder aufeinandertreffen sollten, sprach nichts gegen eine kleine nette Unterhaltung, oder?

Als StJohn den Weg zurückschlenderte und Dorothy Miriams Spielzeug einsammelte, dachte sie darüber nach, wie sehr sie das Gespräch mit ihm genossen hatte. Er war so ein einfühlsamer Mann, so vollkommen anders als Frank, und er verstand, wie sehr sie sich abmühte. Und im Moment bedeutete ihr das mehr als alles andere.

Miriam – 1977

I

Miriam stand vor dem großen Spiegel und verzog furchterfüllt das Gesicht. Sie verbog den Hals in einem unnatürlichen Winkel, drückte das Kreuz durch und streckte flehend die Arme aus.

»Bitte nicht«, bat sie. »Ich tue alles, aber bitte töte mich nicht.«

Sie fiel auf die Knie, schloss die Augen und ließ sich zur Seite fallen. Fast wäre sie mit dem Kopf gegen die Bettkante geschlagen. Einen Augenblick lag sie still da und genoss den Moment des Todes. Doch dann, nach und nach, als wären sie unsicher, ob sie die Stimmung zerstören sollten oder nicht, begannen die Zuschauer zu klatschen. Zuerst verhalten, doch dann dröhnte der Lärm des Applauses in ihrem Kopf und …

»Miriam! Was machst du da auf dem Boden, Mädchen? Fast wäre ich über dich gestolpert. Steh um Himmels willen auf und hilf mir mit der Wäsche.«

Miriam setzte sich auf und lächelte ihre Mutter breit an.

»Ich habe gerade Sterben geübt, Mum. War ich gut? Ich habe versucht, mir vorzustellen, wie sich diese Frau, Patricia Atkinson, gefühlt hat, die in Bradford ermordet wurde. Wenn doch nur mehr im Fernsehen darüber berichtet worden wäre, wie sie tatsächlich gestorben ist. Das würde es für mich viel leichter machen, es nachzustellen.«

»Miriam!« Ihre Mutter bekreuzigte sich und starrte sie dann mit entsetztem Gesichtsausdruck an.

Das wird garantiert in die Annalen eingehen, dachte Miriam.

»Wie kannst du so etwas Furchtbares denken? Und dabei bist du doch katholisch!«

»Komm schon, Mum. So sehr haben wir es nun auch nicht mit dem Glauben. Wann sind wir das letzte Mal zum Gottesdienst gegangen? Letztes Jahr waren wir nicht einmal zu Weihnachten in der Kirche.«

»Ich weiß, und dafür schäme ich mich auch in Grund und Boden«, gab ihre Mutter zu und schüttelte bedauernd den Kopf. »Aber einmal Katholikin, immer Katholikin. Der Herrgott wird dich jetzt nicht fallen lassen, nicht wahr? Er wird wissen, was in deinem wirren Kopf vorgeht. Zweifele nicht an ihm. Und vorzugeben, tot zu sein, wird er nicht mögen.«

»Ich gebe das nicht vor!«, rief Miriam empört. »Also wirklich, Mum. Ich schauspielere.«

»Und was bitte schön ist Schauspielern anderes als vorzugeben, jemand zu sein, der man nicht ist?«

Ihre Mutter legte eine Hand aufs Kreuz und stülpte die Lippen vor.

»Ich habe heute keine Energie«, gestand sie und ließ sich auf Miriams Bett fallen. »All mein Elan ist verpufft, und ich habe noch so viel zu tun. Wenn ich die ganzen Arbeiten auflisten würde, die in diesem Haus an mir hängen bleiben, dann hätte ich bis zum Sankt-Nimmerleins-Tag zu tun. Ich weiß nicht, wo dein Vater ist. Er wollte irgendeine Schnur besorgen, um die Wimpel anzubringen. Das war vor zwei Stunden. Immer noch keine Spur von ihm. Er denkt, dass es mir bei all dem Herumrennen nicht auffällt, aber ob du's glaubst oder nicht, ich rieche es an seinem Atem, wenn er heimkommt. Mit jedem Jahr, das vergeht, verbringt er mehr Zeit in diesem Pub. Und Clare hat wieder eine ihrer Launen. Ich habe sie nur gefragt, ob sie den Boden wischen kann, ohne klebrige Flecke zu hinterlassen. Man hätte meinen können, ich hätte verlangt, sie solle sich den Arm abhacken. So ein freches Mädchen! Dein Großvater würde sich im Grab umdrehen, wenn er hören könnte, wie meine eigenen Kinder mit mir reden.«

Miriam hörte nicht zu. Sie sah, wie der Mund ihrer Mutter Worte formte und ihre Augenbrauen hochschossen, wann immer sie etwas empörend fand. Merk es dir, Miriam. Merk es dir.

»Und dann noch die ganzen Essensvorbereitungen. Ist ja schließlich nicht so, dass sich diese Party von allein organisiert. Aber darüber kann ich mir noch nicht den Kopf zerbrechen. Zuerst muss ich überall Ordnung schaffen. Hilfst du mir beim Bügeln? Ich bekomme immer Rückenschmerzen, wenn ich den ganzen Tag über das Bügelbrett gebeugt stehe. Muss etwas Chronisches sein. Ich weiß auch nicht, was derzeit mit mir los ist. Ich habe gar keine Energie mehr. Muss mit dem Alter zusammenhängen. Oder mit den Wechseljahren.« Sie schauderte.

»Ja, Mum. Klar helfe ich.« Miriam hoffte, dass sie ihre Mutter dazu bewegen konnte, sich an der Busfahrkarte nach London zu beteiligen, wenn sie genug mithalf. Es war von Vorteil für sie, wenn Clare wieder eine ihrer Launen hatte. Dann konnte Miriam die pflichtbewusste älteste Tochter herauskehren. Als Älteste hatte man wenige Vorteile, aber das war definitiv einer.

»Du bist ein braves Mädchen, Miriam.« Ihre Mutter stemmte sich langsam und mit beträchtlicher Anstrengung vom Bett hoch.

»Ich kann dir eine schöne Tasse Tee machen«, bot Miriam an und hatte Sympathiepunkte und Bustickets klar vor Augen.

»Oh, du bist ein Engel, aber dafür ist keine Zeit. Ich muss weitermachen, sonst werden wir nie fertig, und ich will nicht, dass Marjorie Connors denkt, ich könne nicht schnell ein paar Würstchen im Schlafrock und ein oder zwei Trifles vorbereiten.« Ihre Mutter machte sich auf den Weg zur Tür. »Das Bügelbrett steht aufgestellt in der Spülküche. Ich weiß gar nicht, warum ich es überhaupt zusammenklappe, wo wir immer solche Berge von Bügelwäsche haben. Und die Hemden von deinem Vater für die Arbeit hängen auf der Kleiderstange.«

Und dann war sie, einen langen Seufzer ausstoßend, verschwunden.

»Clare Bliss! Komm sofort aus deinem Zimmer und geh nach unten. Es gibt genug zu tun«, rief sie, als sie über den Treppenabsatz schritt.

Miriam schaute noch einmal in den Spiegel und versuchte, ein paar der Myriaden von Gesichtsausdrücken nachzustellen, die sie gerade mitbekommen hatte. Sie würden ihr alle zugutekommen, wenn sie erst einmal zur RADA ging, der Royal Academy of Dramatic Art. Und da würde sie sein, bevor sie sich's versah. Sie war am Mittwoch vor einer Woche mit dem Anmeldeformular zum Briefkasten am Ende der Straße geschlichen und hatte aufgepasst, dass sie keiner sah. Außerdem hatte sie einen Dankesbrief an Onkel Stephan und Tante Maggie einzuwerfen gehabt, sodass eigentlich niemand Verdacht schöpfen konnte, dass sie irgendwelche Heimlichkeiten vorhatte. In der Broschüre, die sie sicher in der Schublade mit ihrer Unterwäsche versteckt hatte, stand, dass sie sich wegen des Vorsprechens melden würden, sobald sie das Anmeldeformular erhalten hatten und die Kandidatin für geeignet hielten. Und dass Letzteres der Fall war, wenn sie es nun schaffte, ihr Können vor ihnen unter Beweis zu stellen, da war sich Miriam sicher. Sie war zum Schauspielern geboren. Das spürte sie ganz deutlich.

Sie verließ das Zimmer und sprang die Treppe hinunter. Als sie an Clares Zimmer vorbeikam, widerstand sie dem Drang, gegen die Tür zu hämmern. Je länger Clare schmollte, desto besser für Miriam. Wenn man sie ließ, stellte sich Clare gern selbst ein Bein. Miriam konnte ihre Mutter in der guten Stube herumwuseln hören. Zweifellos staubte sie Zierrat ab, den sie bereits gestern abgestaubt hatte. Von ihrem Vater war nichts zu sehen, und Anna spielte in der Gasse hinter dem Haus. Miriam hörte ihre schrille Stimme, die Anweisungen gab.

»Du, Robbie McKenzie, du musst hier Wache stehen. Jetzt nicht bewegen. Komm schon, Suzanna. Wir schauen mal nach, was dieser Malcolm macht.«

Annas Stimme wurde undeutlicher, je mehr sie sich dem Haus der Connors nebenan näherte, doch Miriam wusste, dass sie immer noch das Sagen hatte. Anna hatte immer das Sagen bei ihren kleinen Freunden. Es wunderte Miriam, dass die sich nicht dagegen auflehnten und einen Putsch durchführten, aber sie schienen alle froh darüber zu sein, herumkommandiert zu werden. Selbst schuld. Es würde Anna nicht umbringen, ebenfalls zu helfen, aber natürlich würde ihre Mutter niemals verlangen, dass sie ihr Spiel unterbrach. Wenn Miriam einmal Kinder haben sollte, würde sie definitiv niemals eines bevorzugen.

Das Bügelbrett stand aufgebaut in der Spülküche, wie es ihre Mutter gesagt hatte. Das Kabel des Bügeleisens schlängelte sich die Wand zur Steckdose hinauf. Miriam schaltete es ein und machte sich auf die Suche nach den Kleidungsstücken, während sie darauf wartete, dass das Bügeleisen aufheizte. Die an der Decke hängende Kleiderstange war beladen, und Miriam wickelte das Seil vom Haken und ließ sie vorsichtig herunter.

Sie achtete darauf, die Pfanne mit dem kalten Fett zu meiden, die immer auf der hinteren Herdplatte stand. Dann prüfte sie, wie feucht die Kleidungsstücke noch waren. Die Hemden, die an einem Ende der Stange hingen, waren trocken, aber der Rest war noch zu feucht zum Bügeln. Sie hängte die Hemden eines nach dem anderen ab und hielt sie sich vor die Brust gedrückt. Der Baumwollstoff roch schwach nach Pommes.

Ihre Mutter kam in die Küche geeilt. »Ist Clare immer noch nicht da? Welches Spielchen spielt sie denn jetzt schon wieder? Ich werde garantiert noch mit meinem letzten Atemzug nach ihr brüllen. *Clare!*«

»Kein Grund zu schreien«, sagte Clare, die plötzlich in der Tür erschien.

»Das wird aber auch Zeit!«, blaffte ihre Mutter, der aber ein wenig der Wind aus den Segeln genommen worden war. »Du musst für mich zum Laden flitzen. Die Liste liegt auf dem Tisch, und in der Keksdose ist Geld. Nimm zwei Einpfundscheine. Das sollte reichen. Und pass auf, dass er dir nicht zu wenig Wechselgeld rausgibt. Er hat so etwas Durchtriebenes im Blick. Ich traue ihm überhaupt nicht über den Weg.«

Clare schlenderte zum Tisch, griff nach der Liste und warf einen flüchtigen Blick darauf.

»Frühstücksfleisch? Ich hasse dieses Dosenzeug. Warum müssen wir ausgerechnet das kaufen?«

»Das ist nicht für dich, mein Fräulein. Eine Menge Leute wären froh über ein schönes Sandwich mit Frühstücksfleisch, und bei der Anzahl von Mäulern, die wir stopfen müssen, dürfen wir nicht wählerisch sein. Beeil dich jetzt, bevor er keine Sahne mehr hat. Bestimmt gibt es heute noch einen Ansturm darauf.«

Ihre Mutter gab Clare einen Klaps mit dem Staubwedel und scheuchte sie in Richtung Tür. Widerwillig zog Clare zwei Einpfundscheine aus der Rolle in der verbeulten Keksdose und schob sie in die Jeanstasche. Dann nahm sie den Einkaufskorb und ging. Miriam lächelte sie so zuckersüß sie nur konnte an, als Clare an ihr vorbeiging, und Clare schaute dafür mürrisch drein. Hinter ihrem Rücken äffte Miriam den Gesichtsausdruck ihrer Schwester nach und machte sich im Geiste eine Notiz, wie sich ihre Gesichtsmuskeln dabei anfühlten. Wieder etwas dazugelernt.

Sie leckte an ihrem Finger und tippte auf die Sohle des Bügeleisens. Es zischte, und sie begann mit dem ersten Hemd. Alle Hemden, die ihr Vater bei der Arbeit trug, sahen gleich aus und waren aus einem blassblauen Baumwollstoff. Die Kragenecken begannen bereits fadenscheinig zu werden, und Miriam bügelte sie vorsichtig, um nicht beschuldigt zu werden, diesen Zustand noch verschlimmert zu haben.

»Mum?«, rief sie durch die Küche. »Sind heute Abend alle da? Ich möchte beim Abendessen etwas besprechen.«

Ihre Mutter antwortete nicht, aber natürlich würden alle zu Hause sein. Sie waren immer alle da. Wohin sollten sie auch gehen?

II

Miriam war gerade mit dem letzten Hemd fertig, als Clare vom Laden an der Ecke zurückkam. Sie schleuderte den Einkaufskorb auf den Tisch und achtete wenig auf die Unversehrtheit des Inhalts. Die Glasflaschen klirrten unheilvoll.

»Vorsichtig!«, rief Miriam. »Wenn du sie zerbrichst, musst du noch mal los.«

»Auf keinen Fall«, blaffte Clare. »Wenn sie noch was braucht, kann sie es alleine holen. Bewegung würde ihr sowieso guttun. Sie wird doch von Tag zu Tag fetter.« Clare zupfte an einem Reißnagel herum und steckte dann den Finger in den Mund, um daran zu knabbern.

»Lass sie das bloß nicht hören«, warnte Miriam ihre Schwester. »Sie hat viel um die Ohren mit dem Straßenfest und so. Ich glaube, sie hat sich einfach übernommen und kommt jetzt nicht mehr raus aus der Nummer, ohne das Gesicht zu verlieren. Ist es so schlimm für dich, ein bisschen kooperativer zu sein?«

Clare schaute Miriam an, legte den Kopf zur Seite und hob eine Augenbraue. Doch dann lenkte sie ein und lächelte.

»Auf jeden Fall.« Sie zog eine imaginäre Schlinge um ihren Hals zu, verdrehte die Augen und sperrte den Mund auf. Miriam kam nicht umhin zu lachen. »Ich habe von diesem ganzen Jubiläum die Nase gestrichen voll«, fuhr Clare fort. »Wen interessiert es schon, dass sie seit fünfundzwanzig Jahren Königin ist? Was tut sie denn überhaupt? Wir sollten diese ganze Bande über den Haufen schießen und eine Revolution anzetteln wie die blöden Russen.«

Miriam schaute sich hastig um. Wenn ihre Mutter Clare fluchen hörte, würde es wieder eine Auseinandersetzung geben. »Sei leise«, zischte sie, aber Clare zuckte nur mit den Schultern, ging hinüber zur Spüle und schaute in den Hof, wo noch mehr Wäsche träge im lauen Wind flatterte.

»Ist Dad schon zurück?«, fragte sie.

»Nein. Ich nehme an, der kommt erst zum Abendessen. Zumindest hoffe ich das. Ich habe euch allen nämlich etwas zu erzählen«, berichtete Miriam und wünschte sich sofort, sie hätte es nicht getan.

»Was?«, fragte Clare ausdruckslos und tat so, als würde es sie überhaupt nicht interessieren, was Miriam ihnen mitzuteilen hatte. »Wirst du Missionarin in Afrika? Oder Nonne? Nein. Warte. Du bist schwanger!« Sie wirbelte mit weit aufgerissenen Augen herum. »O mein Gott, das stimmt doch nicht, oder?«

»Nein!«, kreischte Miriam. »Natürlich nicht! Es geht nicht um so etwas, aber ich habe eine Entscheidung getroffen und will sie mit euch allen besprechen. Nicht jetzt, sondern später.«

Sie klappte das Bügelbrett zusammen und hängte es an die Haken hinter die Tür der Spülküche. Sie würde sich durch Clare nicht aus der Fassung bringen lassen. Die würde dem Ganzen sicher negativ gegenüberstehen, aber das war egal. Miriam musste nicht Clare überzeugen.

Die Hintertür wurde aufgerissen, und Anna platzte herein. Mit einer gebieterischen Handbewegung teilte sie den gestreiften Fliegenvorhang.

»Diese Louise Chambers ist eine blöde Kuh. Ich spiele nie wieder mit ihr. Sie ist so rechthaberisch und reißt alles an sich. Wo ist Mum? Was gibt's zum Abendessen?«

Miriam und Clare grinsten sich verschlagen an. Anna war unglaublich rechthaberisch. Nur äußerst selten kam man bei ihr zu Wort.

»Mum ist im Wohnzimmer, und es gibt Bratwürstchen und Pommes zum Abendessen. Zumindest ist das der Plan, wenn ich dazu komme, die Kartoffeln zu schälen. Hilfst du uns, Clare?«

»Na gut. Ich muss nur noch ...«, meinte Clare und verließ die Küche, bevor sie mitgeteilt hatte, was sie noch musste. Miriam seufzte laut.

»Nimm diese Hemden mit rauf, Anna, und häng sie auf. Lass sie nicht einfach auf dem Bett liegen. Mum ist ein bisschen müde, und wir müssen alle mithelfen.« Anna gab einen missbilligenden Laut von sich, nahm aber den Stapel Hemden mit.

Miriam suchte alles zusammen, was sie brauchte, und begann, an der Spüle die Kartoffeln zu schälen. Als sie jede Kartoffel ins kalte Wasser tauchte, bewunderte sie die saubere, gelbe Oberfläche, die erschien. Keiner hatte sie je zuvor gesehen. Miriam war die Einzige, der sie sich zu erkennen gab. Im Stillen gratulierte sich Miriam zu ihrer Klugheit. Niemand anderer im Haus hätte je diesen Gedanken gehabt. Sie waren alle Kunstbanausen. Niemand war so im Einklang mit der Welt um sich herum wie Miriam. Deshalb würde sie eine wunderbare Schauspielerin sein. Was auch immer verlangt wurde, sie wusste, sie würde es aus dem Hut zaubern. Wieder übte sie, gab ihrem Gesicht einen überraschten Ausdruck und beurteilte das Ergebnis im Spiegelbild des Fensters.

»Was in Gottes Namen tust du da, Mädchen?«, fragte ihre Mutter, die in der Tür erschienen war. Miriam hörte auf, das Gesicht zu verziehen, und schaute ins schmutzige Wasser.

»Nichts. Soll ich dir eine Tasse Tee kochen, Mum? Du siehst erschöpft aus.«

Ihre Mutter ließ sich langsam auf einem Küchenstuhl nieder und seufzte laut. »Nur eine kurze Verschnaufpause, und dann mache ich mit dem Gelee für die Trifles weiter«, sagte sie, aber nachdem sie erst einmal saß, sah es für Miriam nicht so aus, als würde sie je wieder aufstehen.

»Es ist nicht gut für dich, wenn du in dem Tempo weitermachst. Clare kann sich um die Trifles kümmern. Weißt du, sie ist fünfzehn und gibt immer vor, dass sie dies und das nicht kann, nur um es nicht tun zu müssen. Sie hat bereits im Hauswirtschaftsunterricht ein Trifle zubereitet und weiß, wie das geht.«

Miriam schaute hinüber zu ihrer Mutter, die die Augen geschlossen hatte und tief ein- und ausatmete. Miriam fragte sich, ob sie eingeschlafen war, doch dann sprach sie.

»Das wäre großartig, Miriam.«

»Und Anna kann auch helfen.«

»Nein«, widersprach ihre Mutter schnell. »Lass die kleine Anna spielen. Für Hausarbeit ist noch Zeit, wenn sie größer ist.«

Miriam biss sich auf die Zunge. Als sie elf gewesen war, hatte sie auf zwei jüngere Geschwister aufpassen müssen. Keiner hatte gesagt, dass sie stattdessen spielen sollte. Dennoch war es zwecklos, etwas zu sagen, denn Anna war die Jüngste und konnte tun und lassen, was sie wollte, und das tat sie auch. Langsam und mit System begann Miriam, die Kartoffeln in lange dünne Pommes frites zu schneiden, und achtete darauf, dass sie ungefähr gleich groß waren, damit sie nachher alle zur gleichen Zeit gar waren. Wenn sie die Pommes schnitt, waren zumindest nie harte dabei. Oder dicke. Miriam hasste dicke Pommes frites.

»Macht sich die Tasse Tee von selbst?«, fragte ihre Mutter.

»Kommt gleich!«, rief Miriam, bei der die angebotene Tasse Tee im Gedankenwirrwarr untergegangen war.

»Also«, sagte ihre Mutter und ging die gedankliche Liste laut durch, »wenn Clare die Trifles macht, dann kann der Rest bis morgen warten. Die Sandwiches kann ich sowieso erst kurz vorher zubereiten, und die Törtchen sind im Nu gemacht. Ich werde mich jetzt ums Abendessen kümmern und schaue dann vielleicht *Crossroads.*«

Miriam sah zu ihrer Mutter. Ihre grau werdenden Haare waren aus dem Gesicht gebürstet und zu einem tiefen Pferdeschwanz zusammengebunden. Um die Schläfen herum kräuselten sich ein paar Haarsträhnen. Ihre sanften braunen Augen, die normalerweise sehr scharf waren und alles mitbekamen, sahen müde aus, und von Zeit zu Zeit huschte so etwas wie ein ängstlicher oder kummervoller Ausdruck über ihr Gesicht. Miriam nahm sich vor, diese Gesichtsausdrücke zu üben, wenn sie einen Moment für sich hatte.

Draußen wurde die Haustür quietschend geöffnet und fiel dann krachend ins Schloss.

»Ich bin zurück. Wo seid ihr? Ist ja hier wie in einer Leichenhalle. Habe ich eine Invasion Außerirdischer verpasst, oder seid ihr alle zur Marine eingezogen worden?«

Miriam lachte. »Wir sind hier, Dad! Jedenfalls Mum und ich. Die anderen sind oben. Und Außerirdische gibt es nicht!«

Miriams Vater rauschte in die Küche und drückte seiner Frau einen geräuschvollen Kuss auf die Stirn. Sie lächelte ihn schwach an.

»Das Abendessen ist noch nicht ganz fertig, Frank«, sagte sie, setzte sich ein bisschen aufrechter hin und strich sich mit einer Hand über die farblosen Haare.

»Kein Problem! Kein Problem!«, beteuerte er. »Und wie geht's dir, Miriam, erstgeborene Frucht meiner Lenden?«

»Frank! Also wirklich!«, schimpfte ihre Mutter.

Miriam, die vor der Spüle stand, drehte sich um und lächelte ihren Vater an. »Gut, Dad. Wie war dein Nachmittag? Hast du gute Storys aufgedeckt?«

»Oh, eine gute Story gibt es immer, meine kleine Maus. Mit dem jungen Sportredakteur hatte ich eine aufschlussreiche Diskussion darüber, wie haushoch überlegen Liverpool gegenüber Manchester United ist. Er hat es nicht geschafft, seinen Denkfehler zu erkennen, aber das wird er mit der Zeit.«

»Du lässt dich also von so etwas Lapidarem wie einem verlorenen Pokal nicht unterkriegen, Dad?«, foppte Miriam ihren Vater mit einem theatralischen Augenzwinkern.

»Ein unbedeutender Rückschlag, Miriam. Nur ein unbedeutender Rückschlag. Ab und zu müssen wir den Unterlegenen ein paar Leckerbissen in Form eines Sieges hinwerfen, sonst wird ihnen allen langweilig und sie weigern sich zu spielen. Und darf ich dich daran erinnern, obwohl das beileibe nicht notwendig sein sollte, dass wir die rechtmäßig gekrönten Europameister sind? Wer braucht ein blödes Pokalendspiel, wenn er die Krone in den Händen hält?«

»Nein, Dad. Daran brauchst du mich wirklich nicht zu erinnern.« Seit dem Spiel hatten sie fast nichts anderes von ihm gehört.

»Im Pub war viel los, als ich vorbeigegangen bin.« Er warf einen kurzen Blick auf ihre Mutter, um hervorzukehren, dass er hier und nicht dort war. »Müssen all die gewesen sein, die diesem Straßenfestquatsch aus dem Weg gehen.«

»Alle Männer, meinst du«, mischte sich Clare ein, die in der Tür erschien. »Wann gibt's Essen? Ich verhungere.«

»In einer Dreiviertelstunde. Und du kannst helfen, indem du dich um die Trifles kümmerst«, meinte Miriam. »Eigentlich könntest du jetzt mit dem Gelee anfangen, damit das schon mal fertig ist.«

Clare sah aus, als wollte sie widersprechen, aber dann überlegte sie es sich noch einmal und füllte den Wasserkessel.

»Richtig«, sagte ihr Vater. »Dann lasse ich euch mal allein und wasche mich, damit ich bereit bin zum Abendessen. Geht's dir gut?«, fragte er ihre Mutter und berührte sie leicht an der Schulter. »Du siehst erschöpft aus. Delegiere mehr. Wo ist unsere dritte kleine Helferin? Soll ich sie runterschicken?«

»Nein. Lass sie spielen. Wir treten uns hier sonst gegenseitig auf die Füße.«

»Und Miriam hat uns offensichtlich etwas Wichtiges zu verkünden«, warf Clare ein. Miriam hörte den sarkastischen Unterton in ihrer Stimme, beließ es aber dabei.

»Wie interessant«, staunte Frank. »Hast du vor, mit einem Zirkus durchzubrennen?«

»Nein!«, rief Miriam und sah Clare mit einem verärgerten Gesichtsausdruck an, den sie am liebsten zu üben pflegte. »Ich erkläre euch alles beim Abendessen.«

Die Mädchen liefen geschäftig hin und her, widmeten sich ihren jeweiligen Aufgaben und gingen sich dabei geschickt aus dem Weg. Miriam beobachtete, wie Clare die kleinen roten wackelnden Geleewürfel voneinander trennte und sich einen oder zwei heimlich in den Mund schob, als sie dachte, dass es niemand sah. Miriam sagte nichts. Sie musste diese ungewöhnlich heitere Stimmung so lange wie möglich aufrechterhalten. Sie ließ die Pommes in die Pfanne mit dem heißen Fett rutschen, die auf der hinteren Herdplatte stand, und briet die Würstchen, während sie gleichzeitig den Tisch deckte. Ihre Mutter trank mitten in all dieser Aktivität in Ruhe ihren Tee.

»Wer hängt die Wimpel und all den Sch…kram auf?«, fragte Clare. »Nehme an, das machen die nutzlosen Männer.«

Ihre Mutter ließ sich nicht provozieren. »Mr Williams aus Nummer sechzehn koordiniert das«, antwortete sie, als hätte sie kein Interesse an was auch immer. »Er braucht wahrscheinlich morgens Hilfe beim Aufblasen der Luftballons. Und wenn die Biertische stehen, müssen Tischdecken drauf und dann Teller und Becher. Es müssen alle mit anpacken, aber heute Abend können wir noch nichts machen. Das muss bis morgen warten.«

III

Ihr Vater nahm gerade mit einem Stück Weißbrot die letzten Reste der braunen Soße auf, als Miriam beschloss, dass jetzt der richtige Zeitpunkt sei. Den musste sie genau abpassen – wenn alle entspannt und satt waren, aber bevor ihre Mutter aufstand, um die Teller abzuräumen. Miriam holte tief Luft und legte los.

»Ich habe Neuigkeiten«, verkündete sie.

»Ooh! Endlich. Die große Ankündigung. Das wird bestimmt gut«, jubelte Clare, drehte ihren Stuhl theatralisch in Miriams Richtung und stützte die Ellbogen auf dem Tisch auf. Doch nach einem warnenden Blick von ihrer Mutter nahm sie sie schnell wieder herunter.

Miriam warf Clare einen verärgerten Blick zu.

»Halt den Mund, Clare«, zischte sie. Schon jetzt sah sie, dass sie nicht die volle Aufmerksamkeit ihrer Mutter haben würde.

Obwohl sie Miriam anschaute, war sie mit den Gedanken ganz woanders.

»Und die wären, Mäuschen?«, fragte ihr Vater. »Dann lass mal die Katze aus dem Sack.«

Unter normalen Umständen hätte Miriam die Tendenz ihres Vaters, über alles einen Witz zu machen, unterhaltsam gefunden, aber das hier war keine normale Situation. Es war eine ernste Angelegenheit, die ihr ganzes Leben beeinflussen würde, und deshalb musste sie auch als solche behandelt werden. Miriam setzte sich aufrecht hin und legte so lange eine dramatische Pause ein, wie sie glaubte, es sich erlauben zu können. Dann machte sie ihre bedeutsame Ankündigung.

»Ich werde Schauspielerin«, sagte sie, sprach jedes Wort mit schauspielerischer Genauigkeit aus und wartete dann auf eine Reaktion.

Clare prustete vor Lachen.

»Eine noble Profession«, sagte ihr Vater und tat sein Bestes, die Sprache aus Shakespeares Zeiten nachzuahmen und sich gleichzeitig darüber lustig zu machen. »Jedoch eine mit monetärer Benachteiligung.«

»Was?« Anna zog verwirrt die Nase kraus. »Mum, kannst du Dad nicht sagen, er soll aufhören, so merkwürdige Worte zu benutzen, und ordentlich sprechen?«

»Was ist bloß aus der Bildung in diesem Land geworden?«, scherzte ihr Vater. »Ich meine, dass die Schauspielerei den sprichwörtlichen Pleitegeier nicht wird verjagen können, mein jüngstes Kind.«

Anna sah immer noch verwirrt aus.

»Er meint, dass man damit nicht viel verdient«, erklärte Clare.

»Oh. Und warum sagt er das dann nicht einfach?«, wollte Anna wissen.

»Weil das typisch für Dad ist. Warum ein Wort benutzen, wenn es zehn dafür gibt?«, meinte Clare.

»Jedenfalls …« Miriam musste fast schreien, um wieder die Aufmerksamkeit ihrer Familie zu bekommen, »habe ich mir das ganz genau überlegt.« Sie warf ihrem Vater einen Blick zu, um zu prüfen, ob er sie gehört hatte. Er ermunterte sie immer, sich mit Dingen zu befassen, die sie interessierten.

»Die beste Schauspielschule im Land ist die Royal Academy of Dramatic Art, und deshalb habe ich mich dort beworben. Ich muss natürlich noch vorsprechen, aber wenn sie mir einen Platz anbieten, werde ich nach London ziehen, sobald ich meinen Schulabschluss in der Tasche habe. Die RADA ist nicht kleinlich mit den Noten. Sie achtet nur auf das Talent, und deshalb ist es egal, welche Noten ich bekomme.«

Miriam spürte, wie die Stimmung am Tisch umschlug. Ihre Mutter, die beinahe weggenickt wäre, schaute sie direkt mit einem äußerst besorgten Gesichtsausdruck an, aber die größte Veränderung war bei ihrem Vater zu beobachten. Er schwieg einen Moment, doch als er wieder sprach, war seine Schauspielerstimme à la Shakespeare spurlos verschwunden.

»Hmmm«, machte er langsam, als suche er mit äußerster Sorgfalt nach den richtigen Worten. »Das ist neu. Ich wusste nicht, dass du thespische Bestrebungen hegst.«

Anna war drauf und dran, wieder »Was?!« zu rufen, aber Clare legte ihr die Hand auf den Arm.

»Schhh«, machte sie.

»Ja, das tue ich. Sogar schon eine Weile. Eigentlich schon jahrelang.« Miriam hörte, wie sie unter dem Blick ihres Vaters stammelte. »Ich habe nichts gesagt, weil ich zuerst alle Fakten in Erfahrung bringen wollte. Das rätst du uns doch immer, Dad.« Sie machte eine Pause, um ein Lob einzuheimsen, aber als das nicht kam, fuhr sie fort. »Und da ich jetzt alles herausgefunden habe, bin ich bereit, so hart ich nur kann zu arbeiten, um meinen Traum wahr werden zu lassen. Du sagst doch immer, dass wir hart arbeiten müssen, wenn wir etwas unbedingt wollen, damit wir es bekommen.«

»Das stimmt.« Ihr Vater klang nachdenklich. »Ja, das stimmt. Was mich jedoch bei diesem Plan ein wenig beunruhigt – und ich weiß es zu schätzen, dass du alles so gut du konntest durchdacht und recherchiert hast –, aber was mich beunruhigt …« Er machte eine Pause und rieb sich das Kinn. »Was mich beunruhigt«, setzte er wieder an, »ist, dass die Schauspielerei kein richtiger Job ist. Als Hobby ist sie okay. Ich habe kein Problem damit, wenn du in deiner Freizeit auf der Bühne stehst, aber zur Schauspielschule gehen? Das ist etwas ganz anderes. Etwas völlig anderes.«

»Ich weiß wirklich nicht, warum«, widersprach Miriam. Es lief nicht so, wie sie es sich erhofft hatte und gedanklich durchgegangen war. »Du willst natürlich, dass ich die Schule beende und aufs College gehe.«

Schließlich meldete sich ihre Mutter zu Wort. »Ich glaube, was dein Vater meint, ist, dass wir erwartet haben, du würdest zum Lehrerstudium weggehen oder dich zur Sekretärin ausbilden lassen. Das sind Qualifikationen, mit denen du letztendlich einen guten Job bekommst. Aber schauspielern? Das ist kein richtiger …«

Ihr Vater unterbrach sie. »Das hatten wir überhaupt nicht für dich ins Auge gefasst, und das wird auch nicht geschehen. Worauf du dich verlassen kannst.« Seine Stimme war jetzt eine ganz andere. »Du wirst weiter zur Schule gehen, fleißig lernen und einen guten Abschluss machen. Und dann können wir übers College reden. Aber Schauspielschule? Ich glaube, diese Idee musst du dir aus deinem kleinen süßen Kopf schlagen.«

Miriam spürte, wie sie tief Luft holte und ihr Herzschlag sich beschleunigte. Ihr Blick fiel auf Clare, die grinste. Das brachte die tief in ihr brodelnde Wut weiter an die Oberfläche.

Unter Aufbringung fast ihrer gesamten Willenskraft ignorierte sie Clare und sprach so ruhig sie konnte.

»Na ja, das ist jetzt zu spät«, sagte sie. »Ich habe meine Bewerbung bei der RADA schon losgeschickt, und du kannst nichts dagegen tun. Und wenn sie mich zum Vorsprechen einladen, was sie garantiert tun werden, dann fahre ich mit oder ohne euren Segen nach London.«

Die Wangen ihres Vaters färbten sich rot, und vorbei war es mit seiner hochtrabenden Ausdrucksweise. »Genau das wirst du nicht tun, mein Fräulein. Ich verbiete dir ausdrücklich jeglichen Kontakt mit der RADA und eigentlich mit jeder anderen Schauspielschule auch. Du kannst dir diese alberne Idee ein für alle Mal aus dem Kopf schlagen. Keines meiner Kinder, und besonders keines mit deinem klugen Verstand und Potenzial, wird das alles im Klo runterspülen …«

»Frank!«, rief ihre Mutter. »Achte bitte hier am Tisch auf deine Ausdrucksweise.«

»… wird das alles im Klo runterspülen«, fuhr ihr Vater unbeirrt fort, »indem es seine Zeit an einer unausgegorenen Schauspielschule für Verlierer und Tunichtgute verschwendet.«

»Aber Dad! Es ist die RADA. Die Roy-al Ac-ad-emy!«, rief Miriam und betonte jede einzelne Silbe. Ihr Frust machte sie frecher, als sie normalerweise war. »Das bedeutet, dass die Queen sie gutheißt. Du weißt, wer die Queen ist? Die Frau, die wir morgen feiern und für die wir uns kaputtmachen.«

»Miriam!«, ermahnte ihre Mutter sie. »Sprich nicht so mit deinem Vater.« Miriam war das egal. Es ging alles schief, und sie sah keine Möglichkeit, jetzt noch Herr der Lage zu werden. Innerhalb von zehn Minuten war ihr ganzes Leben in Millionen Stücke zerschellt.

»Du bist albern«, fügte sie hinzu, wusste aber, dass sie zu weit gegangen war. Sie sah, wie ihr Vater zu einem Schlag ausholte, obwohl er viel zu weit von ihr entfernt saß.

»Geh auf dein Zimmer«, presste er langsam zwischen zusammengebissenen Zähnen hervor. »So lasse ich nicht mit mir reden. Das hier ist mein Haus, und solange du deine Füße unter meinen Tisch stellst, wirst du tun, was ich sage. Zu diesem Thema gibt es keine weitere Diskussion. Die Angelegenheit ist erledigt.«

Miriam stand auf und stieß in der Eile fast ihren Stuhl um. Dann hetzte sie die Treppe hinauf und lief in ihr Zimmer, wo sie sich aufs Bett warf und schluchzte.

Nach ein paar Minuten wurde das Schluchzen zu anstrengend und ging in ein Schniefen über. Als jemand zaghaft an die Tür klopfte, saß sie vor dem Spiegel und beobachtete, wie sich ihr Mund verzog, wenn sie weinte.

»Darf ich reinkommen?«, fragte eine leise Stimme.

»Nein«, gab Miriam zurück, und dann: »Okay.«

Langsam steckte Anna ihren Kopf durch den Türspalt, und dann trat sie ins Zimmer.

»Geht's dir gut?«, wollte sie wissen.

»Nein.«

»Ich fand es furchtbar mutig von dir, Dad derart die Stirn zu bieten.«

Miriam schwieg, schaute ihre Schwester jedoch dankbar an. Anna war wirklich in Ordnung, wenn sie nicht herumkommandierte.

»Es war aber trotzdem eine ziemlich blöde Idee, oder?«, fuhr Anna fort. »Ich meine, wenn diese RADA die beste Schauspielschule im Land ist, weshalb um alles in der Welt sollten die dich da wollen?«

Anna lächelte verkrampft, drehte sich um und verließ das Zimmer.

Miriam starrte auf die Stelle, auf der Anna gestanden hatte. Sie kochte vor Wut, war aber nicht schnell genug gewesen, etwas Bissiges zu erwidern. Manchmal hasste sie ihre

Schwestern wirklich. Was wusste Anna denn schon? Oder die anderen? Vielleicht gewöhnten sie sich an den Gedanken. Sie konnte das Thema ein paar Tage auf sich beruhen lassen, warten, bis dieses elende Straßenfest vorbei war, und dann würde sie es beiläufig, als wäre nichts entschieden, noch einmal erwähnen. Bis dahin hätten sich alle beruhigt, und ihr Vater würde das Ganze mit anderen Augen sehen. Ja, so würde sie vorgehen. Sie würde einfach so tun, als wäre nichts geschehen. Es gab keinen Grund, wie Clare zu schmollen. Sie würde den ganzen Streit vergessen und nach einer Weile einen neuen Versuch starten. Vielleicht hätte sie bis dahin etwas von der RADA gehört und kannte schon den Termin fürs Vorsprechen. Ihre Familie würde bestimmt ihre Meinung ändern, wenn Miriams Vorsprechen tatsächlich bevorstand.

Sie hörte, wie in der Küche abgewaschen wurde und Anna und Clare darüber stritten, wer abtrocknete und wer wegräumte. Ohne Miriam in der Küche musste ihre Mutter bestimmt abwaschen. Kurz überkam sie ein Schuldgefühl, aber dann erinnerte sie sich daran, dass ihre Mutter kaum ihre Partei ergriffen hatte. Da konnte sie ruhig mal abwaschen. Wäre Miriam nicht auf ihr Zimmer geschickt worden, hätte sie das erledigt.

Später, als die Geräusche von der Straße leiser wurden, klopfte es wieder an ihrer Tür.

»Miriam?«, ertönte die Stimme ihrer Mutter. »Darf ich reinkommen?«

»Ja.«

»Dein Vater ist mit ein paar Freunden auf ein schnelles Bier in den Pub gegangen. Du kannst runterkommen und mit uns fernsehen, wenn du willst.«

»Nein danke«, lehnte Miriam das Angebot ab. Ihre Stimme klang gereizter als beabsichtigt.

Ihre Mutter stand in der Tür und wusste offensichtlich nicht, ob Miriam mit ihr reden wollte. Als die nichts sagte, ging sie zum Bett und ließ sich vorsichtig darauf nieder. Miriams Versuche, ihr die kalte Schulter zu zeigen, verpufften.

»Bist du okay, Mum? Tut dir der Rücken weh?«

»Ich muss mich übernommen haben«, stöhnte sie und massierte sich das Kreuz. »Eine Mütze voll Schlaf ist alles, was ich brauche. Morgen früh bin ich wieder quicklebendig. Ich glaube, ich gehe jetzt ins Bett. War ein langer Tag, wie das immer so ist.« Langsam stand sie wieder auf und ging zur Tür. »Dein Vater will nur das Beste für dich, Miriam.« Sie drehte sich um. »Das weißt du doch, oder? Und du hast ihn auch ziemlich überrumpelt. Wir können noch mal mit ihm reden, wenn er sich beruhigt hat, aber wenn ich du wäre, würde ich alle Gedanken an eine Schauspielschule aus meinem Kopf verbannen. Vielleicht könntest du Englischlehrerin werden – und die Theater-AG an einer Schule leiten. Außerdem können wir hier in der Nähe nach Laienspielgruppen suchen. Da könntest du mitmachen. Wie wäre das?«

Das wäre scheußlich, dachte Miriam, aber sie sprach es nicht aus.

»Gute Nacht, Mum«, sagte sie stattdessen.

IV

Das Erste, was Miriam am nächsten Morgen beim Aufwachen hörte, war der Staubsauger. Stöhnend wälzte sie sich herum und schaute auf den Wecker. Es war gerade einmal kurz nach sechs. Warum saugte ihre Mutter Staub? Um diese Uhrzeit! Das Fest würde draußen auf der Straße stattfinden und nicht in ihrem Haus. Sie drehte sich auf den Rücken und starrte an die Decke. Dem Licht nach zu urteilen, das durch die Vorhänge drang, konnte es kein schlechter Tag werden. Zumindest würde es nicht regnen.

Vielleicht kam heute der Brief von der RADA, obwohl sie davon nichts erwähnen würde, bis das Straßenfest vorbei war. Überrascht stellte sie fest, dass sie sich auf das Fest freute. Clare weigerte sich, hinzugehen, aber so war sie nun mal. Sie zog es vor, den Tag unbeobachtet mit ihren Freunden zu verbringen. Anna war dagegen ziemlich angetan von der Idee, weil sie dann die Nachbarn nett anlächeln und dazu bringen konnte, dass sie hinterher sagten, wie entzückend sie sei. Was sie garantiert auch taten.

Unten verstummte der Staubsauger. Gleich würde ihre Mutter an die Tür klopfen. Im Bliss-Haushalt gab es so etwas wie ausschlafen nicht. Ihre Mutter hielt nichts davon, faul im Bett zu liegen und die Zeit zu vertun. Miriam hörte die langsamen, schweren Schritte ihrer Mutter auf der Treppe, dann ihr Klopfen zuerst an Clares und danach an Annas Tür sowie Clares klagendes Stöhnen.

»Miriam? Bist du aufgestanden?«

»Ja, Mum«, log Miriam.

»Heute muss jeder mit anpacken, wirklich«, empfing ihre Mutter Miriam, als sie die Küche betrat. »Clare, ich brauche dich, um die Trifles fertig zu machen. Miriam und Anna können sich um die Sandwiches kümmern. Wir machen welche mit Käse, Frühstücksfleisch und Marmelade. Die Kruste braucht ihr nicht abzuschneiden. Wir müssen das Essen strecken, so weit es geht. Die tauchen alle aus der Versenkung auf, sobald das Essen auf dem Tisch steht, ihr werdet schon sehen. In der Speisekammer ist jede Menge geschnittenes Weißbrot, aber geht sparsam mit dem Käse um. Wenn ihr damit fertig seid, könnt ihr vielleicht Mrs Connors beim Decken der Tische helfen. Das darf aber nicht zu früh gemacht werden, weil sonst die Teller und Becher davongeweht werden. Sie hat wohl schicke mit der britischen Flagge drauf gefunden, aber ich bin nicht sicher, ob die reichen werden. Wir müssen vielleicht auch die schlichten roten nehmen, die ich bei *Kwik Save* bekommen habe.«

Es hatte keinen Zweck zu unterbrechen. Ihre Mutter stürzte sich auf die Vorbereitungen wie ein Tornado, spannte jeden ein, der ihren Weg kreuzte, und riss ihn mit. Allerdings wirkte ihr Eifer ein wenig gezwungen, fand Miriam, und sie hatte untypische dunkle Ringe unter den Augen. Allerdings schien das niemandem aufgefallen zu sein. Miriam wusste, dass sie die Einzige war, die sich auf dieser höheren Ebene der Wahrnehmung befand.

»Natürlich fällt die wichtigste Aufgabe des Tages mir zu«, sagte ihr Vater mit gespielter Wichtigtuerei. »Das Aufhängen der rot-weiß-blauen Wimpelketten, ohne die keine anständige königliche Veranstaltung ablaufen kann.«

»Na ja, fall bloß nicht von der Leiter«, mahnte ihre Mutter. »Auch ohne eine Fahrt ins Krankenhaus habe ich genug zu tun.«

»Zerbrich dir darüber nicht deinen hübschen kleinen Kopf, o Licht meines Lebens. Ich werde der Inbegriff von Besonnenheit sein, wenn ich die Girlanden an den Laternenpfählen befestige. Jetzt muss ich allerdings gehen.« Er wischte sich mit dem Ringfinger in einer weibischen Geste, die völlig unpassend war, die Mundwinkel ab. »Sonst wird man jemand anderen zum Chef ernennen. Bis später, ihr furchtbare Meute.« Er zwinkerte Anna zu, als er ging. »Bitte extra viel Marmelade auf meine Sandwiches!« Und dann war er fort.

Die in einem ungewöhnlichen Team zusammenarbeitenden Schwestern räumten den Frühstückstisch ab, und dann bildeten Miriam und Anna ein Sandwich-Fließband, während Clare Sahne schlug und Vanillesoße auf glibberiges Gelee und Löffelbiskuit goss.

»Wie lange, glaubst du, müssen wir bleiben?«, fragte Clare und leckte Vanillesoße vom Holzlöffel. »Ich meine, sobald die

Party in Fahrt gekommen ist, fällt doch keinem mehr auf, ob wir da sind oder nicht.«

»Wohin willst du denn?«, wollte Miriam wissen. »Die ganze Straße wird da sein. Im ganzen Land wird gefeiert. Ich glaube, das wird lustig werden. Man ist quasi Teil der Geschichte.«

Clare machte ein finsteres Gesicht. »Glaubst du, dass wir irgendwie an Alkohol kommen?«

Miriam warf Clare einen warnenden Blick zu und nickte in Annas Richtung. Wenn Anna etwas mitbekommen hatte, dann war es ihr gut gelungen, den Anschein von Unwissenheit zu erwecken.

»Vielleicht«, flüsterte Miriam. Auch wenn Anna bisher nichts gehört hatte, würde sie jetzt garantiert die Ohren spitzen. »Ich glaube, Dad hat gesagt, dass es ein paar Fässchen Bier und auch Cidre geben wird. Man muss nur diskret vorgehen, aber wenn das Fest so richtig im Gange ist, bezweifle ich sehr, dass jemand etwas mitbekommen wird. Na ja, außer Mum natürlich.«

»Ich soll mich eigentlich mit Stuart Kingsley treffen, aber das kann mir egal sein.« Clare versuchte, so lässig wie möglich zu klingen, aber Miriam kannte sie gut genug, um die Begeisterung in ihrer Stimme zu hören.

»Ist der nicht mit Ruth Dixon zusammen?«, fragte sie, nur um Clare zu ärgern.

»Das ist doch vorbei. Sie ist eine eifersüchtige Kuh. Stuart ist besser dran ohne sie.« Clare strich die Sahne über die Vanillesoße.

»Darf ich das Trifle verzieren?«, fragte Anna, und Clare reichte ihr resigniert den Becher mit den Liebesperlen.

Sechs Stunden später war die Party in vollem Gange. Alle schienen aus ihren Häusern auf die Straße gekommen zu sein. Ein paar Leute hatten sich sogar verkleidet, obwohl die meisten ihre patriotische Tracht auf einen Plastikzylinder mit dem

Union Jack darauf beschränkt hatten. Die Biertische erstreckten sich über die Länge der Straße, und auf Papiertischdecken standen Servierplatten mit Sandwiches, Würstchen im Schlafrock und Törtchen. Miriam saß nicht weit von ihrer eigenen Haustür entfernt mit Anna zu ihrer linken und Malcolm von nebenan zu ihrer rechten Seite. Sie entging seinem langweiligen Gespräch über Ersttagsbriefe zum fünfundzwanzigjährigen Thronjubiläum, indem sie ihm den Rücken zukehrte und versuchte, mit Anna zu reden, aber es schien ihm nichts auszumachen, das Gespräch mit ihrer Kehrseite fortzuführen, und sie brachte es nicht übers Herz, ihn vollkommen zu ignorieren.

Clare war verschwunden, kurz nachdem das Essen auf den Tischen verteilt worden war, erschien aber kurz darauf wieder mit einem Bierglas, das mehr Schaum als Bier enthielt, und hatte Stuart Kingsley im Schlepptau. Seitdem das Fest eröffnet worden war, hatte Miriam ihren Vater nicht mehr gesehen, doch das war nicht verwunderlich. Besorgniserregender war die Abwesenheit ihrer Mutter. Bei Veranstaltungen wie dieser war ihre Mutter immer mittendrin. Miriam hatte erwartet, sie mit Essen herumwuseln zu sehen, um sicherzustellen, dass jeder hatte, was er brauchte. Diese Aufgabe schien Mrs Connors, Malcolms Mutter, zugefallen zu sein, deren Servierfähigkeiten jedoch nicht allzu ausgefeilt waren. Miriam sah gerade, wie sie einem ziemlich nervös aussehenden Mann mit einem Zwirbelbart ein Sandwich mit Frühstücksfleisch aufdrängte.

Miriam kratzte die Reste ihres Trifles aus dem gewachsten Papierschälchen, schob sie sich in den Mund, stand dann auf und entschuldigte sich. Malcolm sprach immer noch über Briefmarken, und Anna war unter dem Tisch verschwunden und kommandierte ihre Spielkameraden von dort aus. Miriam wollte die Suche nach ihrer Mutter zu Hause beginnen. Vielleicht hatte sie sich nur kurz ausruhen wollen. Das sah ihr zwar nicht ähnlich, aber in letzter Zeit hatte sie vieles gemacht, was untypisch für sie gewesen war. Miriam ging zu ihrer Haustür und schloss leise auf. Die Tür fiel hinter ihr ins Schloss und dämpfte die Geräusche des Festes draußen. Sie lehnte sich dagegen und lauschte dem Gelächter. Alles schien genau nach Plan zu verlaufen. Das würde ihrer Mutter gefallen.

Ihre Aufmerksamkeit wurde von einem fremdartigen Geräusch in Anspruch genommen, das sie nicht zuordnen konnte. Es passte nicht zu den Geräuschen des Straßenfestes, aber sie konnte es nicht identifizieren. Das Geräusch verstummte und setzte dann erneut ein. Es klang ein wenig wie Stöhnen. Miriam lauschte angespannt, fand jedoch nicht heraus, woher es kam.

»Mum?«, rief sie. »Bist du da?«

Eine Antwort bekam sie nicht, aber wieder war das Stöhnen zu hören. Dieses Mal lauter, und auf jeden Fall kam es aus dem Haus.

»Mum?!«

Miriam lief, immer zwei Stufen auf einmal nehmend, die Treppe hinauf. Gerade, als sie den Treppenabsatz erreicht hatte, veränderte sich das Stöhnen zu etwas, was eher einem Grunzen glich. Miriam riss die Tür zum Schlafzimmer ihrer Eltern auf, und dort auf dem Bett lag ihre Mutter auf dem Rücken. Sie hatte die Beine aufgestellt, und ihr Rock war hochgerutscht. Ihr Schlüpfer lag auf dem Boden. Er war nass.

»Mum? Was ist los?«

Während sie sprach, betrachtete sie die Szene und setzte die Puzzleteile zusammen.

»Miriam. Gott sei Dank«, presste ihre Mutter mit zusammengebissenen Zähnen hervor. »Du musst mir helfen. Ich brauche heißes Wasser und jede Menge saubere Handtücher.«

Miriam reagierte nicht. Obwohl sie sah, was geschah, wollte sie ihren Augen nicht trauen.

»Miriam. Bitte«, drängte ihre Mutter mitten in etwas, was aussah wie eine weitere Wehe. »Du musst tun, was ich dir sage.«

»Sollte ich nicht lieber Dad holen? Oder Mrs Connors? Oder einen Krankenwagen?«

»Für all das ist es zu spät … Du musst mir … Handtücher holen. Das wird hier … ein bisschen Schweinerei geben.«

Miriam hatte immer noch Mühe zu verstehen.

»Mum. Bekommst du ein …?«

»Ja, verdammt, ich bekomme ein Baby, und jetzt mach einfach, was ich sage. Bitte!« Und dann fügte sie hinzu: »Es dauert nicht mehr lange.« Sie schloss die Augen und begann zu hecheln.

Ihre Mutter hatte gerade geflucht. Sie fluchte nie. Miriam schien von einer unsichtbaren Macht auf dem Boden festgehalten zu werden. Ihre Mutter hatte gerade geflucht, und sie bekam ein Baby. Das wollte ihr einfach nicht in den Kopf. Sie musste doch bestimmt gewusst haben, was kommen würde. Man konnte doch nicht schwanger sein und es nicht bemerken, oder? Immerhin hatte sie schon dreimal ein Baby bekommen. Es gab doch Anzeichen, die man bemerkte. Ansonsten würde es überall Überraschungsbabys geben. Und trotzdem war nicht zu leugnen, dass ihre Mutter offensichtlich Wehen hatte, obwohl Miriam nicht so viel davon verstand, was das in der Praxis bedeutete.

Dann stieß ihre Mutter einen unterdrückten Schrei aus. Sie schien auf irgendetwas zu beißen – etwa auf ein Paar Socken ihres Vaters? –, und schon setzte sich Miriam in Bewegung.

»Warte, Mum. Ich gehe nach unten, setze den Wasserkessel auf, hole Handtücher, und dann suche ich jemanden, der helfen kann.«

»Nein!«, schrie ihre Mutter unter Schmerzen. »Bleib hier. Der Kopf …«

Jetzt schien sie nicht mehr in der Lage, zu sprechen. Sie presste, als säße sie auf dem Klo, und machte dieses ächzende Geräusch durch zusammengebissene Zähne. Miriam schaute widerwillig auf die Stelle, an der sie das Auftauchen des Kopfes vermutete. Und da, zwischen den gespreizten Beinen ihrer Mutter, sah sie den blutverschmierten Wirbel klebriger blonder Haare. Ein Baby. Ihr kleiner Bruder oder ihre Schwester. Da war es. Das Baby, das sie berühren konnte, wenn sie die Hand ausstreckte.

Ihre Mutter hörte auf zu pressen, und der Kopf verschwand wieder ein wenig in der warmen Höhle.

»Es wird beim nächsten Pressen geboren«, erklärte ihre Mutter und klang völlig ruhig in dieser kurzen Pause.

»Was muss ich tun, Mum?«

»Du nimmst es und gibst es mir, und ich wickele es in die Laken, damit es warm bleibt. Um die Nabelschnur und die Nachgeburt kümmern wir uns erst …«

Die Worte ihrer Mutter verstummten allmählich, als sich eine neue Wehe aufbaute und das grunzende Geräusch erneut einsetzte. Als ihre Mutter presste, konnte Miriam sehen, wie der Kopf wieder auftauchte und winzige Schultern folgten. Und dann flutschte der Rest des winzig kleinen Lebens heraus. Miriam hatte gerade noch Gelegenheit, die Hände vorzustrecken und ihn aufzufangen. Es war ein Junge. Er war glitschig, mit einem schmierigen, blutigen Schleim bedeckt, und die violette Nabelschnur schlängelte sich hinter ihm.

Schnell und ohne Angst gab sie ihn ihrer Mutter, die ihn sich auf die Brust legte, während sie seinen winzigen Körper mit dem gestreiften Flanelllaken zudeckte.

»Jetzt«, wies sie Miriam an, »jetzt suchst du Mrs Connors und deinen Vater.«

Miriam stand mit offenem Mund da. Sie konnte doch jetzt nicht gehen, wo ihre Mutter hier in einem so desolaten Zustand lag und ihr kleiner Bruder noch mit ihr verbunden war. Aber sie brauchte Hilfe, und Miriam fühlte sich der Aufgabe nicht gewachsen.

»Kann ich dich allein lassen?«, fragte sie.

»Uns geht es gut«, beruhigte ihre Mutter sie. »Aber ich brauche Hilfe bei dem, was noch kommt.«

»Kommt noch was?!«, wollte Miriam aufgeregt wissen. Was konnte das bloß sein?

»Ja, die Nachgeburt, und ich brauche jemanden, der nachschaut, ob sie vollständig ist. Ich glaube nicht, dass du das kannst.«

»Okay«, stimmte Miriam rasch zu und war sicher, dass sie mit weiterem Gebären nichts mehr zu tun haben wollte. »Du bleibst hier. Ich bin gleich zurück.«

Aber ihre Mutter hörte nicht mehr zu. Sie starrte in die Augen ihres neugeborenen Sohnes, der zufrieden saugte.

Miriam rannte mit riesigen Schritten die Treppe hinunter und prallte fast gegen die Haustür. Sie raste auf die Straße und war augenblicklich verblüfft über die Tische und Flaggen, wo eigentlich Autos hätten fahren sollen. Das Straßenfest war immer noch im Gange, als wäre nichts geschehen, und doch hatte sich nur Meter davon entfernt ein Wunder ereignet. Miriam suchte die Menge nach der vertrauten Gestalt von Mrs Connors ab und entdeckte sie nicht weit entfernt. Aus einem großen Plastikkrug schenkte sie ein Fruchtsaftgetränk aus.

»Mrs Connors!«, rief Miriam, doch sie konnte das Geplapper und Gelächter nicht übertönen. Also drängte sie sich durch die Gruppen von Frauen, die denen, die saßen, Essen servierten, bis sie direkt neben ihrer Nachbarin stand.

»Mrs Connors«, sagte sie diesmal leiser, aber mit solcher Dringlichkeit, dass Mrs Connors sofort mit dem Ausschenken innehielt und der Krug über den Bechern in der Luft schwebte.

»Was zum Teufel ist los, Miriam? Du siehst aus, als wäre dir der Leibhaftige begegnet.«

»Es ist etwas passiert.« Miriam drückte sich absichtlich unklar aus. Sie wollte nicht, dass es jedermann mitbekam, bevor sie nicht ihren Vater, Clare und Anna gefunden hatte. »Mum braucht Hilfe. Können Sie mitkommen?«

»Natürlich, Liebes. Ich schenke nur noch diesen Krug aus.« Und schon füllte sie die nächsten Becher.

»Nein! Jetzt!«, drängte Miriam und hängte dann noch ein »Bitte« dran.

»Na gut, ich komme sofort, obwohl ich mir nicht vorstellen kann, was geschehen ist, dass du solch einen Wirbel machst.«

Für Erklärungen war jetzt keine Zeit.

»Mum ist zu Hause. Oben«, erklärte Miriam. »Gehen Sie einfach rein und hoch. Ich muss Dad finden.«

Jetzt schien Mrs Connors zu spüren, dass etwas ganz und gar nicht stimmte, und verfiel in eine für ihre Verhältnisse schnelle Gangart.

»Ich glaube, dein Vater ist mit einigen Männern in den *Merry Widow* gegangen. Das Bier hier war wohl nicht nach ihrem Geschmack.« Den letzten Satz konnte sie sich einfach nicht verkneifen.

»Danke. Ich komme so schnell ich kann zurück. Bitte sagen Sie Clare und Anna, dass sie nach Hause gehen sollen, falls Sie sie treffen«, rief sie Mrs Connors über die Schulter nach, als sie sich in Richtung Pub aufmachte.

Es war schwer, im Halbdunkel der Kneipe etwas zu erkennen, und Miriams Augen hatten Mühe, sich anzupassen. Sie hörte ihren Vater, bevor sie ihn sah. Er saß an einem Tisch zwischen der Dartscheibe und dem Billardtisch und hielt Hof.

»Also sagte er: ›Na ja, Frank, mein Junge, du hättest dich lieber für die Rotzunge entscheiden sollen!‹« Die Männer brachen alle in Gelächter aus, das ihr Vater aufsog, als wäre es

Sauerstoff. Dann sah er Miriam und hielt die Hand hoch, um sein Publikum zum Schweigen zu bringen. »Ah, Miriam!«, rief er vergnügt. »Es ist noch nicht vorbei, oder?«

»Du musst nach Hause kommen, Dad. Jetzt. Sofort. Es ist etwas passiert. Mit Mum. Sie braucht dich jetzt.«

Ihr Vater spürte die Dringlichkeit und stand sofort auf.

»Meine Herren, es sieht so aus, als hätte sich ein kleines häusliches Drama ereignet, dem ich meine Aufmerksamkeit widmen muss. Ich muss Ihnen also Lebewohl sagen.«

Er nahm sein Glas, leerte es in einem Zug und folgte Miriam.

»Was gibt es denn so Dringliches?«, fragte er auf dem Weg zum Haus.

Miriam schaute ihn an, und ein riesengroßes Lächeln erschien auf ihrem Gesicht.

»Darauf wirst du nie kommen!«, begann sie. »Mum hat ein Baby bekommen!«

Ihr Vater blieb abrupt stehen, legte die Stirn in Falten, sperrte den Mund auf und dann, als ihm die Bedeutung dessen, was Miriam gesagt hatte, richtig bewusst wurde, rannte er los.

»Ein Baby?«, rief er beim Laufen. »Das gibt's doch nicht! Ein Baby!«

Als sie zu Hause ankamen, waren Clare und Anna bereits da. Ihre Mutter saß im Bett, hatte die Haare gekämmt und trug ein sauberes Nachthemd. Das Baby trug einen gestrickten pinkfarbenen Strampelanzug, der an Armen und Beinen viel zu lang war.

»Ich dachte, du hattest gesagt, es sei ein Junge«, sagte ihr Vater.

»Es ist auch ein Junge«, bestätigte ihre Mutter. »Aber dieser Strampler ist alles, was wir noch haben. Meine Mutter hatte ihn für Miriam gestrickt, und ich konnte ihn einfach nicht wegwerfen.«

»Also«, sagte ihr Vater und ihm schienen momentan die Worte zu fehlen, was völlig untypisch für ihn war. »Das ist vielleicht ein Ding.«

»Nicht wahr?« Clare grinste.

»Ich bin nicht sicher, ob ich das verstehe«, fuhr ihr Vater fort.

»Komm schon, Dad!«, rief Clare. »Ich dachte, du wüsstest, wie das mit den Bienchen und Blümchen funktioniert.«

»Clare!«, rief ihre Mutter. »Es ist tatsächlich eine Überraschung«, fügte sie hinzu.

»Hast du es nicht gewusst, nicht einmal geahnt?«, wollte ihr Vater wissen. Miriam, die genau dieselbe Frage hatte stellen wollen, schaute ihre Mutter gespannt an.

»Ehrlich gesagt hatte ich keine Ahnung. Ich wusste, dass ich ein paar Pfunde zugelegt hatte und immer ein wenig müde war und so. Aber als ich meine Regel nicht mehr bekam, dachte ich, es seien die Wechseljahre. Immerhin bin ich siebenundvierzig! Und ich habe nicht unter dieser furchtbaren Übelkeit gelitten wie bei euch Mädchen.«

»Das sagt man bei Jungen«, mischte sich Mrs Connors ein, die sich damit beschäftigte, aufzuräumen. »Ich hatte überhaupt keinen Brechreiz, als ich mit unserem Malcolm schwanger war.«

»Aber ein Baby ...«, staunte ihr Vater. »Ich kann es immer noch nicht fassen.«

»Wie soll er heißen?«, wollte Anna wissen. »Wir können ihn ja nicht weiter *er* nennen.«

»Ein Name!«, rief ihre Mutter. »Darüber habe ich noch gar nicht nachgedacht.«

»Mir gefällt Zowie«, schlug Anna vor. »Wie Zowie Bowie, der Sohn von David Bowie.«

»Mach dich nicht lächerlich, Anna«, wies Clare ihre Schwester zurecht. »Was ist mit Duncan oder Paul? Oder Woody.«

»Woody ist kein richtiger Name«, bemängelte Miriam.

»Wir könnten ihn Robert nennen, nach meinem Vater«, schlug ihr Vater vor. Anna verzog das Gesicht.

»Ich glaube, ich werde ihn Sebastian nennen«, meldete sich ihre Mutter zu Wort. »Der Name hat mir immer sehr gut gefallen. Er ist so klassisch. Findet ihr nicht?«

»Klingt ein bisschen mädchenhaft«, setzte Clare an, aber Miriam bedeutete ihr, still zu sein.

»Ja«, sagte ihr Vater. »Sebastian wie in *Was ihr wollt.*«

»Wie in *Belle and Sebastian*, der Band im Fernsehen«, meinte Anna. »Hallo Sebastian, ich bin deine große Schwester.«

Sebastian drehte den Kopf in Richtung der Stimme. Seine Augen waren immer noch halb geschlossen von der anstrengenden Reise durch den Geburtskanal. Er hatte blonde Haare und rote Haut und war sehr schrumpelig. Miriam fand ihn wirklich ziemlich hässlich. Ihre Mutter gähnte ausgiebig, und Mrs Connors übernahm das Kommando.

»So, ihr Lieben. Das ist für alle ein Schock gewesen, ich weiß, aber eure Mutter braucht jetzt ein bisschen Schlaf. Weiß Gott, den wird es für eine Weile sowieso nicht genug geben. Ich würde also vorschlagen, dass wir alle wieder zurück zur Party gehen und eure Mutter und euer neugeborener Bruder … Sebastian?« Ihre Mutter nickte. »… Sebastian können dann ein wenig schlafen.«

Mrs Connors scheuchte die Mädchen aus dem Zimmer und ließ ihren Vater kopfschüttelnd neben dem Bett stehen. Miriam hörte noch im Gehen, wie er leise mit ihrer Mutter sprach.

»Geht es dir gut, Dorothy, Liebling? Ich kann nicht glauben, dass du das alles allein durchstehen musstest.« Miriam sah, wie er sich vorbeugte, um seine Frau zu umarmen, und dann schloss sich die Tür hinter ihr.

»Ein Baby!«, ereiferte sich Clare, als sie die Treppe hinuntermarschierten. »Das ist widerlich. Ich kann nicht glauben, dass sie es immer noch tun. Bäääh!«

»Was tun?«, wollte Anna wissen.

»Vergiss es«, sagte Miriam und dann zu Clare: »Ich weiß, und ich kann nicht glauben, dass sie es nicht gewusst hat.«

»Du hast doch gehört, was sie gesagt hat«, entgegnete Clare. »Es ist nicht gerade etwas, was man verbergen kann. Und sie sah genauso überrascht aus wie wir.«

»Ich habe gesehen, wie er geboren wurde«, flüsterte Miriam. »Es war unglaublich. Er schlidderte einfach so aus ihr heraus. Aber für Mum sah es wirklich schmerzhaft aus. Ich weiß nicht, ob ich mal Kinder will, wenn das so funktioniert.«

»Da droht keine Gefahr. Vorher musst du es tun, Schwesterherz«, bemerkte Clare höhnisch.

Miriam schlug ihr auf den Arm.

»Was tun?«, fragte Anna wieder.

»Nichts«, gab Miriam schnell zurück und schnitt erneut eine Grimasse in Clares Richtung.

»Ich freue mich schon darauf, es allen zu erzählen«, schwärmte Anna. »Wir dürfen es doch erzählen, oder? Ich meine, es ist doch kein Geheimnis oder so.«

»Nein«, bekräftigte Miriam. »Ich wüsste nicht, weshalb es das sein sollte, und jeder wird es sowieso früh genug erfahren.«

»Also ich werde ihn definitiv nicht verheimlichen«, verkündete Clare. »Das ist der beste Klatsch, den ich seit Ewigkeiten gehört habe.«

Die drei Schwestern traten aus der Haustür auf die Straße. Und dann wurden sie von einem gewaltigen Jubel empfangen.

»Hipp, hipp!«, rief Mrs Connors, die in einer Hast die Treppe hinunter und aus dem Haus gerannt sein musste, die ihr Miriam nicht zugetraut hätte.

»Hurra!«, schrie die Menschenmenge.

»Ein neues Baby!«, rief jemand. »Am Jubiläumstag. Das ist einen Trinkspruch wert. Lasst uns die Gläser erheben auf das neue Baby Bliss. Auf Baby Bliss!«

»Sebastian«, verkündete Anna stolz.

»Auf Sebastian!«, rief jemand.

»Auf Sebastian!«, schallte es zurück, und dann wurde erneut gejubelt.

Irgendwo in der Ferne meinte Miriam ein Baby schreien zu hören.

V

Die ersten drei Wochen mit Sebastian in der Familie vergingen wie im Flug. In der Schule liefen die Prüfungen, und deshalb hatte Miriam die Vorbereitungen für ihren mittleren Schulabschluss irgendwie zwischen die Hausarbeit und das Kochen quetschen müssen, das sie übernommen hatte, um ihrer Mutter zu helfen. Es war alles nicht so cinfach, und sie wünschte sich, dass ihr irgendjemand eine Bescheinigung für die Schule ausgestellt hätte, in der stand, wie unerträglich ihr Leben plötzlich geworden war.

Ihre Mutter fügte sich nicht gut in ihre neue Rolle ein. Die ersten beiden Wochen nach der Geburt war sie mit Sebastian im Bett geblieben. Wochenbett hatte es Mrs Connors genannt, und Miriam wusste nicht, wie viele Wochen damit gemeint waren. Ihrer Meinung nach gab es keinen Grund, weshalb ihre Mutter nicht aufstehen sollte. Ihre Schwestern und sie waren auf Zehenspitzen herumgeschlichen, um Mutter und Baby nicht zu stören. Als Sebastian jedoch ziemlich schnell in der Lage war, mehr Krach zu machen als der Rest der Familie zusammen, da hatten sie ganz schnell das Schleichen eingestellt.

Der Juni war in den Juli übergegangen, und ihre Mutter hatte immer noch kaum den Hang erkennen lassen, ihre Position als tatsächlicher Haushaltsvorstand wieder einzunehmen. Immerhin kam sie jetzt in die Küche, um die Mahlzeiten mit ihnen einzunehmen. Sebastian lag in der alten Babytragetasche, die neben dem Tisch stand, aber sobald die Teller abgeräumt waren, erhob ihre Mutter sich ächzend vom Stuhl, nahm die Tasche und verschwand wieder in ihrem Schlafzimmer. Miriam spürte den Drang, das Thema mit ihrem Vater zu besprechen, denn so langsam musste wieder Normalität einkehren.

»Dad«, begann sie eines Abends, als sie und ihr Vater sich beim Abwaschen und Abtrocknen des Geschirrs abwechselten.

»Ja«, sagte er geradeheraus. Keine Spur mehr von seinen gewohnten verbalen Ausschmückungen. Auch er schien von der Situation völlig zermürbt zu sein.

»Geht es Mum gut?«

»Ich nehme es an«, antwortete er, ohne vom Seifenschaum in der Spüle aufzuschauen.

»Es ist nur«, begann Miriam, »ich meine, war sie auch so, nachdem wir geboren wurden?«

»Was meinst du mit *so*?«

Er machte es ihr nicht leicht.

»Ich meine, ich weiß, dass sie müde ist und so, aber sie scheint all ihren Schwung verloren zu haben. War das auch so, als wir Babys waren?«

Ihr Vater ließ sich Zeit mit der Antwort und schrubbte den Rand eines Topfes, der für Miriam vollkommen sauber aussah. Sie trocknete weiter die Teller ab und wartete.

»Ich glaube, diese ganze Sache mit der Geburt deines Bruders war ein ziemlicher Schock für deine Mutter«, meinte er schließlich. »Na ja, für uns alle. Wir hatten die Familienplanung eigentlich abgeschlossen. Anna ist elf. Wir waren gerade auf dem Weg in einen neuen Lebensabschnitt. Deine Mutter hat sogar davon gesprochen, wieder arbeiten zu gehen.«

Das war neu für Miriam. Es wäre ihr niemals in den Sinn gekommen, dass ihre Mutter irgendwann nicht mehr nur zu Hause auf sie warten würde. Miriam selbst würde das nicht mehr wirklich betreffen, denn sie plante weiterhin, nach der Oberstufe nach London zu gehen, aber die anderen wären noch hier.

»Und durch Sebastians völlig unerwartete Geburt hatte deine Mum gar keine Zeit, sich auf die neue Situation vorzubereiten. Ich glaube, sie ist immer noch dabei, sich daran zu gewöhnen. Es war eben ein Schock.«

»Das kann man wohl sagen!«, rief Miriam, die es immer noch nicht geschafft hatte, das schmerzhafte Stöhnen ihrer Mutter aus dem Kopf zu bekommen.

»Ich glaube, wir müssen ihr einfach Zeit geben«, fuhr ihr Vater fort. »Irgendwann wird sie damit klarkommen, und dann kehrt hier wieder Normalität ein. Davon bin ich überzeugt.«

Miriam nickte, obwohl sie bereits Schwierigkeiten hatte, sich an *Normalität* zu erinnern.

»Und in der Zwischenzeit«, fuhr er fort, »müssen wir sie einfach nach besten Kräften unterstützen, damit sie sich um nichts Sorgen zu machen braucht.«

»Ja«, stimmte Miriam leise zu.

Jetzt war der richtige Augenblick für sie gekommen. Miriam musste es ihm sagen, denn sie bezweifelte, dass sie je wieder den Mut dazu finden würde.

»Es ist nur, dass …«

Ihr Vater war mit dem Abwasch fertig und trocknete sich die Hände ab.

Miriam setzte erneut an.

»Erinnerst du dich an die Zeit kurz vor Sebastians Geburt, als wir das Straßenfest vorbereitet haben und so?«

Ihr Vater ging mit der Abendzeitung unterm Arm auf die Tür zu.

»Hmmm«, machte er, aber Miriam merkte, dass er nicht zuhörte.

»Oh, vergiss es«, sagte sie, als er die Tür öffnete. »Macht nichts.«

»Miriam!«, rief ihre Mutter die Treppe herunter. »Kannst du mir ein Fläschchen und eine saubere Windel bringen?«

Ihr Vater verließ die Küche. Der Augenblick war vorbei.

»Ja, Mum! Ich komme sofort.« Miriam bewegte sich jedoch nicht. Sie stand einfach da und spürte den gefalteten Umschlag in der Jeanstasche.

Clare kam herein. »Mum ruft nach dir.« Sie nahm sich einen Keks aus der Dose auf dem Fensterbrett.

»Ich weiß. Hab's gehört.«

»Sie möchte die Milchflasche und eine Windel.«

»Ich weiß. Kannst du es ihr nicht bringen?«

»Hab keine Zeit. Ich treffe mich gleich mit Richie.«

»Was ist mit Stuart?«, fragte Miriam.

»Wer? Dieser Loser? Der ist Geschichte. Ich gehe mit Richie ins Kino.«

»Miriam!« Wieder ertönte der Ruf von oben.

»Komme schon, Mum!«, schrie Miriam.

»Es würde dich nicht umbringen, zu helfen«, fauchte sie Clare an. »Immer bleibt alles an mir hängen. Ich habe auch noch ein Leben.«

Clare schaute sie nur an und lachte. »Ich bin gegen halb elf zurück«, sagte sie, ging zur Hintertür hinaus und ließ sie ins Schloss fallen.

Müde stellte Miriam einen Topf mit Wasser auf den Herd, um es zu erwärmen, und schüttete eine Flasche mit Milchnahrung aus dem Kühlschrank hinein. Dann riss sie die

Windeln und Einlagen vom Wäscheständer, faltete sie zusammen und legte sie in zwei ordentlichen Stapeln aufeinander. Danach prüfte sie die Temperatur der Milch, indem sie ein paar Tropfen auf die Innenseite ihres Handgelenks gab, und brachte alles hinauf ins Zimmer ihrer Mutter.

Behutsam klopfte sie an die Tür und stieß sie dann auf. Ihre Mutter saß im Bett. Im Rücken stützten sie Kissen, und sie trug ihren Morgenmantel über einem Baumwollnachthemd. Verräterische feuchte Kreise zeichneten sich auf ihren Brüsten ab. Miriam versuchte, nicht darauf zu starren, war aber fasziniert davon.

Ihre Mutter strich sich die Haare, die sicher eine Weile keine Bürste gesehen hatten, aus den Augen.

»Eigentlich sollte man doch denken, dass die Milch jetzt, wo ich ihn nicht mehr stille, langsam versiegt, aber sie fließt immer noch aus mir heraus wie ein Fluss. Gib mir die Flasche, Miriam. Oder möchtest du sie deinem Bruder geben?«

Miriam hätte wirklich mit dem Wiederholen des Stoffes für die Prüfungen weitermachen sollen, doch sie nahm Sebastian aus der Babytragetasche. Seitdem er in ihre empfangenden Arme gerutscht war, hatte er einiges an Gewicht zugelegt. Sein Gesicht war jetzt runder, mit prallen Wangen und einem fleischigen Kinn, und er hatte mehr blonde Haare, die sich zu locken begannen. Mittlerweile lächelte er auch – ein wunderbares, bezauberndes Lächeln, dem man sich nicht entziehen konnte.

»Das ist kein richtiges Lächeln«, hatte ihre Mutter erklärt, als Sebastian sie das erste Mal angelächelt hatte. »Er hat nur Blähungen.« Aber Miriam wusste, dass es echt war. Das konnte sie sehen.

»Wie geht's dir heute, Mum?«, fragte sie. »Meinst du, du kannst morgen aufstehen?«

Ihre Mutter klopfte leicht auf ihr widerspenstiges Haar, doch es war hoffnungslos, es mit einer solch schwachen Geste zu bändigen.

»Ich weiß nicht. Vielleicht. Mal schauen, wie die Nacht verläuft. Wenigstens scheint er jetzt seinen Tag-Nacht-Rhythmus gefunden zu haben.«

»Mach dir keine Sorgen, Mum. Wir kommen auch ohne dich zurecht. Clare und ich wechseln uns mit dem Kochen ab, und Dad hat sogar gebügelt.«

Ihre Mutter tätschelte den Arm, der Sebastians Kopf hielt.

»Du bist ein braves Mädchen, Miriam«, lobte sie, und dann ließ sie den Arm wieder auf die Daunendecke fallen, als hätte es sie furchtbar angestrengt, ihn so weit auszustrecken.

Sebastian hatte den Blick auf Miriam geheftet, während er rhythmisch am Nuckel des Fläschchens sog. Seine Augen waren bei der Geburt blau gewesen, hatten jetzt aber eine schmutzig graue Farbe angenommen.

»Ich glaube, seine Augen werden braun«, mutmaßte ihre Mutter. »Stell dir das vor! Braune Augen und blonde Haare. Der wird mal ein Hingucker und einige Herzen brechen. Garantiert.«

»Mum …«, begann Miriam. Als ihre Mutter nicht antwortete, drängte sie weiter. »Erinnerst du dich an den Tag, bevor er geboren wurde?«

»An das Straßenfest«, sinnierte ihre Mutter gedankenverloren. »All die Arbeit, und dann konnte ich nicht mal hingehen. War es gut? Das war es doch, oder? Und ich wette, sie haben alle über mich geredet, nicht wahr? Über die dumme Frau aus Nummer vierundzwanzig, die sich hat schwängern lassen und es nicht einmal gemerkt hat!«

Miriam hätte hier gern nachgehakt. Wie ihre Mutter ein Baby erwarten konnte, ohne es zu bemerken, war gleichermaßen faszinierend und furchterregend. Nicht, dass sie bei sich selbst Anlass zur Sorge gehabt hätte, aber Miriam machte sich Gedanken um Clare, die angesichts der Reihe von Jungs, die sie hinter sich herzog, eher geneigt war, einen Fehler zu begehen. Doch Miriam vermied diese Ablenkung. Sie wollte, dass sich ihre Mutter auf die viel wichtigere Sache konzentrierte.

»Davor. An den Abend vor dem Straßenfest. Als ich euch erzählt habe, dass ich zur RADA will.«

Ihre Mutter legte die Stirn in Falten, als sie sich zu erinnern versuchte. Dinge, die vor Sebastians Geburt geschehen waren, schien ihre Mutter in einem Teil ihres Verstandes abgelegt zu haben, zu dem sie nur mit Mühe Zugang bekam.

»Ja«, sagte sie nach ein paar Augenblicken und nickte langsam. »Ich erinnere mich schwach. Und dein Vater sagte, na ja, er sagte eine Menge, aber das Wesentliche war, dass du dir das aus dem Kopf schlagen solltest.« Sie lächelte und freute sich, dass sie die Information, wo auch immer sie vergraben gewesen war, wiedergefunden hatte. »Ja«, fuhr sie fort, »ich erinnere mich jetzt daran.«

»Also«, setzte Miriam an, »sie haben zurückgeschrieben und mich zu einem Gespräch eingeladen. Es ist kein Vorsprechen, sondern mehr ein Tag der offenen Tür, an dem man sich alles anschauen kann.«

Sebastian in der linken Armbeuge balancierend, griff sie mit der rechten Hand in ihre Gesäßtasche und zog den Brief heraus.

»Hier«, sagte sie. »Lies ihn.«

»Ich habe meine Lesebrille nicht hier, Miriam«, wand sich ihre Mutter, obwohl Miriam die Brille direkt neben ihr auf dem Nachtschrank liegen sehen konnte.

»Na gut. Also im Grunde steht da, dass sie an meiner Bewerbung interessiert sind, aber da ich keine Erfahrung habe, wollen sie sich mit mir unterhalten, denn es könnte sein, dass ich meine Meinung noch ändere, wenn ich alle Einzelheiten kenne. Also …« Sie machte eine Pause, hob Sebastian über ihre Schulter und strich ihm über den Rücken, damit er ein Bäuerchen machte. »Kann ich hinfahren?«

Ihre Mutter starrte aus dem Fenster auf die Telegrafendrähte und die Dächer der schicken Doppelhaushälften auf der anderen Straßenseite. Sie schwieg, und Miriam dachte, sie hätte ihre Aufmerksamkeit verloren. Dann gab Sebastian einen gewaltigen Rülpser von sich, und das Geräusch schien sie in die Gegenwart zurückzuholen.

»Braver Junge«, lobte Miriam ihn. »Jetzt geht's dir besser, oder?«

Miriam legte Sebastian zurück in die Babytragetasche, wo er keine weitere Ablenkung mehr darstellte. Er nörgelte ein wenig, gab dann jedoch kurze, zufriedene Gluckser von sich.

»Mum?«, versuchte Miriam es erneut. »Was meinst du? Kann ich fahren? Es ist doch nur ein Gespräch, bei dem vielleicht gar nichts herauskommt. Kann doch nicht schaden, wenn ich mir das einfach mal anhöre. Ich meine, vielleicht gefällt es mir gar nicht mehr, wenn ich dort bin, und dann können wir die ganze Sache vergessen. Aber wenn ich nicht hinfahre, wenn ich nie weiß …« Ihre Stimme verklang.

Ihre Mutter streckte die Hand aus und legte sie Miriam auf den Schoß. Lange sagte sie nichts. Sebastian gluckste, und Miriam wartete.

»Alles hat sich geändert, Miriam. Nichts bleibt, wie es ist. Dein Vater und ich müssen jetzt vier Kinder großziehen. All unsere Pläne wurden über den Haufen geschmissen. All meine Pläne …« Miriam wusste nicht, dass ihre Mutter Pläne gehabt hatte, und die Vorstellung schien ihr merkwürdig, doch sie sagte nichts. »Wir müssen jetzt alle zusammenarbeiten«, fuhr ihre Mutter fort. »Ein Baby im Haus zu haben, bedeutet jede Menge Arbeit, und jeder muss seinen Beitrag leisten. Ich weiß, dass ihr alle mit anpackt, seitdem Sebastian geboren wurde, aber das ist erst der Anfang. Je größer er wird, desto mehr Aufmerksamkeit wird er brauchen. Allein schaffe ich das nicht, Miriam. Ich muss mich auch noch um den Rest von euch kümmern, und jünger werde ich auch nicht. Ich dachte, es wären die Wechseljahre, darauf war ich vorbereitet. Aber das hier, ein weiteres Baby? In meinem Alter? Das hätte ich mir nie träumen lassen. Glaub jetzt nicht, dass ich ihn nicht will. Ich liebe ihn jetzt, wo er da ist, über alles, aber ich weiß nicht, wie ich es schaffen soll. Wirklich nicht.« Tränen liefen ihr übers Gesicht. Ihre Mutter weinte nie, und Miriam fühlte sich völlig verloren, als ihre Mutter vor ihr die Fassung verlor.

»Anna ist noch zu jung, um viel zu helfen, und Clare – na ja, du weißt ja, wie Clare ist. Ich werde dich brauchen, Miriam.«

»Ich werde ja helfen, Mum, so viel ich kann. Das weißt du doch. Natürlich muss ich mich um die Schule kümmern und alles. Gerade jetzt, wo die Prüfungen anstehen. Aber bis ich an die RADA gehe, wird er zwei sein, und bis dahin sind all die schlaflosen Nächte und der ganze Fläschchenkram vorbei.«

Müde schüttelte ihre Mutter den Kopf. »Diese Babyphase ist der leichte Teil«, erklärte sie. Dann griff sie nach einem Taschentuch und warf fast ein Glas Wasser um. Es wackelte, blieb aber stehen. »Erst danach wird es schwierig. Im Kleinkindalter, im Trotzalter, in der Krabbelgruppe, all das. Ich halte das nicht mehr durch, Miriam. So wahr mir Gott helfe, das kann ich wirklich nicht.« Sie putzte sich die Nase und wischte sich über die Augen.

»Weine nicht, Mum«, bat Miriam sie ängstlich. »Wir werden dir alle helfen. Und ich gehe lange noch nicht fort. Bis dahin wirst du dich besser fühlen. Das weiß ich.«

Ihre Mutter schüttelte den Kopf, und noch mehr Tränen liefen ihr übers Gesicht.

»Du verstehst das nicht, mein Schatz. Ich brauche dich nah bei mir und nicht weit weg in London. Du wirst aufs College gehen, natürlich. Das musst du. Aber das muss irgendwo in der Nähe sein, damit du zu Hause wohnen kannst.«

Die Auswirkung dessen, was ihre Mutter gerade gesagt hatte, wurden Miriam langsam bewusst. Ihr Leben, ihr Plan und ihre Träume würden alle geopfert werden.

»Das kann doch nicht dein Ernst sein, Mum!« empörte sie sich. »Ich helfe wirklich gern, aber du kannst mich doch hier nicht einsperren wie eine Gefangene! Ich kann nichts dafür und habe nicht darum gebeten, dass Sebastian geboren wurde. Das ist nicht gerecht.« Sie hörte, wie ihre Stimme schrill wurde, versuchte aber, sie unter Kontrolle zu bekommen, damit Sebastian, der jetzt schlummerte, nicht aufwachte.

»Ich sehe aber keine andere Lösung.« Ihre Mutter weinte nicht mehr. »Und dein Vater hat doch bereits gesagt, dass du nicht auf die Schauspielschule gehen kannst, oder?« Ihre Stimme hatte einen leicht triumphalen Unterton, als wäre ihr plötzlich ein Totschlagargument eingefallen. »Und er hat das gesagt, bevor das mit Sebastian passierte. Also wäre dein RADA-Traum auch dann nicht wahr geworden, wenn gar kein Baby geboren worden wäre.« Sie schien sich zu entspannen, als ihr klar wurde, dass die Verantwortung für diese Entscheidung nicht mehr bei ihr lag. »Ich glaube, es ist das Beste, Miriam, wenn du diese Idee begräbst und dich darauf konzentrierst, gute Noten in der Schule zu bekommen.«

Miriam wusste nicht, wie sie damit umgehen sollte. Ihre Mutter dachte nicht logisch. Auf keinen Fall. Sie schlug vor, dass Miriam ihr Leben aufgeben und dafür nach ihrem Bruder schauen sollte, aber das war doch nicht richtig! Miriam musste etwas völlig missverstanden haben. Sie biss sich auf die Unterlippe und stand auf. Es war wichtig, die Nerven zu behalten. Wenn sie jetzt einfach ging, ohne einen Streit vom Zaun zu brechen, dann würde ihre Mutter das Ganze zweifellos vergessen. Miriam würde es noch einmal bei ihrem Vater versuchen.

Das musste sie unbedingt, denn das hier konnte doch alles nicht wahr sein.

»Du bist ein Engel, Miriam, ganz bestimmt. Ich wusste, dass du mich verstehen würdest«, sagte ihre Mutter. Und dann, als wäre ihr plötzlich eine Last von den Schultern genommen worden, fügte sie hinzu: »Weißt du, ich könnte morgen sogar versuchen, für eine Weile aufzustehen, wenn es ein schöner Tag ist. Vielleicht könnten wir Sebastian im Kinderwagen spazieren fahren und zusammen einen Abstecher in den Park machen.«

Miriam hatte es die Sprache verschlagen, und sie drohte, die Beherrschung zu verlieren, deshalb nickte sie nur. Sie ging zur Tür und öffnete sie gerade, als ihre Mutter ihr nachrief:

»Bist du so lieb und wechselst noch seine Windel?«

Clare – 1978

I

Clare nahm den Eiswürfel vom Nasenflügel und blickte prüfend im Spiegel auf ihre Nase. Die Haut hatte blutrote Flecken. Wie bei Rudolf, dem blöden Rentier mit der roten Nase, dachte sie. Das fehlte ihr gerade noch. Heute Abend musste sie einfach fantastisch aussehen. Heiligabend war so ziemlich der wichtigste Abend des Jahres, und sie würde dafür sorgen, dass sich jeder nach ihr umdrehte, auch wenn es sie umbrachte. Oh ja, in diesem Jahr würden sie alle anschauen.

Sie schnipste mit dem Fingernagel gegen ihre Nase. Sie fühlte sich taub an – na ja, jedenfalls so in der Art. Es würde gehen müssen. Ohne noch eine weitere Sekunde darüber nachzudenken, nahm sie die Sicherheitsnadel und stach sie durch den Nasenflügel. Ein unangenehmes Geräusch war zu hören, als sich die Spitze der Nadel durch das Fleisch bohrte.

Mist, das tat weh! Genau in dem Moment, als sich Tränen in ihren Augen sammelten, begann die Nase zu bluten. Schnell verschloss Clare die Sicherheitsnadel und griff nach einem

Papiertaschentuch. Das Blut war ihr egal, aber der Eyeliner durfte nicht verschmieren. Schließlich hatte sie nicht eine Stunde damit verbracht, sorgfältige Striche um ihre Augen zu malen, damit sie jetzt verliefen. Immerhin war ihr Mascara wasserfest.

Es floss weniger Blut, als sie erwartet hatte, und nach ein paar Minuten hatte sie all ihre Körperflüssigkeiten wieder unter Kontrolle. Clare überprüfte ihr Gesicht im Spiegel. Die Sicherheitsnadel sah fantastisch aus. Sie hatte es gewusst. Eigentlich war es eine, mit der Sebastians Windeln befestigt wurden. Sie hatte einen weißen Verschluss und war dadurch noch auffälliger. Doch es war sowieso unmöglich, die große Nadel zu übersehen, die in ihrer Nase hing. Clare durchlief ein Schauer des Entzückens. Die Leute würden extrem geschockt sein.

Sie trat einen Schritt zurück, um einen Blick auf ihr vollständiges Outfit zu werfen, und nickte zufrieden. Eigentlich hatte sie unbedingt eine karierte Bondagehose gewollt, hier in den Läden allerdings nichts gefunden, was dem auch nur ansatzweise ähnelte. Also hätte sie nach Weihnachten nach London trampen müssen, um sich in der King's Road eine zu besorgen. Stattdessen hatte sie auf dem Markt eine schwarze enge Jeans gefunden, und nachdem sie sie an den Oberschenkeln und Knien ein bisschen aufgeschnitten und ausgefranst hatte, entsprach sie fast Clares Vorstellungen. Vielleicht konnte sie in der Schule noch eine oder zwei Kloketten klauen. Und dann hatte sie von ihrem T-Shirt noch die Ärmel abgeschnitten und es vorne aufgeschlitzt, woraufhin sich die unversäuberten Kanten bereitwillig hochgerollt hatten.

An ihre neue Haarfarbe würde man sich allerdings gewöhnen müssen. Bis heute Nachmittag waren ihre Haare eine langweilige Mischung aus Blond und Brünett gewesen. Jetzt gab es an der Farbe keinen Zweifel mehr. Schwarz. Ebenholzschwarz und glänzend wie Krähenfedern. Sie hatte Gel in den Pony geschmiert und ihn zurückgekämmt. Der Rest war noch nicht ganz passend, aber sie konnte sich die Haare nach Weihnachten selbst schneiden oder schneiden lassen. Die neue Haarfarbe ließ ihre Haut blasser aussehen, als sie eigentlich war, was von den dunkel geschminkten Augen und der stark deckenden Foundation noch verstärkt wurde. Ihre Lippen waren rubinrot. Genau wie ihre Nase.

Clare griff nach ihrem Concealer und trug vorsichtig eine weitere Schicht um die Sicherheitsnadel herum auf. Verdammt, tat das weh, aber es musste sein. Hieß es nicht, dass wer schön sein wollte, leiden musste? Na ja, für viele war sie vielleicht nicht schön, aber sie war die erste Punkerin in der Schule, was sie zu einer Wegbereiterin machte, die den Finger am Puls der Zeit hatte. Dafür konnte man ruhig ein wenig leiden. Eigentlich gehörte sie nach London. Dort war die Szene und nicht hier in diesem gottverlassenen Kaff.

Sie stopfte ihr Geld und den Haustürschlüssel in die Gesäßtasche. Dann holte sie tief Luft und ging nach unten, um die Suppe auszulöffeln.

Die anderen waren im Wohnzimmer. Im Fernseher lief irgendeine Sitcom, und das Gelächter vom Band hallte durchs Haus. In Miriams Pädagogischer Hochschule hatten die Semesterferien begonnen, und deshalb war sie zurück in ihrer anderen Rolle als Ersatzmutter. Clare vermisste die alte Miriam. Sie hatten vor Sebastian eine enge Beziehung zueinander gehabt, doch mit seiner Geburt hatte sich alles geändert. Auch Miriam. Sie war so verdammt langweilig geworden. Es war, als hätte man den ganzen Spaß aus ihr herausgesaugt.

Clare überlegte, ob sie nicht einfach gehen sollte, ohne den anderen Tschüss zu sagen, aber sie konnte nicht widerstehen, ihren neuen Look an der Familie auszuprobieren. Sie würden ausflippen – das wäre toll!

Als sie sich der Wohnzimmertür näherte, konnte sie die dahinter geführte Unterhaltung hören.

»Gütiger Gott, warum ist dieses Kind noch auf?«, klagte ihre Mutter. »Er sollte eigentlich schon seit Stunden im Bett sein.«

»Aber es ist Heiligabend«, war Anna zu vernehmen. »Da kannst du doch nicht verlangen, dass er früh ins Bett geht.«

»Er ist zwei und hat noch gar keine Ahnung, was Weihnachten ist«, schaltete sich ihr Vater ein.

»Doch, die hat er. Nicht wahr, Sebastian? Du kannst es kaum erwarten, den Weihnachtsmann mit seinem Rentier zu sehen, oder?«

Sebastian brabbelte etwas, was, wie immer, nur Anna verstand. Clare glaubte allerdings nicht, dass Anna auch nur die Hälfte dessen übersetzen konnte, was Sebastian *sagte*. Sie dachte sich einfach Dinge aus, damit sie bei Streitereien gewann.

»Würdest du ihn bitte zu Bett bringen, Miriam? Sei ein braves Mädchen.«

Clare hörte, wie Miriam seufzte.

»Komm schon, Sebastian«, hörte Clare ihre falsche Singsangstimme. »Ich bringe dich ins Bett.«

Von Sebastians Seite waren einige Einspruch erhebende Geräusche zu hören, und dann beschloss Clare, dass es genau jetzt, bevor Miriam nach oben ging, Zeit für ihren Auftritt war.

Sie stieß die Tür auf und machte ein paar Schritte ins Zimmer. Niemand wandte den Blick vom Fernseher ab.

»Care!«, rief Sebastian, der ihren Namen noch immer nicht richtig aussprechen konnte. Er deutete mit seinem kleinen Wurstfinger auf sie, und dann sah Miriam sie, die dem Blick ihres kleinen Bruders gefolgt war. Ihr fiel erfreulicherweise die Kinnlade herunter.

»O mein Gott«, formte sie mit den Lippen, als sie Clares neuen Look sah. Clare grinste sie nur an. Das war genau die Wirkung, die sie erzielen wollte.

»Mum!«, rief nun Anna. »Sieh nur, was Clare mit ihren Haaren gemacht hat!«

Anna war immer eine kleine Petze, aber ausnahmsweise machte es Clare diesmal nichts aus.

»Und was ist das da in deiner Nase?«, wollte Miriam wissen, die ihre Sprache wiedergefunden hatte.

Endlich rissen ihre Eltern den Blick vom Bildschirm los, und Clare genoss den Ausdruck blanken Entsetzens auf ihren Gesichtern.

»O du lieber Gott, bitte steh uns bei!«, entfuhr es ihrer Mutter. »Was hast du getan? Deine schönen Haare! O Clare, wie konntest du nur?«

»Mit einer Packung Färbemittel«, erklärte Clare trocken. »Du weißt doch, wie Leute normalerweise ihre Haarfarbe ändern.« Ihr gefiel diese Vorstellung sogar noch besser, als sie gedacht hatte. Wann bemerkten sie wohl …

»Und was zum Teufel ist das in deiner Nase?«, brüllte ihr Vater.

Jetzt geht's los, dachte Clare.

»Eine Sicherheitsnadel«, antwortete sie ihrem Vater ein bisschen weniger großspurig, denn sie befürchtete, er könnte versuchen, sie daran zu hindern, das Haus zu verlassen.

»Aber eine von Sebastians Windeln!«, rief Anna.

Clare warf ihr einen mörderischen Blick zu.

»Durch deine Nase? Du hast dir eine Sicherheitsnadel …«

»Eine Windelnadel!«, stellte Anna mit einem Grinsen klar.

»… aus freien Stücken durch die Nase gestochen?«, fragte ihr Vater. »Wie bescheuert kann man …?«

»Hast du die Nadel sterilisiert?«, unterbrach ihn ihre Mutter. »Sonst bekommst du vielleicht eine Blutvergiftung.

Frank, sie bekommt vielleicht eine Blutvergiftung! Sollen wir sie in die Notaufnahme bringen?«

»An Heiligabend? Soll das ein Witz sein?«

»Und sind das die hübschen neuen Jeans, die du gekauft hast?«, fragte ihre Mutter und schaute verzweifelt auf das, was davon noch übrig geblieben war. »Du hast sie völlig ruiniert. Warum hast du das getan, Clare? Sie waren doch so hübsch.«

Clare, die durch die Reaktion ihrer Eltern nun etwas nervöser war als angenommen, beschloss, dass jetzt der richtige Zeitpunkt für ihren Abgang gekommen sei.

»So«, sagte sie und drehte sich um, um das Zimmer zu verlassen. »Ich bin dann mal weg. Bis später.«

»Du gehst nirgendwohin, Fräulein!«, wetterte ihr Vater. »Wenn du auch nur eine Minute glaubst, ich würde dir erlauben, so rauszugehen, dann hast du dich getäuscht. Du gehst jetzt auf direktem Weg nach oben, machst dieses Ding aus deiner Nase und ziehst anständige Kleidung an.«

»Nein«, widersprach Clare. Miriam keuchte hörbar. »Es ist Heiligabend, und ich gehe mit meinen Freunden und Freundinnen aus. Davon kannst du mich nicht abhalten. Ich bin siebzehn und somit praktisch erwachsen. Ich kann tun, was ich will.«

»Solange du die Füße unter meinen Tisch stellst, kannst du das nicht. Entweder gehst du hoch und ziehst dich um, oder du kannst morgen ausziehen.«

»Am ersten Weihnachtsfeiertag?« Clare grinste. Sie würde es ihnen schon zeigen. Sicher würden sie sie nicht rausschmeißen und ganz sicher nicht an Weihnachten. Sie hatte eine Bombenvorstellung gegeben, das wusste sie. »So«, sagte sie. Ihr Totschlagargument hatte ihr Auftrieb gegeben. »Ich bin dann mal weg. Wir sehen uns morgen. Fröhliche Weihnachten.«

Und dann lief sie zur Tür und ließ ihre Familie völlig verstört und schockiert zurück.

II

Im Haus der Bliss' hatte man besser keinen Kater. Es war immer furchtbar laut. Die Bewohner sprachen nicht in normaler Lautstärke miteinander, sondern riefen sich Dinge zu, Musik plärrte und dieser verdammte Staubsauger jaulte Tag und Nacht. Clare hörte Anna über etwas lachen, was Miriam gesagt hatte. Warum waren sie alle so ekelhaft gut gelaunt? Doch dann erinnerte sich Clare. Es war Weihnachten.

Sie stöhnte, rollte sich herum und kam dabei gegen die Sicherheitsnadel in ihrer Nase. Das schmerzte höllisch und trieb ihr die Tränen in die Augen. Doch es war die Sache wert gewesen, denn sie hatte gestern Abend den unverkennbaren Respekt in den Blicken ihrer Freunde und Freundinnen gesehen, als sie mit offenem Mund ihre Verwandlung angestarrt hatten. Und die anderen, die hinter ihrem Rücken gespottet hatten? Die konnten zur Hölle fahren.

Ihr Fuß kam gegen etwas, das auf der Bettdecke lag – ihr Strumpf! Sie setzte sich schneller auf, als vielleicht angesichts der Menge von Cidre klug gewesen war, den sie gebechert hatte, und griff danach. Der Strumpf war relativ klein, aus rotem Stramin und ungeschickt mit einem Engel und ihrem Namen bestickt, aber er barg ihre frühesten Erinnerungen an Weihnachten. Der Strumpf war immer eine Art Kostprobe für das Hauptereignis und gefüllt mit ein oder zwei Geschenken gewesen, um sie ruhigzustellen, bis es Zeit war zum Aufstehen. Eine solche Maßnahme war mittlerweile zwar überflüssig, aber ihre Mutter hielt an der Tradition fest. Das war wirklich süß.

Clare griff in den Strumpf und zog eine Apfelsine heraus. Also wirklich! Für wen war das denn ein Geschenk? Erneut griff sie hinein und zog etwas heraus, das aussah wie eine in glänzend goldenes Papier gewickelte Flasche. Körperpuder. Bestimmt.

Fast hätte es Clare nicht ausgepackt, doch dann konnte sie nicht widerstehen. Sie hatte recht, und ihr wurde ein bisschen schwer ums Herz. Es musste tatsächlich noch Leute geben, die das benutzten, sonst gäbe es so etwas nicht mehr zu kaufen. Die einzige Stelle, auf die Clare das abscheuliche Zeug je aufgetragen hatte, war Sebastians Po gewesen, und zwar in den seltenen Fällen, in denen sie seine Windel gewechselt hatte.

Das zweite Geschenk war ebenfalls schlauchartig, aber kleiner. Ein Lippenstift. Clare zog die Kappe ab und drehte, bis der Stift perfekt aus seiner Hülse ragte. Er hatte eine hübsche blassrosa Farbe. Fast so irisierend wie das Innere einer Muschel. Clare testete den Farbton auf ihrem Handrücken. Er war so blass, dass sie ihn fast nicht erkennen konnte. Noch nie im Leben hatte sie solch einen rosafarbenen Lippenstift benutzt. Der musste für die Clare sein, die ihre Mutter gern gehabt hätte. Eine feminine Clare, der hübsche Farben gefielen und die zurückhaltend lächelte, wenn jemand mit ihr sprach. Die tatsächliche Clare musste so eine Enttäuschung für sie sein.

Manchmal ertappte Clare ihre Mutter dabei, wie sie sie anstarrte. In ihrem Blick lag dann eine Traurigkeit, als sei sie über ihre Zweitgeborene bestürzt. Das überraschte kaum. Clare wusste, dass sie für ihre Eltern eine Enttäuschung war und endlosen Ärger verursachte. Manchmal fragte sie sich sogar, ob sie überhaupt zu dieser Familie gehörte. Dann stellte sie sich vor, wie sie als Baby im Krankenhaus vertauscht worden war. Vielleicht war ihre wirkliche Familie irgendwo da draußen? Vielleicht passte sie viel besser in sie hinein und würde dort viel weniger Ärger machen? Aber eigentlich machte sie gern Ärger, genoss ihn regelrecht. Doch von Zeit zu Zeit fragte sie sich, weshalb sie nicht einfach Dinge akzeptieren konnte, wie die anderen es taten. Weshalb testete sie ständig Grenzen aus und überschritt sie? Es war fast so, als wäre da etwas in ihr, was sie dazu anstachelte. Ihr eigener persönlicher Selbstzerstörungsknopf.

Clare stand auf und erhaschte dabei im Spiegel einen Blick auf ihr schwarzes Haar. Kurz war sie schockiert von ihrem eigenen Spiegelbild und fragte sich sogar, wer da noch bei ihr im Zimmer war. Dann erinnerte sie sich. Der Kontrast zwischen der Clare, die nach Rosen duftenden Körperpuder und blassrosa Lippenstift benutzte, und der wütend aussehenden jungen Frau, die sie im Spiegel sah, brachte sie beinahe zum Weinen.

Als sie nach unten kam, liefen die anderen in der Küche herum.

»Jetzt, wo Seb versteht, was Weihnachten ist«, sagte Anna, »können wir da nicht unsere Geschenke vor dem Frühstück aufmachen? An Weihnachten dreht sich doch nun wirklich alles um die Kinder.«

»Netter Versuch, Anna«, meinte Clare, als sie in die Küche schlenderte.

»Also wirklich, Anna«, setzte ihr Vater an, der an der Spüle stand, wo er die besten Gläser abwusch, die gleich auf der Weihnachtstafel stehen würden. »Du kennst doch die Traditionen der Familie Bliss genauso gut wie ich, und daran wird nicht gerüttelt, auch nicht im Fall von zweijährigen Familienmitgliedern. Die Geschenke gibt es nach dem Frühstück.«

Anna stöhnte, hob Sebastian mit Schwung vom Boden hoch und setzte ihn sich auf die Hüfte.

»Können wir uns dann wenigstens mit dem Frühstück beeilen?«

Clare lächelte in sich hinein. Anna war zwar schon dreizehn, aber selbst noch ein Kind. Seb waren Geschenke egal. Es war Anna, die nicht warten konnte. Ihre Mutter betrat die Küche, und Clare bemerkte, wie sie kurz zusammenzuckte, als sie die Haare ihrer Tochter sah. Genauso wie Clare vorhin, doch dann hatte sie sich schnell wieder im Griff. Ganz sicher würde

Clares neue Haarfarbe bei den Weihnachtsfeierlichkeiten der Familie Bliss nicht im Vordergrund stehen.

»Sollen wir uns setzen? Wie wollt ihr eure Eier? Ich mache Rühreier oder pochierte.«

Der Gedanke an Eier verursachte bei Clare ein Gefühl von Übelkeit nach dem Cidre der letzten Nacht.

»Keine Eier für mich, danke, Mum. Ich nehme nur Cornflakes und Toast.«

Ihre Mutter hieß es eigentlich nicht gut, dass ihre Kinder Cornflakes aßen, und war der Meinung, dass sie ein warmes Frühstück zu sich nehmen sollten. Doch seit Sebastians Geburt waren Dinge wie gebratener Speck auf der Strecke geblieben. Ihre Mutter schüttelte den Kopf und machte leise »Tsts«, aber sie reichte Clare eine Packung mit *Rice Krispies*.

Der erste Weihnachtsfeiertag spielte sich ab wie alle ihre vorherigen ersten Weihnachtsfeiertage. Geschenke wurden ausgepackt und bejubelt, es wurde an Knallbonbons gezogen, und ihre Mutter genoss mehr Sherry, als sie gewöhnlich trank. Jetzt saßen sie alle um den Esstisch und reichten halbherzig das Käsebrett von einem zum anderen weiter. Sebastian war eingeschlafen und hatte seinen Kopf auf den Tisch des Hochstuhls gelegt, aber keiner konnte sich aufraffen, ihn ins Bett zu bringen. Miriam erzählte eine komplizierte Geschichte über etwas, was im College passiert war, doch Clare hörte gar nicht richtig zu, versuchte aber, den Anschein zu erwecken, interessiert zu sein. Ihr gefiel es, wenn sie alle zusammen waren und Spaß hatten. Ja, sie wirbelte gern Staub auf und mochte es, ein paar sinnlose, ihr Leben umgebende Regeln zu brechen, aber wenn sie alle miteinander klarkamen, war es einfacher für sie, sich dazugehörig zu fühlen. Clare klammerte sich an diese kostbaren Momente.

Als sie sich umschaute, bemerkte sie, dass Anna sie anstarrte.

»Hat's wehgetan?«, fragte sie.

Clare war verwirrt.

»Deine Nase. Hat es wehgetan, als du sie durchstochen hast?«

Verlass dich auf Anna, wenn es darum geht, die Stimmung zu verderben. Jeder meinte immer, es sei Clare, die Schwierigkeiten machte, aber wenn die losgingen, war Anna nie weit weg. Um ihre heitere Stimmung zu bewahren, hätte Clare sie eigentlich ignorieren oder das Thema wechseln sollen, aber ein Teil von ihr war zu stolz auf das, was sie getan hatte, um die Gelegenheit verstreichen zu lassen, ohne Rücksicht auf eventuelle Konsequenzen darüber zu reden.

»Ja«, gab sie zu. »Es hat wehgetan wie die Sau.«

Ihre Mutter warf ihr einen warnenden Blick zu.

»Äh, ich meine, es hat verdammt wehgetan«, korrigierte sie sich.

»Warum sich eine durchaus intelligente Person freiwillig ein Stück Edelstahl durch die Nase stößt, ist mir ein totales Rätsel«, meinte ihr Vater. »Du wirst da wahrscheinlich ein Leben lang eine Narbe zurückbehalten.«

Clare zuckte mit den Schultern.

»Und nur, weil es modern ist«, fügte er kopfschüttelnd hinzu.

»Das ist nicht modern, Dad«, meldete sich Anna zu Wort. »Ich habe darüber einen Artikel in der Zeitung gelesen. Beim Punk geht es nur um Anarchie. Stimmt doch, Clare, oder?«

Anna, die offensichtlich stolz auf ihr Wissen war, schaute zu Clare und wartete auf deren Bestätigung. Clare war dieser ganze Ideologiekram egal. Ihr ging es bei ihrem neuen Look nur ums Schockieren. Die Leitbilder dahinter interessierten sie nicht. Allerdings war sie intelligent genug zu wissen, dass ihr Vater ihr zumindest widerwilligen Respekt zollen würde, wenn sie es so aussehen ließ, als würde sie für etwas eintreten. Hatte er sie das nicht immer gelehrt?

»Ja«, sagte sie deshalb. »Es geht darum, sich zu befreien und gegen das Establishment zu stellen.«

»Punks sind im Grunde gegen alles«, seufzte Miriam, als wäre sie viel zu erwachsen für diese Albernheit. »Gegen den Staat, gegen die Gesellschaft. Ich meine, was soll das? Wenn man Regeln abschafft, fällt die Gesellschaft ins Chaos.«

»Ach nee«, erwiderte Clare. »Darum geht's doch.«

»Wenn ihr mich fragt, ist das alles sehr besorgniserregend«, schaltete sich ihre Mutter ein. »Wie hieß dieses schreckliche Lied noch mal? In dem es darum ging, Anarchist zu sein. Das ist mir durch und durch gegangen, ehrlich.«

»Das waren doch die *Sex Pistols*«, fiel ihrem Vater ein. »Solch ein talentierter Haufen junger Männer.« Er triefte vor Sarkasmus.

»Ja, aber darum geht es doch«, meinte Clare. »Ihr Talent ist, kein Talent zu haben. Ironie, Dad.«

»Es hieß *The Emperor's New Clothes*, genau! Sie hatten sich zum Ziel gesetzt, die Jugend auszubeuten, und jetzt ruhen sie sich schön auf ihren Einnahmen aus.«

»Außer Sid Vicious«, meinte Anna. »Ich glaube, der sieht jetzt nicht mehr schön aus.«

Die Augenbrauen ihrer Mutter trafen sich, so sehr runzelte sie die Stirn, als sie sich bemühte, dem Gespräch zu folgen.

»Er ist tot, Mum«, half ihr Miriam vorsichtig auf die Sprünge.

»Oh, möge der liebe Gott uns beistehen. Sprich nicht schlecht über einen Toten, Anna!«

»Das sind alles Schwachköpfe«, brummte ihr Vater herablassend. »Und ich verstehe nicht, warum du, eine intelligente junge Frau, dir deren Ideologie auf die Fahne schreibst, Clare. Ich meine, schau dich doch mal an. Deine Haare sehen aus wie eine Perücke aus dem Kostümladen, deine Klamotten sind im

Grunde Lumpen, und in deiner Nase hängt eine Windelnadel. Wie, bitte schön, bringt man damit eine Gesellschaft zu Fall?«

Clare spürte, wie die Wut in ihr aufstieg, doch sie versuchte, sie zurückzudrängen. Unter Aufbringung all ihrer Selbstbeherrschung entgegnete sie mit ruhiger Stimme: »Es geht darum, sich gegen das Establishment aufzulehnen, Dad. Schau dir doch dieses Land an. Jeden Tag wird gestreikt, und es gibt keine Arbeit. Erinnerst du dich daran, als Mum wegen Brot anstehen musste? Der Kapitalismus funktioniert nicht, und deine Generation tut nichts dagegen. Es ist Zeit, dass jemand handelt.«

»Und sich eine Windelnadel durch die Nase zu stechen, ist die Lösung für all das, oder?«, verspottete ihr Vater sie.

»Frank, Frank!«, jammerte ihre Mutter und berührte ihn am Arm. »Hör auf damit. Es ist Weihnachten.«

»Zumindest tue ich etwas!« Trotz größter Anstrengung wurde Clare jetzt laut. Doch was ging hier eigentlich vor sich? Ihr war die Punkbewegung egal. Wirklich. Ihr gefiel nur der Look, und trotzdem ließ sie sich auf einen gewaltigen Streit ein und verteidigte die Bewegung. Sie sollte aufhören und es ins Lächerliche ziehen, doch das konnte sie nicht. Es war immer das Gleiche. Niemand brachte ihr Respekt entgegen. Sie tat etwas Interessantes oder Mutiges, und anstatt gelobt zu werden, wurde sie verspottet. Ihr Vater behandelte die anderen nie so schlecht wie sie. Das war nicht gerecht. Wenn Clare ehrlich sein sollte, dann gefiel ihr ihre neue Haarfarbe überhaupt nicht, und die Sicherheitsnadel brachte sie um. Sie täte alles, um sie einfach herausnehmen und die ganze Sache vergessen zu können. Doch dann würde ihr Vater einfach selbstgefällig über sie lächeln und sagen, dass er die ganze Zeit recht gehabt hatte, und dieses Vergnügen gönnte sie ihm nicht.

Clare stieß sich vom Tisch ab. Sie fing Annas Blick auf, die über das grinste, was sich vor ihr abspielte.

»O Clare!«, rief ihre Mutter. »Bitte bleib sitzen. Wir hatten so einen schönen Tag. Lass uns den nicht verderben.«

Lass uns den nicht verderben? Weshalb tat ihre Mutter das immer? Sie verdrehte alles so, dass letztendlich die Schuld bei ihnen allen lag. Es war jedoch offensichtlich, dass die Einzige, die hier wieder etwas verdarb, Clare war. Alles war immer ihre Schuld. Sie konnte nie gewinnen.

Clare stolzierte aus der Küche und schlug die Tür hinter sich zu. Als sie die Treppe hinaufstampfte, hörte sie Sebastian jammern, der wohl gerade aufgewacht war. Das war zweifellos auch ihre Schuld.

Sebastian – 1985

I

»Sind wir nicht bald da?«, fragte Sebastian.

Anna, die hinten neben ihm in ihrem alten Volvo saß, machte »Tsts« und verdrehte die Augen. Keiner sagte etwas. Sebastian war ein wenig übel, aber nicht so schlimm, dass er tatsächlich den Pfannkuchen mit Früchten und Vanilleeis erbrochen hätte, den er beim Stopp fürs Mittagessen hinuntergeschlungen hatte. Es war nur dieses Gefühl im Hintergrund, das ihn daran erinnerte, dass sie schon ewig im Auto saßen. Keiner gab ihm eine Antwort.

»Kann ich das Fenster ein bisschen aufmachen?«

Sofort drehte ihre Mutter den Kopf und schaute ihn fragend an.

»Geht's dir gut, Sebastian? Dir ist doch nicht schlecht, oder? Soll dein Vater anhalten?«

Anhalten wäre prima, dachte er. Dann könnte er aussteigen und das Kribbeln loswerden, das langsam seinen Fuß hinaufkroch. Doch andererseits würden sie nie am Ziel ankommen, wenn sie noch eine Pause einlegten.

»Nein. Ist schon gut«, sagte er und schenkte seiner Mutter sein charmantestes Lächeln. »Mir geht's gut. Na ja, ein bisschen mulmig ist mir, aber ich muss mich nicht übergeben.«

Ihm gefiel das Wort mulmig. Es war neu. Er hatte gehört, wie Anna es gebraucht hatte, und er mochte das Gefühl, wie es sich um die Zunge schlängelte. Deshalb formte er es lautlos mit den Lippen – mulmig, mulmig, mulmig. Je öfter er das tat, desto weniger fühlte es sich wie ein richtiges Wort an.

»Was hast du gesagt, Mäuschen?«, fragte seine Mutter. »Ich verstehe dich nicht. Frank, kannst du ein bisschen langsamer in die Kurven gehen? Wir werden sonst garantiert alle grün um die Nase.«

»Ich will einfach nur ankommen«, brummte sein Vater mit grimmiger Miene, fuhr jedoch ein bisschen langsamer.

»Sind wir bald da?«, wollte Sebastian wieder wissen.

»Dauert nicht mehr lange, kleiner Mann«, beruhigte ihn sein Vater. »Auf dem letzten Schild stand, dass es noch fünf Meilen sind. Auf diesen schmalen Straßen dauert es halt ein bisschen länger.«

»Kann ich das Fenster aufmachen?«, wagte Sebastian einen neuen Versuch.

»Wenn es unbedingt nötig ist«, gab sein Vater sein Einverständnis.

»Nein«, widersprach Anna gleichzeitig.

Sebastian ignorierte seine Schwester, vollführte mit der Kurbel eine halbe Drehung, und die Scheibe senkte sich fünf Zentimeter. Er setzte sich auf, damit ihm der Luftzug ins Gesicht blies, doch die frische Luft wehte über seinen Kopf hinweg. Wieder drehte er an der Kurbel und vergrößerte den Spalt auf zehn Zentimeter.

»Mum! Er hat das Fenster weit heruntergelassen. Es ist eiskalt und bringt meine Frisur durcheinander.«

Sebastian schaute auf Annas Haare. Sie hatte den Pony so gekämmt, dass er nach oben stand, und darauf befanden sich so viel Haargel und Spray, dass er sich auch bei komplett heruntergekurbeltem Fenster keinen Deut bewegen würde. Da war Sebastian sicher. Anna begann, den Ansatz des Ponys mit den Fingern zu toupieren. Sebastian liebte Annas Haare. Wenn sie in der Badewanne gewesen war und es gewaschen hatte, dann hing es vor ihrem Gesicht wie ein kastanienbrauner Vorhang und glänzte wie ein Spiegel. Doch sobald sie ihre Haare *gemacht* hatte, war davon nichts mehr zu sehen, und der Pony sah aus wie ein Vogelnest. Manchmal band sie sich einen gepunkteten Schal um den Kopf und zog den in die Höhe stehenden Pony heraus. Das gefiel Sebastian auch. Doch heute war nichts Schönes an ihren Haaren.

»Sei so lieb und kurbele es ein bisschen hoch, Sebastian«, bat ihn seine Mutter freundlich.

Sebastian betätigte die Kurbel so wenig, wie er glaubte, noch ungestraft davonkommen zu können. Die Scheibe schob sich im Türrahmen hoch. Anna warf ihm einen Blick zu, der besagte: Ich hab dich auf dem Kieker. Pass bloß auf! Aber sie sagte nichts.

Das Auto wurde langsamer, und sein Vater bog um eine Linkskurve. Sebastian fielen jetzt die Plakatwände entlang der Straße auf. Sie zeigten Bilder von Wohnwagen mit Hügeln und Seen im Hintergrund und eine übertrieben lächelnde Familie mit rosigen Wangen und blondem Haar. Sie waren tatsächlich bald da. Noch eine Kurve, und da waren die vertrauten weißen Tore. Sebastian verglich die Einfahrt immer ein bisschen mit einem Fort wegen des Torbogens über der Straße und dem kleinen Holzhäuschen, in dem der Mann saß, der ein Auge darauf hatte, wer kam und ging.

Daddy hielt auf Höhe des Fensters an und sprach mit dem Mann.

»Ich wünsche Ihnen einen wundervollen Tag, Charlie. Es geht Ihnen gut, hoffe ich. Ist schon viel los? Wir sind extra früh losgefahren, um dem Massenandrang zu entgehen, aber ich wette, der alte Haudegen Thornbury ist uns zuvorgekommen.« Sein Vater lachte, während er mit dem Mann von der Sicherheitsfirma sprach.

Charlie ließ seinen Blick über die Liste vor ihm schweifen.

»Es sind schon ein paar Leute da. Die Thornburys auch. Da müssen Sie sehr früh aufstehen, um die zu schlagen, Mr Bliss.«

Sein Vater lachte.

»Stimmt. Wir sollten jetzt mal loslegen, auspacken, klar Schiff machen und so«, tönte sein Vater. Seine Mutter hob die Augenbrauen, denn sie war es, die das alles erledigte.

»Darf ich hier aussteigen und runter zum See laufen?«, fragte Anna.

»Und was ist mit dem Auspacken?«, brummte sein Vater, doch seine Mutter legte ihm die Hand auf den Arm und sagte: »Ja, Anna. Das ist okay. Bleib nicht zu lange. Du sollst für mich noch ein paar Sachen aus dem Laden besorgen, wenn wir uns eingerichtet haben.«

Anna nickte ohne zu lächeln, riss die Autotür auf und machte sich auf den Weg die Straße hinunter zu den Bäumen, die an deren Ende standen. Sein Vater machte: »Tsts.«

»Lass sie in Ruhe, Frank«, beschwichtigte ihn Sebastians Mutter. »Ihre Laune wird sich bessern, wenn wir uns häuslich eingerichtet haben. Für sie ist es kein wirklicher Urlaub mit uns und ihrem kleinen Bruder. Es grenzt schon an ein Wunder, dass sie überhaupt mitgekommen ist.«

»Na ja, ich hätte sie auf keinen Fall allein zu Hause gelassen, nicht nach dem, was beim letzten Mal vorgefallen ist. Und jetzt, wo Clare weg ist …«

Sein Vater schwieg und schaute auf Sebastian.

»Fang nicht wieder davon an«, mahnte seine Mutter. Sebastian war enttäuscht. Er wusste nicht genau, was beim letzten Mal geschehen war, als sie beim Wohnwagen gewesen waren und Anna zu Hause gelassen hatten, und keiner schien bereit zu sein, es ihm zu erzählen. Also musste er einfach weiter zuhören.

Dad fuhr langsam weiter und bog an der ersten Gabelung rechts ab zu ihrem Wohnwagen. Sebastian war sicher, dass er den Weg auch mit verbundenen Augen gefunden hätte. Man folgte der Straße, fuhr am Rasenstück mit dem Teich vorbei und nahm an der Rotbuche die zweite Abbiegung nach rechts. Dann ging es den Hügel hinauf bis zum vierten Wohnwagen auf der linken Seite.

»Da ist er!«, rief seine Mutter, als sie an der Rotbuche abbogen und der Wohnwagen in Sicht kam. »O du lieber Gott! Schaut euch das Dach an. Da werden wir aber ein bisschen putzen müssen, während wir hier sind, Sebastian.«

Sebastian lächelte. Es gefiel ihm, die Leiter hochzuklettern, um das Laub aus den Dachrinnen zu sammeln. Anna mochte das nicht.

Sein Vater fuhr das Auto auf den befestigten Abstellplatz neben dem Wohnwagen und stellte den Motor aus. Dann entfuhr ihm ein hörbarer Seufzer.

»Jetzt kann der Urlaub beginnen!« Er öffnete die Autotür und stieg aus. »Ich hoffe, du hast deine warme Unterwäsche mitgebracht, Mutter. Hier draußen ist es ziemlich kühl.«

»Zu Ostern ist das Wetter an den Seen immer ein Risiko«, erwiderte seine Mutter und öffnete ebenfalls die Tür. »Weißt du noch, wie es seinerzeit geschneit hat?«

Sie redeten immer von der Zeit, als es geschneit hatte. Da war Sebastian erst drei oder vier gewesen und nicht sicher, ob er sich tatsächlich daran erinnerte. Seine verschwommene

Rückschau war eine Mischung aus Bildern, auf denen er in eine blaue Jacke gehüllt war und eine rote Pudelmütze trug, sowie den Erzählungen der anderen von jenem Jahr.

»In diesem Jahr ist kein Schnee vorhergesagt«, berichtete sein Vater zuversichtlich. »Allerdings weiß man nie, was diese Hügel für uns bereithalten.« Er warf einen vorgetäuscht ängstlichen Blick auf die schwarzen Berge in der Ferne, hatte die Augen ganz weit aufgerissen und die Schultern hochgezogen.

Sebastian lachte.

»Und wo sind jetzt die Schlüssel?« Sein Vater klopfte sich auf die Taschen. Sebastian lächelte über das vertraute Spielchen. Obwohl es ziemlich kindisch war, gefiel es ihm, seinem Vater zuliebe mitzumachen.

»In *der!*«, rief er und deutete auf die Brusttasche der Jacke seines Vaters. Sein Vater untersuchte auf komische Art jede einzelne Tasche erfolglos, bis er zu der kam, auf die Sebastian gedeutet hatte, und den Schlüssel mit dem Anhänger aus Kork hervorzog.

»Weshalb hast du mir nicht gesagt, dass ich da zuerst suchen soll?«, fragte er lachend, und Sebastian lachte ebenfalls. Sein Vater warf den Schlüssel der Mutter zu, die ihn mit der linken Hand auffing und ins Schlüsselloch steckte. Die Wohnwagentür ließ sich problemlos öffnen.

Wegen des schwachen Sonnenlichts, das durch die gewebten Vorhänge drang, sah im Wohnwagen alles orangefarben aus. Es war kalt und roch muffig wie immer, wenn sie ankamen. Und es war Sebastians Aufgabe, die Vorhänge aufzuziehen. Er zog seine Turnschuhe aus, stellte sie auf die Matte an der Tür und quetschte sich an seiner Mutter vorbei, damit er das Tageslicht hereinlassen konnte. Dann kniete er sich auf die Bänke, um an die Vorhänge heranzureichen. Er fasste sie ganz oben an, wie es ihm seine Mutter gezeigt hatte, und nicht unten, wo die Gefahr bestand, dass die Vorhänge aus der Schiene sprangen.

»Kann ich anfangen, die Sachen reinzubringen?«, wollte sein Vater wissen.

»Ja. Das wäre toll. Dann sind wir ruckzuck fertig«, freute sich seine Mutter. »Und dann kannst du zum Laden gehen und Milch für eine Tasse Tee holen, Mäuschen.« Sebastian ging gern zum Laden auf dem Campingplatz, denn sein Vater gab ihm oft fünf Pence extra mit, für die sich Sebastian etwas kaufen konnte, solange er seiner Mutter nichts davon sagte oder sich von ihr dabei erwischen ließ, wie er Bubbly kaute.

Sein Vater brachte die Taschen und Kartons aus dem Auto herein und stapelte sie an der Tür. Sebastian gab sie an seine Mutter weiter, die den Inhalt in Schubladen und Schränken verstaute, bis alles weggeräumt war. Dann gab Sebastian die leeren Taschen zurück an seinen Vater, der sie ordentlich in den Kofferraum stellte. Diese Aufgabe war immer Miriam und Clare zugefallen, aber jetzt war es seine.

Gerade als seine Mutter die Teekekse in die Keksdose über dem Wasserkessel tat, tauchte Anna wieder auf.

»Schuhe aus!«, rief Sebastian, als Anna versuchte, hereinzukommen, ohne sie auszuziehen.

»Ist ja gut! Reg dich nicht auf«, wies sie ihn scharf zurecht, zog jedoch ihre Turnschuhe aus.

Dann kam sie herein und schob sich auf die Bank hinter dem Esstisch.

»Wie sieht's aus mit einer Tasse Tee?«, fragte sie.

»Sebastian geht gleich Milch holen. Willst du ihn begleiten, Anna?«

Sebastian zuckte zusammen. Alleine die Milch und seine Süßigkeiten zu holen, war einer der Höhepunkte der Ferien. Seine ältere Schwester mitzunehmen, würde ihn dieser Gelegenheit berauben.

»Nein danke«, sagte Anna, und Sebastian entspannte sich. »Ich werde hier ein bisschen rumhängen. Es ist wie ausgestorben da draußen. Außer den Thornburys ist keiner da.«

Sebastian kam auch deshalb so gern zum Wohnwagen, weil sie immer die gleichen Leute trafen. Es gab Wohnwagen, die von Touristen gemietet werden konnten, aber die meisten Familien auf dem Platz waren wie die Familie Bliss Dauercamper. Manche kamen jedes Wochenende, wie Sebastian wusste. Seine Familie jedoch nicht. Es war zu weit, und zu Hause lag an jedem Wochenende etwas anderes an. Sie kamen aber in sämtlichen Ferien her, und da waren auch die meisten anderen Leute hier.

»Ich dachte, du magst Colin Thornbury«, wunderte sich seine Mutter.

»Das war, bevor er sich in eine lüsterne Kröte mit herumwandernden Augen und entsprechenden Händen verwandelt hat«, gab Anna zurück. Ihre Mutter warf ihr einen warnenden Blick zu, obwohl Sebastian nicht sicher war, weshalb. Ihm war in Annas Satz kein einziges Schimpfwort aufgefallen. Vielleicht war *lüstern* unanständig. Er musste es sich merken und später nachschauen. Er hatte *Collins Pocket Dictionary* ganz unten in seine Tasche gepackt. Eines der Probleme, das man als jüngstes Kind hatte, war, dass man oft nicht verstand, was um einen herum los war. Deshalb erwies sich das Wörterbuch als sehr nützlich. Sebastian fragte sich kurz, was *herumwandernde Hände* waren, und sein Verstand driftete zu *Der Eisenmann*, den sie gerade in der Schule lasen. Darin war auch die Rede von einem *herumwandernden Auge*, wenn er sich recht erinnerte. Aber das meinte Anna bestimmt nicht. Sebastian kannte Colin, und an seinem Aussehen war nichts merkwürdig – zumindest war das so gewesen, als er ihn das letzte Mal gesehen hatte.

»Und mit der kleinen Laura bist du doch auch immer gut zurechtgekommen«, fuhr seine Mutter fort.

»Ja, aber da waren wir noch Kinder. Sie ist erst fünfzehn und versteht gar nichts.«

Was verstand sie nicht? Sebastian fragte sich, ob andere Familien auch in dieser Art von Geheimcode miteinander sprachen, zu dem er aufgrund seines Alters noch keinen Zugang hatte.

»Na ja, ich weiß, dass die Rosses und die Bakers kommen. Und musst du nicht sowieso Stoff für die Schule wiederholen?«

Anna stöhnte.

»Gönn mir doch eine Pause, Mum. Wir sind gerade angekommen.«

»Trotzdem«, beharrte seine Mutter wissend und verstaute weiter die kleinen Schachteln mit Frühstückszerealien im Schrank über der Spüle. Sebastian liebte die Sortimentspackung mit verschiedenen Cornflakes. Es gab sie nur, wenn sie hier waren. Seine Mutter hatte ihm erklärt, dass sie viel zu teuer waren, um sie auch die übrige Zeit zu kaufen, aber sie passten so schön in die kleinen Schränke des Wohnwagens, dass ihr Kauf erlaubt war (allerdings war es nur eine einzige Sortimentspackung, und wenn sie verputzt war, dann gab es keine weitere). Sie hatten noch weitere Lebensmittel in kleinen Packungsgrößen mitgebracht, die sie auf dem Weg immer in einem besonderen Supermarkt kauften, der auf diese kleinen Sachen spezialisiert zu sein schien. Kleine Flaschen mit Ketchup, halbhohe Gläser mit Nescafé und vieles mehr. Sebastian fühlte sich dadurch wie ein Riese oder zumindest wie ein Erwachsener. Zu Hause hatten sie von allem Großpackungen. Obwohl Miriam und nun auch Clare ausgezogen waren, kaufte seine Mutter immer noch für eine sechsköpfige Familie ein. Vielleicht hoffte sie, dass die beiden überraschend zum Abendessen vorbeischauten, und darauf wollte sie vorbereitet sein. Doch das war eher unwahrscheinlich. Sebastian hatte Clare ewig nicht gesehen.

»Ich hole dann mal die Milch«, verkündete er und war begierig darauf, seine Besorgung zu erledigen, bevor ihm der Auftrag weggeschnappt wurde. »Brauchst du noch etwas, Mummy? Gibst du mir das Geld, Dad?«

»Im Moment nur die Milch, Mäuschen«, sagte seine Mutter. »Hast du Kleingeld, Frank? Ich habe nur Scheine.«

Sein Vater durchwühlte seine Hosentasche und beförderte eine Handvoll Kleingeld zutage. Sebastian schaute gierig darauf.

»Wie viel wird es denn kosten?«

»Mehr als zu Hause. Der Laden hier auf dem Gelände ist sehr teuer. Mehr als fünfundzwanzig Pence aber nicht, glaube ich.«

Dad suchte drei glänzende Zehn-Pence-Stücke heraus und gab sie Sebastian.

»Wie immer?«, fragte Sebastian voller Hoffnung.

»Okay«, erwiderte sein Vater. »Aber sag's nicht deiner Mutter!«

»Was sollst du mir nicht sagen?«

»Das kann ich dir doch nicht verraten!« Sebastian lachte, steckte die Münzen in die Tasche und ging zur Tür.

»Und zieh die Turnschuhe ordentlich an!«, rief seine Mutter ihm nach. »Wenn du sie hinten runtertrittst, gibt es ernsthaft Ärger.«

Sebastian schlängelte die Füße in die Turnschuhe und stopfte die Schnürsenkel seitlich hinein.

»Binde die Schnürbänder zu!«, schimpfte seine Mutter. »Du brichst dir noch das Genick.«

Gab es eigentlich irgendetwas, was sie nicht sah?

Er ging ihre Straße hinunter, und als er zur Rotbuche kam, bog er rechts ab zum Zentrum des Campingplatzes. Der See lag vor ihm, und das Wasser funkelte in der frühen Morgensonne. Einige Schlauchboote waren bereits draußen, und ein paar der großen Boote, die Kajüten außer Sicht unter Wasser versteckt hatten, dümpelten auf ihren Liegeplätzen. Sebastian würde gern segeln, aber bisher hatte sein Vater immer Nein gesagt. Vielleicht konnten sie in diesem Urlaub ein Boot mieten, um es auszuprobieren. Es sah nicht besonders schwer aus. Alles, was man tun musste, war das Segel setzen und einholen und Befehle an die Mannschaft schreien, wenn man wenden wollte. Sebastian war sich ziemlich sicher, dass sie das schnell hinbekommen würden.

Er erreichte den Laden und ging hinein. Obwohl er gern hierherkam, war er immer nervös, wenn er ihn betrat. Der Laden wurde von der Familie Macintosh geführt, die aus Mädchen mit roten Haaren und großen Brüsten zu bestehen schien. Wenn Mrs Macintosh oder das älteste Mädchen bediente, gab es kein Problem, aber da waren auch die Zwillinge. Sebastian warf einen nervösen Blick hinter den Tresen, wo zwei rothaarige Mädchen standen. Ihm wurde bange ums Herz.

Er griff nach einer Flasche Milch und schaute auf den Preis – vierundzwanzig Pence. Das hieß, er konnte seine fünf Pence ausgeben und würde trotzdem noch Wechselgeld bekommen. Die losen Süßigkeiten standen neben der Kasse. Er schlich dorthin und versuchte, klein und unwichtig auszusehen.

»He! Schau mal, wer zurück ist!«, rief der Zwilling, der dicht bei Sebastian stand. Er schaute nicht auf.

»Wer?«, fragte die Zwillingsschwester.

»Dieser kleine Bursche mit dem schicken Namen. Wie heißt du noch mal?«

Sebastian zog in Erwägung, die beiden zu ignorieren, aber er war der Einzige im Laden.

»Sebastian«, sagte er leise und wandte den Blick nicht von den Süßigkeiten ab.

»Genau!«, rief Zwilling Nummer eins. »Wie diese Schwuchtel im Fernsehen. Dann hast du doch sicher auch einen Teddybären, oder?«

»Nein«, erwiderte Sebastian, obwohl er einen hatte.

»Machst du Urlaub hier?«, wollte Zwilling Nummer zwei wissen.

Sebastian war der Meinung, dass das ziemlich offensichtlich war, aber er wollte die beiden nicht verärgern, und deshalb nickte er einfach.

»Hast du deine Schwestern mitgebracht?«

»Nur Anna.«

»Das ist gut. Dann müssen wir unsere Freunde nicht wegsperren, was, Mary?«

Zwilling Nummer eins nickte. Sebastian hatte die Übersicht verloren, wer von ihnen redete, was hauptsächlich daran lag, dass er Blickkontakt vermied.

»Deine Schwester ist eine richtige Schlampe.«

»Ja, das stimmt. Ein echtes kleines Flittchen.«

Sebastian wusste weder, was sie meinten, noch von welcher Schwester sie sprachen, aber ihm war klar, dass sie nichts Nettes sagten. Das war ärgerlich. Er musste schnell seine Süßigkeiten auswählen, damit er den Laden verlassen konnte. Also griff er nach zwei *Bubblies,* einer *Juicy Fruit* und zwei *Black Jacks* und schob sie über den Tresen, damit sie mit der Milch zusammengerechnet wurden. Er hatte eine schlechte Wahl getroffen. *Bubbly* war verboten, und seine Mutter würde die *Black Jacks* auf seinen Zähnen entdecken, doch er konnte es nicht ändern. Er musste hier raus.

Der Zwilling, der ihn bediente, ließ jede Süßigkeit in eine weiße Papiertüte fallen. Sebastian hörte, wie eine nach der anderen auf dem Tütenboden aufkam.

»Das macht neunundzwanzig Pence, bitte.«

Er gab dem Mädchen seine Münzen, ohne es anzuschauen. Es ließ sie in die Kasse fallen und gab ihm einen Penny zurück.

»Grüß deine Mum und deinen Dad von uns«, sagte das andere Zwillingsmädchen. »Und deine Schwester.«

Es lächelte, aber irgendetwas an seinem Aussehen gefiel Sebastian nicht. Die Augen erinnerten ihn an die Schlange in *Das Dschungelbuch*.

»Danke«, murmelte er, nahm die Milchflasche und die Papiertüte und ging hinaus in den Sonnenschein. Er konnte sie hinter sich lachen hören, wusste aber, dass sie ihn nicht auslachen konnten. Schließlich hatte er nichts getan.

Draußen und in einigem Abstand zur Tür stellte er die Milchflasche ab und schaute sich seine Süßigkeitenauswahl an. Er konnte jetzt nur die *Juicy Fruit* essen. Der Weg zurück war zu kurz für die anderen beiden Sachen. Sebastian war wütend auf die Zwillinge, die schuld daran waren, dass er sich mit der Auswahl so beeilt hatte. Aber er war noch die ganze Woche hier, und es würde sich sicher noch eine Möglichkeit für einen weiteren Botengang ergeben. Dann würde er allerdings darauf achten, dass die Zwillinge nicht im Laden arbeiteten.

Er nahm die Milchflasche und machte sich auf den Weg zurück zum Wohnwagen, während er die *Juicy Fruit* langsam auf der Zunge schmelzen ließ, bevor er nicht länger widerstehen konnte und zu kauen begann.

Vor ihm überquerte ein Eichhörnchen die Straße. Es schaute ihn an und flitzte dann den Baum am Straßenrand empor. Sebastian hatte in der Schule gelernt, dass die grauen Eichhörnchen all die einheimischen roten vertrieben hatten und deshalb nicht sehr beliebt waren. Das tat ihm ein wenig leid. Er fragte sich, was das Gerede der Zwillinge über seine Schwester bedeuten sollte und welche Schwester sie meinten. Es musste Clare sein. Um die ging es immer. Er überlegte sich, seinen Vater danach zu fragen, aber irgendetwas ließ ihn vorsichtig sein. Vielleicht würde er Anna fragen, falls sie irgendwann mal nicht mehr sauer war.

II

Später hörte Sebastian zufällig ein weiteres Gespräch mit an, das ihn verwirrte. Sie hatten zu Mittag gegessen und dann alle einen Spaziergang zum Ufer des Sees gemacht. Sebastian hatte seinen Kescher und einen alten Eimer mitgenommen. Darauf waren drei fröhliche kleine Fische zu sehen und ein lächelnder Hai. Der Eimer war wahrscheinlich ein bisschen kindisch, aber er hielt immer noch das Wasser.

Sebastian stand in seinen Gummistiefeln und mit bis zu den Knien hochgekrempelten Jeans im seichten Wasser und versuchte, die kleinen Bitterfische zu fangen, die vorbeischwammen. Es war schwieriger, als es aussah, und der lange Stiel des Keschers kam ihm immer wieder in die Quere. Doch jedes Mal, wenn er Wasser mit den Händen schöpfte, rief seine Mutter, er solle sich nicht nass machen.

Seine Eltern standen genau hinter ihm am Ufer und schauten auf die Boote, dic hin und her segelten.

»Ich weiß nicht, was ich tun soll, Frank«, jammerte seine Mutter. »Es ist über drei Wochen her, seit ich etwas von ihr gehört habe. Ich bin wirklich krank vor Sorge.«

»Sie ist so egoistisch«, erwiderte sein Vater, und Sebastian, der begierig darauf war, mehr zu erfahren, versuchte zuzuhören, ohne sich umzudrehen.

»Hat Miriam etwas von ihr gehört?«

»Nein, ich glaube nicht. Jedenfalls hatte sie am Donnerstag, als ich sie angerufen habe, nichts gehört. Sie sagte, ich solle mir keine Sorgen machen und dass keine Neuigkeiten gute Neuigkeiten seien.«

»Na ja, das stimmt wahrscheinlich. Und sie ist erwachsen.«

»Sie ist erst zweiundzwanzig! Ich weiß, dass sie theoretisch volljährig ist, aber was heißt das denn schon?«

»Sie ist flatterhaft und eigensinnig, aber sie ist nicht blöd. Sie tut nichts Dummes«, beschwichtigte sein Vater die Mutter.

Sebastian nahm an, dass sein Vater sich gebückt hatte, um einen Kieselstein aufzuheben, denn einer ditschte an ihm vorbei, berührte die Wasseroberfläche fünf Mal und durchbrach sie dann, um im dunklen See zu verschwinden. Die Fische in seiner Nähe nahmen Reißaus.

»Aber das hat sie doch schon, Frank. Etwas Dummes getan. Was hat sie sich nur dabei gedacht?«

»Nichts hat sie sich dabei gedacht. Und das ist das Problem. Sie denkt nie nach und handelt nach ihren eigenen Regeln.«

Sebastian war ziemlich sicher, dass sie über Clare sprachen. Sie war Weihnachten wie üblich von der Fachhochschule nach Hause gekommen, und dann hatte es einen furchtbaren Streit gegeben und sie war wieder verschwunden. Schwestern kamen und gingen ständig. Sebastian war daran gewöhnt. Aber dieses Mal schienen seine Eltern besorgter zu sein als sonst.

»Hast du was gefangen, junger Mann?«, fragte sein Vater, und Sebastian drehte sich um, erleichtert, dass er nicht mehr zu lauschen brauchte.

»Nicht viel. Ein paar winzig kleine Dinger, aber keinen richtigen Fisch. Ich glaube, hier ist keine gute Stelle.«

»Ein schlechter Arbeiter gibt immer seinem Werkzeug die Schuld, mein Sohn.«

»Das tue ich nicht. Ist nur so, dass hier keine Fische sind. Ich glaube, sie halten sich am liebsten im Schatten auf.«

»Warum gehen wir nicht dort drüben hin, wo die Äste der Bäume über dem Wasser hängen?«, schlug seine Mutter vor. »Vergiss den Spaten nicht.«

Sebastian sammelte seine Habseligkeiten zusammen und machte sich auf den Weg den Strand entlang. Doch er versuchte, nicht zu weit vorzulaufen; es konnte ja sein, dass es noch mehr Informationen aufzuschnappen gab.

»Ich weiß, wo sie ist«, fuhr ihre Mutter fort. »Sie hat die Adresse auf die Postkarte geschrieben. Ich könnte einfach einen Zug nehmen und mit ihr reden, damit sie nach Hause kommt.«

»Und was würde das bringen?«, fragte sein Vater.

»Also zumindest würde ich wissen, dass ihr nichts passieren kann.«

»Wenn ihr was passiert wäre, hätten wir das schon erfahren.«

»Woher weißt du das, Frank? Bei so einem Mann.«

»Bei was für einem Mann? Ehrlich, Dorothy. Er ist kein Monster!«

»Woher willst du das wissen?!« Die Stimme seiner Mutter wurde immer lauter. Sebastian musste sich nicht mehr anstrengen, um zu verstehen, was sie sagte. »Wie willst du das überhaupt wissen, was er für ein Mann ist? Wir haben ihn nur einmal getroffen.«

»Wie ich bereits gesagt habe, müssen wir ihr gesunden Menschenverstand zugestehen.«

Seine Mutter seufzte laut. Es hörte sich an, als würde sie gleich in Tränen ausbrechen, aber Sebastian wollte sich nicht umdrehen.

»Ich rufe nach sechs noch mal Miriam an. Vielleicht hat sie etwas gehört.«

»Gute Idee. Und in der Zwischenzeit hör auf, dir Sorgen zu machen. Schließlich sind wir im Urlaub.«

Sebastian freute sich, als sie aufhörten, über Clare zu sprechen. Für jemanden, der nie da war, schien sie eine Menge Ärger zu machen.

Er stand am Ufer des Sees und schaute angestrengt auf das grünliche Wasser. Die von den darüberhängenden Ästen verursachten Schatten machten es schwer, etwas zu erkennen, aber als sich sein Blick an das Dunkel gewöhnt hatte, konnte er die schlanken Silhouetten kleiner Fische ausmachen, die hin und her huschten.

»Dad! Schau mal. Hier gibt es jede Menge.« Er versuchte, seinen Kescher zu manövrieren, aber er war einfach zu unhandlich. Deshalb bückte er sich, tauchte den Eimer so langsam er konnte ins Wasser und hoffte, dass die Fische direkt hineinschwammen. Lange musste er nicht warten. Schon bald überschritten zwei kleine Bitterfische die Schwelle und blitzschnell richtete Sebastian den Eimer auf und zog ihn aus dem Wasser.

»Wir sollten wohl heute Abend besser noch ein paar Leute in den Wohnwagen einladen.« Sein Vater lachte. Sebastian wusste nicht, was er damit meinte. »Den ganzen Fisch schaffen wir doch alleine niemals!«

»Dad! Die kann man doch nicht essen. Sie sind zu klein.«

»Ach, lass doch den armen Jungen in Ruhe, Frank«, wies seine Mutter lachend den Vater zurecht, und Sebastian war erleichtert, dass die Tränen von vor einem Augenblick getrocknet zu sein schienen.

Wieder tauchte er den Eimer unter Wasser und hoffte, dass noch weitere Fische versucht waren, hineinzuschwimmen, bevor die gefangenen wieder entwischten.

»Was wir brauchen«, meinte er entschlossen, »sind Köder.«

III

Schließlich gab es keinen Fisch zum Abendessen, sondern Schinkenspeck und eine Art gebratenen Kartoffelbrei, den seine Mutter wie Essen für Astronauten aus einer zerknitterten silbernen Tüte zubereitet hatte. Anna hatte zunächst die Nase gerümpft.

»Ich habe auch Urlaub, bitte denk daran«, hatte seine Mutter gesagt, als sich Anna beschwerte. »Hier koche ich nur einfache Gerichte. Und das *ist* einfach.«

Nachdem Anna aufgehört hatte zu meckern und den Kartoffelbrei tatsächlich probierte, kamen sie alle überein, dass er für ein Fertigprodukt erstaunlich gut schmeckte. Sie erledigten den Abwasch und räumten das Geschirr zurück in die kleinen Schränke. Sein Vater schärfte ihnen ständig ein, wie wichtig es sei, auf so beengtem Raum Ordnung zu halten, aber Sebastian fiel auf, dass immer nur seine Mutter aufräumte.

Dann setzten sie sich zu viert an den Esstisch, um vor dem Schlafengehen Karten zu spielen. Vor seinem Vater stand eine Dose Bier und vor seiner Mutter ein Glas Sherry. Anna und er tranken nichts. Sebastian dachte sehnsüchtig an die Süßigkeiten in seiner Papiertüte, aber die mussten bis morgen warten.

»Mau-Mau?«, schlug seine Mutter vor.

»Müssen wir das spielen?«, maulte Anna. »Das ist langweilig.«

»Es ist nett und einfach für Sebastian, aber wir können auch etwas Komplizierteres spielen, wenn du willst.«

Sebastian wollte gerade sagen, dass er sehr wohl in der Lage sei, ein kompliziertes Spiel zu spielen, als jemand laut gegen die Campingwagentür hämmerte.

Verwirrt schauten sich seine Eltern an. Noch bevor jemand die Tür öffnen konnte, sprang sie auf, und Clare stand da. Sie hatte einen Koffer in der Hand, den sie neben sich fallen ließ. Mit einem dumpfen Geräusch landete er auf dem Boden und ließ den Wohnwagen ein kleines bisschen wackeln. Clare trug keine Jacke. Das war genau die Art von Rebellion, die Sebastian eigentlich von seiner Schwester erwartete.

»Hallo Mum. Dad.«

Zunächst sprach niemand und dann alle auf einmal.

»Was machst du hier?«

»Clare, mein Engel, geht's dir gut?«

»Na, das wird interessant.« Der letzte Satz kam von Anna, die ihre Karten auf den Tisch legte und sich zurücklehnte.

»Ich habe mir schon gedacht, dass ihr hier seid«, sagte Clare. »Ich habe aber Miriam angerufen, um sicherzugehen«, fügte sie hinzu. »Wir Blisses sind doch Gewohnheitstiere.«

»Clare, komm und setz dich.« Seine Mutter schob Sebastian die Bank entlang, bis er fast am anderen Ende herunterfiel. »Möchtest du etwas haben? Eine Tasse Tee? Oder vielleicht ein Glas Sherry?«

»Nein danke. Na ja, vielleicht tatsächlich eine Tasse Tee. Es ist kalt da draußen.«

»Wo ist deine Jacke?«, fragte seine Mutter, und Sebastian war mit sich zufrieden, denn ihm war das bereits aufgefallen. »Anna, würdest du deiner Schwester bitte eine Tasse Tee machen?«

Anna stand kurz davor zu protestieren, aber ein Blick ihres Vaters hielt sie davon ab. Sie machte lediglich »Tsts«, stand auf und schlängelte sich in den winzigen Küchenbereich. Clare setzte sich sofort auf den frei gewordenen Platz.

»Und? Hattet ihr einen schönen Tag? Was habt ihr unternommen?», wollte Clare wissen. Hier stimmte etwas nicht. Das wusste Sebastian. Er hatte seine Schwester seit Weihnachten nicht mehr gesehen, und jetzt tauchte sie so spät am Abend und ohne Jacke im Wohnwagen auf. Da stimmte etwas ganz und gar nicht.

Alle schwiegen. Der Wasserkocher wurde langsam gefüllt, und das Geräusch des fließenden Wassers klang immer heller. Anna steckte den Kocher in die Steckdose und stellte ihn an.

»Also?«, fragte sie.

»Ich bin sicher, Clare hat uns viel zu erzählen, aber lasst sie erst ihren Tee trinken.« Sebastian hörte, dass die Stimme seiner Mutter schwankte, was sie gewöhnlich nicht tat. »Ich glaube, es ist Zeit für dich, ins Bett zu gehen, junger Mann.«

Normalerweise hätte Sebastian protestiert. Es war noch nicht einmal acht Uhr, und er hatte Ferien, aber irgendetwas sagte ihm, dass er ohne viel Wirbel tun sollte, was man von ihm verlangte.

»Okay«, sagte er und war stolz auf sein erwachsenes Benehmen. »Kommst du noch und gibst mir einen Gutenachtkuss?«

»Natürlich. Vergiss nicht, die Zähne zu putzen. Da muss noch dieser ganze klebrige Süßkram raus.«

Wie konnte sie etwas von der kleinen weißen Papiertüte wissen? Gab es irgendetwas, was sie nicht mitbekam?

In diesem Urlaub teilte er sich mit Anna das Doppelbett in dem kleinen hinteren Zimmer. Als noch alle sechs im Wohnwagen geschlafen hatten, mussten die Bänke am Tisch ebenfalls in ein Bett umfunktioniert werden, aber heute schliefen seine Eltern auf dem Ausziehsofa. Sebastian zog schnell seine Kleidung aus und warf sie als Bündel unten in den winzigen Kleiderschrank. Dann schlüpfte er in den Schlafanzug und ging in das kleine Duschbad, um die Zähne zu putzen. Der Rest der Familie unterhielt sich jetzt, aber das Gespräch war nicht so entspannt und locker wie zu Hause. Seine Mutter stellte ernste Fragen zu Clares Reise. Sein Vater schwieg noch immer.

Sebastian spuckte die Zahnpasta aus, reinigte seine Zahnbürste unter dem Wasserstrahl und ging zurück ins Schlafzimmer.

»Ich bin fertig«, verkündete er, als er durch den Küchenbereich ging.

Dann kuschelte er sich in seinen Schlafsack. Er war dunkelblau, hatte aber innen ein Futter mit Blumen, denn ursprünglich hatte er Anna gehört. Es war kalt, aber er rieb die Füße aneinander, und schon bald wurde ihm wärmer. Seine Mutter steckte den Kopf durch die Tür.

»Gute Nacht, mein Schatz«, sagte sie, beugte sich übers Bett und gab ihm einen Kuss. Das Zimmer war so klein, dass sie sich nicht neben das Bett stellen konnte. Als sie sich zurückzog, erschien sein Vater.

»Also dann, mein kleiner Kämpfer. Schlaf gut, denn morgen jagen wir den Schnark. Du weißt doch, was ein Schnark ist, oder?«

»Natürlich«, erwiderte Sebastian stolz. »Wo werden wir ihn jagen?«

»Hier und dort«, antwortete sein Vater. »Hier und dort.«

Er streckte die Hand aus und zerzauste Sebastians Haar. Dann schlurfte er zurück und zog die Tür fest hinter sich zu. Das war schade. Sebastian hatte gehofft, dass sie die Tür einen Spaltbreit offen lassen würden, damit er ihr Gespräch hören konnte. Ganz still lag er da. Zunächst verstand er gar nichts, doch dann lauschte er angestrengt und konnte doch einen Teil dessen hören, was sie sagten.

»Also«, ertönte die gedämpfte Stimme seines Vaters. »Was verschafft uns die Ehre?«

»O Frank«, kam es von seiner Mutter. »Siehst du nicht, dass sie erschöpft ist? Das Wichtigste ist doch, dass es ihr gut geht. Dir geht es doch gut, oder, Clare? Allerdings ist es eine Überraschung, dass du so aus dem Nichts hier auftauchst.«

Es folgte Schweigen. Sebastian hörte, dass Anna etwas sagte, was er aber nicht verstand.

»Sei still, Anna!«, wies seine Mutter sie scharf zurecht. »Wenn du nichts Konstruktives zu sagen hast, dann kannst du ins Bett gehen.«

»Es ist acht Uhr!«

»Dann sei lieber still.«

Wieder sagte niemand etwas, und dann begann jemand zu weinen. Sebastian lauschte angestrengt, um herauszufinden, wer es war. Dass jemand weinte, geschah zu Hause nicht oft, aber er nahm an, dass es von Clare kam.

»O Liebling«, hörte er seine Mutter, »komm her. Ist ja schon gut. Lass es alles raus, und dann erzählst du uns, was passiert ist.«

Eine Weile war unterdrücktes Schluchzen zu hören. Sebastian drehte sich im Bett um, damit sein Kopf näher an der Tür lag. Ein Schlüsselloch zum Durchgucken gab es nicht, aber immerhin hörte er das Gesagte jetzt deutlicher. Er überlegte, ob er nicht aus dem Fenster klettern, um den Wohnwagen schleichen und durch das große Rückfenster schauen sollte, aber dann erinnerte er sich daran, dass sie bereits die Vorhänge zugezogen hatten. Er würde also weder sehen noch zuhören können. Da war es schon klüger, hierzubleiben, wo er immerhin der Unterhaltung folgen konnte.

Clares Schluchzer schienen weniger zu werden. Dann folgte ein ausgedehntes Schniefen. An diesem Punkt würde sein Vater Clare sein großes weißes Taschentuch anbieten, da war Sebastian sich ganz sicher. Und richtig. Er konnte hören, wie sich Clare, oder wer auch immer, die Nase putzte, als wäre sie fertig mit dem Weinen. Wieder folgte Stille. Sebastian wünschte, er könnte ihre Gesichter sehen.

»Ich habe ihn verlassen«, sagte Clare.

»O Clare!« Das kam von seiner Mutter.

»Du hast was getan?«, fragte sein Vater. Er schien eher verärgert als besorgt zu sein.

»Ich habe ihn verlassen und will ihn nie wiedersehen. Das habe ich ihm auch gesagt. ›Ich packe meinen Koffer, und ich werde nicht zurückkommen‹, habe ich gesagt. Und dann sagte er, dass ich das nicht wagen würde. Aber ich habe es getan.« Mehr Weinen.

»Beruhige dich doch, Clare«, bat seine Mutter. »Hattet ihr einen kleinen Streit? Das passiert ständig, wenn man zusammenlebt. Das ist normal. Der Himmel hängt nicht jeden Tag voller Geigen.«

Von seinem Vater war so etwas wie ein Würgegeräusch zu hören.

»Die Verliebtheitsphase hält aber normalerweise länger an als nur ein paar Monate«, gab er zu bedenken.

»Schhh, Frank! Was auch immer es ist, Clare, ich bin sicher, es lässt sich wieder einrenken.«

Sebastian meinte Anna prusten zu hören, aber es konnte auch ein Geräusch von draußen sein.

»Lässt es sich nicht«, beharrte Clare und hörte sich ziemlich bestimmt an. »Es ist vorbei. Ich habe ihn verlassen und gehe nicht mehr zurück.«

Wieder folgte Schweigen.

»Wenn sie wieder nach Hause kommt, kann sie ihr Zimmer aber nicht zurückhaben. Dann muss sie in das kleine, das ich früher hatte.«

»Anna, ich warne dich«, drohte seine Mutter. Langsam hörte man ihre Verärgerung. »Clare, Liebes«, sagte sie einfühlsamer. »Erzähl uns doch alles von Anfang an, und dann können wir für das Problem eine Lösung finden.«

Sebastian befürchtete, Clare würde sagen, dass es keine Lösung gäbe und dass sich dieses Gespräch endlos im Kreis drehen würde, aber zum Glück begann sie zu erzählen.

»Zuerst war alles schön. Wir mieteten eine kleine Wohnung genau an der nördlichen Ringstraße. Die Wohnung war zwar etwas schmuddelig, aber warm.«

»Ist das die Adresse, die du mir mal geschickt hast?«, fragte seine Mutter. Sie darf Clare nicht immer unterbrechen, dachte Sebastian, sonst wird die nichts mehr erzählen.

»Ja. Rodney musste weit fahren, weil alle seine Kunden oben im Norden sind. Deshalb musste er oft in Motels übernachten, aber sein Arbeitgeber wollte die nicht zahlen, weil es seine Entscheidung gewesen war, in Yorkshire zu arbeiten und in Watford zu leben.«

»Das wundert mich nicht. Verdammt blöde Idee«, sagte sein Vater, aber er musste es leise gemurmelt haben, denn Sebastian hatte Mühe, ihn zu verstehen, und schloss das Wesentliche nur aus dem Tonfall seines Vaters.

»Also hast du da unten ganz allein in einem kleinen, schäbigen Zimmer gehaust?«, schloss seine Mutter.

»Es war nicht schäbig, und es ist eine Wohnung und kein Zimmer. Ja, im Grunde schon. Na ja, nur während der Woche. Rodney war am Wochenende da. Ich hatte einen Job in einem Café gefunden und habe die meiste Zeit, die er nicht da war, gearbeitet.«

Wieder konnte man den Vater murmeln hören. Sebastian verstand nicht ganz, was er sagte, aber er meinte *ordentliche Ausbildung* herausgehört zu haben.

»Frank. Bitte.«

»Wie auch immer, es war so weit alles okay. Nicht super, aber immerhin okay. Dann habe ich gestern die Taschen seiner Hose nach außen gewendet, um sie zu waschen.«

Sebastian war sicher, diesmal ein Prusten zu hören, aber Clare erzählte weiter.

»Dabei habe ich eine Quittung von *Da Mario's* bei uns auf der High Street gefunden. Darauf standen zwei Pizzas, eine Flasche Rotwein und Knoblauchbrot.«

Clare machte eine Pause, damit die ganze Bedeutsamkeit dieser Entdeckung in jedermanns Bewusstsein dringen konnte. Das schien allerdings nicht zu klappen.

»Tut mir leid, Liebes. Ich verstehe wirklich nicht …«

»Kapierst du's nicht? Er ist mit ihr ausgegangen. Zum Essen. Nur die beiden.«

»Wer?«, fragte sein Vater.

Ja, wer, dachte Sebastian.

»Sie natürlich. Linda. Seine verdammte Frau.«

Jetzt war sie dran! Sie hatte vor ihrer Mutter geflucht. Aber das war offensichtlich niemandem aufgefallen.

»O Clare«, hauchte seine Mutter, und es klang, als hätte jemand die Luft aus ihr herausgelassen.

»So. Jetzt lass mich mal sehen, ob ich das richtig verstanden habe«, unterbrach sein Vater. »Rodney, der Mann, mit dem du sozusagen durchgebrannt bist, der Mann, der vor knapp vier Monaten seine Frau und seine beiden kleinen Kinder deinetwegen verlassen hat, hat sich mit seiner Frau, der Mutter seiner Kinder, auf eine Pizza und eine Flasche Wein getroffen.«

»Und Knoblauchbrot«, ergänzte Anna. »Vergiss das Knoblauchbrot nicht.«

»Anna!«, warnte seine Mutter sie.

»Zweifellos«, fuhr sein Vater fort, »um die Erziehung der Kinder oder andere wichtige Familienangelegenheiten zu besprechen. Und deswegen hast du deine Sachen gepackt und bist schnurstracks zu Mummy und Daddy zurückgerannt, um obendrein deren äußerst angenehmen Urlaub zu stören.«

Sebastian war sich nicht sicher, ob er verstand, worauf sein Vater hinauswollte, aber er hatte das Gefühl, ihm am Ende seiner Rede applaudieren zu müssen, so dramatisch war sie gewesen.

»Frank!«, rief seine Mutter in einem Ton, den sie immer anschlug, wenn sie mit dem, was er gesagt hatte, nicht einverstanden war. »Also wirklich, Clare, hör nicht auf ihn. Wir sind überglücklich, dich zu sehen, wirklich, und du kannst jederzeit nach Hause kommen. Das weißt du doch, oder?«

»Solange du dein altes Zimmer nicht zurückhaben willst.«

Sebastian hörte ein dumpfes Geräusch und nahm an, dass jemand Anna auf den Arm geschlagen hatte.

»Aber Dad, hör mal. Das war nicht so«, fuhr Clare fort. Es wurde immer leichter für Sebastian zu verstehen, was sie sagten, weil ihre Stimmen immer lauter wurden. »Natürlich muss er sich mit Linda treffen, um Dinge zu besprechen, die sich auf die Kinder beziehen. Was mich aber total angepisst hat, ist, dass ich davon nichts wusste.«

»Clare! Deine Ausdrucksweise!« Das war wieder Anna. Sebastian war sich ziemlich sicher.

»Du hast also deine Zelte abgebrochen und bist gegangen?«, wollte sein Vater wissen.

»Nein! Hör doch zu. Mum. Sag's ihm.«

»Frank, kannst du das arme Mädchen nicht erzählen lassen?«

»Ich hab ihn also danach gefragt, als er nach Hause kam. Hab ihm die Quittung gezeigt und gesagt, dass ich die in seiner Hose gefunden hätte. Nicht, dass er dachte, ich hätte rumgeschnüffelt.«

»Obwohl es so klingt, als hättest du recht gehabt, zu schnüffeln. Hinterhältiger Betrüger, dieser Rodney, hä?«

»Anna! Sei still!«

»Verdammt, ich habe nicht geschnüffelt. Ich habe erwartet, dass er mich runterputzt, mir vorwirft, ich würde übertreiben oder so, aber er stand einfach nur da und brach in Tränen aus.«

Irgendjemand kicherte. Sebastian tippte auf Anna.

»Was hat er getan?«

»Er hat geweint, Dad, und dann kam alles raus.«

An dieser Stelle war Sebastian ziemlich sicher, dass Clare wieder zu weinen angefangen hatte, denn er hörte eine Menge Schniefen und dass das Taschentuch seines Vaters erneut zum Einsatz kam.

»Lass dir Zeit, Clare. Was hat er gesagt?«

»Er sagte, er habe einen furchtbaren Fehler gemacht. Dass er niemals Linda für mich hätte verlassen sollen und dass er dadurch das ganze Chaos verursacht habe. Und dann sagte er …« Es folgte ein weiteres lautes Trompeten ins Taschentuch. »Und dann sagte er, dass es ihm wirklich leidtäte, aber er würde zurück nach Hause gehen … Nach Hause! Er nannte es sein Zuhause. Mir gegenüber! Dass er zurück nach Hause gehen und es noch einmal mit Linda versuchen würde. Angeblich wäre sie bereit, ihm zu vergeben und ihn der Kinder wegen zurückzunehmen.«

»O Clare! Mein armes Baby.«

Wieder wurde eine Nase geputzt.

»Und das war's dann?«, fragte sein Vater. Jetzt hörte er sich verärgert an. »Was warst du für ihn? Seine Midlifekrise? Ich hätte große Lust hinzufahren und diesem arroganten Nichtsnutz mit seinen über vierzig Jahren die Meinung zu sagen.«

»Und was würde das ändern? Das Wichtigste ist doch, dass Clare gesund und munter bei uns ist. Sie hat genau das Richtige getan. Du hast genau das Richtige getan, Liebes.«

»O Mum. Ich komme mir so dumm vor.«

»Das überrascht mich nicht!«, plapperte Anna wieder dazwischen. Sebastian konnte nicht glauben, dass sie immer noch dort sitzen durfte und nicht ins Bett geschickt worden war.

»Ich dachte, es wäre Liebe und dass er sich scheiden lassen und mich heiraten würde. Und die ganze Zeit …« Wieder brach Clare in Tränen aus. Erwachsen zu sein, hörte sich furchtbar traurig an.

»Na ja, hört sich so an, als seist du gerade noch rechtzeitig entkommen«, meinte sein Vater. »Am Montag setzt du dich als Erstes mit deinem Tutor in Verbindung und fragst, ob sie dich wieder aufnehmen. Das Versäumte müsstest du nachholen können. Wie viel hast du verpasst? Mehr oder weniger zehn Wochen? Wenn nicht, stellen sie dich vielleicht ein Jahr zurück, und du kannst im September wieder anfangen, obwohl du eigentlich nur mit knapper Not aufgenommen worden bist und sie deshalb vielleicht nicht so versessen darauf sein werden. Wie auch immer, das wird eine klaffende Lücke in deinem

Lebenslauf hinterlassen, und du wirst unangenehme Fragen zu beantworten haben …«

»Frank. Kannst du aufhören, alles in Ordnung bringen zu wollen? Bitte! All das kann warten. Das Wichtigste ist, dass Clare zurück ist und es ihr gut geht. Flitz doch auf ein Bier rüber zum *Boater's*! Dann kann ich hier alles für Clare herrichten.«

Von seinem Vater war ein »Hm« zu hören.

»Eigentlich könntest du Anna auch mitnehmen.«

»Von mir aus gern«, war Anna zu hören. »Lädst du mich auf ein Glas ein?«

»Na gut«, erklärte sich sein Vater einverstanden. »Aber die Sache ist noch nicht erledigt. Bei Weitem noch nicht.«

Dann hörte man, wie Schuhe und Jacken angezogen wurden, und schließlich das Zuschlagen der Wohnwagentür. Danach kehrte Ruhe ein und Sebastian spürte, wie seine Augenlider immer schwerer wurden und er schon bald nichts mehr hörte.

IV

Sebastian hatte nicht gehört, dass Anna in ihr gemeinsames Bett geklettert war und ihren Schlafsack zugezogen hatte, aber als er am nächsten Morgen die Augen aufschlug, war sie da. Sie lag sehr dicht neben ihm, und deshalb konnte er ihren leicht sauren Atem riechen. Er zog die Hand aus den Tiefen seines Schlafsacks und zupfte an ihren Augenlidern. Zunächst sah es so aus, als würde sie die Augen aufmachen, aber dann drehte sie den Kopf weg und schlief einfach weiter.

Sebastian verstand nicht, wie Mädchen so lange schlafen konnten. Seine Schwestern würden den ganzen Tag verschlafen, wenn seine Mutter sie ließe. Dieser Gedanke erinnerte ihn daran, was gestern Abend geschehen war. Clare war aus dem

Nichts aufgetaucht und hatte geweint. Sebastian hatte nicht genau gewusst, wo Clare gewesen war. Er hatte über die letzten Wochen geschlussfolgert, dass sie nicht war, wo sie eigentlich hätte sein sollen, doch wenn er nachgefragt hatte, hatten seine Eltern das Thema gewechselt. Und jetzt sah es so aus, als wäre sie nicht mehr, wo sie gewesen war, und dafür zurück bei ihnen.

Sebastian hatte festgestellt, dass Mädchen nicht nur die Tendenz hatten, lange zu schlafen, sondern auch sehr komplizierte Leben führten. Da er ein Junge war, nahm er an, dass sein Leben als Erwachsener viel unkomplizierter sein würde.

Weil er jetzt nicht mehr an Annas Augenlider herankam, zog er sie an den Haaren. Nicht an allen – das würde Ärger heraufbeschwören –, sondern nur an ein paar Strähnen. Gerade genug, dass es nervig war, aber nicht genug, dass sie automatisch ihn beschuldigen würde, sie geweckt zu haben. Zunächst erfolgte keine Reaktion, aber nach einer Weile stöhnte sie und drehte sich auf den Rücken.

»Diese Betten sind so unbequem«, jammerte sie, ohne die Augen zu öffnen. »Und meine Füße sind eiskalt.«

»Man kann den Atem sehen«, sagte Sebastian. »Guck mal!« Und dann atmete er so stark aus, wie er konnte, und sein Atem verwandelte sich in eine kleine Wolke.

Anna stöhnte erneut.

»Ich weiß nicht, warum wir mitten im Winter in diesen gottverdammten Wohnwagen kommen, wo es zu Hause mollig warm ist.«

»Theoretisch ist jetzt Frühling«, klärte Sebastian sie auf.

»Ist mir egal, was jetzt ist. Es ist verflucht kalt. Ich stehe nicht auf, bevor es nicht ein bisschen wärmer ist.« Dann zog sie den Kopf in den Schlafsack, und nur die Haare am Oberkopf waren noch zu sehen.

»Guten Morgen, ihr beiden«, ertönte eine Stimme auf der anderen Seite der dünnwandigen Tür.

»Mummy, bist du so lieb und machst mir eine Tasse Tee? Ich sterbe vielleicht an Unterkühlung, wenn ich aus meinem Schlafsack krieche.«

»Anna, du machst wirklich immer so ein Theater. Es ist überhaupt nicht kühl. Nicht wie in jenem Jahr …«

»… als es geschneit hat«, erklang es im Chor.

»Wenn du Tee kochst …«, ertönte Clares Stimme. Sie mussten das Reservebett für sie zurechtgemacht haben.

»Also wirklich, ihr seid alle stinkfaul.« Das war die Stimme seines Vaters. »Aber wenn du tatsächlich Tee kochst, Dorothy, dann würde ich zu einer Tasse nicht Nein sagen.«

»Na gut«, war Sebastians Mutter zu hören. »Ich stehe heute auf und mache euch allen Tee, aber morgen kocht ihn einer von euch. So ist es abgemacht.«

»Ich bin morgen für Anna dran«, meinte Clare.

»Na gut. Alles, was du willst, solange ich heute nicht aus dem Bett muss. Wie ist die Wettervorhersage, Dad?«

Sein Vater wusste immer, wie das Wetter wurde. Er warf einen Blick auf die Wetterkarte, ebenso wie auf das Barometer aus Holz, das innen an der Tür hing, und er deutete die Zeichen der Natur. Sich zusammendrängende Kühe, sich öffnende Tannenzapfen und verschiedenes Vogelgezwitscher konnten laut seinem Vater alle Hinweise darauf geben, wie das Wetter werden würde.

»Heute wird es regnen. Das ist so sicher wie das Amen in der Kirche.«

»Super. Das ist doch perfekt«, meinte Anna und kroch noch tiefer in ihren Schlafsack.

»Die Seen füllen sich nicht von selbst mit Wasser, wisst ihr?«

Das sagte er jedes Mal, wenn sie sich über das Wetter beschwerten. Anna stöhnte, und Sebastian kam zu dem Schluss, dass es ein guter Tag war, um das Klettern auf Bäume zu üben, besonders weil das plötzliche Auftauchen von Clare seine von

Natur aus vorsichtige Mutter auf Trab halten würde. Vielleicht war auch eine Bootsfahrt drin.

Später, nachdem sie den Frühstückstisch abgeräumt hatten, saß Sebastian mit Anna am Esstisch. Die anderen hatten ihre Regenjacken angezogen und waren ins Dorf gegangen. Anna kritzelte am Rand der Zeitung eine nie enden wollende Spirale, die sich immer wieder um sich selbst drehte, sodass Sebastian nicht erkennen konnte, wo sie anfing.

»Anna?«

»Ja.«

»Geht's Clare gut?«

»Ja. Warum?«

»Na ja, ich wusste nicht, dass sie kommt.«

»Das wusste keiner von uns.«

»Und warum ist sie dann gekommen?«

Sebastian ging das Risiko ein. Er würde vorgeben müssen, gestern Abend nichts von der Unterhaltung mitbekommen zu haben. Wenn ihm irgendetwas rausrutschte, was ihn verriet, dann würde Anna wahrscheinlich dichtmachen, und er wäre keinen Schritt weiter.

Anna schwieg zunächst. Sie sog an ihrer Lippe, und der Stift malte weiter Spiralen.

»Clare hat einen Fehler gemacht«, sagte sie schließlich. »Einen ziemlich großen, wie es aussieht. Und jetzt, wo alles schiefgegangen ist, musste sie mit eingezogenem Schwanz wieder zu uns zurückgerannt kommen.«

In Sebastians Ohren klang das ein bisschen brutal, aber Anna war immer sehr direkt.

»Was für einen Fehler?«, getraute er sich zu fragen. Und das war eine echte Frage. Trotz allem, was er gestern Abend belauscht hatte, wusste er immer noch nicht, was schiefgegangen war.

»Sie dachte, sie wäre verliebt, war aber nur lüstern.«

Sebastian wusste auch nicht, was *lüstern* bedeutete, aber er wollte nicht nachfragen, denn es bestand die Gefahr, dass Anna aufhörte zu erzählen.

»Und es hat sich herausgestellt, dass ihr neuer Mann genauso drauf war. Sie ist besser dran ohne ihn. Außerdem war er sowieso zu alt für sie.«

»Wer? Rodney?«

Anna hörte auf zu kritzeln und schaute Sebastian direkt an.

»Hast du gestern Abend gelauscht?«

»Nein!«, rief er und dann: »Na ja, vielleicht ein bisschen. Also wer ist dieser Rodney überhaupt? Jedenfalls hat er einen komischen Namen.«

»Er ist Handelsvertreter und hat geglaubt, er würde Clare lieben. Aber dann hat er es sich anders überlegt. Wenn du mich fragst, ist sie mit knapper Not davongekommen. An einen verheirateten Mann gekettet, der doppelt so alt ist wie sie und Bälger im Schlepptau hat. Und das mit gerade mal zweiundzwanzig! Ich sage dir eins, kleiner Bruder, so stelle ich mir mein Leben nicht vor.«

»Wird sie wieder bei uns wohnen?«

»Ich glaube, sie soll wieder zurück zur Hochschule, aber ich bin nicht sicher, ob sie sie wieder nehmen. Falls nicht, ja, dann wird sie wahrscheinlich wieder nach Hause kommen.«

Sebastian schwieg, während er darüber nachdachte. Ihm gefiel es, dass nur noch er und Anna zu Hause waren. Immer wenn Clare kam, gab es Streit. Mit Miriam gab es nie Ärger, wenn sie da war, aber Clare schien Schwierigkeiten anzuziehen.

»Sind Mum und Dad sauer auf sie?«, fragte er.

»Ein bisschen. Na ja, jedenfalls Dad. Mum ist einfach nur froh, dass es ihr gut geht. Jeder wusste, dass sie einen Fehler gemacht hatte, aber wir mussten warten, bis Clare das allein rausgefunden hat. Immerhin hat sich jetzt herausgestellt, dass der gute alte Rodney ein rückgratloser Schwachmat ist, und deshalb ist sie früher darauf gekommen, als wir dachten.«

Draußen sah es aus, als würde der Regen nachlassen, und mehr Leute waren auf dem Campingplatz unterwegs. Sie alle trugen schmuddelige Regenjacken und Gummistiefel.

»Ich muss jetzt für die Prüfungen lernen, du kleiner Scheißer. Wenn sie zurückkommen und ich nicht konzentriert dabei bin, dann gibt es Zunder. Kannst du dich mit etwas beschäftigen?«

Sebastian nickte und fragte sich, was ein Schwachmat war.

Clare – 1990

I

Clare stand auf dem Schulhof und wartete, dass River aus dem Gebäude kam. Es war bitterkalt, und ihre dünne Jacke hielt kaum den beißenden Wind ab. Dass der Reißverschluss kaputt war, machte es nicht gerade besser. Sie zog die Jacke fester um sich und klemmte die Hände unter die Achselhöhlen. Auch von unten kroch die Kälte über die Füße nach oben, und die dünnen Sohlen der Converse-Turnschuhe konnten dagegen nichts ausrichten. Sie hüpfte von einem Fuß auf den anderen, stellte sich dann jedoch vor, wie albern das aussehen musste, und hörte damit auf. Die meisten anderen Mütter drängten sich in einer kleinen Gruppe in der Nähe des Unterstandes zusammen. In ihren warmen Stiefeln und dicken Anoraks sahen sie nicht aus, als würden sie frieren. Ihre Kleidung entbehrte zwar jeglichen Stils, aber dafür war sie warm.

Ein lautes Lachen kam von der größten Schar von Frauen. Ein paar der anderen Mütter drehten sich um, um den Grund für die Heiterkeit herauszufinden, aber Clare tat das nicht. Sie wollte nicht, dass sie sie für neugierig hielten. Und das war sie auch nicht. Es war ihr egal, worüber sie sich dermaßen amüsierten, und sie ignorierte die kleine nervige Stimme, die ihr sagte, dass die Frauen über sie lachten. Weshalb sollten sie das tun? Sie hatte nichts getan, was die Aufmerksamkeit auf sie zog, und auch wenn sie etwas getan hätte, dann pfiff sie auf einen Haufen dummer Frauen, die nichts Besseres zu tun hatten, als Kaffee zu trinken und über Leute zu lästern, die sie überhaupt nicht kannten. Zwar wusste Clare nicht, ob sie das taten, aber sie sahen definitiv so aus.

Los jetzt. Es war doch an der Zeit, dass die Glocke der Vorschule läutete. Dass sie hier allein warten musste, war der Nachteil ihres frühen Kommens, aber nachdem sich River bei ihr beschwert hatte, bemühte sie sich, pünktlich zu sein.

»Mrs Slaughter wird böse, wenn du zu spät kommst, Mummy«, hatte er gesagt und seine hellen Augen weit aufgerissen. »Sie hat gesagt, es sei unverschämt, wenn sie auf dich warten müsse. Könntest du bitte versuchen, so pünktlich wie die anderen Mütter zu sein, damit ich nicht der Letzte bin, der abgeholt wird?«

Mrs Slaughter kann verdammt noch mal warten, hatte Clare gedacht. Dafür zahlte sie schließlich. Aber River hatte sich beim Äußern seiner Bitte auf die Lippe gebissen, und Clare hatte sich geschämt. Es war nicht die Schuld ihres kleinen Jungen, dass sie nicht rechtzeitig an der Schule war, um ihn abzuholen. Und eine Entschuldigung hatte sie sowieso nicht. Schließlich hatte sie keinen Job. Meistens kam sie zu spät, weil es ihr an Motivation fehlte, sich von irgendeinem todlangweiligen Mist loszureißen, den sie tagsüber im Fernsehen anschaute, wenn die Zeiger auf drei Uhr sprangen.

»Ich werde mir allergrößte Mühe geben«, hatte sie River letztens wieder versprochen und seine kleine Hand genommen, als sie wieder als Letzte den Schulhof verließen. Dann hatte sie sie ein wenig gedrückt und er die ihre. Siehst du? Sie beherrschte diese Mutterdinge. Sie musste sich nur darauf konzentrieren. Und sie hatte sich wirklich bemüht und war die ganze Woche nicht zu spät gekommen. Als Mrs Slaughter River herausgegeben hatte, war er über den Asphalt hüpfend und mit einem breiten Lächeln im Gesicht auf sie zugekommen. Ihn so zu sehen, hatte in Clare ein warmes Gefühl erzeugt und ihr gesagt, dass sie genauso gut war wie all die anderen Mütter. Doch das war sie natürlich nicht. Sie musste sich nur mit ihrer eigenen Mutter vergleichen, um zu sehen, wie hundsmiserabel sie war. Aber sie bemühte sich, und das zählte doch auch, oder?

Links neben ihr stand eine weitere Frau allein. Clare warf einen seitlichen Blick auf sie. Sie wollte nicht versehentlich Blickkontakt mit jemandem herstellen, den sie nicht kannte. Es war Rochelle, die Mutter von Rivers kleinem Freund Joshua. Clare wartete einen Moment, um zu sehen, ob sie sich zu ihr gesellte, aber Rochelle bewegte sich nicht. Wenn Clare hier dazugehören wollte, dann musste sie selbst den ersten Schritt tun. Das wusste sie. Also holte sie tief Luft und schlich sich an die Frau heran.

»Hallo«, sagte sie, als sie nah genug war, um gehört zu werden. »Wie geht es Ihnen? River hat es letztens sehr viel Spaß gemacht, mit Joshua zu spielen.«

Rochelle schenkte Clare ein angespanntes kleines Lächeln und nickte.

»Sie haben so schön Soldaten gespielt«, fuhr Clare fort.

Rochelle trat von einem Fuß auf den anderen und biss sich auf die Unterlippe.

»Jungen lieben diese Kriegsspiele, nicht wahr? Mein kleiner Bruder war genauso, als er in ihrem Alter war.« Clare gab nicht auf.

»Eigentlich«, setzte Rochelle an und schaute nicht auf, »regen wir nicht zu solchen Spielen an. Ich glaube, das ist nicht gut für die Kinder. Joshua hat auch keine Spielzeuggewehre.«

»Was? Keine Gewehre? Alle Jungs spielen doch damit.«

»Joshua nicht«, beharrte Rochelle. Mit einem trotzigen kurzen Schütteln warf sie den Kopf in den Nacken. »Ich habe jeden gebeten, ihm keins zu schenken.«

Jetzt war Clare ein kleines bisschen gereizt.

»Na ja, aber er wusste ganz genau, wie er mit Rivers Gewehr umgehen musste. Sie hatten ein anständiges Gefecht. Aus Spaß natürlich. Ich meine, die Dinger sind doch nicht echt.«

Rochelle nickte langsam. »Und stimmt es, dass Sie sie einen *Rambo*-Film haben schauen lassen?«

Clare lächelte. »Ja. River findet die toll. Wir haben alle drei auf Video.«

Clare war stolz, dass sie einen alten Videorekorder hatte auftreiben können. Ein Freund von Anna hatte ihn entsorgen wollen, und so hatte er zusammen mit einer Auswahl an Videos seinen Weg in Clares Wohnung gefunden. Nie im Leben hätte sie sich einen Videorekorder erlauben können, aber sie war froh, dass River nun, wie seine Klassenkameraden, einen besaß.

»Aber Sie wissen schon, dass die erst ab achtzehn freigegeben sind, oder?«, fragte Rochelle, und ihre Stimme wurde zu einem Flüstern, damit die anderen Mütter sie nicht hörten.

»Schon, aber die Kinder verstehen das doch gar nicht richtig. River mag einfach nur die Szenen, in denen etwas in die Luft fliegt.«

»Aber die Jungs sind erst vier«, empörte sich Rochelle.

»Deshalb ist es doch auch egal«, konterte Clare. »Sie sind noch zu klein, um richtig zu verstehen, worum es da geht.«

»Dave und mich hat das nicht gerade gefreut«, fuhr Rochelle fort. »Ich habe auch mit ein paar anderen gesprochen, und die waren ebenfalls unserer Meinung.«

Clare spürte, wie der Boden unter ihren Füßen schwankte. Sie hatten also hinter ihrem Rücken über sie hergezogen. Sie hatte es gespürt. Alle fühlten sich so verdammt überlegen mit ihren protzigen Autos und ihren Urlauben auf Mallorca. Clare wusste, dass sie von oben auf sie herabschauten. Eine alleinerziehende Mutter, keine Spur vom Vater und permanenter Geldmangel. Aber das war nicht Rivers Schuld. Und genau das machte sie wütend. Die Tatsache, dass sie es an ihm ausließen.

»Oh«, sagte Clare, denn sie wusste nicht, wie sie sich dazu äußern sollte. »Gut. Dann lege ich ein anderes Video ein, wenn Joshua das nächste Mal bei uns ist. Hat er Lust, heute zum Abendessen zu kommen?«

Rochelle schüttelte den Kopf. »Heute Abend hat er Klavierunterricht.«

»Und wie sieht's morgen aus?«

Rochelle wurde feuerrot. »Er hat … ähm … morgen auch schon was vor.«

Oh. Clare merkte, was hier los war. Sie war nicht gut genug für die anderen. Sie wollten nicht, dass ihre kleinen Lieblinge mit River spielten, denn er kam aus der falschen Familie.

»Leck mich!«, stieß Clare hervor, und Rochelle fiel die Kinnlade herunter. »Ich würde sowieso nicht wollen, dass Ihr hochnäsiges kleines Gör mit meinem hübschen kleinen Jungen spielt. Er braucht solche Hohlköpfe wie Sie definitiv nicht in seiner Welt.« Sie schrie jetzt, und die anderen Mütter drehten sich wegen des Tumultes um. Clare war das egal. Sie war so richtig in Fahrt. »Ich würde River auch dann nicht mit Ihrem heiß geliebten Sohn spielen lassen, wenn er das letzte Kind auf diesem Planeten wäre.«

Der hab ich's aber gegeben, dachte Clare und wandte sich von Rochelle mit einem selbstgefälligen Lächeln ab.

River stand genau hinter ihr. Mrs Slaughter hatte ihn rausgelassen. Sein kleines Gesicht war voller Sorge, als er herauszufinden versuchte, weshalb seine Mama die Mama seines Freundes anschrie.

»River, Schätzchen«, begrüßte Clare ihn. Sie fühlte sich, als wäre sie auf Zwergengröße geschrumpft. »Ich hab dich gar nicht bemerkt.« Sie ging in die Hocke, um ihm in die Augen schauen zu können. »Hattest du einen schönen Tag?«

»Warum hast du gesagt, dass ich nicht mit Josh spielen darf?«, wollte er wissen. In seinen Augen brannten Tränen.

Clare nahm seine Hand und versuchte, ihn fortzuziehen, aber er bewegte sich nicht vom Fleck. Er stand einfach da und schaute mit gerunzelter Stirn von Clare zu Rochelle.

»Ich mag Josh«, fuhr er fort. »Er ist mein Freund.« Und dann fing er an zu weinen, blieb aber stur stehen, wo er war. Clare spürte die Blicke der anderen Mütter auf sich. Sie machte das Victory-Zeichen in ihre Richtung und konnte das entsetzte Keuchen und dann die aufgeregt schnatternden Stimmen hören, als sie an Rivers Arm zerrte, um ihn zum Gehen zu bewegen.

»Mummy, das tut weh!«, jammerte River, aber Clare wollte nur weg und ignorierte sein Jammern, als sie ihn über den Schulhof hinaus auf die Straße zog. Sie konnte die gedämpften Stimmen der anderen Mütter hören, die hinter ihrem Rücken flüsterten, als sie den Schulhof verließ.

II

Es war eiskalt in der Wohnung. Die Speicheröfen sollten sich eigentlich nachts einschalten, aber nur wenn man sich mit dem Rücken gegen sie lehnte, konnte man die schwache Wärme spüren, die sie abgaben. Und dann überwog auch die Zugluft, die durch die Holzdielen drang, die schwache Wärme.

River war eingeschlafen. Er hatte den ganzen Weg von der Schule nach Hause geweint und sich nur beruhigt, als Clare das für die Woche vorgesehene Geld für einen Besuch bei McDonald's ausgegeben hatte. Es war nicht genug gewesen, um selbst auch etwas zu essen, und deshalb hatte sie mit einer kochend heißen Tasse schlechtem Kaffee und ein paar geklauten Pommes vorliebgenommen. River schien sich beruhigt zu haben, doch im Bett war er wieder in Tränen ausgebrochen.

»Warum hast du diese furchtbaren Dinge zu Joshs Mummy gesagt?«, fragte er Clare, und in seinem offenen kleinen Gesicht war deutlich Verwirrung zu erkennen. »Jetzt wird er nie mehr mein Freund sein wollen. Er wird es den anderen erzählen, und dann will keiner mehr mein Freund sein. Das ist alles deine Schuld, Mummy.«

Und das stimmte. Clare hätte ihr Temperament zügeln, Rochelles Standpunkt akzeptieren und einfach ihres Weges gehen sollen. Jeder hatte das Recht, sein Kind so zu erziehen, wie er wollte. Rochelle wollte nicht, dass Josh mit Gewehren spielte. Na gut, das war ihre Entscheidung. Jetzt wusste Clare nicht mehr, weshalb sie das als einen persönlichen Affront empfunden hatte. Wem machte sie eigentlich etwas vor? Clare wusste genau, warum. Rochelles Einwände hatten nichts mit den Gewehren oder dem Schauen von *Rambo*-Filmen zu tun. Das konnte jeder sehen. Nein, es ging darum, dass Clare, und somit auch River, nicht zu den anderen passte. Sie trugen die falsche Kleidung, aßen das falsche Essen und schauten definitiv die falschen Filme. Und während die Mehrheit Clare bis zu einem gewissen Punkt tolerieren würde, gab es eine konkrete Grenze, die sie nicht überschreiten sollte. Aber das hatte sie getan. Sie war in einem brennenden Auto ohne Bremsen darübergeschlittert. Schon wieder.

River war erst wenige Wochen in der Vorschule, und Clare hatte bereits alles vermasselt. Er hasste sie. Die anderen Mütter hassten sie. Die Lehrerinnen wahrscheinlich auch. Sie war eine beschissene Mutter. Konnte sie ihn zur Adoption freigeben? Der Gedanke huschte ihr durch den Kopf, doch sie schob ihn beiseite. Stattdessen öffnete sie die zweite Flasche *Thunderbird*.

Jetzt, da ihre Geschmacksknospen betäubt waren, schmeckte er nicht mehr ganz so schlecht wie die erste Flasche. Schon bald würde auch der Rest von Clare betäubt sein, und sie würde bis morgen nicht mehr darüber nachdenken müssen. Sie drückte sich enger an den Heizkörper und schüttete den Wein in ihr Glas.

Das Telefon klingelte. Sie beschloss, es zu ignorieren. Es war wahrscheinlich ihre Mutter oder Miriam, und sie konnte im Moment mit keiner von beiden reden. Ein Telefon hatte sie auch nur deshalb, weil ihre Mutter die Gesprächsgebühren zahlte. Wie erbärmlich war das denn? Ihre eigene Mutter! Clare wollte sich einfach so klein wie möglich machen, damit dieses Gefühl von Übelkeit in ihrem Magen verschwand. Vielleicht würde die Welt sich auflösen, wenn sie einfach hierblieb. Das klingelnde Telefon ging ihr auf die Nerven. Der Anrufer musste wissen, dass sie da war – wo sollte sie auch sonst sein? Also musste er auch wissen, dass sie ihn ignorierte. Das war ihr egal. Sie saß einfach da und leerte nach und nach die Flasche.

Als Clare aufwachte, war es halb sechs Uhr morgens. Die Wohnung war so kalt wie ein Eiskeller, die leeren Flaschen lagen zu ihren Füßen. Ihr Kopf dröhnte, und sie hatte einen trockenen Mund. Als sie versuchte, Hals und Schultern zu bewegen, fühlten die sich steif und widerspenstig an. Welcher Tag war heute? Sie dachte scharf nach und kam zu dem Schluss, dass Samstag sein musste. Keine Vorschule. Gott sei Dank! Wenn sie es fertigbrachte aufzustehen, würde sie ins Bett wanken können. River würde bald aufwachen, aber wenn sie nicht zu sehen war, würde er sich selbst versorgen. Darin hatte er jede Menge Erfahrung. Mit einem Gefühl von Übelkeit und leicht schwankend stand Clare auf, stolperte hinüber in ihr Schlafzimmer und fiel aufs Bett, dessen Laken noch vom Vortag zerwühlt war.

Von einem behutsamen Klopfen wachte sie erneut auf. Clare konnte das Geräusch nicht zuordnen, rollte sich auf die andere Seite und beschloss, es zu ignorieren. Doch dann hörte sie Stimmen. Rivers fröhliches Geplapper und eine gedämpfte Stimme.

»Mummy ist noch im Bett, deshalb habe ich mir Frühstück gemacht, und jetzt schaue ich einen Zeichentrickfilm im Fernsehen«, berichtete River stolz. Clare verstand nicht, was die andere Person sagte. Eigentlich sollte sie aufstehen und nachschauen, wer das war, aber sie brachte nicht die Energie auf, das Bett zu verlassen. Wenn sie sie brauchten, würden sie zu ihr ins Zimmer kommen. Sie stöhnte und rollte sich wieder herum, suchte nach einem Glas Wasser oder irgendeiner anderen Flüssigkeit, aber es gab nichts in greifbarer Nähe.

Wieder klopfte es. Dieses Mal näher.

»Clare? Bist du wach? Kann ich reinkommen?«

Es war ihre Mutter. Scheiße! Jetzt würden alle wissen, wie völlig unfähig sie war. Die leeren Flaschen lagen immer noch auf dem Boden, wo sie sie liegen gelassen hatte, und River galoppierte wie ein Zigeunerkind in der Wohnung herum. Sie war achtundzwanzig, und ihr Leben war eine Katastrophe.

Die Tür wurde geöffnet, und ein Teil des Gesichts ihrer Mutter erschien, als sie ihren Kopf vorsichtig durch den Türspalt steckte, als hätte sie Angst vor dem, was sie im Zimmer erwartete. Clare zog die Bettdecke höher, um ihren Kopf zu verbergen. Sie ertrug es nicht, dass ihre Mutter sie so sah. Alle dachten, sie sei zu nichts nütze, und jetzt bewies sie, dass sie alle recht hatten.

»O Clare«, sagte ihre Mutter. »Der Himmel steh uns bei.« Ihre Stimme klang freundlich und ohne eine Spur von Wertung. Sie kam ins Zimmer und setzte sich auf den Bettrand. Clare spürte, wie die Matratze nachgab, und zog die Bettdecke noch ein Stückchen höher. »Was ist hier los, Liebes?«, fragte ihre Mutter und hob behutsam die Decke hoch, unter der Clare kauerte. Instinktiv wollte Clare sie wieder über sich ziehen, um die dunkle Welt, die sie um sich geschaffen hatte, zu bewahren, doch sie wusste, dass das kindisch und zwecklos war. Aufgrund des Zustandes, in dem ihre Mutter sie vorgefunden hatte, würde sie sich nicht einfach umdrehen und gehen, ohne sich davon zu überzeugen, dass es ihrer Tochter gut ging.

Clare zuckte vor dem Tageslicht zurück. Ihr war schlecht vor Scham. Das T-Shirt, das sie trug, hatte Flecken und roch leicht nach Erbrochenem. Ihre Haare hingen wie Rattenschwänze herunter, und sie konnte nur ahnen, was das Make-up von gestern mit ihrem Gesicht gemacht hatte.

»Mir geht's gut«, sagte sie, obwohl das Gegenteil nicht zu übersehen war. »Ich habe heute nur einen schlechten Tag. Aber das wird schon wieder. Danke, dass du gekommen bist, aber du brauchst dir keine Sorgen zu machen.«

Wieder schloss sie die Augen.

»River ist schon so selbstständig«, meinte ihre Mutter und ignorierte völlig all die anderen Aspekte von Clares Leben, die eines Kommentares wert gewesen wären. »Er hat sein eigenes Frühstück gemacht, hat er mir erzählt, und er ist erst vier. Du kannst sehr stolz auf ihn sein, Clare, wirklich. Es ist so wichtig, unabhängig zu sein.«

Gott segne ihre Mutter. Ihr gelang es immer, das Positive zu sehen. Natürlich war River unabhängig. Sonst würde er an manchen Tagen verhungern.

»Danke«, sagte Clare mit so leiser Stimme, dass sie kaum zu hören war.

»So, jetzt stehst du auf und ziehst dich an. Soll ich dir ein Bad einlassen? Ich bin sicher, du fühlst dich gleich besser, wenn du saubere Kleidung anhast.«

In der Wohnung gab es nichts Sauberes. Clare hatte weder Geld noch Lust, um in den Waschsalon zu gehen. Trotzdem ließ sie zu, dass ihre Mutter ihr half, sich am Bettrand aufzusetzen.

Ihre Beine waren mit blauen Flecken übersät. Einige waren frisch und violett, andere hatten bereits gelbliche und bläuliche Farbtöne angenommen. Clare versuchte, die Flecken mit ihrem heruntergezogenen T-Shirt zu verdecken, aber es war zu kurz.

»Und dann können wir alle zum Supermarkt gehen und euch ein bisschen was einkaufen«, fuhr ihre Mutter fort. »Für River gibt es da doch sicher ein paar Leckereien.«

Clare wusste, wie das ablief. Ihre Mutter war schon öfter hier gewesen. Mit *ein bisschen was* meinte sie, die gesamte Küche mit Lebensmitteln zu füllen, da es offensichtlich war, dass Clare das nicht selbst hinbekam. Dann würde sie darangehen, die Wohnung zu putzen, und schließlich würden sie als *Belohnung* für River essen gehen. So war es jedes Mal. Es war so demütigend. Clare bewegte sich nicht. Fest kniff sie vor dem ganzen Grauen die Augen zu.

»Du musst das nicht tun, Mum. Wir kommen zurecht.«

»Aber ich möchte es. Wenn eine Mutter nicht nach ihrem eigenen Kind schauen darf, wohin kämen wir denn da?«

Die Ironie dieser Aussage war ihr entweder nicht bewusst, oder sie hatte beschlossen, sie zu ignorieren.

»Diesmal habe ich wirklich alles verkackt«, gestand Clare. Sie sah, wie ihre Mutter beim Gebrauch eines Kraftausdrucks zusammenzuckte, aber daran war nichts zu ändern. »Ich habe mir mit dieser Kuh von einer Frau auf dem Schulhof ein lautstarkes Duell geliefert. Sie war so verdammt arrogant und herablassend, dass ich rotgesehen habe. Was bildet die sich ein, mich so zu verurteilen? Blöde Schlampe.«

»Na ja, ich kann mich noch gut daran erinnern, wie hart es sein kann, sich allein um ein Kind kümmern zu müssen«, meinte ihre Mutter. »Es ist so anstrengend, und man hat das Gefühl, dass sich alle gegen einen verschworen haben.«

So etwas hatte Clare von ihrer Mutter noch nie gehört. Sie war immer so perfekt gewesen, hatte keine Schwächen gezeigt. Es war schwer zu glauben, dass das Leben je schwierig für sie gewesen war, nicht so schwierig wie für Clare.

»Ja, aber du hattest Dad«, hielt Clare mit geringschätzigem Unterton dagegen.

»Dein Vater war aufgrund seines Berufs oft unterwegs. Ich habe viel Zeit allein verbracht. Und es war schwer, euch vier großzuziehen. Die meiste Zeit hatte ich das Gefühl, mich im Kreis zu drehen, habe versucht, alles richtig zu machen, wusste aber nicht immer, was das Richtige war.«

Ihre Mutter hob die Hand und strich Clare übers Haar. Clares erste Reaktion war, zurückzuweichen, doch dann merkte sie, dass ihr das langsame, beruhigende Streichen über ihre verfilzten Locken gefiel.

»Es gab eine Zeit«, fuhr ihre Mutter fort, »da wusste ich weder ein noch aus. Miriam war ein Baby und dein Vater unterwegs, und ich wusste wirklich nicht, wie ich alles schaffen sollte. Da zog es mir auch den Boden unter den Füßen weg, Clare. Deshalb verstehe ich, wie das ist. Wirklich.«

Die Stimme ihrer Mutter brach, und schließlich machte Clare die Augen auf. Ihre Mutter hatte offensichtlich Mühe, die Tränen zurückzuhalten.

»Du musst einfach dein Bestes geben«, fuhr sie fort. »Einen Fuß vor den anderen setzen, bis du auf der anderen Seite ankommst. Du wirst Fehler machen. Gott weiß, dass ich das auch getan habe. Aber du musst daraus lernen und weitermachen. Am Ende wird alles gut.«

Clare bezweifelte das. Sie hatte keine richtige Ausbildung, keinen Job, ein Kind, für das sie nicht sorgen konnte, und niemanden, der sie auffing.

»Allerdings musst du mit dem Trinken aufhören, Clare«, fuhr ihre Mutter leise fort. »Damit hilfst du niemandem.«

Clare war empört. Wie viel sie trank, war allein ihre Sache. Nur so konnte sie alles verkraften, und keiner würde ihr das nehmen.

»Mir geht's gut, Mum«, sagte sie schnell. »Uns geht's gut. Nur gestern haben wir eine kleine Schlappe erlitten, aber es gab schon schlimmere. Und River ist okay. Er ist gut in der Vorschule, und er hat kleine Freunde …«

Sie hielt inne. Er hatte Freunde gehabt. Mit ihrem gestrigen Gefühlsausbruch hatte sie das so ziemlich zunichtegemacht. Aber egal, sie würden sowieso umziehen, und es gab andere Schulen. Sie konnten irgendwo anders neu anfangen. Das Amt konnte das mit einer Wohnung in einer anderen Stadt regeln. Oder vielleicht sollten sie auswandern, nach Indien, und dann konnte River mit den dortigen Kindern zur Schule gehen und barfuß in der Sonne herumrennen.

»Es geht jetzt nicht mehr nur um dich, Clare«, erinnerte ihre Mutter sie. »Du musst tun, was für deinen Sohn das Beste ist. Das habe ich auch immer versucht für euch zu tun. Auch wenn ich Fehler gemacht habe, ihr standet bei mir immer an erster Stelle.«

Was redete sie denn da?, dachte Clare. Ihre heilige Mutter hatte in ihrem Leben nie etwas falsch gemacht. Was wusste sie denn darüber, wie es war, Scheiße zu bauen? Sie hatte doch keine Ahnung, was Clare gerade durchmachte, wusste nichts von den Schuldgefühlen, die sie angesichts des Mists, den sie bereits verzapft hatte, jeden Tag überkamen.

Und dann waren da noch ihre verfluchten Geschwister, die nie etwas in den Sand setzten. Die konnten ihr allesamt gestohlen bleiben. Clare brauchte sie nicht. Sie brauchte niemanden. Irgendetwas in ihrem Herzen verschloss sich.

»Eigentlich haben River und ich heute etwas vor, Mum. Deshalb ist es wahrscheinlich am besten, wenn du uns allein lässt. Danke, dass du gekommen bist.«

Clare stand zu schnell auf. Ihr wurde schwindelig, und sie sah Sterne.

»Grüß bitte Dad von mir«, fügte sie hinzu, als sie mit so viel Würde, wie sie in ihrem schmutzigen T-Shirt aufbringen konnte, zur Tür ging.

River saß im Wohnzimmer ungefähr dreißig Zentimeter vom Fernsehbildschirm entfernt auf dem Boden. Neben ihm standen eine Cornflakes-Schüssel und eine Dose Cola. Er trug immer noch seinen Schlafanzug. Die Bliss-Kinder wären nach acht Uhr niemals mehr im Schlafanzug gewesen.

»Lass mich dir helfen, Clare«, sagte ihre Mutter leise. »Du musst nicht alles allein machen.«

Doch Clare ignorierte sie. Sie hielt die Wohnungstür auf, bis ihre Mutter die Schwelle überschritten hatte.

»Bye, Mum«, sagte sie, und dann schloss sie die Tür.

Dorothy – 1996

I

Dorothy weinte, als der Reporter die Namen der Toten vorlas.

»Kannst du diese Schießerei fassen, Frank?«, fragte sie, als es ihr gelungen war, sich wieder ein wenig zu beruhigen.

Frank schaute von seiner Zeitung auf. »In Schottland? Das ist eine Tragödie.«

»All diese armen kleinen Würmchen. Stell dir vor, wie viel Angst sie gehabt haben müssen. So ein sinnloses Sterben. Die Zukunft einer Gemeinde wurde ausradiert. Einfach so. Und es wird keine Gerechtigkeit geben. Wie ein Feigling hat er die Waffe gegen sich selbst gerichtet.«

»Sie hätten ihn hängen sollen.«

»Und diese tapfere Lehrerin«, fuhr Dorothy fort. »Hat sich in die Schusslinie geworfen, um ihre Klasse zu retten. Es ist schockierend. Und die, die nicht gestorben sind, werden fürs Leben gezeichnet sein. Nichts wird mehr so sein wie vorher in Dunblane. Nie mehr.«

Frank schüttelte den Kopf. »Wie ich schon sagte, es ist eine Tragödie. Was gibt's zum Abendessen?«

Dorothy wischte sich mit einem Stofftaschentuch über die Augen und stopfte es dann wieder in ihren Ärmel. Warum berührten Tragödien Männer nie so sehr wie Frauen? Es war, als wären sie völlig anders gepolt. Das sinnlose Sterben von sechzehn Kindern, sechzehn dezimierte Familien, und Frank machte sich Sorgen um sein Abendessen.

»Fisch«, sagte sie.

»Machen wir am Sonntag auch Essen?«, fragte Frank.

Dorothy fiel das Pronomen im Plural auf, und sie hob eine Augenbraue.

»Nur ein Buffet mit Häppchen. Und einen Kuchen natürlich. Ein Geburtstag ohne Kuchen geht gar nicht. Ich werde eine Schwarzwälder Kirschtorte backen. Schon als kleines Mädchen war das ihr Lieblingskuchen.«

Dorothy hatte liebevolle Erinnerungen daran, wie Anna ihr beim Backen geholfen hatte. Angestrengt hatte sie beim Rühren des Teigs die kleine Zunge herausgestreckt, während sie darauf achtete, dass nichts aus der Schüssel schwappte. Und mitten im Rühren hatte sie am Löffel geleckt, wenn sie dachte, Dorothy würde es nicht bemerken.

»Ich bin sicher, es wird ihr gefallen. Und erwarten wir die vollzählige Besatzung?«

»Ich glaube schon. Plus Sebastians neue Freundin, wenn sie uns bis Sonntag erträgt. Und ich glaube, Clare bringt Dicken mit.«

»Tsts«, machte Frank. »Der ist doch ein Nichtsnutz, dieser Typ. Ein Töpfer? Was ist das denn für ein Beruf?«

»Dicken ist ein feiner Kerl, Frank. Du solltest nicht so hart mit ihm ins Gericht gehen. Clare hätte eine viel schlechtere Wahl treffen können.«

»Aber auch eine viel bessere. Warum kann sie zur Abwechslung nicht mal jemand Normales auswählen? Du weißt doch, dass er ein Piercing in der Nase hat. Welcher Mann steckt sich eine Perle auf einem Metallstift durch die Nase?«

»Clare hat das schließlich auch schon mal gemacht. Erinnerst du dich? Deshalb steht es uns nicht zu, ihn zu kritisieren. Du solltest nett zu ihm sein, Frank. Ich will, dass nichts Annas Ehrentag trübt.«

Frank raschelte mit seiner Zeitung und verschwand wieder dahinter.

»Wir müssen für Rosie und Abigail den Karton mit dem alten Spielzeug vom Dachboden holen. Ich bin sicher, dass Miriam daran denken wird, etwas von zu Hause mitzubringen, aber das Spielzeug anderer ist doch viel interessanter. Miriam hat erzählt, dass die kleine Abigail jetzt ziemlich sicher auf den Beinen ist.«

»Mmm.«

»Ich weiß nicht, womit sich River beschäftigen wird. Zehn ist irgendwie so ein Alter mittendrin. Vielleicht kann Sebastian ihm diese Comicbücher zeigen, die er mal gesammelt hat. Um den Jungen mache ich mir wirklich Sorgen.«

»Um wen?«, war Franks Stimme hinter der Zeitung zu vernehmen. »Sebastian?«

»Nein! Um River! Ein Kind braucht Stabilität im Leben. Er wird so oft von Pontius zu Pilatus geschleppt. Das kann nicht gut für ihn sein. Wenn Clare sich nur mal auf etwas festlegen würde …«

»Das macht dem Jungen nichts aus. Dient der Charakterbildung. Und außerdem geht uns das sowieso nichts an. Clare ist eine erwachsene Frau. Wie sie ihr Leben lebt, bleibt ihr überlassen.«

»Ich hoffe, Dicken bleibt ein bisschen bei ihr. Es ist gut für River, einen Mann in seinem Leben zu haben, besonders in seinem Alter. Ein gutes Vorbild ist wichtig für ihn.«

»Ein Töpfer mit einem Nasenpiercing?«

»Oh, sei still, Frank!«

Dorothy machte sich um all ihre Kinder Sorgen, aber Clare war immer noch diejenige, die ihr nachts den Schlaf raubte. Es hatte eine Reihe von Männern gegeben. Jeder war unpassender gewesen als der, den er ersetzt hatte. Und nur Gott wusste, wer von ihnen Rivers Vater war. Einmal hatte Dorothy ihren ganzen Mut zusammengenommen und Clare geradeheraus gefragt. Das war keine gute Idee gewesen. Clare hatte sie angeschrien, sie beschuldigt, sich einzumischen und ihr ihre Werte aufzudrängen. Daraufhin hatte Dorothy den klaren Eindruck gewonnen, dass Clare tatsächlich nicht wusste, wer ihren Sohn gezeugt hatte. Schon der Gedanke daran beschleunigte Dorothys Herzschlag. Zum Glück war es ihren eigenen Eltern erspart geblieben zu sehen, was aus Clare geworden war. Dorothy konnte förmlich den Luftzug spüren, der von ihrem Vater ausging, als er sich in seinem Grab umdrehte. Allerdings kam Dorothy nicht umhin, sich zu wundern. Gab es einen Grund, weshalb Clare so unstet war, während sich die anderen im Leben eingerichtet hatten? Dorothy hatte über die Jahre mehr als einmal darüber nachgedacht, ob sie Clare von ihrem Verdacht erzählen sollte. Sie hatte gesehen, wie sehr ihre Tochter litt, wenn sie sich und ihre vielen Fehltritte mit ihren Geschwistern verglich. Würde es helfen, wenn Clare wüsste, dass es dafür womöglich eine Erklärung geben könnte? Dorothy konnte sich nicht entscheiden und verwarf den Gedanken immer wieder, weil sie Angst hatte, er könne mehr Schaden anrichten als nutzen. Trotzdem würde sie es Clare irgendwann erzählen, bevor es zu spät war. Das schuldete sie ihr. Dorothy musste einfach nur warten, bis Clare ein bisschen gefestigter war.

»Bringt Anna niemanden mit?«, wollte Frank wissen, unterbrach damit ihren inneren Monolog und beförderte sie ins Hier und Jetzt zurück.

Und da war das nächste Problem. Anna wurde nicht jünger. Eigentlich hätte sie nicht mehr so hart arbeiten dürfen, um mehr Zeit darauf zu verwenden, einen netten jungen Mann zu finden, der sich um sie kümmerte.

»Nicht, dass ich wüsste«, antwortete Dorothy und schüttelte traurig den Kopf. »Und ich bin sicher, sie hätte etwas gesagt. Dreißig Jahre und immer noch ledig.«

»Das ist wirklich eine Tragödie«, seufzte Frank. »Anna wäre doch die perfekte Frau für jemanden. Was ist eigentlich aus dem geworden, der mal am zweiten Weihnachtsfeiertag hier war? Wie hieß er noch?«

»Justin? Ich weiß nicht, wo er abgeblieben ist. Die ganze Sache schien einfach im Sand zu verlaufen. Miriam sagte damals, er sei ziemlich begeistert von Anna. Sie war sicher, dass er um ihre Hand anhalten würde, aber dann war Anna so ungezogen und der arme Junge verlor die Nerven. So war das.«

»Na ja, wenn er nicht der Richtige für sie gewesen ist …«, gab Frank zu bedenken. »Anna hat ihren eigenen Kopf. Den hatte sie schon immer. Sie wird sich nicht für die zweite Wahl entscheiden.«

»Manchmal muss man Kompromisse eingehen, Frank. Ich meine, ich habe dich doch auch geheiratet, oder?«

Frank senkte die Zeitung und schaute stirnrunzelnd über den Rand. Dorothy konnte seinen Mund nicht sehen, aber sie sah an seinen Augen, dass er lächelte. Wenn ihre Töchter doch nur so einen guten Mann erwischen würden, wie es ihr mit ihm gelungen war …

»Und was soll das heißen?«, fragte Frank.

»Alles, was ich sage, ist, dass es für Anna zu spät sein wird, wenn sie nicht bald jemanden heiratet.«

»Zu spät für was genau?«

»Du weißt schon. Kinder und so.«

»Kinder und so? Was meinst du mit *und so*?«

»O Frank! Musst du so kompliziert sein? Du weißt ganz genau, was ich meine. Sie ist bereits dreißig. Wenn sie keinen findet und sich bald mit diesem Leben arrangiert, dann …«

»Dann stirbt sie als alte Jungfer, isst Katzenfutter und ist von alten *Reader's Digest-* Ausgaben umgeben. Sei nicht albern, Frau. Ihr geht es gut. Wenn sie jemanden findet, dann ist das gut und schön, und wenn sie keinen findet, dann wird sie auch allein glücklich werden. Besser als von Mann zu Mann zu hüpfen wie ihre eigenwillige Schwester.«

Die Haustür fiel krachend ins Schloss, und vom Flur rief eine Stimme: »Hi!«

»Hallo Sebastian, mein Schatz. Wir sind hier.«

Man hörte, wie eine schwere Tasche auf den Boden fallen gelassen wurde, und dann kam Sebastian ins Wohnzimmer geschlendert.

»Hi Ma. Pa.«

Er ging hinüber zu Dorothy und gab ihr einen Kuss auf die gerötete Wange.

»Und ich bekomme keinen?«, fragte Frank.

»Was glaubst du?« Sebastian sprang über die Rücklehne des Sofas und landete mit Schwung auf den Kissen.

»Spring nicht auf die Möbel! Und zieh die Schuhe aus. Also wirklich! Da bist du gerade mal fünf Minuten weg und hast schon die Regeln in diesem Haus vergessen.«

»Wann gibt's Abendessen? Ich verhungere.«

»Du erwartest doch nicht, ebenfalls abgefüttert zu werden?«, fragte Frank. »Dafür bekommst du doch das Stipendium.« Dorothy wusste, dass er das nur halb im Scherz meinte.

»Es gibt Fisch, oder besser gesagt, es *wird* Fisch *geben,* wenn ich mich aufraffen kann. Ich fange in einer Minute an. Hast du Tessa nicht dabei?«

»Doch, sie ist hier.«

Sebastian drehte sich zur Tür um, als ein großes, gertenschlankes Mädchen mit glänzenden Haaren den Raum betrat. Mein Gott, sie war wirklich eine Schönheit. Dorothy machte es ein wenig stolz, dass es Sebastian gelungen war, so eine hübsche Freundin zu finden. Für einen Augenblick fehlten ihr die Worte, doch dann hatte sie sich wieder im Griff.

»Tessa«, rief Dorothy und eilte auf das Mädchen zu. »Wie schön, dass du hier bist.« Sie wollte sie umarmen, doch Tessa wich zurück, sodass Dorothy damit vorliebnehmen musste, ihr auf die Schulter zu klopfen.

»Schön, Sie kennenzulernen, Mrs Bliss«, erwiderte Tessa angespannt. Sie strahlt keine Wärme aus, dachte Dorothy, aber sie nahm an, dass es auch ein bisschen einschüchternd sein musste, sie alle an einem Wochenende kennenzulernen. Dorothy musste vorerst Rücksicht nehmen und lächelte Tessa breit an.

»Oh, bitte nenn mich Dorothy. Und das ist Sebastians Vater, Frank.«

Frank schaute von seiner Zeitung auf, und Dorothy war sicher, dass er zweimal hingucken musste. Sie hoffte, Tessa hatte es nicht bemerkt, aber vermutlich hatte sie es. Das Mädchen schenkte ihm ein halbes Lächeln und nickte ihm zu.

»Hi«, begrüßte sie ihn dürftig.

Dorothy war ein wenig verwirrt. Sie hatte ein bisschen mehr Begeisterung erwartet. Tessa war nicht gerade unhöflich, aber sie strahlte eine Überlegenheit aus, die bei Dorothy ein Gefühl des Unbehagens verursachte. Sie wandte ihre Aufmerksamkeit wieder Sebastian zu.

»Und wie läuft's mit dem Studium, Sebastian?«, fragte sie. »Hast du in letzter Zeit ein paar gute Aufsätze geschrieben?«

»Ich studiere Mathematik, Mum. Da gibt es keine Aufsätze. Wir jonglieren mit Zahlen.«

Jetzt kam Dorothy sich dumm vor, aber sie redete weiter und hoffte, dass sie nicht zu rot wurde.

»Ich bin gespannt, was du alles zu erzählen hast. Hat sich der Junge aus eurer WG ein bisschen besser eingelebt?«

»Watty? Nein. Der heult sich immer noch in den Schlaf.«

»Das kleine Lämmchen kann einem leidtun. Es ist nicht einfach, von zu Hause wegzugehen, und dauert, bis man sich in einer neuen Umgebung eingewöhnt hat.«

»Der hat einfach keine Eier in der Hose.«

»Sebastian!«

»Ich habe meine schmutzige Wäsche mitgebracht, Mum. Du hast doch nichts dagegen, oder? Eigentlich wollte ich sie noch selbst waschen, aber dann ist mir eingefallen, dass ich dadurch weniger Zeit mit euch beiden verbringen kann. Deshalb habe ich sie in die Tasche geworfen und mitgebracht.«

Frank prustete hinter der Zeitung.

»Das ist in Ordnung, Liebchen. Wir haben jede Menge Zeit, um ein paar Maschinen Wäsche laufen zu lassen.«

Tessa setzte sich direkt neben Sebastian und begann, mit seinem Ohrläppchen zu spielen, während er redete. Das ist ein bisschen überflüssig, dachte Dorothy, doch sie versuchte, es zu ignorieren.

»Und wer kommt jetzt zu dieser ausgelassenen Party?«, wollte Sebastian wissen.

»Es ist mehr ein Treffen als eine ausgelassene Party. Es sind nur wir, und ich dachte, ich könnte noch Marjorie und Malcolm einladen.«

»O Gott! Muss das sein?«

»Ist es nicht ein bisschen unhöflich, sie außen vor zu lassen? Sie werden uns sowieso durch die Wand hören.«

»Na und? Bitte, Mum. Lade sie nicht ein. Anna wird das überhaupt nicht gefallen, und es ist ihre Party.«

»Vielleicht tue ich es auch nicht. Es könnte sowieso wie ein nachträglicher Einfall aussehen.«

»Bringt Clare Dicken mit? Er ist ein netter Typ. Ich mag ihn.«

»Wir denken schon, nicht wahr, Frank? Und Miriam und Richard und die Mädchen kommen natürlich. Und dann noch Anna und Tessa. Das sind alle. Ach ja, River auch noch.«

Sebastian seufzte. »Aber ich muss ihn nicht bespaßen, oder?«

»Na ja, es gibt keinen anderen, mit dem er spielen könnte. An seinen Cousinen hat er kein Interesse. Sie sind noch viel zu klein. Und außerdem ist er dein Neffe.«

»Er ist eine Nervensäge, das ist er.«

»Sag das nicht, Sebastian. Er ist ein netter Junge. Nur ein bisschen unstet. Es ist auch nicht einfach, ständig auf Achse zu sein.«

»Als er das letzte Mal hier war, hat er mein Airfix-Modell völlig zerstört. Ich habe Monate dafür gebraucht. Monate!«

»Das hat er sicher nicht absichtlich getan.«

»Hat er doch. Er hat es mit Absicht die Treppe hinuntergeworfen, um zu prüfen, ob es fliegt, obwohl ich ihm gesagt hatte, dass es nur ein Modellflugzeug sei. Und vergiss nicht, dass Tessa auch hier ist. Ich kann ihr nicht zumuten, allein mit meinen Schwestern konfrontiert zu werden. Der kleine Verrückte muss einfach allein für seine Unterhaltung sorgen.«

»Sprich bitte nicht so über deinen Neffen, Sebastian«, wies Frank ihn streng zurecht. »Wenn du nichts Nettes zu sagen hast, dann kannst du es auch für dich behalten.«

»Na gut. Tut mir leid. Aber ehrlich, Mum. Bürde mir nicht auf, mich um ihn zu kümmern.«

»Wir werden sehen, wie es sich entwickelt. Vielleicht beschäftigt er sich ja mit etwas, was er mitbringt.«

»Also gut!«, rief Sebastian und sprang leichtfüßig vom Sofa auf. Er sieht immer mehr wie ein Mann aus, dachte Dorothy, und ein Teil von ihr trauerte dem engelhaften kleinen Jungen mit den blonden Locken hinterher, den sie nie wieder auf ihrem Schoß hüpfen lassen würde. »Wir bringen meine Sachen nach oben. Bin ich in meinem Zimmer untergebracht?«

»Wir hätten es fast schon vermietet«, witzelte Frank. »Aber dann haben wir beschlossen, dein zweites Jahr abzuwarten!«

»Oh, haha!«

»Ja, Schätzchen. Und ich habe Annas altes Zimmer für Tessa hergerichtet.«

Dorothy bemerkte den Blick, den ihr Mann und ihr Sohn tauschten, aber so etwas würde es unter ihrem Dach nicht geben. »Ich habe das Bett frisch bezogen«, fuhr sie fort, »und ein sauberes Handtuch hingelegt. Würdest du bitte deine schmutzige Wäsche runterbringen, Sebastian? Dann kann ich damit schon mal anfangen. Und danach kümmere ich mich ums Abendessen.«

Sebastian und Tessa verließen das Zimmer und verschwanden nach oben. Sebastians Tasche schlug gegen die Stufen.

»Es ist schön, dass er mal wieder da ist«, meinte Dorothy. »Das Haus fühlt sich ohne ihn so leer an.«

Und dann, als sie sicher war, dass die beiden außer Hörweite waren, fügte sie hinzu: »Tessa scheint nett zu sein?«

Es hörte sich wie eine Frage an, und Dorothy merkte, dass sie von Frank Bestätigung wollte.

»Sie ist auf jeden Fall ein Hingucker.« Frank schüttelte die Zeitung und faltete sie ordentlich zweimal in der Mitte. »Ich glaube, sie geht keine Kompromisse ein.«

Bevor Dorothy Gelegenheit bekam zu fragen, was er damit meinte, stand er auf.

»Okay. Ist noch Zeit für einen kleinen Spaziergang vor dem Essen?«

Das war Franks Umschreibung für einen Abstecher zum Pub, um ein Bier zu trinken und sich ein wenig zu unterhalten.

»Ich nehme es an«, antwortete sie widerwillig. »Aber wenn du bis halb sieben nicht zurück bist, kannst du dir dein Abendessen aus dem Mülleimer holen.«

»Ja, Ma'am.«

Dorothy hörte, wie die Haustür ins Schloss fiel und Sebastian im ersten Stock herumlief. Sie lächelte. Es würde ein herrliches Wochenende werden. Zumindest hoffte sie das.

II

»Wer zum Teufel isst Sandwiches mit Lachspaste?«

»Halt den Mund und schmier weiter!«

Sebastian und Frank hatten für das Häppchen-Buffet eine Produktionsstraße gebildet. Dorothy koordinierte die Tätigkeiten, obwohl sie sicher war, dass es einfacher gewesen wäre, einfach alles selbst zu machen. Tessa war wieder in Annas altem Zimmer verschwunden, und Dorothy widerstand dem Drang nachzuschauen, ob bei ihr alles in Ordnung war. Vielleicht lernte sie, obwohl es wahrscheinlicher schien, dass sie sich versteckte. Dorothy hatte den Eindruck, dass Tessa bisher nicht sehr viel von der Familie Bliss hielt. Sie versuchte, diesen Gedanken zu ignorieren. Schließlich gab es bereits genug, um das sie sich kümmern musste.

»Habt ihr die mit Schinken schon fertig?«, fragte sie.

»Ja, Ma'am. Alles zur Zufriedenheit ausgeführt, Ma'am!«, rief Frank und salutierte. Dabei flog Lachspaste von seinem Messer in Sebastians Haare.

»Dad! Pass doch auf, was du tust! Das ist ekelhaft.« Sebastian scheitelte seine Haare, um den verirrten Klecks zu finden.

»Musst du das unbedingt so nah beim Essen machen, Sebastian?« Dorothy verlor langsam die Geduld.

»Was denn sonst? Oder soll ich es für später aufheben?«

»Sei nicht albern, Schätzchen. Ich meinte nur, dass es nicht besonders hygienisch ist, in deinen Haaren herumzuwühlen, wenn du die Sandwiches schmierst.«

»Ist auch nicht besonders hygienisch, Essen herumzuwerfen, aber mit Dad schimpfst du deshalb nicht.«

»Keine Aufmüpfigkeit in den unteren Rängen!«, scherzte Frank. »Sei still, oder ich verpasse dir eine Netzhaube.«

»Könnt ihr euch nicht einfach konzentrieren? Sie werden gleich hier sein, und ich habe mich noch nicht mal umgezogen«, beklagte sich Dorothy.

»Du gehst und machst dich noch hübscher, mein Schatz, und das Bürschchen hier und ich werden die Sandwiches fertig machen.«

»Bist du sicher, dass ich euch das anvertrauen kann?« Dorothy hatte ihre Zweifel. »Kannst du Klarsichtfolie über die fertigen Platten ziehen und sie in den Kühlschrank stellen? Und dann müssen noch die Chips in Schalen geschüttet werden. Die sind in der Speisekammer. Aber nimm nicht alle. Wir müssen noch etwas in Reserve haben, falls das Essen knapp wird.«

»Bemerkst du was?«, fragte Frank Sebastian. »Deine Mutter hat immer einen Plan. Von ihr kannst du eine Menge lernen, Sebastian, mein Sohn.«

»Um Himmels willen, jetzt hör aber auf!«, rief Dorothy, doch sie lächelte. Sie hatte auch allen Grund dazu. Ihre Männer waren hier in der Küche, und die Welt war in Ordnung. Zumindest hoffte sie das.

Sie eilte nach oben in ihr Schlafzimmer. Das Kleid hing gebügelt und einsatzbereit an der Tür des Schranks. Sie warf einen kritischen Blick darauf. Es war tief azurblau mit einem feinen schwarzen Streifen und enormen Schulterpolstern, die auf dem Bügel sogar noch größer aussahen. Sie hatte zum Kleid passende riesige blaue Ohrringe ausgesucht, aber jetzt fragte sie sich, ob das nicht alles ein bisschen zu viel war. Schulterpolster waren lange aus der Mode. Jeder würde wissen, dass das Kleid nicht neu war. Allerdings ließen die Polster Dorothy schlank aussehen, und wen kümmerte es, dass es ein altes Kleid war. Schließlich kam nur Familie. Na ja, und Tessa. Dorothy wollte um Sebastians willen einen wirklich guten Eindruck machen, aber sie konnte sich bereits vorstellen, wie die Freundin ihres Sohnes über ihr Outfit die hübsche Nase rümpfen würde. Und dann war da natürlich noch Dicken, aber der würde nicht bemerken, was sie trug, und schon gar nicht darüber spotten.

Dorothy öffnete den Kleiderschrank und sichtete den Inhalt, bevor sie ihn für unzweckmäßig erklärte. Es gab nichts anderes Passendes, es sei denn, sie wählte etwas weniger Förmliches, aber für Annas großen Tag wollte sie sich wirklich Mühe geben. Das Kleid musste genügen. Sie zog die gestreifte Schürze über den Kopf und knotete die Kordel ihres Morgenmantels auf. Da sie vorhin gebadet hatte, trug sie bereits ihre formende Unterwäsche, die aufgrund des miederartigen breiten Bündchens am Bauch unerbittlich drückte. Sie schielte auf ihre Erscheinung im Spiegel des Frisiertisches. Da der jedoch klein war, konnte sie nur Teile ihres Körpers begutachten. Die Unterhose leistete gute Dienste. Sie drückte ihren Bauch weg, aber die dadurch verschobenen Speckröllchen quollen an den Rändern hervor. Für eine überzeugende schlanke Silhouette würde sie mehr brauchen als nur eine Bauchweg-Hose.

Sie holte einen Slip aus der obersten Schublade der Kommode und zog ihn an. Dann nahm sie das Kleid vom Bügel, zog es über den Kopf und achtete darauf, dass sie ihre Fönfrisur nicht ruinierte. Soweit sie konnte, schloss sie die Knöpfe im Rücken und zog den Gürtel zurecht. Dann schlüpfte sie in ihre schwarzen Pumps und betrachtete sich so gut es ging im winzigen Spiegel. Na ja, das war nicht gerade großartig, aber besser bekam sie es nicht hin. Sie saß am Frisiertisch und begann, sich zu schminken.

Es klopfte an der Tür.

»Mum? Kann ich reinkommen?«

»Anna! Bist du das? Ich habe nicht gehört, dass du gekommen bist. Komm rein! Komm rein!«

Die Tür ging auf und Anna erschien. Sie trug Jeans und ein ausgeblichenes Sweatshirt.

»Alles Gute zum Geburtstag, Liebling.«

Anna beugte sich vor, um Dorothy einen Kuss auf die Wange zu geben.

»Danke, Mum. Ich hoffe, du hast nichts dagegen, dass ich ein wenig früher gekommen bin. Ich war ein bisschen einsam so ganz allein. Brauchst du Hilfe bei den Knöpfen?«

Behutsam knöpfte Anna das Kleid zu.

»So früh bist du auch nicht dran. Die anderen werden in wenigen Minuten hier sein. Wirst du dich bei uns umziehen?«

»Ich werde mich nicht umziehen. Wir sind doch unter uns, oder?«

»Aber du trägst Jeans, Anna! Du kannst doch nicht auf der Feier zu deinem dreißigsten Geburtstag Jeans tragen.«

»Warum nicht?«

»Es sollte zumindest so aussehen, als hättest du dich bemüht.«

»Ich habe mich bemüht. Immerhin habe ich mich angezogen! Und ich habe meine Haare gekämmt. Sogar Lippenstift habe ich benutzt!«

»Oh, du weißt doch, was ich meine, Anna. Und Sebastians Tessa scheint …« Dorothy hielt inne und wollte nicht unfair sein. »Scheint sehr speziell zu sein.«

»Sie ist Studentin. Ihr wird es egal sein, was wir anhaben«, konterte Anna.

Dorothy beschloss, dass Anna sich ihre eigene Meinung bilden sollte. Vielleicht hing es nur damit zusammen, dass sie sich minderwertig fühlte, und hatte überhaupt nichts mit Tessa zu tun.

»Trotzdem, Schätzchen«, beharrte Dorothy. »Willst du dir nicht ein bisschen Mühe geben?«

»Ich habe überhaupt nichts dabei, Mum, also hat sich das erledigt. Wirklich. Ich bin dreißig. Kann ich nicht entscheiden, was ich auf meiner eigenen Feier trage?«

»Doch, natürlich.« Dorothy biss sich auf die Zunge. Sie sollte zufrieden sein, dass ihre entzückende Tochter den großen Tag mit der Familie verbringen wollte. Das musste reichen.

Dorothy trug Foundation aufs Gesicht auf. »Ich sage dir, ich bekomme jeden Tag mehr Falten«, klagte sie. »Und ich bin mir nicht sicher, ob dieses Zeug sie besser oder schlimmer macht.«

»Du siehst großartig aus, Mum.«

Dorothy schaute ihre Tochter nicht zu genau an, als sie das sagte. Wenn Anna sie umschmeichelte, dann wollte sie das lieber nicht wissen. Sie war fünfundsechzig, Himmelherrgott! Da sollte sie ihre Erwartungen etwas herunterschrauben. Ihre eigene Mutter hatte sich in diesem Alter als alt betrachtet, aber Dorothy fühlte sich noch immer wie eine junge Frau. Zumindest im Herzen. Ihre Knie sagten allerdings etwas anderes.

Die Haustür fiel ins Schloss.

»Oh, wer ist das jetzt?« Dorothy wurde wieder nervös. »Ich bin noch nicht mit meinem Gesicht fertig, und das Handtuch unten in der Gästetoilette muss getauscht werden, und Gott weiß, was die Jungs in der Küche treiben.«

»Keine Panik. Du bleibst hier und schminkst dich fertig. Und ich gehe und fange wen auch immer ab. Dad wird ihm einen Drink anbieten. Sind die sauberen Handtücher im Wäscheschrank?«

Anna ging auf die Suche nach Handtüchern, und Dorothy machte mit ihrem Gesicht weiter, malte vorsichtig die Augenbrauen nach und trug Rouge auf die Wangen auf. War das Kleid doch zu übertrieben? Vielleicht sollte sie etwas anderes anziehen. Es konnte gut sein, dass jeder so lässig gekleidet war wie Anna. Dorothy wollte nicht overdressed sein. Oh! Wen kümmerte es? Sie war jetzt fertig.

Als sie wieder ins Erdgeschoss kam, stand Miriam in der Küche und ein Babyautositz schwang an ihrem Arm, in dem Abigail saß. Wenigstens hatte sich Miriam bei der Kleidung Mühe gegeben, und Dorothy entspannte sich ein wenig. Doch Miriam sah müde aus. Ihre Haut war ein wenig grau, und ihren Haaren fehlte jegliche Spannkraft. Dorothy musste in einem ruhigen Augenblick mit Richard sprechen und ihn dazu anhalten, Miriam mit den beiden Töchtern zur Hand zu gehen. Mit kleinen Kindern war es nicht einfach. Dorothy erinnerte sich an Miriam, als sie in Abigails Alter gewesen war. Hatte sie sie nicht einmal fast umgebracht, als Miriam zahnte? Unaufgefordert schweiften ihre Gedanken zu dem Café an der Ecke und zu StJohn, der für sie da gewesen war, als sie sich an ihrem absoluten Tiefpunkt befunden hatte. Sogar jetzt noch konnte sie sich an seine aufmerksamen Augen erinnern. Sie hatte ihn viele Jahre nicht gesehen, erinnerte sich aber immer noch deutlich an damals. Nach ihren Treffen im Park in jenem Frühling, als Miriam noch klein gewesen war, waren sie sich beide für eine Weile sehr nahegekommen. Vielleicht zu nahe. StJohn hatte ihr gegeben, was sie damals so dringend gebraucht hatte. Etwas, was Frank ihr nicht hatte geben können. Es war schwer auszumachen, was das genau gewesen war. Mitgefühl vielleicht? Verständnis ganz gewiss. Er hatte ihr gezeigt, dass sie keine schlechte Mutter war, nur weil ihr das Mutterdasein nicht so lag wie der Ente das Wasser. Jetzt, mehr als dreißig Jahre später, wusste Dorothy natürlich, dass eine gute Mutter mehr ausmachte als die Fähigkeit, ein Kind zu beruhigen, wenn es weinte, oder endlos mit ihm zu puzzeln, aber damals hatte sie sich an diesen Maßstäben gemessen und sich für unfähig gehalten. StJohn hatte sie gelehrt, milder sich selbst gegenüber zu sein.

Allerdings kamen jetzt Schuldgefühle in ihr auf, und sie merkte, wie sie rot wurde, als sie in den Erinnerungen schwelgte. Sie beschäftigte sich mit den Gläsern und hoffte, dass niemand das Glühen ihrer Wangen bemerkte. Nein, jetzt musste erst mal Miriam etwas zu essen bekommen, sonst würde noch wer weiß was passieren. Sie musste definitiv mit Richard sprechen.

»Hi Mum«, begrüßte Miriam sie. »Du siehst hübsch aus. Richard holt gerade noch Sachen aus dem Auto. Rosie ist eingeschlafen, und ich dachte, wir könnten sie noch zehn Minuten schlafen lassen und dann wecken. Sie ist deutlich angenehmer, wenn sie geschlafen hat. Ich füttere dann beide früh, wenn das okay für dich ist. Danach kann ich mich entspannen, und Richard schaut ein bisschen nach ihnen. Er ist dran, glaube ich.«

»Ich habe nichts dagegen, dran zu sein«, war Anna zu vernehmen, die mit einem Handtuch in der Hand vom Flur hereinkam. »Ich liebe doch meine kleinen Nichten«, sagte sie mit übertrieben hoher Stimme zu Abigail, die strahlte und die Arme ausstreckte, um hochgenommen zu werden.

»Kann ich sie aus dem Sitz nehmen?«, fragte Anna.

»Das kannst du, wenn du bereit bist, die Konsequenzen zu tragen«, warnte Miriam sie eindringlich. »Wenn sie erst mal die Gurte los ist, wird sie sich nicht wieder hineinsetzen lassen.«

»Na ja, vielleicht können wir sie noch ein bisschen in Ruhe lassen«, räumte Anna ein. »Wie geht's dir, Schwesterherz?«

»Ich bin erschöpft. Wie immer«, gestand Miriam mit einem müden Lächeln.

»Wie läuft's bei der Arbeit?«

»Die Kinder sind in Ordnung. Sie sind ziemlich froh, mich wiederzuhaben. Ich glaube, der Vertretungslehrer war nicht besonders engagiert. Aber mein Abteilungsleiter scheint sich nicht mehr an mich und meine Situation zu erinnern und setzt Konferenzen am frühen Abend an. Das schaffe ich nicht, denn ich muss die Mädchen pünktlich in der Kinderkrippe abholen. Das ist wirklich gemein von ihm. Die Männer im Kollegium haben damit kein Problem. Es ist ihnen vielleicht sogar recht, denn so sind sie nicht zu Hause, wenn ihre Kinder fürs Bett fertig gemacht werden müssen. Aber wir arbeitenden Mütter …«

»In meinem Haus will ich nichts über die Emanzipation der Frau hören«, schaltete sich Frank ein, als er in die Küche kam. »Wie geht es meinen beiden Lieblingsmädchen?«

»Wie bitte?« Dorothy gab vor, beleidigt zu sein, war aber auch ein bisschen verärgert, dass Frank Miriam unterbrochen hatte. Sie sah, dass Anna kurz davorstand, sich mit Frank anzulegen, doch Miriam schüttelte den Kopf in ihre Richtung.

»Du, mein Liebling, bist kein Mädchen«, fuhr Frank fort. »Du bist eine Frau durch und durch.« Er schlang die Arme um Dorothys Hüfte und wirbelte sie im Kreis herum.

»Frank! Hör auf und lass mich runter!«, rief sie und brachte ihre Haare in Ordnung.

»Bäh! Nicht in der Öffentlichkeit«, beschwerte sich Sebastian, der in die Küche geschlendert kam und sich die feuchten Haare mit einem Handtuch trocken rieb.

»Hi Seb.«

»Hi, kleiner Bruder. Wie bekommt dir denn das Unileben?«

»Danke, gut. Jede Menge Bier. Jede Menge Spaß. Nicht viel Arbeit.«

»Sebastian«, mischte sich Frank ein. »Jetzt erzähl bloß nicht vor deiner Mutter von deinen Ausschweifungen. Du weißt doch, dass sie sich immer Sorgen macht.«

»Das war doch nur Spaß, Dad. Einfach nur Spaß. Es läuft tatsächlich ziemlich gut. Mein Tutor hält mich sogar für ein Naturtalent mit Gespür.«

»Und wahrscheinlich für die Bescheidenheit in Person«, fügte Anna hinzu und schlug ihm spielerisch auf den Arm. »Also ehrlich, Seb, solange du bestrebt bist, ein Gespür für Mathematik zu entwickeln, ist alles gut.«

Dorothy ging ein wenig das Herz auf. Hier waren sie also, ihre prachtvollen erwachsenen Kinder, und neckten sich. Wenn diese fröhliche Stimmung nur den ganzen Nachmittag anhalten würde. Am liebsten hätte sie sich die Daumen gedrückt, aber ihre Gelenke waren derzeit so steif, dass auch das keine Option war. Also drückte sie sie gedanklich.

»Und wo ist deine Freundin, von der wir schon so viel gehört haben? Ich möchte sie kennenlernen, damit ich ihr erzählen kann, was für ein ekelhafter kleiner Mistkerl du als Kind gewesen bist«, lachte Anna.

»Sie ist oben und wird gleich runterkommen.«

»Hast du sie schon gesehen, Mum?«, wollte Anna augenzwinkernd wissen. »Wie ist sie so? Schnell! Erzähl's, bevor sie kommt.«

Was sollte Dorothy sagen? Dass sie Tessa reserviert und hochnäsig fand und ein ganz klein wenig herablassend? Nein. Natürlich nicht. Die Mädchen sollten sich ihr eigenes Urteil bilden.

»Sie scheint ein bezauberndes Mädchen zu sein«, sagte Dorothy ganz neutral.

»Und sie ist ein Hingucker«, ergänzte Frank.

»Dad! Die Rechte von Frauen sind wirklich an dir vorbeigegangen, oder?«

»Ich berichte nur, was ich sehe, wie sich das für einen guten Journalisten gehört.«

»Sie ist fantastisch«, mischte sich Sebastian ein. »Und viel hübscher als ihr«, fügte er mit einem Grinsen hinzu.

Anna holte aus und haute ihrem Bruder auf den Kopf. Dabei verpasste sie knapp Abigail, die die Szene mit großem Interesse von ihrem Autositz aus beobachtete.

»Also wirklich!«, schimpfte Dorothy. »Ihr könnt es nicht lassen. Was soll denn Tessa von uns denken?«

Genau in dem Moment erschien Tessa, und Dorothy ging in Gedanken noch einmal panisch die letzten Sätze durch, um zu überprüfen, ob sie irgendetwas gesagt hatte, was Tessa beleidigen konnte.

»Und hier ist sie«, verkündete Sebastian stolz. Er stellte sich neben sie und legte ihr beschützend den Arm um die Schultern. Tessa lehnte sich an ihn und winkte den anderen gelangweilt zu. Sie erinnerte Dorothy an eine siamesische Katze.

»Schwestern«, sagte Sebastian, »das ist Tessa. Tessa, das sind, na ja, alle.«

»Außer Clare«, berichtigte Anna ihn.

»Stimmt. Außer Clare. Sie kommt noch, oder?« Sebastian schaute Dorothy an, die nickte.

»Gewiss tut sie das. Anna, wenn du dich nicht mehr umziehst, dann bring bitte das saubere Handtuch in die Toilette, und der Rest von euch kann mir helfen, das Essen aufzutragen. Ah, Richard. Schön, dich zu sehen. Wie geht's dir?«

Miriams Mann schlurfte mit einer Plastikmatte unter dem einen Arm und einer mit Wegwerfwindeln vollgestopften Tasche unter dem anderen herein.

»Hallo Dorothy. Hallo Schwager und Schwägerin. Kann ich diese Flaschen mit Milchnahrung in den Kühlschrank stellen?«

»Natürlich, Richard. Du musst nur ein wenig Platz schaffen. Aber du kannst mir eine Platte mit Sandwiches herausgeben. Dann hast du Platz. Frank, biete doch den Gästen einen Drink an. Sie sind sicher schon ganz ausgetrocknet.«

»Mache ich sofort. Wasser für alle? War ein Witz, war nur ein Witz. Wir haben Rot- und Weißwein, Lager- oder Exportbier und dann noch einen ziemlich fragwürdigen Sherry, der schon seit ewigen Zeiten im Schrank steht.«

Jeder gab seine Bestellung auf, und schon bald standen sie mit Gläsern in der Hand um Abigail herum, die kaum noch ihre Augen offen halten konnte, weil Sebastian ihren Autositz mit dem Fuß schaukelte.

»So, Anna, meine Tochter, wie fühlt es sich an, wenn man die schwindelerregenden Höhen des Alters von dreißig Jahren erreicht hat?«, wollte Frank wissen.

»Alt«, gab Anna zurück, »also nicht direkt alt, aber so, dass ich denke, die Welt sollte mich langsam mal ernst nehmen.«

»Und macht sie das? Dich ernst nehmen, meine ich.«

»Nicht ganz.«

»Wie wäre es mit einem Toast?« Frank hielt sein halb leeres Glas hoch. »Auf Anna, meine wunderschöne und intelligente Tochter, die von nun an anlässlich ihres dreißigsten Geburtstages von jedermann ernst genommen werden muss. Gesundheit, Reichtum und Glück.«

»Gesundheit, Reichtum und Glück«, wiederholten die anderen im Chor.

Die Küchentür ging auf.

»Das ist aber sehr kuschelig hier, muss ich schon sagen.« Clare kam herein.

»Clare! Liebes! Wir haben gerade auf das Wohl des Geburtstagskindes getrunken«, rief Frank.

Clare schaute alle nacheinander an, lächelte jedoch nicht.

»Das sehe ich.«

Niemand sagte etwas. Sebastian scharrte mit seinen Turnschuhen auf dem Boden.

»Kann jemand Clare einen Drink besorgen?«, bat Frank. Seine Stimme klang plötzlich überlaut.

»Das übernehme ich«, meldete sich Sebastian. »Was möchtest du trinken, Schwesterherz?«

»Rotwein.«

»Wir haben gerade Anna gefragt, wie es sich anfühlt, dreißig geworden zu sein«, erklärte Miriam.

»Und wie fühlt es sich an?«, wollte Clare wissen. »Nach meiner Erfahrung ziemlich scheiße.«

Dorothy zuckte zusammen. Sie blinzelte verhalten und unterdrückte den Drang, Clare wegen ihrer Ausdrucksweise zurechtzuweisen.

»So in etwa wie neunundzwanzig, wenn ich ehrlich bin«, meinte Anna. »Nur mit einer größeren Feier!« Sie hob ihr Glas, und jeder lachte verlegen.

Wieder ging die Tür auf, und Dicken kam hereingeschlendert. Er war ziemlich klein, hatte einen Vollbart und einen Bauch, der über den Gürtel quoll und so fest war wie eine Trommel. Er trug einen Pullover mit Streifen in Regenbogenfarben, die von Violett zu Rot verliefen und nicht andersherum. Die Wirkung war befremdlich, und Dorothy ertappte sich dabei, wie sie darauf starrte.

»Nicht so das Wahre, was, Mum? Dickens Pullover«, blaffte Clare. »Anna hat sich allerdings auch nicht besonders angestrengt, oder?«

»Sei nicht albern«, konterte Dorothy. »Das ist ein hübscher Pullover, Dicken!«

Anna beugte sich vor, um Dicken einen Kuss auf die Wange zu geben. »Wie schön, dich wiederzusehen«, begrüßte sie ihn zuckersüß. »Wie geht's dir?«

»Na ja, ich atme noch«, antwortete Dicken lachend. »Alles Gute zum Geburtstag.«

»Danke.«

»Hier wird's ein bisschen voll«, sagte Dorothy. »Sollen wir nicht nach nebenan gehen, wo ein bisschen mehr Platz ist?«

»Dann wird es da voll«, gab Frank zu bedenken. »Als wir vier Kinder bekommen haben, hat mir niemand gesagt, dass sie alle wachsen und so viel Platz einnehmen werden.«

Die Gruppe lachte wieder, doch es lag nach wie vor Spannung in der Luft.

Clare, die einen kräftigen Schluck vom Wein getrunken hatte, schaute auf, und Dorothy sah, wie sie Tessa bemerkte.

»Und wer ist das?«, fragte Clare und deutete durch eine nickende Kopfbewegung zur Seite in Tessas Richtung.

»Ich bin Tessa«, stellte sich Tessa mit hocherhobenem Kopf und zurückgedrückten Schultern vor. Und wieder dachte Dorothy, dass dieses Mädchen beneidenswertes Selbstvertrauen besaß.

»Also«, sagte Miriam, nahm das Heft in die Hand, wie sie es immer tat, und gab Dorothy das Gefühl, ein bisschen überflüssig zu sein. »Ihr geht rüber, und ich bleibe hier und füttere die Mädchen. Richard? Kannst du bitte Rosie aus dem Auto holen? Sie sollte jetzt wach sein. Und Sebastian, hör auf, Abigail zu schaukeln, sonst haben wir nachher keine Ruhe!«

Es kam Bewegung in die Gruppe, als jeder jedem Platz machte.

»Wir wär's mit einem Drink, Dicken?«, fragte Frank

»Ich nehme ein Bier, wenn du eins hast. Danke, Frank. Sehr nett von dir.«

»Und ich nehme noch ein Glas Rotwein«, verkündete Clare.

Keiner machte eine Bemerkung, aber Dorothy sah, dass Sebastian versuchte, Annas Blick aufzufangen, was diese jedoch ignorierte.

»Ist River nicht mitgekommen?«, erkundigte sich Frank, als er eine Dose Bier aus dem Plastikgebinde riss und sie Dicken reichte.

»Nein, er war nicht scharf drauf mitzukommen, deshalb habe ich ihm erlaubt, zu Hause zu bleiben.«

»Allein?«, hakte Dorothy nach. Eigentlich hätte sie sich nicht einmischen sollen, aber zehn war viel zu jung, um ein Kind allein zu lassen. Wenn Clare nicht aufpasste, würde sie noch jemand beim Jugendamt melden.

»Ich glaube, er sagte, sein Freund wolle vorbeikommen. Bei seinem letzten Besuch hat er sich hier nicht besonders willkommen gefühlt.«

Sebastian spielte mit einer Locke von Tessas Haaren und schaute niemanden an.

»Oh, jetzt sei aber nicht albern, Clare«, regte Dorothy sich auf, und dann, als Clare eine drohende Haltung einnahm, wünschte sie, sie hätte bei ihrer Wortwahl besser aufgepasst. »Natürlich ist er willkommen. Es war nur ein Spielzeug, und es war nicht schlimm, oder, Sebastian?«

Sie warf Sebastian einen warnenden Blick zu.

»Nein«, sagte er wie bestellt. »Es war überhaupt nicht schlimm.« Seine Stimme klang ausdruckslos und musste sich auch für Clare alles andere als überzeugend anhören.

»So. Wir gehen jetzt rüber«, bestimmte Frank und komplimentierte seine Familie aus der Küche.

»Brauchst du Hilfe, Miriam?«, fragte Anna beim Rausgehen. Dorothy sah, wie sie den Kopf in Clares Richtung neigte und das Gesicht verzog.

Miriam schüttelte mit weit aufgerissenen Augen den Kopf und wandte dann ihre Aufmerksamkeit wieder Anna zu.

»Das wäre prima, Anna«, sagte sie mit einer Stimme, die übertrieben fröhlich klang. Die Küchentür fiel hinter den anderen ins Schloss. Dorothy werkelte in der Speisekammer herum und ließ Miriam und Anna mit Baby Abigail in der Küche zurück.

»Das sieht ganz nach einer Katastrophe aus.« Miriam flüsterte zwar, doch Dorothy verstand es. »Hast du gesehen, wie schnell sie den Wein hinuntergekippt hat? Denkst du, sie und

Dicken hatten Streit im Auto? Sie sind nicht zusammen reingekommen, und da lag definitiv etwas in der Luft.«

»Na ja, Dicken war wie immer. Ich glaube, es ist nur sie. Es war auch nicht gerade vorteilhaft, dass sie mitten in Dads Toast reinkam. Sie wird gedacht haben, wir hätten ohne sie angefangen.«

»Das hatten wir doch auch! Sie muss erwachsen werden und darf nicht immer so empfindlich sein. Ja, wir hatten ohne sie angefangen. Herrgott, es ist eine Party! Die Leute kommen, wenn sie so weit sind. Was hältst du von Tessa?«

»Schwer zu sagen«, meinte Anna. »Sie gibt nicht viel preis, oder? Extrem hübsch ist sie allerdings. Sie sind ein schönes Paar. Ich hoffe nur, Clare hat sich vor ihr im Griff und vermasselt es nicht für Seb. Du weißt doch, wie sie sein kann, wenn sie getrunken hat. Und wenn sie sich bereits angegriffen fühlt … Ich gehe jetzt lieber rüber, sonst denkt sie, dass wir ebenfalls ein Komplott gegen sie schmieden.«

»Sebastian ist doch drüben.«

»Schon, aber er ist ein Mann. Er merkt nicht, wenn etwas in der Luft liegt. Ich werde versuchen, die Wogen zu glätten. Gib mir mal die Flasche. Clare wird bestimmt lockerer, wenn sie noch mehr Drinks intus hat.«

»Ich bin mir nicht sicher, ob das eine so gute Idee ist.« Miriam hatte ihre Zweifel, aber Dorothy hörte, wie sie Anna trotzdem die Flasche gab.

»Du kommst dann auch, oder? Ich will nicht allein mit ihr konfrontiert sein.«

»Natürlich. Wenn ich mit den beiden hier fertig bin, komme ich sofort.«

Dorothy kam aus der Speisekammer, und als sie das Gespräch ihrer Töchter nicht kommentierte, gingen die beiden davon aus, dass sie nichts mitbekommen hatte.

»Kommst du mit ins Esszimmer, Mum?«

»Ja. Gleich. Ich schaue nur, ob das Essen fertig ist.«

Als Anna die Küchentür öffnete, erschien Richard mit einer verschlafen aussehenden Rosie über der Schulter.

»Das wird mit ihr noch etwas dauern«, sagte er und kitzelte die Fußsohlen seiner Tochter, um sie richtig aufzuwecken.

»Die Gute.« Anna lächelte. »War das Leben nicht unkompliziert, als wir zu zweit waren?«

Im Wohnzimmer hatten sich offensichtlich kleine Gruppen gebildet. Sebastian sprach mit Dicken, der nickte, Tessa hing an Sebastian wie eine Klette und redete mit niemandem. Clare saß auf der Armlehne des Sofas und sprach mit Frank. Anna setzte sich neben Frank. Dorothy beschäftigte sich mit den Schalen voller Chips. Sie wollte sich nicht setzen, fürchtete, unbeabsichtigt etwas Falsches zu sagen. Es war so leicht, Clare in Rage zu bringen, und Dorothy wollte auf keinen Fall Annas Geburtstagsparty verderben.

»Bring eine Schale zu uns, Mum. Ich verhungere!«, rief Sebastian, und sie fühlte sich sofort besser, denn sie hatte etwas zu tun.

Als Dorothy im Verlauf des Nachmittags feststellte, dass alles gut lief, entspannte sie sich ein wenig. Jeder war zufrieden, und Abigail und Rosie waren einfach entzückend. Enkelkinder waren solch ein Segen, dachte Dorothy. Allerdings war es enttäuschend, dass River nicht gekommen war. Sie fragte sich, ob es wirklich seine Entscheidung gewesen war oder ob Clare ihn aus persönlichen Gründen fernhielt. Das zu glauben, tat ihr weh, aber es würde zu Clare passen, sich eine solche Bestrafung für ein eingebildetes Unrecht auszudenken. Es war so schwer, eine Beziehung zu River aufzubauen, weil sie ihn so selten sah, und es gab gewöhnlich irgendeinen Streit, wenn er dabei war. Sie musste mit Frank darüber reden, wenn alle wieder weg waren. Vielleicht sollten sie River einladen, ganz allein bei ihnen die Ferien zu verbringen. Clare hatte das in der Vergangenheit immer abgelehnt, aber vielleicht würde es ihr gelegen kommen, um ein bisschen Zeit allein mit Dicken zu verbringen.

Dorothy holte gerade das Trifle, als sie vom Wohnzimmer her laute Stimmen hörte.

»Natürlich. Du stellst dich auf ihre Seite. Das tust du ja immer.«

Das war Clare. Natürlich war sie das. Ihre Stimme war schrill und immer ein wenig undeutlich.

»Oh, sei doch nicht albern, Clare.« Das war Dicken. Er sprach langsam und ruhig wie mit einem Kind. »Ich habe nur gesagt ...«

»Ich weiß genau, was du gesagt hast. Das sagst du immer. Du hörst dich an wie meine verdammte Mutter. Du solltest lernen, ein bisschen zu leben, lockerer zu werden, Spaß zu haben.«

»Du machst dich lächerlich«, gab Dicken zurück.

»Als ob dir das was ausmachen würde. Du warst mal witzig, Dicken Ezard, aber jetzt bist du nur noch wie alle anderen. Laaangweilig!«

Dorothy eilte ins Wohnzimmer. Clare goss sich gerade ein weiteres Glas Rotwein ein. Sie saß auf dem Couchtisch und hatte die Füße aufs Sofa gelegt. Dicken starrte sie grollend von seinem Platz im dicht dabeistehenden Sessel an.

»Ich glaube, wir sollten gehen«, meinte er und schickte sich an, aufzustehen, »bevor du diesen bisher schönen Nachmittag völlig verdirbst.«

»Du kannst gehen, wenn du willst, Herr Oberlangweiler«, konterte Clare mit ihrer Singsangstimme. »Ich verbringe hier eine herrliche Zeit im Schoß meiner reizenden Familie.« Jedes Wort triefte vor Sarkasmus. »Sieh mal. Da ist die ganz tolle, erwachsene Miriam mit ihrem vernünftigen Ehemann und ihren zwei Komma vier Kindern. Und Anna, die Perfekte, die nie etwas falsch macht. Obwohl du bisher noch keinen Mann aufgetan hast, oder, Schwesterherz? Das ist allerdings ein Makel in deinem perfekten Lebenslauf. Und dann der reizende, gut aussehende Sebastian mit seinem Dackelblick und seinem Superhirn. Und dann komme ich! Clare, die Schande der Familie. Clare, die man lieber von hinten als von vorne sieht, weil sie soooo schwer zu kontrollieren ist.«

Dorothy stellte das Trifle auf den Tisch.

»Clare, Liebes«, sagte sie, »möchtest du dich nicht ein bisschen hinlegen? In deinem alten Zimmer. Wäre das nichts?«

»Nein, auf gar keinen Fall!«, brüllte Clare. »Wie alt bin ich? Zehn? Wirklich, Mutter. Du bist genauso schlimm wie die anderen. Wenn es drauf ankommt, kannst du auch nicht aus deiner Haut, oder? Ich weiß das. Lasst uns Clare einfach herablassend behandeln. Dann hält sie vielleicht die Klappe und hört auf, uns alle in Verlegenheit zu bringen. Ich weiß es doch. Ich weiß, was ihr alle von mir haltet. Ich bin doch nicht blöd. Und ich sehe es in euren Blicken. Das Mitleid. Die arme alte Clare. Scheint ihr Leben einfach nicht in den Griff zu bekommen. Stolpert von einer Katastrophe in die nächste. Ein Sohn ohne Vater. Kein Geld. Kein Job. Ein bescheuerter Hippiefreund. Das bin ich, also gewöhnt euch besser alle daran. Ich habe genug davon, mich ständig für mich zu entschuldigen. Und ich habe genug von euch. Und von dir, Dicken Ezard, habe ich die Nase gestrichen voll! Ihr könnt alle zur Hölle fahren!«

»Clare!«, rief Frank, stand auf und machte ein paar Schritte auf seine Tochter zu. »Wage es nicht, so mit deiner Mutter zu sprechen.«

»Was willst du dagegen tun, liebster Daddy? Mich übers Knie legen und mich windelweich schlagen? Dafür bin ich ein bisschen zu groß, findest du nicht? Aber keine Angst. Ich gehe. Nur das hier nehme ich noch mit …« Ungestüm griff sie nach einer halb leeren Weinflasche, stieß sie beinahe um, fing sie jedoch im letzten Moment noch auf. »Und dann lasse ich euch eure entzückende kleine Party genießen. Happy Birthday, Anna, die Perfekte. Alles Gute!«

Clare taumelte zur Tür, und Dorothy fuhr es in den Magen. Verzweifelt schaute sie zu Dicken und hoffte, dass er eine Lösung parat hatte, aber er schüttelte nur langsam den Kopf.

»Wir lassen sie besser kurz allein«, sagte er und trank sein Glas aus.

»Aber wohin geht sie denn? Wir können sie doch nicht allein davonziehen lassen. Nicht in dem Zustand. Da kann ihr doch alles Mögliche passieren.«

Die Haustür wurde mit so viel Schwung zugeworfen, dass das Haus erzitterte.

»Weit wird sie nicht gehen«, beruhigte Dicken Dorothy. »Ich habe sämtliche Schlüssel und ihr Geld.« Er klopfte beschwichtigend auf seine Jeanstasche.

»O Dicken!«, rief Anna. »Ich hatte keine Ahnung. Wie lange ist sie schon so? Ich dachte, sie hätte das Trinken zurückgeschraubt.«

»Es ist mal so und mal so«, gestand Dicken mit der resignierten Art von jemandem, der schon alles mitgemacht hat. »Man weiß nie, was sie in Rage bringt. Manchmal trinkt sie etwas und ist supernett. Und dann wieder …« Er machte eine Kopfbewegung zur Tür hin. »Ihr habt es ja selbst gesehen.«

»Bekommt sie denn von irgendwoher Hilfe?«, wollte Anna wissen. »Von den Anonymen Alkoholikern oder so?«

»Ihr ist nicht bewusst, dass sie ein Problem hat, und solange sie …«

»Sie ist eine Belastung«, schaltete sich Miriam ein, drückte Rosie an ihre Brust und strich ihr beruhigend übers Haar. »Schon gut, Prinzessin. Keine Angst. Mummy ist da.« Von Rosie war ein leises Schluchzen zu hören. »Ich habe genug von ihr. Wirklich. Sie verdirbt alles. Wie heute auch. Soweit es mich betrifft, hat sie die Brücken hinter sich abgebrochen. Das hier war ihre letzte Chance.«

»O Miriam!« Dorothy war entsetzt über die Einstellung ihrer Tochter. »Das kannst du doch nicht sagen. Sie ist deine Schwester. Du kannst sie nicht fallen lassen. Das darfst du nicht.« Dorothy würde das nicht ertragen. Ihre wunderbare Familie schien von innen her auseinanderzubrechen.

»Ich habe keine andere Wahl, Mum«, hielt Miriam an ihrer Meinung fest. »Du hast doch gesehen, wie sie ist. Sie hat einen riesigen Selbstzerstörungsknopf, und es gibt nichts, was wir tun könnten, um ihr zu helfen. Es tut mir wirklich leid, Anna, aber ich bringe jetzt meine Töchter nach Hause, damit sie sich nicht noch mehr aufregen. Es war schön, Mum. Danke.« Sie gab Dorothy einen schnellen Kuss auf die Wange, und Dorothy spürte, wie sich heiße Tränen in ihren Augen sammelten. »Richard, kannst du mir bitte helfen, unsere Sachen zusammenzusammeln?«

»Ich gehe sie suchen«, sagte Dicken und stand seufzend auf. »Danke für die schöne Feier. Tut mir leid, dass … Na ja, du weißt schon.« Er zuckte mit den Schultern. »Und Happy Birthday, Anna.«

Dicken fand allein raus, und fünf Minuten später waren auch Miriam und Richard verschwunden. Sebastian und Tessa standen immer noch an der Stelle, von der aus sie beobachtet hatten, wie sich die Party um sie herum auflöste. Dorothy wünschte, Tessa wäre nicht hier gewesen, um mit anzusehen, was gerade passiert war, aber im Moment hatte sie größere Sorgen.

»O Anna«, stöhnte sie mit der Hand vor dem Mund. »Was sollen wir um Himmels willen nur mit ihr machen?«

Clare

I

Was dachten sie denn, wer sie waren, diese herablassende Mistbande? Wie konnten sie es wagen, so mit ihr zu reden? Als wäre sie ein Kind, das die Welt der Erwachsenen nicht verstand, aber in Wirklichkeit waren sie es, die keine Ahnung hatten, was wirklich los war. Sie saßen da mit ihren perfekten kleinen Leben und bildeten sich ein, sie könnten sie kritisieren und ihre abgedroschenen Binsenweisheiten runterbeten, alles wäre prima, wenn sie nur täte, was sie sagten, und ihre Ratschläge befolgte.

Irgendwie hatte es auch etwas wirklich Komisches, und fast musste Clare laut lachen. Da hatten sie alle gesessen und ihre unausgegorenen Lösungen angeboten. Keiner von ihnen würde ein richtiges Problem erkennen, selbst wenn man sie mit der Nase darauf stieße. Sie waren alle durch ihr kleines gesegnetes Dasein gewandelt und hatten nicht einmal mit einem Zehntel der Scheiße zu kämpfen gehabt, die über Clare ausgeschüttet worden war. Sie hatten überhaupt keine Ahnung. Miriam in ihrer behaglichen Ehe mit ihren beiden engelsgleichen Kindern und ihrem schönen Reihenhaus, das genauso aussah wie das daneben. Was wusste sie schon von Schmerz und Leid? Wie konnte die heilige Miriam auch nur ansatzweise eine Ahnung davon haben, wie beschissen Clares Leben war?

Und die blöde Anna. Clare versuchte, beim Gedanken an sie auszuspucken, aber der Wein hatte ihre Lippen taub gemacht, und sie brachte nicht die dafür notwendige Energie auf. Anstatt einen anständigen Schleimball auf den Bürgersteig zu pfeffern, verfing sich der Speichel um ihre Zunge und schaffte es nur bis zu ihrem Kinn. Sie wischte mit dem Handrücken darüber. Blöde Anna mit ihrem entzückenden blöden Leben. Dreißig Jahre alt und kein einziger Fehltritt. Wie konnte das sein? Warum wandelte Anna über blühende Wiesen, wenn Clare beim Erledigen einfachster Aufgaben über Scherben stolperte?

Verdammt! Wie sollte sie jetzt nach Hause kommen? Dicken war noch auf der Party. Entweder musste sie hier draußen vor dem Haus warten, bis er kam, oder sie musste wieder hineingehen. Sie erinnerte sich daran, wie sie einmal als Teenager nach irgendeinem Streit aus dem Haus gestürmt war, um kurz darauf wieder hineinzurennen, weil sie keine Schuhe anhatte. Das war so verdammt typisch für sie. Sie konnte noch nicht mal ordentlich aus dem Haus stürmen. Jetzt saß sie hier ohne Geld und mit kaum noch Wein fest und hatte niemanden, mit dem sie reden konnte. Es war alles Mist.

Sie setzte sich aufs Mäuerchen und ließ die Beine baumeln, bis sie hörte, wie die Haustür geöffnet wurde und Stimmen *danke*, *tschüss* und *tut mir leid* sagten. Da waren sie wieder und entschuldigten sich für sie. Dennoch war die nette Party der netten Anna ziemlich schnell gesprengt worden, nachdem Clare gegangen war. Sie mochten sie alle hassen, aber in der Familie Bliss hatte sie immer noch das Heft in der Hand. Bei diesem Gedanken musste sie lächeln.

»Bleibst du den ganzen Tag da sitzen, oder kommst du mit mir nach Hause?« Dicken stand neben ihr. Er legte ihr beruhigend die Hand auf die Schulter, aber sie schüttelte sie ab.

»Party schon vorbei?«, fragte sie. »Oh, das ist aber schade. Ich nehme an, du hast beim Gehen keinen Alkohol mitgenommen. Die brauchen doch erst wieder welchen zu Weihnachten.«

»Du bist eine Schande«, seufzte Dicken, drehte sich um und ging. Er hatte ein Loch in seiner Kordhose. Dicht an der Tasche, wo sein Portemonnaie den Stoff durchgescheuert haben musste. Clare konnte die pinkfarbene Baumwolle seiner Boxershorts sehen.

»Und ich kann deine Unterhose sehen!«, rief sie ihm nach, aber er drehte sich nicht mehr um. Früher hatte ihn das zum Lächeln gebracht. Ihre Weigerung, soziale Normen zu befolgen, war eines der Dinge gewesen, weshalb er sie geliebt hatte. Das hatte er jedenfalls gesagt. Jetzt schien sie ihn genauso zu nerven wie alle anderen.

Irgendwie musste sie aber nach Hause kommen. Sie rutschte von der Mauer herunter und folgte ihm wie ein gescholtenes Kind.

»Warte!«, rief sie hinter ihm her. »Ich komme.«

Doch er drehte sich nicht um.

Anna – 2000

I

»Wie lange genau wird sie im Krankenhaus sein?«, fragte Anna.

Am anderen Ende der Leitung entstand eine Pause, als ihre Mutter über die Antwort nachdachte.

»Drei oder vier Tage«, sagte sie. »Höchstens eine Woche.«

»Eine Woche? Was mache ich eine Woche lang mit einem Jungen im Teenageralter?«

»Ach, komm schon, Anna«, drängte ihre Mutter. »Das ist doch nicht zu viel verlangt. Er ist dein Neffe, und er muss irgendwo bleiben, wenn Clare weg ist. Miriam würde helfen, aber sie hat mit den Mädchen alle Hände voll zu tun. Er könnte zu uns kommen, aber das wäre für den Burschen nicht so lustig. Dein Vater ist dieser Tage viel zu mürrisch für Gäste im Haus.«

Anna wusste, dass die Wahl offensichtlich auf sie gefallen war, aber ihr Verstand bemühte sich immer noch, andere Lösungen zu finden.

»Was ist mit Seb und Tessa?«, fragte sie deshalb. »Ich weiß, dass ihre Wohnung winzig ist, aber die beiden kleben doch so aneinander, dass sie eigentlich nicht viel Platz brauchen. Da wäre doch jede Menge für River.« Das sagte sie nur halb im Spaß.

»Jetzt sei aber nicht albern«, schimpfte ihre Mutter. »Die Wohnung ist so klein, dass man darin kaum Luft bekommt. Die beiden leben übereinander, wie es aussieht. Nicht, dass ihnen das etwas ausmachen würde. Es freut mich, Sebastian so glücklich zu sehen. Ich bin mir nicht sicher, ob ich jemals zwei junge Leute gesehen habe, die dermaßen ineinander verliebt waren.«

Anna wurde wütend. Sie wusste, dass die Kommentare ihrer Mutter über den verliebten Bruder keine Kritik an ihr sein sollten, dennoch kam sie nicht umhin, sie als solche zu empfinden. Da war also Sebastian, frisch verliebt, und sie, elf Jahre älter und immer noch konsequenter Single. Es war nicht so, dass Anna Sebastian sein Glück an sich nicht gönnte, aber mussten sie ihr das alle so penetrant unter die Nase reiben? Jedes Mal, wenn sie Sebastian und Tess sah, wurde es immer offensichtlicher, dass sich die beiden hingebungsvoll liebten. Sie waren praktisch blind vor Liebe und bekamen kaum mehr mit, was um sie herum geschah. Und wenn Anna ganz ehrlich sein sollte, war sie ein klitzekleines bisschen eifersüchtig auf Tessa. Seitdem sie auf der Bildfläche erschienen war, hatten sich Sebastian und Anna voneinander entfernt. Das war schwierig für Anna, besonders, weil sie sich nicht ganz sicher war, was Seb so hinreißend an dem Mädchen fand. Allerdings musste sich Anna daran gewöhnen. Sebastian und Tessa waren eindeutig Seelenverwandte, was auch immer das bedeutete.

»Okay«, sagte sie zu ihrer Mutter. »River kann zu mir kommen, wenn es nicht anders geht.«

Sie war in die Ecke gedrängt worden. Es war nichts Geringeres als eine göttliche Macht, dieses Talent ihrer Mutter, Dinge so geschehen zu lassen, wie sie es wollte. Dorothy hatte entschieden, dass River zu Anna ging, während sich Clare im Krankenhaus einer Routineoperation unterzog, und siehe da, es geschah. Anna hatte bei dieser Sache überhaupt kein Mitspracherecht.

»Aber ich weiß nicht, was ich mit Jungen im Teenageralter machen soll«, beklagte sie sich. »Ich weiß nicht, worüber ich mit ihm reden soll.«

Das stimmte. Da Anna keine eigenen Kinder hatte, empfand sie die Welt von Kindern immer als mysteriös und leicht Furcht einflößend. Immer wenn sie mit ihren Nichten sprach, geschah das in einem bevormundenden Ton, der sogar sie selbst entsetzte. Sie konnte sehen, dass die beiden ihre gekünstelten Unterhaltungsversuche nur so lange tolerierten, bis sie heimlich zu anderen, weniger ermüdenden Beschäftigungen entwischen konnten. Aber immerhin waren ihre Nichten Mädchen, und sie selbst war einmal eines gewesen. Ein Junge war ein ganz anderes Paar Schuhe.

Anna konnte hören, wie ihre Mutter ins Telefon seufzte.

»Um Himmels willen, Anna, du sollst ihm einfach nur zu essen geben, dafür sorgen, dass er in die Schule geht und abends zurückkommt. Das kann doch nicht so schwer sein!«

Und heute war der erste Tag. River war nach der Schule zu ihr gebracht worden, und Anna hatte sich ein paar Stunden von der Arbeit freigenommen, um zu Hause zu sein, wenn er eintraf. Allerdings wusste sie nicht, weshalb sie sich die Mühe gemacht hatte. Sie hatte River im Gästezimmer untergebracht, und er war seitdem nicht mehr aufgetaucht. Eine erdrückende Stille lag über dem Haus. Sie hatte dröhnende Musik oder zumindest einen laut aufgedrehten Fernseher erwartet, aber da war nichts. Was auch immer er in seinem Zimmer trieb, er tat es sehr leise.

Sollte sie nachschauen gehen? Tat das eine verantwortungsbewusste Person, die die Eltern ersetzte? Sie wollte nicht, dass er dachte, sie würde ihm hinterherspionieren, aber genau das würde sie tun. Hatte sie nicht das Recht dazu? Immerhin war er Gast in ihrem Haus. Sie musste sicherstellen, dass er keinen Schaden erlitt.

Gott, sie hätte Clare am liebsten umgebracht. Das war wieder einmal typisch für sie. Von jedem zu erwarten, dass er für sie ihr Leben zusammenhielt, wenn sie es nicht schaffte. Doch kaum war Anna dieser Gedanke gekommen, wies sie sich zurecht. Das war nicht Clares Schuld. Ihr Zustand mochte sich durch das Trinken verschlimmert haben, aber das war alles andere als sicher. Es war eine Sache, für die man niemandem die Schuld geben konnte, und Anna tat, was jede Schwester tun würde, und half in einer Krise. Allerdings hätte sie sie trotzdem am liebsten umgebracht.

Sie öffnete eine Packung mit Pinguinkeksen und kippte ein paar in eine Schale. Dann füllte sie ein Glas mit Saft und tat als Zugabe einige Eiswürfel hinein. Wie wäre es mit einem Strohhalm? Zu viel? Vielleicht? Er war vierzehn, nicht vier. Sie stellte alles auf ein Tablett und ging hinauf in den ersten Stock. Einen Moment stand sie vor der verschlossenen Tür des Gästezimmers und lauschte angestrengt auf irgendeinen Hinweis, der ihr verriet, was er im Schilde führte. Vielleicht rauchte er oder nahm Drogen, oder vielleicht war er am Regenrohr hinuntergeklettert und es war nur so still, weil er gar nicht mehr da war. Immerhin war er Clares Sohn.

Mit wild schlagendem Herzen klopfte Anna flüchtig an und riss die Tür auf, als wollte sie River bei irgendeiner furchtbaren Handlung erwischen.

Er saß auf dem Bett, den Rücken ans Kopfteil gelehnt, und las ein Buch. Unter all den möglichen Szenarien, die Anna durch den Kopf gegangen waren, hatte sich Lesen definitiv nicht befunden. Anna war so erleichtert, dass sie fast in Gelächter ausbrach. River schaute kurz auf, als sie hereinkam, und dann fiel sein Blick wieder auf das Buch, ohne sie weiter zu beachten.

»Wie wär's mit einem Snack?«, fragte sie.

Keine Antwort.

»Hast du Hunger?«

Nichts.

Sie stellte das Tablett auf den Nachtschrank.

»Was liest du?«

Er drehte das Cover, damit sie den Titel lesen konnte.

»*Per Anhalter durch die Galaxis*?« Sie nickte anerkennend. »Gute Wahl. Dad, dein Großvater, hat uns auch immer daraus vorgelesen – na ja, mir und dann Onkel Sebastian. Er hat alle Stimmen nachgemacht. Wir fanden das toll.«

Anna verstummte. River hob den Blick nicht von der Seite, und in Anna kamen sofort Schuldgefühle auf. Wer hatte River vorgelesen? Clare bestimmt nicht. Und wie unsensibel war es, darüber zu reden, dass einem in der Kindheit vom Vater vorgelesen worden war, wenn River nicht einmal wusste, wer sein Vater war.

»Bei mir gibt es normalerweise so gegen sieben Uhr Abendessen«, sagte sie und wechselte abrupt das Thema. »Ist das okay für dich? Heute gibt es Nudeln, aber ich kann auch etwas anderes …«

»Nudeln sind prima«, unterbrach River sie und schaute sie immer noch nicht an.

Anna hatte das Gefühl, aus ihrem eigenen Zimmer entlassen zu sein. Sie hätte ihn zwingen können, mit ihr zu reden, aber eigentlich hatte sie auch selbst nichts zu sagen. Seine Unhöflichkeit ersparte ihnen beiden eine Menge Mühe. Das war gut so. Wenn er unhöflich sein wollte, dann konnte man dieses Spiel auch zu zweit spielen.

»Dann sehen wir uns um sieben unten«, verabschiedete sie sich und ließ ihn allein.

Was für eine Frechheit, dachte sie, als sie den Tisch deckte. Seinetwegen hatte sie sich Umstände gemacht, hatte sich von der Arbeit freigenommen, verdammt noch mal! Und er war dermaßen unhöflich, dass er nicht einmal versuchte, mit ihr ins Gespräch zu kommen. Sie würde später Miriam anrufen und sich lautstark darüber auslassen, wie unkommunikativ ihr Neffe war. Miriam würde sie verstehen, besonders weil ihre Töchter so kontaktfreudige kleine Wesen waren. Sie waren zumindest immer willig, mit Tante Anna zu plaudern, egal wie peinlich es sein mochte. Nein, River war anders – sicher ganz der Vater.

Bis sieben Uhr hatte Anna sich in einen Rausch über das inakzeptable Verhalten ihres Neffen gesteigert und war entschlossen, ihn mit seinen eigenen Mitteln zu schlagen. Ja, es war kindisch, aber wer bekam es denn mit? Zumindest würde sie sich dann besser fühlen.

Gerade wollte sie die Treppe hinaufrufen, als er so leise wie ein Geist in der Küche erschien.

»Setz dich.« Anna deutete zum Tisch. River setzte sich auf den Stuhl an der Wand und starrte auf sein Tischset. Als sie den Teller mit Nudeln vor ihn stellte, war sie fast enttäuscht, ein leises, aber deutliches »Danke« zu hören. Doch das machte keinen Unterschied. Nur weil er ein Mindestmaß an Manieren besaß, bedeutete das nicht, dass er den Schaden wiedergutmachen konnte.

Anna stellte ihren eigenen Teller ab und nahm ihm gegenüber Platz. Es war quälend still im Zimmer, und sie bereute, keine Musik angestellt zu haben. Wenn sie jetzt aufstand, würde es merkwürdig aussehen und den Anschein erwecken, als wolle sie sich nicht mit ihm unterhalten. Na ja, das wollte sie eigentlich auch nicht, und es wäre zumindest ehrlich.

Für einen Augenblick konzentrierten sie sich beide auf ihr Essen. Er schien kein pingeliger Esser zu sein – immerhin. Wenn man mit Clare zusammenlebte, musste man wahrscheinlich lernen zu essen, was auf den Tisch kam. Hinter ihnen surrte der Boiler der Zentralheizung.

»Hattest du einen schönen Tag?«, fragte Anna und gab trotz ihrer Entschlossenheit als Erste nach.

River zuckte mit den Schultern. »War okay«, sagte er.

»Magst du die Schule?«, bohrte Anna weiter.

»Denke schon.«

»Welches ist dein Lieblingsfach?«

Wieder zuckte er mit den Schultern. »Ich lese gern.« Er schaute Anna immer noch nicht an.

»Ich auch«, sagte Anna. »Hast du alle Bücher von Douglas Adams gelesen?«

»Jedes mindestens fünfmal.« Endlich schaute er auf. War das der Hauch eines Lächelns?

»Als ich ungefähr in deinem Alter war, gab es eine Fernsehserie von *Per Anhalter durch die Galaxis.* Die musste man unbedingt gesehen haben.«

Er nickte, doch sein Gesicht wurde wieder ausdruckslos.

Wie beim Zähneziehen, dachte Anna.

II

Es war Valentinstag, aber Anna erwartete keine Karten- und Rosenflut von Männern, die ihr ihre ewige Liebe erklärten. Nur eine einzige wäre schon schön gewesen, aber als die Post auf die Fußmatte vor der Haustür traf, war sofort klar, dass es genauso enttäuschend wie im letzten Jahr sein würde. Kein einziger albern pinkfarbener Umschlag lugte aus den Katalogen und der Werbung für Essenslieferdienste hervor. Als sie ein kleines Mädchen gewesen war, hatte ihr Vater jedes Jahr für jede der drei Töchter eine Karte gekauft. Sie hatten immer gewusst, dass sie von ihm war, aber Anna hatte sie immer stolz mitgezählt, wenn sie ihre Kartenausbeute zusammenrechnete. Clare hatte natürlich immer die meisten bekommen.

»Ich könnte mit meinen die Wände tapezieren«, hatte sie immer gesagt, und das war noch nicht einmal gelogen. Die Jungs schienen immer zu wissen, wie man offene Türen einrannte. Ein paarmal hatte Anna sogar eine Karte von Malcolm von nebenan bekommen, aber die wanderte sofort in den Müll und wurde nicht aufgestellt. Karten vom eigenen Vater waren eine Sache, aber Karten von einem Vollpfosten wie Malcolm Connors eine andere.

Und hier war sie wieder, zwanzig Jahre später – ohne Mann und ohne Karten zum Präsentieren. Sie fragte sich, ob River jemandem eine Karte schickte. Machten Teenager das noch? Sie hatte keine Ahnung, aber ihr gefiel der Gedanke, dass diese kleinen verschrobenen Traditionen niemals aus der Mode kamen. So blasiert konnte man doch nicht sein, dass man nicht begeistert war, wenn man wusste, dass jemand einen attraktiv fand. Würden auf River Karten auf der Fußmatte von Clares besetztem Haus warten? Das schien unwahrscheinlich. Sie wohnten noch nicht lange dort, und Anna glaubte nicht, dass River seine Adresse kundgetan hatte. In der Schule wusste man wahrscheinlich gar nicht, wohin er umgezogen war. Als Mädchen hatte Anna im Telefonbuch nachgeschaut, wo ihr Kavalier wohnte, aber Bewunderinnen von River würden größere Anstrengungen unternehmen müssen, um ihn ausfindig zu machen.

Es war ein seltsamer Morgen gewesen. Beide hatten sie einen etwas peinlichen Moment auf dem Treppenabsatz überwunden, als sie sich dort auf dem zeitgleichen Weg zum Badezimmer trafen. Anna im Morgenmantel und River in nichts weiter als Boxershorts. Er war zwar erst vierzehn, aber definitiv kein kleiner Junge mehr, und Anna hielt gedanklich fest, dass sie heute noch einen Bademantel an seine Tür hängen würde. Zum Frühstück mit ihr war er nicht erschienen, aber als sie die Treppe hochgerufen hatte, dass sie zur Arbeit fahren würde, da war er in vollständiger Schuluniform heruntergekommen.

»Bedien dich in der Küche bei allem, was du findest«, hatte sie gesagt, als sie ging. »Wir sehen uns heute Abend.«

Als Anna zur Arbeit fuhr, verlor sie sich in einem kleinen Tagtraum, in dem sie einen Partner und ein oder zwei Kinder hatte. Das war nicht allzu weit hergeholt. Schließlich war sie erst dreiunddreißig. Sie hatte noch jede Menge Zeit, sich zu verlieben und eine Familie zu gründen. Es wäre allerdings gut, bei Gott, wenn das früher und nicht etwa später geschah. Es hatte keinen Sinn, es auf eine Konfrontation mit den Eierstöcken ankommen zu lassen.

Als sie nach Hause kam, wehte ihr aus der Küche der Duft gebratener Zwiebeln entgegen, und River stand am Tisch und schnippelte Gemüse. Er trug ihre gestreifte Schürze, ein besonders fantasieloses Weihnachtsgeschenk ihrer Mutter.

»Dachte mir, ich koche mal«, empfing er Anna, ohne sie anzuschauen. »Currygericht. Ist das okay?«

»Toll. Kann ich helfen?«

River schüttelte den Kopf und schnippelte weiter.

»Du kochst also gern?« Anna wollte das Gesprächseisen schmieden, solange es heiß war.

»Muss ja essen«, meinte er.

»Ist deine Mum immer noch eine …«

»Furchtbare Köchin?« Er schaute sie an und grinste. Seine Augen hatten dieses Feuer, das als Kind auch bei Clare zu sehen gewesen war. »Ja. Ich habe kochen gelernt, als ich noch ziemlich jung war. Ich hatte die Wahl zwischen kochen und von *Heißer Tasse* und Bohnen leben.«

»Ich koche nicht gern«, gestand Anna. »Für mich allein lohnt sich das kaum. Ich lebe hauptsächlich von Ofenkartoffeln. Sebastian ist in der Beziehung auch hoffnungslos, aber das ist ihm egal. Miriam kann kochen.«

»Klar kann sie das«, meinte River und machte dann sofort den Eindruck, als bereue er es, diesen Kommentar abgegeben zu haben. Clare sprach so deutlich aus ihm, als wäre sie mit ihnen in diesem Raum. Das reizte Anna.

»Gehst du heute Abend deine Mum besuchen?«, fragte sie, aber bei der Erwähnung seiner Mutter verschloss sich River wieder.

»Weiß nicht. Hasse Krankenhäuser.«

»Dann vielleicht morgen«, schlug Anna vor, und River zuckte mit den Schultern.

Das Currygericht war vorzüglich – eine perfekte Mischung aus Kräutern und Schärfe. Anna war sehr beeindruckt.

»Das war fabelhaft. Ich danke dir«, lobte sie, als sie den letzten Bissen verputzt hatte. »Möchtest du Koch werden, wenn du mit der Schule fertig bist?«

River schüttelte den Kopf. »Nee, auf keinen Fall. Ich werde etwas machen, womit ich einen Haufen Geld verdiene, damit ich nie auf dem Boden bei jemandem schlafen muss.«

Wer konnte es ihm verdenken? Welche Kindheit hatte er auch bisher gehabt? Beim ewigen Streben nach etwas, was ihr fehlte, hatte Clare ihn von Pontius zu Pilatus gezerrt. Anna hatte die Schulen nicht mehr gezählt, in die River gegangen war, nur um wieder herausgenommen zu werden, wenn Clare der Ort nicht mehr gefallen oder sie sich mit den Lehrern angelegt hatte. Die einzige Konstante in seiner Welt war bisher die Unbeständigkeit gewesen, während Clare von einer Katastrophe in die nächste schlitterte.Und trotzdem hatte er das Zeug dazu, ein ziemlich anständiges menschliches Wesen zu werden, und zeigte keine Anzeichen dafür, dass er in die Fußstapfen seiner Mutter treten würde. Wenn man es genau betrachtete, war es ein Wunder, dass er überhaupt hier war.

»Du weißt doch hoffentlich, dass wir alle für dich da sind, River?« Doch als Anna diese Worte ausgesprochen hatte, merkte sie, wie hohl sie klangen. Das konnte sie doch nicht ernst meinen. In letzter Zeit hatten die Geschwister in Bezug auf Clare nur Lippenbekenntnisse abgelegt. Wenn sie die Hälfte der Zeit, die sie sich über Clare beklagt hatten, darauf verwendet hätten, ihr zu helfen, dann wäre vielleicht alles anders gekommen. Nichtsdestoweniger hatten sie anfangs versucht, ihr zu helfen, aber dann war deutlich geworden, dass Clare nicht die Absicht hatte, jemals Hilfe anzunehmen. Seitdem River geboren worden war, hatte Clare sich immer weiter von ihnen distanziert. Ja, sie behielten den Überblick darüber, wo sie gerade wohnte, jedenfalls die meiste Zeit, aber es war, als hätte Clare entschieden, dass die Erziehung von River ihr überlassen blieb und nichts mit dem Rest der Familie zu tun hatte. Und jetzt spürte Anna das gleiche Gefühl von Unabhängigkeit bei River. Was auch immer er im Leben erreichen würde, er würde es auf eigene Faust und ohne die Hilfe von anderen tun.

River antwortete nicht.

Dorothy – 2014

I

Es brach Dorothy das Herz, als sie Sebastian weinen sah. Seine Söhne, kaum vier und zwei, die nicht wirklich verstanden, was gerade passiert war, versuchten ihn zu trösten. Theo, der älteste, war auf Sebastians Schoß geklettert und klopfte ihm leicht auf den Rücken. Eine Geste, die er zweifellos von seiner Mutter, Tessa, gelernt hatte, wenn er selbst verzweifelt gewesen war. Der kleine Zac, der angesichts der vertauschten Rollen völlig verwirrt war, saß wie eine Statue neben seinem Vater und hatte den Kopf an ihn gelehnt, sodass sich ihre Körper an allen Stellen berührten.

»Das ist nicht richtig«, schluchzte Sebastian und schüttelte fassungslos den Kopf. »Ich meine, das ist doch nicht fair. Wie kann das gerecht sein? Schau sie dir an. Sie sind noch so klein. Wie sollen sie denn für den Rest ihres Lebens ohne ihre Mummy klarkommen?«

Dorothy merkte instinktiv, dass solche Offenheit vor den Jungs nicht gut war, aber sie wusste auch, dass es nichts bringen würde, Sebastian darauf hinzuweisen. Er und Tessa erzogen ihre Kinder so anders, als sie und Frank es getan hatten. Die Trennung zwischen Kind und Erwachsenem war heutzutage weniger ausgeprägt. *Pas devant les enfants* schien in dieser Welt moderner Kindererziehung keine Rolle mehr zu spielen. Und trotzdem konnte es nicht gut für die Jungs sein, ihren Vater in so offensichtlich verzweifeltem Zustand zu sehen.

»Soll ich den Jungs den Fernseher anstellen?«, fragte Dorothy, aber Sebastian zog seine Söhne noch enger an sich und schüttelte den Kopf. Tränen liefen ihm ungehemmt übers Gesicht.

»Aber warum, Mum? Das verstehe ich nicht. Wozu soll das gut sein?«

Dorothy wusste darauf keine Antwort. Sie hätte es den unergründlichen Wegen Gottes zuschreiben können, aber sie wusste, dass sie das im Moment besser nicht tun sollte. Gott war in Zeiten wie diesen kein Trost für sie, und für Sebastian wäre er auch nicht hilfreich gewesen. Also schüttelte sie den Kopf.

»Ich weiß es nicht, mein Sohn«, sagte sie und war erschrocken über die Oberflächlichkeit ihrer Worte. Andererseits wusste sie nichts Besseres zu sagen. »Es ist alles so abwegig. Ein furchtbarer Unfall. Niemand hat Schuld.«

Da schaute Sebastian mit geröteten und zu bloßen Schlitzen verquollenen Augen zu ihr auf.

»Es war meine Schuld«, sagte er. »Sie hatte mich gebeten, die Lichter herunterzuholen, und ich habe es nicht gemacht. Hätte ich es getan, dann …« Schuldgefühle, Entsetzen und Erkenntnis schlugen in einer Flutwelle des Schmerzes über ihm zusammen. Er gab einen tiefen kehligen Laut von sich und vergrub das Gesicht in den Händen. Theo strich weiter verbissen über die Schulter seines Vaters. Der kleine Kerl verzog keine Miene und war entschlossen, die Dinge besser zu machen.

»Niemand hatte Schuld«, wiederholte Dorothy eindringlich. »Es war ein Unfall, und du hättest daran nichts ändern können.«

»Aber wenn ich es erledigt hätte, hätte sie es nicht tun müssen.«

»Du darfst dir nicht die Schuld geben, Sebastian. Du weißt doch, dass niemand Tessa aufhalten konnte, wenn sie sich etwas in den Kopf gesetzt hatte.«

Fast lächelte Sebastian. Das stimmte. Dorothy hatte selten eine unkonventionellere, eigenwilligere Frau kennengelernt als ihre Schwiegertochter. Wenn Tessa beschloss, dass etwas erledigt werden musste, dann setzte sie Himmel und Hölle in Bewegung, bis es getan wurde.

»Aber was mache ich nur ohne sie?« Wieder verzog Sebastian das Gesicht. In Wogen schlug die Erkenntnis dessen, was jetzt vor ihm lag, über ihm zusammen. »Ich schaffe das nicht allein. Ich kann doch nicht einfach so weitermachen. Was soll ich tun, Mum?«

Dorothy wusste nicht, was er tun sollte, aber sie wusste, dass er keine andere Wahl hatte.

»Du wirst weitermachen. Schon wegen deiner Söhne. Du wirst jeden Tag für sie da sein, damit sie ihr Leben weiterleben können, ohne ihre Mut…«

Dorothy versagte die Stimme. Sie holte tief Luft und unterdrückte die Tränen. Sie musste für ihren Jungen stark sein, und wäre nutzlos, wenn sie heulend und jammernd zusammenbrach.

»Wie ist es, Jungs«, sagte sie, um die Spannung zu lösen. »Sollen wir in den Park gehen?«

»Ja!«, kreischte Theo aufgeregt, erinnerte sich dann an die düstere Stimmung und hörte auf zu lächeln. »Dürfen wir, Daddy?«

Sebastian wischte sich mit dem Handrücken über die Augen.

»Das ist eine tolle Idee«, behauptete er mit einer Stimme voller falscher Fröhlichkeit. »Bist du sicher, Mum? Kommst du klar?«

»Natürlich«, versicherte Dorothy ihm. »Früher war ich mit euch vieren im Park! Lasst uns eure Schuhe und die Jacken holen, Jungs.«

Ihre Enkelsöhne rutschten vom Sofa und stürmten auf den Flur, um ihre Schuhe in dem riesigen unordentlichen Haufen zu suchen, der dort aufgetürmt lag. Darunter auch Tessas Schuhe. Sollte sie ihre Schuhe heraussuchen und woanders hinstellen?, fragte sich Dorothy. Doch sie verwarf den Gedanken. Das Haus war voll mit Tessas Sachen. Sie konnte nicht alle entfernen und wollte es auch nicht. Nein, Sebastian musste seinen eigenen Weg finden, um mit allem fertigzuwerden, was Tessa zurückgelassen hatte.

Dorothy führte die Jungs, die jetzt Schuhe und Jacken trugen, aus der Haustür.

»Wir sind in ungefähr einer Stunde wieder da«, rief sie zurück. »Kommst du zurecht?«

»Ja«, würgte Sebastian hervor.

Dorothy nahm jeden Jungen an eine Hand und machte sich auf den Weg zum Park. Sie kamen nur langsam voran, und Dorothy spürte jedes ihrer vierundachtzig Jahre, war jedoch entschlossen, Sebastian nicht im Stich zu lassen. Hatte sie sich überschätzt? Was, wenn ja? Sie würde sich anstrengen müssen. Sie konnten rutschen gehen und aufs Karussell, und dann würde sie ihnen eines dieser grässlichen blauen Eisgetränke spendieren, die sie so sehr mochten. Das Wichtigste war, dass Sebastian Zeit hatte, sich zu sammeln und mit dem Schock klarzukommen, den ein Unfalltod immer nach sich zog.

Im Park war trotz der frühen Stunde viel los. Erschöpft aussehende Frauen tummelten sich dort mit ihrem quietschvergnügten Nachwuchs. Die Jungs schienen hin- und hergerissen zu sein. Einerseits wollten sie davonrennen, andererseits dicht bei Dorothy bleiben. Sie waren durcheinander, die armen kleinen Mäuse. Dorothy spürte, wie sie erneut den Tränen nahe war, doch sie musste sich den Jungs zuliebe zusammenreißen.

»Wer möchte schaukeln?«, rief sie und folgte ihnen, so schnell sie konnte, als die Jungs in großer Hast davonstürzten, um auf die Bretter zu klettern. Sie war völlig außer Atem, und ihre Hüften taten verdammt weh, doch irgendwie schaffte sie es, beide nebeneinander auf die Schaukeln zu setzen. Zumindest war das Anschubsen leichter als das Laufen.

Sie würden es durchstehen, dachte sie. Zusammen, wie sie es immer getan hatten. Das Team Bliss, wie Frank, Gott hab ihn selig, sie immer genannt hatte. Und ein Team waren sie tatsächlich, wenn es darauf ankam. Die Mädchen würden sich jetzt um Sebastian scharen und ihren kleinen Bruder vor weiterem Unheil bewahren. Die Frage war nur, ob Sebastian sich von ihnen helfen lassen würde. Er war stolz und immer entschlossen gewesen, unter den Fittichen seiner Schwestern hervorzukommen. Und in dieser Hinsicht war Tessa so großartig gewesen. Sie hatte dafür gesorgt, dass er auf Dinge stolz sein konnte, die er aus eigener Kraft geschafft hatte. Oh, ihr Tod war so abwegig. Jemand, der so jung und vital gewesen war wie Tessa, durfte einfach nicht so früh sterben. Wieder sammelten sich Tränen in Dorothys Augen.

»Anschubsen! Anschubsen!«, schrien die Jungs ungeduldig von den Schaukeln.

Dorothy schluckte die Gefühle hinunter und gehorchte.

II

»Ich weiß einfach nicht, was ich zu ihm sagen soll, Miriam.« Vor Sebastian hatte sie am Tag zuvor die Tränen zurückgehalten, doch jetzt liefen sie ihr über die faltigen Wangen. »Er ist völlig gebrochen und glaubt, dass alles seine Schuld ist, obwohl es doch nur ein furchtbarer Unfall war.«

Miriam füllte die Teekanne mit kochendem Wasser, trug sie zum Tisch und stellte sie dort auf einen Korkuntersetzer.

»Na ja …«, begann Miriam, und Dorothy wusste genau, was sie gleich sagen würde. Sie wollte es nicht hören. Sebastian fühlte sich sowieso schon schlecht genug, ohne dass sie es noch schlimmer machten. Und es war nicht seine Schuld. Wie konnte er wissen, dass Tessa auf die Leiter klettern würde, als sie allein war? Gott sei Dank waren die Jungs mit Sebastian unterwegs gewesen und hatten nicht mit ansehen müssen, wie ihre arme Mutter wie eine zerbrochene Puppe auf der Veranda lag. Es war ein schwacher Trost, aber in einer Zeit wie dieser waren auch kleine Dinge wichtig.

»Und er wird sich nicht von den Jungs trennen«, fuhr Dorothy fort. »Ich habe es geschafft, dass ich mit ihnen eine Stunde in den Park gehen durfte, aber als ich angeboten habe, sie über Nacht mit zu mir zu nehmen, da hat er sich an sie geklammert und sie nicht gehen lassen. Ich bin mir nicht sicher, ob das gut für die armen Würmer ist, Miriam. Ihren Daddy so aufgelöst zu sehen.«

»Er muss seinen eigenen Weg finden«, meinte Miriam. »Er wird um Hilfe bitten, wenn er bereit dazu ist.«

Dorothy war sich nicht so sicher, aber sie fühlte sich erleichtert, dass Miriam da war. Sie würde dafür sorgen, dass Sebastian nichts passierte, und auf ihren kleinen Bruder aufpassen, wie sie es bereits getan hatte, als sie selbst noch ein Kind gewesen war.

Dorothy sank tiefer in ihren Sessel. Sie war so müde, und jedes ihrer vierundachtzig Jahre drückte heftig auf ihre Schultern. Vor Kurzem hatte es angefangen, dass sie das Gefühl hatte, genug zu haben. Nachdem Frank gestorben war, hatte sie nicht gewusst, wie sie weiterleben sollte, aber tief in ihrem

Inneren hatte sie Reserven mobilisiert und sich wieder aufgerappelt. Den Kindern genauso zuliebe wie sich selbst zuliebe. Jetzt war sie sich allerdings nicht mehr sicher, ob sie für mehr noch stark genug war.

Am Tag zuvor, als sie die furchtbare Nachricht von Tessas Tod bekommen hatte, hatte sie zu Hause einen merkwürdigen Anfall gehabt. Ihr war für einen Augenblick schwindelig geworden, und sie hatte sich setzen müssen. Ihr linker Arm war taub gewesen, bis sie ihn durch Reiben wieder zum Leben erweckt hatte. Es war nichts Ernstes gewesen. Da war sie sich sicher. Vielleicht kam es nur vom Schock. Schnell hatte sie das Gleichgewicht wiedergefunden, und als sie mit den Jungs in den Park gegangen war, hatte sie sich wieder normal gefühlt. Jetzt war sie allerdings furchtbar müde.

»Wir müssen eine Art Dienstplan aufstellen«, schlug Miriam vor. »Du, Anna und ich können abwechselnd aushelfen. Ich bin sicher, Tessas Freunde werden auch zur Verfügung stehen. Allerdings kenne ich sie nicht. Vielleicht finden wir das auf der Beerdigung heraus.«

Miriam redete weiter, befand sich im Organisationsmodus, aber Dorothy hatte aufgehört, zuzuhören. Was würden sie tun, ihre vier Kinder, wenn sie ihr Geheimnis herausfanden? Es würde sicherlich nicht mehr lange dauern, bis die Wahrheit ans Licht kam. Schließlich würde sie nicht mehr ewig leben. Vor Jahren hatte sie diesen Brief geschrieben. Damals war sie überzeugt gewesen, dass sich zu offenbaren das Beste war. Jetzt war sie allerdings nicht mehr so sicher. Was war Gutes daran, sie alle zu verstören, besonders, wo Sebastian bereits so viele Probleme hatte? Jetzt war eine schreckliche Zeit, sie alle noch zusätzlich zu belasten. Vielleicht wäre es besser, sie es gar nicht wissen zu lassen. Vielleicht sollte sie den Brief beseitigen, ihr Testament neu schreiben und ihr furchtbares Geheimnis mit ins Grab nehmen.

»Was meinst du dazu, Mum?«, fragte Miriam und unterbrach Dorothys Gedanken.

»Wozu?«

»Dazu, wo wir den Leichenschmaus für Tessa veranstalten sollten.«

Hörte Miriam nie auf? Konnte sie nicht einfach einen Moment Ruhe geben, ohne dass sie Pläne machte?

»Ich glaube, das sollte Sebastian entscheiden.«

»Aber er ist doch noch hoffnungslos in seiner Trauer versunken«, protestierte Miriam. »Vielleicht sollte ich ein bisschen herumtelefonieren, um mir ein Bild über die Kosten zu machen. Meinst du, das würde helfen? Das ginge ganz schnell …«

Doch Dorothy hörte nicht zu.

Anna – 2014

I

Anna bog in den Kiesweg zum Altersheim ein und fuhr langsam in die letzte freie Parklücke. Jemand hatte sein Auto schräg eingeparkt, und die Reifen standen auf Annas Platz, sodass sie viel zu nah an der Hauswand parken musste. Da sie dadurch die Fahrertür nicht weit genug öffnen konnte, musste sie sich auf den Beifahrersitz hinüberhangeln und dort aussteigen.

Es war egal, zu welcher Uhrzeit sie ihre Mutter besuchen kam, der Parkplatz war immer voll. Sie bezweifelte, dass viele der Bewohner noch Autos besaßen, und die Besucher drinnen schienen auch nicht so zahlreich zu sein, dass der Parkplatz dadurch überlastet wäre. Es mussten die Angestellten sein. Oder vielleicht parkten hier auch Leute, die nur vorgaben, Besucher zu sein, und dann hinunter in die Stadt gingen, wie sie es immer beim Supermarkt machten. Aber so dreist wäre doch sicher keiner.

Draußen vor dem Gebäude hatte jemand auf dem Rasen optimistisch Tische und Stühle aufgestellt, aber nie sah Anna jemanden dort sitzen. Auf der Veranda standen sogar ein paar klapprig aussehende Sonnenstühle mit ausgebleichten Auflagen, aus denen an aufgerissenen Nähten der Schaumstoff hervorquoll. Anna fragte sich, wofür die Unsummen ausgegeben wurden, die ihre Mutter zahlte. Garantiert nicht für Heimtextilien.

Ein paar Bewohner saßen in kameradschaftlichem Schweigen auf der Veranda und schauten über den Rasen. Mr Argyle lüpfte seinen Hut, als Anna vorbeiging.

»Hallo, junges Fräulein«, grüßte er sie. »Schöner Tag dafür.«

Anna wusste nicht genau, was er meinte. Der heutige Tag unterschied sich nicht von den anderen. Bezog sich *dafür* auf etwas Besonderes oder nur auf die tägliche Plackerei, durchs Leben zu kommen?

»Durchaus«, gab sie unverbindlich zurück.

»Sie ist drinnen«, fuhr er fort. »Im großen Aufenthaltsraum. Ich weiß gar nicht, ob sie heute überhaupt herunterkommen wollte, aber gegen den Pfleger kommt man nicht so leicht an. Er ist wie eine Naturgewalt. Ich habe einmal versucht, ihm klarzumachen, dass ich lieber am Abend und nicht am Morgen baden möchte. Sie glauben nicht, was das für ein Theater gegeben hat. Über so etwas Nichtiges wie ein Bad. Lächerlich. Wir mögen alt sein, aber nicht völlig verblödet. Na ja, einige sind es allerdings.« Er nickte in Richtung seiner Mitbewohnerin, die den Kopf zu einer Musik hin und her bewegte, die nur sie hören konnte. »Aber ich bin alt und hässlich genug, um zu wissen, wann ich baden möchte. Ich sagte zu ihm: ›Schauen Sie, Kelvin. Ich bade abends, seitdem mir meine Mutter das Wasser in die Wanne gelassen hat, und ich gedenke das jetzt nicht zu ändern, nur weil es zufällig nicht in Ihren Zeitplan passt. Einige hier baden vielleicht gern morgens, aber ich gehöre nicht dazu. Sie müssen Ihren Plan ändern.‹«

»Und hat er das getan?«, fragte Anna mehr aus Höflichkeit als aus Interesse. »Ich meine, den Plan geändert?«

»Nein. Natürlich nicht. Aber das war mir egal. Ich habe einfach gebadet, wann es mir passte, wie immer. Ich sehe es bei einigen Bewohnern ein. Bei der alten Elsie hier und bei Ihrer lieben Mutter natürlich. Aber denjenigen von uns, die noch alle Tassen im Schrank haben, sollte es erlaubt sein, ihre eigenen Entscheidungen zu treffen. Das hier soll doch ein Pflegeheim sein, mit der Betonung auf Pflege.«

Anna gefiel es nicht, wenn sich die Bewohner über das Leben im Heim beklagten. Die Bliss-Kinder hatten die Auswahl des neuen Zuhauses für ihre Mutter größtenteils Miriam überlassen. Eine schnelle Entscheidung war nötig gewesen. *Oak's Reach* hatte ein freies Zimmer gehabt, und der Geschäftsführer hatte Miriams Fragen zufriedenstellend beantwortet.

»Sind wir uns da sicher?«, hatte Sebastian gefragt. »Ich weiß ja, dass sie eine Menge Hilfe braucht, aber ein Altersheim? Wollen wir das? Hätte sie das gewollt?«

»Meldest du dich freiwillig?« Die Frage war von Clare gekommen.

Sebastian hatte auf seine Füße geschaut.

»Ich weiß nicht, ob ich Mum bei mir aufnehmen kann. Nicht jetzt. Nicht bei allem, was gerade los ist.« Er hatte für einen Moment sehr zerrissen ausgesehen, und Anna war wegen Clares Herzlosigkeit wütend auf sie gewesen, aber es hatte kaum Zweck gehabt, sie deshalb zur Rede zu stellen. »Du hast doch ein Gästezimmer, Miriam«, hatte Sebastian vorgeschlagen, als er sich wieder gefasst hatte.

»Ja, und ich bin den ganzen Tag in der Schule. Willst du etwa, dass ich meinen Job in der Schule aufgebe und unsere Mutter pflege?«

»Nein, nein! Natürlich nicht. Ich will doch nur sichergehen, dass wir alle Optionen durchgegangen sind, bevor wir uns dem Heim gegenüber verpflichten.«

»Er hat recht, Miriam«, hatte Clare ihm beigepflichtet. »Es ist nicht nur das Heim an sich, sondern es sind auch die Kosten, an die wir denken müssen. Mums ganze Ersparnisse werden dabei draufgehen.«

»Na, so viel ist das nun wirklich nicht.«

»Nein, aber nach dem ganzen jahrelangen Knausern und Sparen ist es doch Verschwendung, es direkt ans Heim zu zahlen, wenn sie uns alle hat, die den Job billiger übernehmen könnten.«

»Dich sehe ich das auch noch nicht freiwillig übernehmen, und weshalb sollte sie ihr Geld nicht für eine angemessene Unterbringung verwenden?«, hatte Anna gesagt. »Für was sollte sie es sonst ausgeben?«

»Ja, aber …« Clare hatte innegehalten und sie alle durch den ungepflegt aussehenden Vorhang aus Haaren angeschaut. »Na ja, irgendwie hatte ich gehofft, das etwas davon uns zugutekäme, aber das können wir wohl vergessen, wenn alles für Pflegekosten draufgeht.«

»Sie ist noch nicht tot, Clare!«, hatte Miriam geblafft. »Du kannst doch nicht schon ihre Habe aufteilen, solange sie noch unter uns weilt.«

»Das wollte ich auch nicht. Aber ich meine nur, dass es sicher besser ist, wenn das, was sie hat, auf uns übergeht, als dass es in die Taschen irgendeines Altersheimbesitzers fließt.«

»Das wird das Altersheim sein, das die Pflege bietet, die du nicht übernehmen willst, oder?«

Clare ärgerte sich immer über Anna, wenn sie so war. Ja, sie brauchte mehr Geld – wer von ihnen denn nicht? –, aber musste es Anna immer so habgierig, so niederträchtig aussehen lassen?

»Herrgott noch mal, Anna! Sei doch nicht immer so verdammt selbstgefällig. Ich wollte einfach nur sichergehen, dass wir alle möglichen Wege geprüft haben, bevor wir unterschreiben, und du musst mich mal wieder als undankbare, raffgierige Hexe hinstellen.«

»Das führt doch zu nichts«, hatte Miriam sich eingeschaltet. »Mum braucht Pflege, und sie braucht sie jetzt. *Oak's Reach* scheint gut zu sein. Es hat alle Einrichtungen, die gebraucht werden, und dort ist ein Zimmer frei. Ich weiß, dass es nicht ideal ist, und für keinen von uns ist es die erste Wahl, aber ich sehe wirklich keine Alternative. Unterschreiben wir also, oder was?«

Und so hatten sie die Anmeldeformulare unterschrieben, und Dorothy war mit einer abgenutzten Handtasche und mit Kleidung, die sie bei ihrem Schlaganfall getragen hatte, im Krankenwagen vom Krankenhaus ins Altersheim gebracht worden. Und es war okay gewesen. Wirklich. Aber wenn Leute wie Mr Argyle so unzufrieden waren, dann war Anna gezwungen, ihre Entscheidung zu überdenken.

Doch was war das Problem? Mr Argyle war alt. Alte Leute beklagten sich, und der Grund der Klage war der Zeitpunkt, zu dem sie baden sollten. Das war doch keine Misshandlung, oder?

»Es hört sich ja so an, als hätten Sie schließlich doch eine Lösung gefunden«, sagte Anna mit einem freundlichen Winken, als sie sich langsam auf die Eingangstür zubewegte. »Jetzt gehe ich mal besser rein und schaue nach, wie es meiner Mutter geht. Noch einen schönen … Nachmittag«, fügte sie hinzu.

»Mein Sohn war im Krieg Pilot, wissen Sie?«, rief die Dame, die den Kopf hin und her bewegte.

»Nein, Elsie. Das war dein Vater. Dein Sohn arbeitet bei einer Bank«, korrigierte Mr Argyle sie und hob eine Augenbraue in Annas Richtung. Sie lächelte und stieß die schwere hölzerne Tür auf.

Drinnen roch es nach Desinfektionsmitteln. Eigentlich war das nicht unangenehm. Es überdeckte gut den strengen Geruch des Verfalls. Aber ein künstlicher Geruch lag immer schwer in der Luft. Wenn es nicht *Dettol* war, dann war es ein synthetischer Lufterfrischer mit Zitronenduft. Anna sehnte sich danach, die Fenster aufzureißen und frische Luft hereinzulassen, aber dann würde die Temperatur unter den Wert sinken, der für die Alten und Gebrechlichen optimal war. Deshalb atmete sie durch den Mund und versuchte, nicht daran zu denken.

Kelvin hetzte mit einem Stapel Einwegbettpfannen im Arm über den Flur. Er nickte ihr im Vorbeigehen zu, sagte jedoch nichts. Das war Anna egal. Die Pfleger und Pflegerinnen informierten sie immer rechtzeitig, wenn es ein Problem mit ihrer Mutter gab, und sie hatte sowieso nicht das Bedürfnis, Small Talk zu betreiben. Hinter ihm kam Adele, die Geschäftsführerin. Und die war ein völlig anderes Kaliber.

»Ach, hallo Anna«, sagte sie und lächelte breit. Anna gefiel es nicht, dass Adele sie beim Vornamen nannte. Irgendwie fühlte es sich zu vertraulich an. Immerhin war Anna eine Kundin. Aber Miss Bliss genannt zu werden, hörte sich auch nicht richtig an. Vielleicht mochte Anna Adele einfach nur nicht.

»Ihrer Mutter geht es heute sehr gut. Sie hat zu Mittag gegessen und ist mit ihren Medikamenten auf dem Laufenden. Gerade entspannt sie sich in der Dale Suite.«

Adele war sehr stolz darauf, jederzeit zu wissen, wo sich ihre *Gäste* aufhielten, und sie war die Einzige, die die Räume bei ihren Namen nannte, als wäre das Heim ein elegantes Hotel. Die Dale Suite war zum Beispiel der große Aufenthaltsraum, den Mr Argyle bereits angesprochen hatte. Ihn als Suite zu bezeichnen, war vielleicht nur deshalb möglich, weil er mit einer Faltwand in zwei kleine Räume unterteilt werden konnte, was aber absolut nie geschah.

»Danke«, sagte Anna.

»Möchten Sie eine Tasse Tee?«

»Nein danke. Ich kann nicht lange bleiben.« Anna hatte eine absurde Abneigung gegen das hellgrüne Heimgeschirr, das man in *Oak's Reach* benutzte, obwohl sie das Problem nicht so ganz auf den Punkt bringen konnte.

»In Ordnung. Wenn Sie irgendwelche Fragen haben sollten, dann bin ich gleich da drüben.« Adele eilte davon, um die nächste Person anzusprechen, die ihr begegnete, kaum dass sie mit Anna fertig war.

Anna stand auf der Schwelle zur Dale Suite und suchte den Raum nach ihrer Mutter ab. Alte Leute sahen alle gleich aus. Und erschwerend kam hinzu, dass sie nie ihre eigene Kleidung trugen. Sie entdeckte eine Strickjacke, die Sebastian ihrer Mutter zu Weihnachten geschenkt hatte, an einer kleinen, zierlichen Frau, die in einem Ohrensessel neben der Heizung saß. Vielleicht war es nicht dieselbe Jacke, aber sie sah so aus und war definitiv zu groß für die Frau.

Anna schaute sich weiter um, bis ihr Blick auf ihre Mutter fiel. Sie saß ganz allein auf einem kleinen Sofa zwischen dem Fenster und einem Vogelkäfig mit zwei blauen Wellensittichen. Anna hatte Wellensittiche völlig vergessen gehabt, bis sie hierhergekommen war. Die Vögel hatten seit ihrer Kindheit in ihrem Leben keine Rolle mehr gespielt. Doch hier gab es sie wieder, und sie hüpften zwitschernd zwischen den Stangen herum. Anna fragte sich, wie sie sie hatte vergessen können.

Ihre Mutter schien zu schlafen. Die Augenlider flackerten und ein schrilles Pfeifen entwich ihr bei jedem flachen Ausatmen. Wenn sie schlief, sah sie genauso aus wie früher. Dann erschien ihr Gesicht weicher, und die tiefen Falten waren weniger ausgeprägt. Nur wenn sie die Augen geöffnet hatte, bereitete es Anna manchmal Mühe, ihre Mutter so zu sehen, wie sie sich an sie erinnerte.

Sie zog einen Stuhl heran und setzte sich neben sie. Die Wellensittiche hüpften von Stange zu Stange und unterhielten sich zwitschernd. Die Häkeldecke, die jemand ihrer Mutter trotz der stickigen Luft im Aufenthaltsraum auf den Schoß gelegt hatte, drohte herunterzurutschen. Anna beugte sich vor und zog sie wieder hoch. Durch die über ihre Beine reibende Decke regte sich ihre Mutter und schlug die Augen auf. Sie lächelte Anna an und schloss wieder die Augen.

Die Decke bestand aus unzähligen Häkelquadraten, die in hellen Edelsteinfarben zusammengenäht und mit einer schlichten schwarzen Borte umhäkelt waren. Miriam hatte Anna als Kind beigebracht, wie man die Quadrate häkelte. Es hatte eine Weile gedauert, weil Anna die Häkelnadel immer durch die falsche Masche gestochen und sich die Handarbeit vor ihren Augen aufgedröselt hatte. Doch nach und nach und mit Miriams Geduld hatte sie es geschafft und schon bald wie am Fließband Häkelquadrate produziert, als gäbe es kein Morgen. Wo auch immer sie Wolle fand, riss sie sich das Knäuel unter den Nagel. Allerdings konnte sie sich jetzt nicht mehr daran erinnern, was aus den Quadraten geworden war. Sie war sicher, dass sie sich an eine Decke würde erinnern können, also hatte sie es wahrscheinlich nicht geschafft, die Teile zusammenzunähen und war, wie üblich, zur nächsten Sache übergegangen, bevor sie die erste beendet hatte. Sie würden die Quadrate wahrscheinlich irgendwo in eine Tüte gestopft finden, wenn sie anfingen, das Haus ihrer Mutter auszuräumen.

»Es ist eine Schande«, sagte eine Stimme an Annas Ohr und ließ sie zusammenfahren.

»Entschuldigung?« Anna drehte sich um.

Eine alte Dame stand neben ihr. Sie war für eine alte Frau immer noch ziemlich groß und hielt den Kopf hocherhoben, obwohl sie sich auf einen Krückstock stützte.

»Es ist eine Schande«, wiederholte sie. »Was von einem Menschen nach einem Schlaganfall übrig bleibt. Ich frage mich, ob die Leute nicht tot besser dran wären.«

Anna war von ihrer Direktheit verblüfft und auch nicht sicher, ob sie der gleichen Meinung war. Einen Augenblick rang sie um eine Antwort.

»Ich glaube nicht, dass man das sagen kann«, brachte sie schließlich zustande.

»Nicht?«, fragte die alte Dame scharf. »Was ist das denn noch für ein Leben?« Sie nickte in Richtung von Annas Mutter. »Stunde um Stunde in einem Sessel sitzen ohne Hoffnung auf Besserung und sich fragen, ob es Apfelkuchen oder Strudel zum Nachtisch gibt. Hoffen, dass jemand zu Besuch kommt, enttäuscht ins Bett gehen ohne Aussicht darauf, das Leben zurückzubekommen, das man einmal gehabt hat. Ein Leben, in dem die Entscheidungen bei einem selbst lagen und man morgens beim Aufwachen die Wahl hatte, wie man den Tag verbringen wollte.«

»Das sehe ich anders«, widersprach Anna, der eingefallen war, dass sie sehr wohl eine Meinung zu diesem schwierigen Thema hatte.

»Das ist mir klar. Weil Sie wollen, dass Ihre Mutter hier ist, bei Ihnen. Sie können sich die Leere eines Lebens nach einem Schlaganfall nicht vorstellen, noch nicht einmal das als alter Mensch. Versuchen Sie es jetzt. Versuchen Sie sich das vorzustellen.«

»Das brauche ich mir nicht vorzustellen«, konterte Anna. »Ich weiß, wie das ist. Wissen Sie, ich rede mit meiner Mutter. Und wir haben mit den Ärzten gesprochen. Sie hat keine Schmerzen und scheint glücklich zu sein.«

»Das ist wohl wahr«, räumte die alte Dame ein. Sie sprach so leise, dass Anna Mühe hatte, sie über den Lärm, den die Wellensittiche machten, zu verstehen.

»Aber wenn sie die Wahl hätte, wenn sie wirklich wählen könnte, ob sie so Tag für Tag weiterleben oder einfach loslassen und gehen möchte, was glauben Sie, würde sie wollen? Was würden Sie wollen?«

Anna antwortete nicht.

»Hier gibt es keine Wahlmöglichkeiten«, fuhr die alte Frau fort. »Sogar ich treffe keine Entscheidungen mehr, und ich bin körperlich noch relativ gesund. Sie legen mir meine Kleidung raus, sie geben mir Essen, sie sagen mir, wann ich ins Bett gehen soll. Es ist ein Klischee, dass alte Leute wie Kinder sind, aber es stimmt. Wo bleibt die Würde bei einem Leben wie diesem? Egal, wie erfolgreich man im Leben war, egal, was man getan hat oder wie viel Respekt einem entgegengebracht worden ist, wenn man nicht mehr in der Lage ist, seine Blase zu kontrollieren oder zu essen, ohne sich zu bekleckern, dann ist alles verloren. Die Erinnerung daran, wer man einmal gewesen ist, wird völlig überschattet von der Person, zu der man geworden ist.«

Anna schwieg immer noch und dachte darüber nach, was die alte Dame gerade gesagt hatte. Heiße Tränen sammelten sich in ihren Augen, und sie biss die Zähne zusammen, um sie zurückzuhalten. Dann streckte die alte Dame die Hand aus und berührte Anna leicht am Arm. Anna konnte ihre Adern sehen, die blau durch die hauchdünne Haut schimmerten.

»Regen Sie sich nicht auf, meine Liebe. Es ist nur das Geschwafel einer altersschwachen Frau. Und was ich sage, wird nichts ändern. Ihre Mutter hat den Schlaganfall überlebt, im Guten wie im Schlechten, und es gibt nichts, was wir daran ändern können, bis irgendetwas passiert, das etwas ändert.«

Als Anna nichts dazu sagte, zog die alte Frau ihre Hand zurück und ging langsam durch den Raum zum Speisesaal, wo das Klirren von Teetassen zu hören war. Anna schaute ihr nach.

Ihre Mutter machte ein hüstelndes Geräusch, schlief dann aber weiter. Anna nahm ihre Hand von der Decke und umfasste sie behutsam mit ihrer eigenen. Die Finger, die einst so stark gewesen waren, waren jetzt so zerbrechlich und die Haut faltig und schuppig. Der Ehering, der über die Jahre vom ständigen Tragen dünn geworden war, hing von ihrem Mittelfinger. Nur die geschwollenen Knöchel verhinderten, dass er herunterrutschte und verloren ging.

Hatte die Frau recht? Wäre es besser gewesen, wenn ihre Mutter von ihnen gegangen wäre, als das Blutgerinnsel das Gehirn erreicht hatte? Das war sicher die Absicht der Natur gewesen. Wenn die Frau hinter ihrer Mutter in der Schlange im Supermarkt nicht so schnell gehandelt hätte, wäre ihre Mutter dann dort auf dem gefliesten Boden von *Asda* gestorben?

Nein. Was dachte sie da? Das Leben ihrer Mutter war hier nicht so schlecht. An den meisten Tagen war sie völlig klar. Ja, ihre Aussprache war ein wenig undeutlich und die Namen alltäglicher Gegenstände entfielen ihr, aber im Allgemeinen konnte sie sich verständlich machen. Mithilfe einer Mischung aus Gesten, Gesichtsausdrücken und Worten, die in ihrem Gehirnspeicher aus Gründen hängen geblieben waren, die Anna nicht ergründen konnte, war eine angemessene Unterhaltung mit ihrer Mutter möglich. Wenn auch quälend langsam.

Ihre Mutter schlug wieder zwinkernd die Augen auf, und dieses Mal war sie wach. Anna drückte ihre Hand.

»Wie geht's dir heute, Mum?«, fragte sie. »Du siehst gut aus. Es riecht, als hättet ihr Fischpastete zum Mittagessen gehabt. Die war bestimmt lecker. Ich weiß doch, wie sehr du Fischpastete magst. Erinnerst du dich daran, wie sehr ich sie gehasst habe, als ich klein war? Dad hat mich immer gezwungen, sie zu essen, und ich habe sie ausgespuckt. Ich muss furchtbar gewesen sein.«

Dorothy drückte Annas Hand ein wenig und lächelte schwach. Bedeutete das, dass sie sich auch an Annas heikle Essgewohnheiten erinnern konnte? Anna hoffte es. Sie redete weiter, wollte keine Stille aufkommen lassen, die sie nur schwer ertrug.

»Mittlerweile mag ich Fischpastete ganz gern. Ich würde sie zwar nicht auf einer Speisekarte auswählen, aber wenn sie mir jemand bei sich zu Hause servieren würde, könnte ich davon essen, ohne etwas auszuspucken. Am Ende muss ich doch erwachsen geworden sein.«

Wieder lächelte Dorothy. Sie sieht so erschöpft aus, dachte Anna, als sei ihre bloße Existenz zu viel für sie. Vielleicht hatte die alte Frau recht.

»Ich habe diese Woche mit Miriam gesprochen«, fuhr Anna entschlossen fort. »Ihr geht es gut. Sie sagte, sie würde versuchen, nächstes Wochenende herzukommen. Es ist gerade ein bisschen viel los bei ihr zu Hause. Rosie macht nächste Woche die Führerscheinprüfung und liegt Miriam ständig in den Ohren, mit ihr zu üben. Miriam sagte, es sei anstrengend, aber Rosie hat es sich partout in den Kopf gesetzt, beim ersten Mal zu bestehen. Ich weiß gar nicht, woher sie das hat!«

Wieder wurde ihre Hand gedrückt. Dorothy hörte gern Neuigkeiten über die Familie, und gute Neuigkeiten waren die besten.

»Miriam sagt, sie fährt gut. Der Fahrlehrer erwartet, dass sie besteht, aber das weiß man ja nie, oder? Ich dachte auch, ich würde beim ersten Mal bestehen, aber da lag ich falsch, nicht wahr?«

»Du …«, fing ihre Mutter an und konzentrierte sich auf das Wort, als mache ihr das bloße Bewegen der Lippen beim Aussprechen Mühe, »… warst nicht geduldig.« Sie holte tief und rasselnd Luft, bevor sie fortfahren konnte. »Du hattest es eilig.«

Das stimmte. Anna hatte unbedingt die Prüfung bestehen und nicht hören wollen, dass sie noch nicht so weit war. Liebevoll lächelte sie ihre Mutter an.

»Ja«, stimmte sie zu. »Überhaupt nicht geduldig. Und Sebastian geht es auch gut, glaube ich. Er hält sich jedenfalls aufrecht und bittet wenig um Hilfe, aber Miriam und ich tun, was wir können. Ich glaube, er ist okay. Das ist schwer zu sagen, aber ich glaube, es stimmt.«

»Danke«, sagte ihre Mutter. Anna wusste, dass es sich auf die Hilfe bezog, die sie Sebastian zukommen ließ. Hilfe, die ihre Mutter nicht mehr anbieten konnte. Der Schlaganfall hatte sie keine drei Monate nach Tessas Unfall ereilt, und Anna wusste, dass Dorothy dachte, sie hätte Sebastian irgendwie im Stich gelassen, was völliger Blödsinn war. »Und Clare?«, fragte ihre Mutter erwartungsvoll.

»Diese Woche habe ich Clare nicht zu fassen bekommen«, erzählte Anna. Sie hasste es, ihre Mutter zu belügen, aber es würde nichts bringen, ihr zu erzählen, dass Clare mal wieder völlig vom Radar ihrer Geschwister verschwunden war. »Ich weiß nicht genau, wo sie ist«, fuhr Anna fort. »Es hat geheißen, dass sie ein paar Tage bei River verbringen würde, deshalb könnte sie dort sein. Ich habe eine Nachricht auf seinem Anrufbeantworter hinterlassen, aber er hat mich noch nicht zurückgerufen. Oder Clare ist bei ihrer Freundin Louise. Sie nimmt sie oft auf, wenn sie, na ja, eine Bleibe braucht.«

Wusste ihre Mutter, wie schlimm es um Clare stand? Spürte sie es aufgrund eines unheimlichen mütterlichen Instinktes? Anna wusste, dass das lächerlich war, und es hing wahrscheinlich mit ihrer Zurückhaltung bei der Weitergabe solcher Neuigkeiten zusammen, dass ihre Mutter erpicht darauf war, mehr Informationen zu bekommen. Was würde es denn bringen, ihr die Wahrheit zu sagen, nämlich dass Clare sich in einer Abwärtsspirale befand, aus der sie niemand herausziehen konnte? Ihre Mutter würde sich nur Sorgen machen, und es gab keinen Grund, ihr das anzutun.

»Ich glaube, dass sie mich anrufen wird, wenn sie Zeit hat«, fuhr Anna munter fort, obwohl sie selten in ihrem Leben bei etwas so unsicher gewesen war.

»Möchten Sie eine Tasse Tee?«, fragte eine Stimme direkt hinter ihr und ließ sie zusammenfahren. Es war die kleine Pflegeassistentin, deren Namen Anna vergessen hatte, als sie ihr vorgestellt worden war, und jetzt genierte sie sich, danach zu fragen.

»Gerade nicht, danke. Mum? Möchtest du Tee?«

Nichts. Anna fragte sich manchmal, ob ihre Mutter sich dumm stellte, damit die Leute sie in Ruhe ließen.

»Ich glaube, wir brauchen nichts, danke«, sagte Anna. Als die kleine Frau weiterging, griff ihre Mutter nach Annas Arm und drückte ihn mit einer erstaunlichen Kraft. Ihre knochigen Finger waren ganz weiß vor Anstrengung.

»Anna«, hauchte sie. »Es gibt ein Testament.«

Annas Herz setzte einen Schlag aus. Sie wollte mit ihrer Mutter nicht über den Tod und Testamente sprechen. Dass ihr nicht mehr viel Zeit blieb, war für sie beide offensichtlich. Weshalb sollte man sich jetzt damit befassen? Sie würden das Testament finden, wenn die Zeit gekommen war.

»Mach dir darüber keine Gedanken«, sagte sie und streichelte die Hand ihrer Mutter, die immer noch eindringlich ihren Arm umklammerte. »Wir werden es finden.«

»Nein«, stieß ihre Mutter hervor, und die Schärfe des Tons schien an diesem ruhigen Ort fehl am Platze zu sein. »Du musst es holen, Anna.« Jetzt atmete sie noch schwerer, und jedes Wort bedurfte offensichtlich großer Anstrengung. »Die anderen dürfen es nicht lesen.«

Anna war verwirrt.

»Warum nicht?«

Der Blick ihrer Mutter bohrte sich in ihren. Obwohl die Farbe ihrer ursprünglich schokoladenbraunen Augen zu einem milchigen Hellbraun verblasst war, bargen sie immer noch den eisernen Willen, den Anna wiedererkannte.

»Ein Brief liegt dabei«, fuhr ihre Mutter fort. »Für Clare. Gib ihn ihr nicht.«

»Aber …«

Vor Anstrengung schloss Dorothy jetzt beim Sprechen die Augen. »Sie ist nicht stark genug. Sie darf es nicht wissen.«

»Was wissen?«, fragte Anna. »Mum. Was sagst du da?«

Jeglicher Energie beraubt, ließ sich Dorothy zurück in die Kissen des Sofas sinken. Jetzt waren ihre Augen geschlossen, und sie sah aus, als schliefe sie, wäre da nicht eine tiefe Falte zwischen ihren Augenbrauen gewesen.

»Versprich es mir«, flüsterte sie. »Verbrenn beides.«

Anna – 2015

I

Anna konnte nicht glauben, dass bereits ein Monat seit der Beerdigung ihrer Mutter vergangen war. Miriam hatte in wahrer Älteste-Schwester-Manier die Kontrolle über alles übernommen, selbst die Beantwortung der Beileidskarten hatte sie unter den Geschwistern aufgeteilt. Viele Trauerkarten hatten sie erhalten, und einige waren sogar an ihre Mutter adressiert gewesen, als sollte sie auf jeden Fall erfahren, wie aufrichtig leid es den Leuten tat, dass sie verstorben war. Anna fragte sich, wie die Absender erwarten konnten, dass diese Karten jemals gelesen wurden, wo die Empfängerin doch tot war. Sie überprüfte, ob sie von denjenigen Freundinnen ihrer Mutter stammten, die nicht mehr im Vollbesitz ihrer geistigen Kräfte waren, aber offensichtlich bestand kein Zusammenhang. Vielleicht war es ziemlich geläufig, an die Tote selbst zu schreiben. Anna wusste es nicht.

Miriam hatte vorgeschlagen, die Beantwortung der Trauerkarten zwischen den vier Geschwistern aufzuteilen, damit die Aufgabe weniger abschreckend erschien. Dann hatte sie die

Umschläge aus Clares Stapel sicherheitshalber noch einmal den drei anderen zugeteilt.

Annas kleiner Stapel hatte mehr als zwei Wochen anklagend in der Küchenecke gelegen, aber jetzt musste sie sich an die Arbeit machen, denn sie hatte Miriam erzählt, die Dankeskarten seien fertig, um abgeschickt zu werden, und sie müsse nur noch Briefmarken kaufen. Miriam würde es sehr schnell herausfinden, wenn sie niemals im Briefkasten landeten. Ihr Netzwerk an Spionen war legendär.

Als Anna sich schließlich mit einem Päckchen nichtssagender Dankeskarten und einem Kugelschreiber, der schrieb und nicht schmierte, an die Arbeit machte, stellte sie dankbar fest, dass sie ziemlich gut davongekommen war. Ihre Beileidskarten stammten hauptsächlich von wohlmeinenden Mitgliedern der *Women's Institute*-Gruppe ihrer Mutter, die sie nie getroffen hatte, und deshalb konnte Anna mit einfachen Phrasen antworten, die fast keinen emotionalen Aufwand erforderten. Sie zog die oberste Karte vom Stapel. Auf der Vorderseite stand das Bild eines Liliensträußes mit einem in geschwungener Schriftart der Siebzigerjahre gedruckten Spruch. Auf der Innenseite drückte die zittrige Handschrift das tiefe Bedauern der Schreiberin über den Verlust ihrer Mutter aus. Anna schaute mit zugekniffenen Augen auf den Namen, den die Absenderin hilfreicherweise in Großbuchstaben unter ihre Unterschrift geschrieben hatte. Vera Brown. Der Name sagte Anna nichts. »Liebe Vera«, begann sie. »Vielen Dank für Ihre tröstenden Worte in dieser traurigen Zeit. Wir sind alle sehr dankbar. Mit freundlichen Grüßen, Anna Bliss.« Sie zauderte, ein Kreuzchen als Kuss hinzuzufügen, tat es beinahe, entschied sich dann jedoch dagegen. Eine weniger, aber noch viele zu erledigen.

»Das ist doch total lächerlich«, sagte sie zu Margot, die auf ihren Schoß gesprungen war und schnurrte. »Miriam spinnt.

Garantiert erwartet keiner eine Antwort auf eine Beileidskarte, oder?«

Doch als sie erst einmal angefangen hatte, geriet sie in einen Rhythmus, und schon bald war der Stapel mit zugeklebten Umschlägen höher als der mit Karten. Sie nahm die letzte. Diese Karte war viel edler als all die anderen. Kein Goldschnitt oder geschwungene Schrift, sondern nur das einfache Bild einer einzigen Rose. Die Handschrift, zwar an einigen Stellen ein bisschen zittrig, wies jedoch Anzeichen auf, dass sie einmal schwungvoll und elegant gewesen war. Anna schaute auf ihre eigene verkrampfte Schrift und war ein bisschen eifersüchtig. Ihr Blick fiel auf das Ende der Karte, suchte den Namen des Absenders. StJohn Downing. Der Name sagte ihr nichts, aber sie kannte auch nicht alle Freunde ihrer Mutter. Schnell überflog sie die Nachricht. Sie lautete im Wesentlichen so wie die anderen. *Es tut mir furchtbar leid, von Ihrem Verlust zu erfahren … Sie war eine wunderbare Frau … Meine Gedanken sind bei Ihnen*, und so weiter, und so weiter, aber an dieser Karte war etwas, was tiefer empfunden wirkte, als wäre dieser StJohn Downing vom Tod ihrer Mutter wirklich bewegt.

Anna zog eine weitere Dankeskarte aus dem Päckchen und schrieb ihre Standardantwort. Sie unterschrieb sie, adressierte den Umschlag und zog den weißen Streifen von der Lasche. Was in aller Welt war mit Umschlägen passiert, die man anlecken musste? Zu unhygienisch in diesen Tagen, wo alles antibakteriell sein musste. Sie knallte die letzte Karte auf den Stapel und war zufrieden, eine Aufgabe, wenn auch nicht gut, aber doch zumindest erledigt zu haben. Sie suchte die Karte von StJohn Downing aus dem Stapel und warf den Rest in den Papiermüll. Sie würde Miriam nach ihm fragen. Vielleicht sagte ihr der Name etwas.

Die Sache mit den Karten war zwar erledigt, aber die nächste, weit abschreckendere Aufgabe hing wie eine dunkle Wolke über den vier Geschwistern.

»Wir müssen die Sachen im Haus durchsehen«, sagte Miriam, als sie anrief. »Und zwar bald. Es ist nicht gut, wenn es nicht bewohnt ist.«

Miriam war wieder einmal im Feldwebelmodus. Es war großartig, dass sie die Zügel in der Hand hielt, aber Anna wünschte sich, sie würde das Tempo drosseln, wenn auch nur ein bisschen. Es war hart genug, Dinge wegzuschmeißen, die von ihrer Mutter noch übrig waren, aber das musste nicht wie ein Feldzug vonstattengehen. Doch Miriam das zu sagen, war sinnlos, nicht, wenn man wollte, dass sie weiter die Leitung übernahm. Anna holte tief Luft. »Ich weiß.«

»Und dann das Testament …«

Annas Herzschlag setzte kurz aus. »Welches Testament?«, fragte sie. Das Testament, das auf meinem Küchentisch unter einem Stapel Zeitschriften und Rechnungen liegt, dachte sie. Oh, *das* Testament.

»Na ja, es muss ein Testament geben«, meinte Miriam. »Mum wäre doch nicht gestorben, ohne ein Testament zu hinterlassen. Aber ich war bei der Bank und bei den Anwälten, die Dad immer konsultiert hat, aber niemand weiß etwas. Deshalb nehme ich an, dass das Testament irgendwo im Haus liegt.«

»Vielleicht gibt es gar keins«, murmelte Anna und war dankbar, dass dieses Gespräch am Telefon stattfand und ihre Schwester nicht sehen konnte, wie sie sich wand. Sie schloss die Augen, als sie sprach, und glaubte, dass es leichter sei zu lügen, wenn sie nichts sah.

»Sei nicht albern, Anna. Natürlich gibt es ein Testament. Wir müssen es nur finden. Ich nehme an, es geht einfach alles in vier Teile.«

Anna unterdrückte den Drang, einen Witz darüber zu machen, dass sie der Liebling war und deshalb den Löwenanteil bekam. Sebastian würde das lustig finden, aber Miriam nicht.

»Okay. Wir können ja die Augen offen halten, wenn wir im Haus sind.«

Anna wurde schlecht. Wie lange konnte sie das realistisch betrachtet noch durchhalten? Wenn sie ihre Geschwister doch nur davon überzeugen konnte, dass es kein Testament gab, dann würden sie aufhören zu suchen, und sie selbst würde nicht bekennen müssen, dass a) sie es hatte, b) ihre Mutter sie und nicht ihre Geschwister gebeten hatte, es zu holen und zu verbrennen, und c) sie den Wünschen ihrer Mutter in Wirklichkeit nicht nachgekommen war.

Anna wusste nicht, weshalb sie das Testament und den Brief nicht vernichtet hatte, obwohl ihre Mutter sie so eindringlich darum gebeten hatte. Neugier? Sicher, teilweise, aber Annas Bauchgefühl hatte ihr gesagt, dass in dem Brief etwas stand, was nicht verloren gehen durfte. Vielleicht war jetzt nicht der richtige Zeitpunkt, es offenzulegen, aber Annas Instinkt sagte ihr, dass Clare ein Recht darauf hatte zu wissen, was ihre Mutter ihr zuerst mitteilen und dann verschweigen wollte.

»Vielleicht hatte Mum den Schlaganfall, bevor sie dazu gekommen ist, ein Testament zu schreiben«, mutmaßte Anna, aber selbst in ihren Ohren klang das dürftig. Sie beide wussten, dass Dorothy so etwas niemals dem Zufall überlassen hätte. »Und Dads Anwälte haben definitiv keins?«

Anna konnte fast das stumme *Tsts* hören, das Miriam gedanklich ausstieß, konnte sich bildlich vorstellen, wie sie die Augen verdrehte. »Nein. Das habe ich doch bereits gesagt. Wie auch immer, ich habe mir überlegt, dass wir uns nächste Woche treffen könnten. Dann wäre ein Anfang gemacht. Sebastian habe ich schon angerufen, und er hat jemanden, der auf die

Jungs aufpasst, also muss ich nur noch Clare erwischen …« Miriams Stimme verklang.

»Wo ist sie im Moment?«, fragte Anna behutsam.

»Ich glaube bei Louise, aber ich bin mir nicht sicher. Sie hatten doch diesen Streit, oder?«

»Was ist mit River?«

»Hör mir mit dem undankbaren kleinen Luder auf.«

Anna hörte, wie ihre Schwester dagegen ankämpfte, nicht die Beherrschung zu verlieren.

»Er sagte, er wisse nicht, wo Clare im Moment steckt, und er könne für ihre Handlungen nicht verantwortlich gemacht werden.«

»Na ja«, begann Anna vorsichtig, »da hat er nicht ganz unrecht. Keiner kann Clare helfen, wenn sie nicht bereit ist, sich selbst zu helfen.«

»Aber er ist ihr Sohn!«

»Vielleicht ist es nur Selbstschutz. Es kann nicht einfach gewesen sein, so aufzuwachsen.«

Miriam legte so eine lange Pause ein, dass Anna sich fragte, ob die Verbindung unterbrochen sei.

»Wie auch immer, ich werde sie schon irgendwie erwischen und ihr mitteilen, dass sie am Samstagmorgen zu Mums Haus kommen soll.«

Als der Samstag anbrach, wachte Anna mit dem Gefühl auf, dass etwas Ungewöhnliches bevorstand. Und dann, als sie dalag und dem Regen zuhörte, der gegen ihr Schlafzimmerfenster prasselte, erinnerte sie sich, dass es der Tag war, an dem das Haus ihrer Mutter ausgeräumt werden sollte. Die kurze Freude wurde von einem starken Angstgefühl abgelöst. Anna kuschelte sich wieder unter die Bettdecke und sträubte sich, den Tag mit Aufstehen zu beginnen. Margot hatte sich auf ihrem gewohnten Platz auf dem Kissen neben ihr zusammengerollt, und Anna drückte ihre Nase gegen die kleine schwarze von Margot.

»Guten Morgen, Margot.« Sie flüsterte, nur für den Fall, dass ein verborgenes Überwachungsgerät mithörte, wie sie mit ihrer Katze sprach, und sie entsprechend abgestempelt wurde. Auf den Klang von Annas Stimme reagierte Margot mit einem leisen Schnurren, schlug jedoch nicht die Augen auf.

In der Küche blätterte Anna beiläufig eine Zeitschrift durch, während sie darauf wartete, dass das Wasser kochte. Jugendliche hübsche Fotomodelle lächelten sie von jeder Hochglanzseite an. Es hätte viel mehr Sinn, dachte Anna, wenn sie für die Werbung für diese Produkte Fotomodelle nehmen würden, die wirklich Falten hatten. Heute Morgen spürte sie jedes ihrer neunundvierzig Jahre besonders deutlich. Das Wasser kochte, und sie goss es auf das Kaffeepulver. Dann genoss sie das intensive Aroma, das von dem Kaffee aufstieg, der immer besser zu duften als tatsächlich zu schmecken schien. Sie trug den Kaffeebereiter zum Tisch, nahm vorsichtig einen Becher vom übervollen Abtropfgitter und eine Packung Milch aus dem Kühlschrank. Margot kam angetrottet und rieb ihren Kopf an Annas Bein, was bedeutete, dass sie gefüttert werden wollte.

»Bitte sehr, altes Mädchen«, sagte Anna, als sie kleine knusprige Katzenkekse in einen Steingutnapf schüttete.

»Auf den heutigen Tag freue ich mich nicht.« Margot konzentrierte sich auf ihr Futter und schien nicht zuzuhören. »Miriam wird gereizt sein, Sebastian trübsinnig, und Gott allein weiß, wie Clare reagieren wird. Meinst du, ich könnte zurück ins Bett gehen und das alles vergessen? Sag mal.« Sie streichelte liebevoll die Ohren der Katze, aber Margot war äußerst teilnahmslos und fuhr fort, sich durch ihr Frühstück zu futtern.

»Sehr mitfühlend bist du aber gerade nicht. Hör mal. Und du willst meine Freundin sein?«

Anna setzte sich wieder an den Tisch und goss sich Kaffee ein. Eine Dampfwolke stieg auf, bis sie kalte Milch dazuschüttete. Sie zog die Knie an, wickelte ihren Morgenrock darum, bis sie wie in einem Kokon zusammengeschnürt war, und umfasste mit beiden Händen den Kaffeebecher. Neben dem Brotkasten lag ein Stapel Post, der sortiert werden musste. Wenn Anna nicht wusste, was sie mit der Post tun sollte, oder keine Lust hatte, sich damit zu befassen, nachdem sie den Umschlag geöffnet hatte, dann legte sie alles hier ab. Sie hatte den Stapel einige Zeit nicht angefasst, spätestens in der nächsten Woche sollte sie ihn abarbeiten. Etwas richtig Furchtbares enthielt er nicht – keine fälligen Rechnungen oder Kreditkartenabrechnungen, um die sich dringend gekümmert werden musste. Alles musste abgeheftet oder in ihr Notizbuch übertragen werden. Alles, außer dem großen braunen Briefumschlag, der ganz unten versteckt war und somit unsichtbar für jeden, der einen zufälligen Blick auf den Stapel warf. Doch er ging Anna seit dem Tag, an dem sie ihn vor sechs Wochen aus dem Haus ihrer Mutter geholt hatte, beinahe pausenlos im Kopf herum.

II

Als Anna zum Haus kam, war Sebastian bereits da, saß auf der Gartenmauer und ließ die Beine baumeln. Es war, als hätte es die letzten dreißig Jahre nicht gegeben.

»Gott! Wie viele Stunden haben wir auf dieser Mauer gesessen?«, sagte Anna, als sie das Auto abschloss und auf ihn zuging. »Ich habe immer so getan, als wäre sie ein Pferd. Das könnte man jetzt nicht mehr machen.« Sie spähte in den Garten, wo Gestrüpp und Winden die Oberhand gewonnen hatten und an der Mauer emporrankten. »Da würde man sich die Beine aufschneiden. Ich dachte, jemand kümmert sich um den Garten.«

»Ja, das dachte ich auch. Ich glaube, Miriam hat mit einem Freund von Rosie oder Abigail gesprochen. Mit welchem, weiß ich nicht mehr. Ich hoffe, sie hat ihn nicht im Voraus bezahlt. Es sieht so aus, als hätte er monatelang nichts getan.«

Der kleine Vorgarten, der einmal Stolz und Freude ihrer Mutter gewesen war und der vorbeigehenden Welt eine Ordnung gezeigt hatte, die sich im Haus fortgesetzt hatte, war ungepflegt und zugewachsen. Einen Rasen gab es nicht mehr – Sebastian hatte eine schwarze Plastikplane mit Kies darauf ausgebreitet, als es schwierig wurde, ihn zu mähen –, und an den Rändern wuchs hauptsächlich hohes Unkraut mit gelben Blüten, aus dem vereinzelte Levkojen oder Hortensien resolut ihre Köpfe reckten.

»Oh, wie eure Mutter den Garten geliebt hat«, kam eine Stimme von der Tür nebenan. Die darin versteckte Kritik war so scharf, als wäre sie direkt geäußert worden. Mrs Connors stand mit einem Haarnetz über den Lockenwicklern und in einem Hauskleid, das über dem üppigen Busen spannte, auf ihrer Türschwelle.

»Das hat sie wirklich, Mrs Connors«, erwiderte Sebastian höflich. Anna war ihm dankbar dafür. Er brachte keine Entschuldigungen für die Defizite vor, die in Mrs Connors Augen ganz klar den Bliss-Kindern zugeschrieben werden mussten, sondern schaute auf den Garten, als wäre er ein Grab.

»Seid ihr hier, um die Sachen im Haus durchzusehen?«, wollte Mrs Connors wissen.

»Richtig. Das ist viel Arbeit, aber wir können es nicht ewig aufschieben.«

»Ich könnte euch unseren Malcolm rüberschicken, wenn ihr Hilfe braucht.«

»Nein danke«, rief Anna schnell, bevor Sebastian die Chance hatte, nach Ausflüchten zu suchen. Das hier würde schwer genug werden. Das Letzte, was sie brauchten, war Mrs Connors Spion in ihren Reihen. »Das schaffen wir schon.«

»Kommen denn alle zum Helfen?«, fuhr die Nachbarin fort und schaute auf der Suche nach Anzeichen von weiteren Ankömmlingen die Straße entlang.

»Genau«, sagte Anna schnell. »Wir sollten jetzt besser loslegen. Hast du den Schlüssel, Seb?«

Sebastian schaute sie verlegen an.

»Ich dachte, du hättest einen.«

»Verdammt«, fluchte Anna und wünschte dann, sie hätte es nicht getan. Mrs Connors beobachtete mit Interesse, wie sie aus dieser peinlichen Lage wieder herauskam. Sie besaß natürlich auch einen Schlüssel, würde es aber nicht von sich aus sagen, weil sie sich nicht die Chance entgehen lassen wollte, Anna zappeln zu sehen.

»Ich bin eigentlich ziemlich sicher, dass Miriam ihren mitbringt«, meinte Anna, drehte Mrs Connors den Rücken zu und verzog in Sebastians Richtung das Gesicht.

Wie aufs Stichwort hielt Miriam am Gartentor und stieg aus ihrem Auto.

»Du hast doch den Schlüssel, oder, Miriam?«, rief Anna schnell. Sie konnte sehen, wie Miriam sich anschickte, sie zurechtzuweisen, doch dann warf sie einen schnellen Blick auf die Szene vor ihr, wo Mrs Connors' begieriger Blick bereit war, den Schuldigen für jegliches Versäumnis herauszupicken, und ließ es bleiben.

»Ja«, sagte sie. »Wie wir es abgesprochen hatten.« Anna riskierte es, Sebastian zuzuzwinkern.

Miriam wühlte in ihrer Handtasche herum und zog einen Messingschlüssel mit einem Plastikanhänger hervor. Anna sah MUTTER in Miriams ordentlicher Handschrift darauf geschrieben.

»Da ist er ja! Sollen wir reingehen? War nett, Sie zu sehen, Mrs Connors«, fügte Miriam hinzu, vermied aber Blickkontakt mit ihr. Sie steckte den Schlüssel ins Schlüsselloch und öffnete die Tür. Dann zögerte sie kaum merklich und machte sich auf den Weg den dunklen Flur entlang, dicht gefolgt von Anna und Sebastian. Anna schloss die Tür fest hinter sich.

»Sie ist so eine Hexe, diese Frau. Ich bin froh, wenn wir ihr nie mehr über den Weg laufen.«

»Oh, so schlimm ist sie nun auch nicht«, widersprach Miriam. »Als ich klein war, war sie ganz nett. Und als du geboren wurdest, Sebastian, da war sie großartig. Ich glaube, sie ist mit dem Alter nur mürrisch geworden.«

»Das wundert mich nicht. Schließlich hat sie ihr ganzes Leben mit ihrem sozialgestörten Sohn in diesem Haus verbracht. Sie konnte es wirklich gar nicht abwarten, uns wegen des Gartens anzupflaumen.«

Anna verstummte und erinnerte sich zu spät daran, dass es Miriam gewesen war, die die Abmachung mit dem untauglichen Teenager-Gärtner getroffen hatte.

»Ja, ich muss mit Harry darüber reden«, versprach Miriam und ließ sich nichts anmerken.

Sie standen im Flur. Es roch muffig. Hier war lange nicht gelüftet worden. Da alle Türen geschlossen waren, kam wenig Licht herein, und die schmutzigen Fenster taten ihr Übriges.

»Kommt schon«, drängte Sebastian. »Lasst uns reingehen.« Er öffnete die Tür zum Wohnzimmer.

Auch dort empfing sie ein Gefühl der Leere und Ungepflegtheit. Das schäbige Sofa schien den Geruch von Mahlzeiten auszuströmen, die dort jahrelang auf einem Tablett eingenommen worden waren, und der Staub hatte sich dick auf jede Oberfläche gelegt. Auf dem Rattancouchtisch stand eine Friedenslilie, die den Kopf hängen ließ und deren Blätter vertrocknet und gelb waren.

Keiner sagte etwas. Draußen konnte Anna gerade eben die blecherne Melodie eines Eiscreme-Wagens in einer benachbarten Straße ausmachen.

»Hast du Clare erwischt?«, fragte Sebastian. »Kommt sie?«

»Ich habe gestern mit ihr gesprochen«, berichtete Miriam. »Sie ist mittlerweile wieder bei Louise und kommt, wenn sie kann.«

Anna hatte keinen Zweifel daran, dass sie kommen würde. Wenn es einen Schatz zu finden gab, wollte Clare garantiert mit von der Partie sein.

Sebastian ging hinüber zum Kaminsims und nahm einen angelaufenen silbernen Fotorahmen in die Hand.

»Schaut mal. Das sind wir«, sagte er. »So unschuldig.«

»Ja, du«, lachte Anna. »Du kannst auf dem Foto höchstens sechs Monate alt sein. Gott, das war vielleicht ein Schock, als du geboren wurdest. Wir hatten keine Ahnung!«

Das war eine alte Familiengeschichte, aber wann immer sie aufkam, reagierten sie auf die gleiche Weise.

»Ein totaler Schock für mich«, erinnerte sich Miriam. »Ich hatte die Schlüsselrolle bei deiner Ankunft auf diesem Planeten, und ich habe an dem Tag Dinge gesehen, die eine Sechzehnjährige niemals hätte sehen sollen!«

»Ich tue mich noch immer schwer damit zu glauben, dass Mum keine Ahnung hatte«, fuhr Sebastian fort und folgte dem altbekannten Pfad.

»Oh, glaub es nur, kleiner Bruder. Es war ein verdammt großer Schock. Ich glaube wirklich, sie dachte, ihr gebärfähiges Alter läge hinter ihr. Ich erinnere mich an ihren Gesichtsausdruck, als ich sie in den Wehen liegend gefunden habe. Auf keinen Fall hat sie etwas gewusst. Und du weißt doch, wie sie war. Auch wenn sie die Augen vor der Wahrheit verschlossen hätte, hätte sie eine Art Plan geschmiedet. Sie wäre nicht in der Lage gewesen, sich selbst zu helfen. Zumindest hätte sie irgendwo im Haus Babykleidung versteckt gehabt. Aber da war nichts. Absolut nichts. In der ersten Woche hast du Rosa getragen!«

»So was liest man eigentlich nur in Teenager-Zeitschriften. Aber die Geschichte hat mir bei Dinnerpartys immer gute Dienste geleistet.«

Miriam ging zum schmutzigen Fenster und schaute auf die Straße.

»All die Leute, die sich direkt vor diesem Fenster amüsierten, und Mum oben allein in den Wehen. Unglaublich!«

Unbeweglich stand sie da und starrte hinaus.

»Danach war nichts mehr wie früher«, sagte sie so leise, dass Anna sich anstrengen musste, sie zu verstehen. »Ich musste zum einen meine Träume von der Schauspielschule aufgeben. Und Clare …« Der Rest des Satzes blieb unausgesprochen.

»Ich weiß nicht, ob das stimmt«, meinte Anna behutsam. »Dad hatte bereits Nein zu der Schauspielsache gesagt. Auch wenn Sebastian nicht gekommen wäre mit seinem ständigen Gequake nach Essen und sauberen Windeln …« Sie lächelte Sebastian an, ihren kleinen Bruder, der jetzt gute dreißig Zentimeter größer war als sie. »Du wärst nie nach London gegangen. Und Clare. Na ja, ich weiß, ich war noch sehr jung, aber selbst ich konnte sehen, dass sie versessen darauf war, sich selbst zu zerstören. Vielleicht nicht gerade zerstören, aber sie war bereits gehörig vom Weg abgekommen. Ich nehme an, nach Sebastians Geburt waren Mum und Dad nicht mehr ganz so aufmerksam, aber ich wüsste nicht, wie sie Clare je hätten unter Kontrolle halten können, außer sie in ihrem Zimmer einzusperren. Und auch da wäre sie das Abflussrohr hinuntergeklettert und abgehauen.«

Anna zuckte zusammen, als die Haustür geöffnet und wieder zugeschlagen wurde. Als Clare ins Wohnzimmer geschlendert kam, konnte es nicht offensichtlicher sein, dass sie gerade von ihr gesprochen hatten.

»Habt ihr ohne mich angefangen?«, fragte sie höhnisch grinsend.

»Nein«, sagte Miriam. »Überhaupt nicht. Wir haben noch gar nicht begonnen, sondern uns unterhalten, in Erinnerungen geschwelgt über den Tag, an dem Sebastian geboren wurde.«

Clare schien sich ein wenig zu entspannen. »Mitten in diesem blöden Straßenfest! Mensch, kleiner Bruder. Du wusstest, wie man einen großen Auftritt hinlegt! Irgendeine Frau hat mich gefunden. Ich weiß gar nicht mehr, wo ich war. Weg mit irgendeinem Kerl oder so. Wie auch immer, sie sagte: ›Du gehst jetzt besser mal nach Hause‹, und ich fragte: ›Warum?‹ Sie sagte: ›Weil deine Mum gerade ein Baby bekommen hat!‹ Ich dachte, sie sei verrückt. Ein Baby! In Mums Alter. Die Leute habe monatelang darüber geredet. Wir waren echt das Stadtgespräch.«

Clare ließ sich aufs Sofa fallen, und eine feine Staubwolke erhob sich in die Luft. Anna riskierte einen schnellen Blick auf ihre Schwester. Das dick aufgetragene Make-up konnte die dunklen Ringe unter ihren Augen nicht verbergen, und ihre Haare waren strähnig und stumpf. Auf ihrem T-Shirt waren Essensflecken zu sehen. Einer ihrer Ballerinas hatte ein Loch an der Seite, durch das Anna die graue Haut von Clares Fuß erkennen konnte.

»Also, wie sieht der Plan aus?«, fragte Clare.

Miriam wandte sich vom Fenster ab und setzte sich neben sie. Anna nahm neben dem Kamin im Sessel mit der hohen Rückenlehne Platz, und Sebastian blieb stehen, wo er war, wie ein viktorianischer Vater auf einer altmodischen Fotografie.

»Ich habe eigentlich nicht viel darüber nachgedacht«, bekannte Miriam, und Clare verdrehte die Augen.

»Lügnerin!«, rief sie. »Miriam, die größte Planerin aller Zeiten, will nicht viel darüber nachgedacht haben? Ach nee.« Sie zwinkerte Miriam zu.

Miriam schaute Clare an und hob die Augenbrauen.

»Na ja, vielleicht ein bisschen. Wie wäre es, wenn wir uns jeder ein Zimmer vornehmen und nach Wertsachen und Dingen suchen, die einen emotionalen Wert haben? Dann können wir das unter uns aufteilen und uns ein Angebot für den Rest von der Entrümpelungsfirma machen lassen.«

»Hört sich vernünftig an«, meinte Sebastian. »Und dabei sehen wir auch, ob das Testament irgendwo zum Vorschein kommt.«

»Ich dachte, es gäbe kein Testament«, wunderte sich Clare.

»Na ja, wir sind nicht sicher, ob es eins gibt«, erklärte Miriam. »Bisher gibt es kein Anzeichen, aber es klingt für mich einfach nicht glaubhaft, dass Mum keins gemacht haben soll. Ich weiß, sie hat nicht viel zu vererben, aber ich bin sicher, sie hat die Angelegenheit geklärt, nachdem Dad verstorben war. Denkt beim Durchsehen einfach dran.«

Anna senkte den Blick und vermied es, jemanden anzuschauen.

III

»Wie wäre es, wenn Anna und ich das Erdgeschoss übernehmen und ihr den ersten Stock?«, schlug Sebastian vor, und als keine widersprach, fuhr er fort: »Wir können im Esszimmer anfangen, Ans.«

Clare folgte Miriam nach oben, und Anna öffnete die Tür zum Esszimmer. Als sie das Pflegebett sah, fuhr es ihr sofort in den Magen. Ihr Herz raste, und im Hals bildete sich ein Kloß.

»Gott, hab ich mich jetzt erschrocken«, sagte sie, als sie sich wieder in der Lage fühlte zu sprechen. »Ich hatte das Bett vollkommen vergessen. Woher kommt das eigentlich? Geht das nicht an jemanden zurück?«

Sebastian hielt sich die Hand vor den Mund und atmete tief und gleichmäßig. Anna konnte an seinem Gesicht sehen, dass es ihn Kraft kostete, sich zusammenzureißen. Sie wünschte sich von ganzem Herzen, sie könnte die Tür schließen und ihn vor den Erinnerungen an Tod und Sterben schützen. »Ich habe keine Ahnung«, sagte er nach einer Weile. »Miriam wird das wissen.«

Das Bett war abgezogen und die sauberen und ordentlich gefalteten Laken und Decken lagen aufeinandergestapelt am Fußende. Auf der Matratze befand sich eine Plastikabdeckung.

»Es tut mir so leid, Seb«, sagte Anna. »Wir können das Zimmer auch den anderen überlassen, wenn du magst.« Sebastian schüttelte nur den Kopf, und so betrat Anna den Raum.

Der Esstisch war zusammengeklappt und ans Sideboard geschoben worden. Die Stühle standen, immer zwei übereinandergestapelt, vor dem Fenster. Auf dem Kaminsims lagen ein paar sich wellende Karten mit Genesungswünschen, und die Kristallvase, die dort stand, hatte Gott sei Dank jemand geleert und ausgewaschen. Der Gedanke, von verdorrten Blumen empfangen zu werden, war fast mehr, als Anna ertragen konnte.

Sebastian starrte noch immer auf das Bett.

»Der Schlaganfall war der Anfang vom Ende«, murmelte er. »Bis zu dem Tag dachte ich immer, es würde mit Mum ewig so weitergehen, und mit hundertzehn würde sie friedlich im Schlaf sterben. Sie war immer so aktiv. Nie hätte ich gedacht, dass irgendetwas sie bremsen könnte.«

Anna nickte. Sie war sich nicht sicher, ob sie sprechen konnte, ohne dass ihr die Stimme versagte. Sebastian fuhr fort.

»Es ist so brutal, praktisch unbeweglich zu sein und fast nicht mehr sprechen zu können. Ich kann mir gar nicht vorstellen, wie das für sie gewesen sein muss. Wenn mir das mal passieren sollte, Ans, dann musst du mir versprechen, mich erschießen zu lassen. Oder mich in die Schweiz bringen, denn ich würde auf keinen Fall so weiterleben wollen, das sage ich dir.«

»Im Altersheim habe ich eine Frau getroffen, die so ziemlich das Gleiche gesagt hat«, gab Anna leise zu. »Aber ich glaube, ich bin anderer Meinung. Immerhin war unsere Mutter fast bis zu ihrem Ende in ihrem eigenen Haus, und sie wusste, was um sie herum vor sich ging. Ihr Verstand war immer noch ziemlich scharf. Und sie hatte uns.«

Sie machte eine Pause, und ihr Blick wurde wieder vom Bett angezogen. Sie riss ihn los.

»So!«, sagte sie entschlossen. »Wenn es hier irgendetwas gibt, was sich lohnt aufzuheben, dann befindet es sich im Sideboard. Wir müssen also den Tisch wegschieben, damit wir es aufbekommen.«

Jeder hob den Mahagonitisch an einer Seite an, und so gelang es ihnen, ihn weit genug vom Sideboard wegzurücken, damit sie die Schubladen und Schranktüren öffnen konnten. Doch der Platz war minimal, und sie mussten sich in die Lücke zwischen den beiden über ihnen aufragenden Möbeln kauern.

Anna öffnete eine Schranktür und verdrehte den Arm so, dass er nicht gegen den Tisch hinter ihr schlug. Im Schrank stapelte sich das gute Geschirr, das immer nur an Weihnachten benutzt wurde, und auch dann mit äußerster Vorsicht. Behutsam nahm sie eine Suppentasse heraus und drehte sie um.

»Das Service ist von Wedgwood, aber ich kann es nicht gebrauchen. Ich habe fast nie Gäste. Vielleicht will es Miriam haben. Ich nehme an, du hast genug Teller.«

Sebastian lächelte verhalten. »Tessa hat dafür gesorgt. Manchmal denke ich, wir könnten einen Monat lang essen, ohne abwaschen zu müssen.« Sebastian hielt inne.

»Du machst das so gut, Seb«, lobte Anna ihn mit sanfter Stimme, streckte die Hand aus und berührte ihn leicht an der

Schulter. »Ich bin verdammt stolz auf dich.« Sebastian biss sich auf die Lippe und nickte, aber er schaute sie nicht an. »Wir lassen das Wedgwood-Service hier und fragen Miriam. Vielleicht sollte ich eine Liste machen.«

Sie suchte weiter und fand verschiedene Eisbecher aus Glas, die mit einer feinen Patina aus Schmutz überzogen waren, einige beschlagene Silberkännchen und ein kleines silbernes Senftöpfchen mit blauem Glaseinsatz und winzigem Holzlöffel.

»Den Löffel habe ich geliebt, als ich klein war«, erzählte Sebastian. »Ich habe sogar einmal versucht, selbst einen zu schnitzen. Ist aber nichts geworden.« Er lachte bei dem Gedanken daran, und Anna freute sich, dass er sein gewohntes fröhliches Wesen wiedergefunden hatte, auch wenn es bloß Fassade war. »In dieser Schublade liegt nur das gute Besteck, du weißt schon, das Zeug mit den Knochengriffen. Wenn ich mich recht erinnere, dann ist diese hier« – Sebastian zog mit einem Tusch die Schublade auf – »voller … genau … Stoffservietten!«

»Was sagst du zu Clares Aussehen?«, fragte Anna, griff ganz hinten in den Schrank und zog einige Servierschüsseln aus Glas hervor. »Momentan, meine ich», fügte sie hinzu, obwohl keine nähere Erklärung notwendig war.

»Gar nicht schlecht. Eigentlich überraschend gut. Ich dachte, sie hätte eine schwere Zeit durchgemacht, aber davon sieht man nichts.«

Vielleicht hatte Anna den Falschen gefragt. Sie war ziemlich sicher, dass Miriam Clare so sehen würde wie sie selbst. Heruntergekommen, bestrebt, den Schein zu wahren, aber mit einem deutlichen Beigeschmack von Verwahrlosung.

»Und sie ist nüchtern«, fuhr Sebastian fort. »Im Hinblick darauf hatte ich schon einige Befürchtungen. Ich weiß, es ist noch früh am Morgen, aber das heißt ja nichts, oder?«

»Das stimmt, und deshalb muss es ein gutes Zeichen sein. Meinst du, wir sollten ihr das Haus noch einmal anbieten? Sie könnte hier wohnen, bis es verkauft ist.«

Sebastian dachte einen Augenblick nach und schüttelte dann langsam den Kopf.

»Nein. Beim letzten Mal war sie so wütend, und ich glaube nicht, dass wir es noch einmal riskieren sollten. Eigentlich verstehe ich es nicht. Man würde doch meinen, dass sie die Chance ergreift. Eine Bleibe, komplett eingerichtet und mietfrei.«

»Und voller schmerzlicher Erinnerungen und der massiven Ablehnung ihrer Familie, mit der sie fertigwerden müsste«, fügte Anna hinzu. »Ich verstehe, weshalb sie hier nicht wohnen möchte. Wenn ich sie wäre, würde ich das wahrscheinlich auch nicht wollen. Und wenn das Haus verkauft werden soll, dann ist es auch besser, wenn es leer steht. Das Letzte, was wir brauchen, ist ein Makler, der hier Leute herumführt und auf eine besoffene Clare stößt.«

Sebastian lächelte schwach.

»Ich hatte ihr angeboten, bei uns zu wohnen, weißt du, bevor Tess gestorben ist«, setzte er an. »Es Tessa zu verkaufen, war nicht leicht, aber die Jungs hat die Aussicht auf einen Besuch von Tante Clare gefreut. Und wir haben ja auch ein Gästezimmer. Aber sie hat mir direkt eine Abfuhr erteilt. Sie bedankte sich für das Angebot und sagte, es sei alles gut, so wie es ist. Jetzt hätte ich sie auch gern bei mir. Alles wäre besser als die Stille. Aber ich traue mich nicht, sie zu fragen. Ich glaube, ich könnte eine erneute Zurückweisung nicht ertragen.«

Dass er Clare gefragt hatte, ob sie bei ihm wohnen wollte, verletzte Anna ein wenig. Sie hatte immer gedacht, dass die Beziehung zwischen ihr und Sebastian etwas Besonderes sei. Sie beide waren die Jüngsten. Sie, der vermeintliche Liebling, und Sebastian, das Baby der Familie. Sie hatten immer zueinandergestanden, aber vielleicht war es für Sebastian nicht so gewesen. Vielleicht betrachtete er alle Schwestern als gleichwertig. »Du solltest sie noch einmal fragen«, riet ihm Anna, obwohl sie die Vorstellung hasste, Clare könne Sebastian ein weiteres Mal wehtun.

»Vielleicht. Ich fühle mich so schuldig und denke immer, dass ich eines Tages durch einen Anruf von Miriam geweckt werde, die mir erzählt, dass Clare irgendwo in der Gosse gefunden wurde. Oder schlimmer.«

»Uns bleibt nichts anderes übrig, als für sie da zu sein, wenn sie uns braucht. Frag sie einfach. Sind in der großen untersten Schublade immer noch Tischdecken?« Anna versuchte, das Gespräch wieder auf ein weniger emotionales Thema zu bringen.

»Sieht so aus. Meinst du, ich muss sie alle rausnehmen, um Miriam sagen zu können, dass sich das Testament dort nicht befindet?«

»Wahrscheinlich, sonst wird sie dich noch einmal nachschauen lassen. Oh, sieh mal!« Anna zog ihre Hand aus den Tiefen des Schrankes und beförderte eine kleine Porzellanfigur in einem blauen Krinolinenrock zutage. »Die habe ich geliebt, als ich klein war. Sie stand immer auf dem Kaminsims im Wohnzimmer.«

Sebastian warf einen flüchtigen Blick auf den Ziergegenstand.

»Ist das die, die Clare kaputt gemacht hat, als sie sie Miriam nachgeworfen hat? Also vor meiner Zeit?«

»Ja. Schau mal. Man kann noch sehen, wo Dad den kleinen Arm wieder angeklebt hat.« Eine deutliche dunkle Linie umgab den Arm, und der gelbliche Kleber war an einigen Stellen hervorgequollen. »So richtig gut ist das nicht geworden. Meinst du, die anderen hätten etwas dagegen, wenn ich sie mitnehme?«

»Das bezweifele ich. Es ist ja nicht so, dass sie jemand in dem Jahrzehnt vermisst hätte, das sie im Schrank verbracht hat.« Sebastian lachte. »Ich würde es allerdings nicht als

Wertgegenstand bezeichnen.« Er zwinkerte ihr zu, und in dem Moment sah er wieder aus wie der Junge, der er einmal gewesen war.

»Also mir bedeutet sie sehr viel.« Anna stellte die kleine Frau auf das Sideboard.

»Ich glaube, hier ist nicht mehr viel drin. Sollen wir in der Küche weitermachen?«

»Mir wäre es sowieso recht, hier rauszukommen. Das Bett … das ist mir unheimlich.«

Anna stand auf, und ihre Kniegelenke knackten leicht. Dann manövrierte sie sich aus der Ecke zwischen Tisch und Sideboard.

»Ich glaube, der Tisch ist ein bisschen was wert«, mutmaßte sie. »Wir sollten vielleicht einen Schätzer kommen lassen, bevor wir die Entrümpelungsfirma beauftragen. Für alle Fälle.«

»Wenn es kein Testament gibt, wie gehen wir dann vor?«, fragte Sebastian. »Teilen wir dann einfach alles durch vier?«

Anna spürte, wie sie rot wurde. Sie versuchte es zu ignorieren, und Sebastian schien es nicht aufzufallen.

»Das nehme ich an. Wir verkaufen alles und teilen dann die Einnahmen auf. Allerdings wird das eine Weile dauern, denke ich. Da sind noch die Anwälte involviert und so. Wir können das nicht allein regeln.«

»Ich bin mir sicher, dass wir das könnten«, entgegnete Sebastian. »Wieso denn nicht?«

»Ich weiß nicht. Wir könnten beim Hausverkauf Probleme bekommen. Hoffen wir mal, dass wir das Testament finden.«

Anna spürte, wie ihre Wangen immer heftiger brannten, und wandte sich von Sebastian ab. Es war klar, dass sie das Testament nicht finden würden, weil es bei ihr zu Hause versteckt war. Damit keiner argwöhnisch wurde, musste sie jedoch so tun, als tappe sie genauso im Dunkeln wie der Rest von ihnen. Wenn es nicht so furchtbar wäre, lügen zu müssen, dachte sie, dann hätte das ein lustiges Spiel sein können.

Sie verließen das Esszimmer, doch bevor Sebastian die Tür schloss, warf Anna noch einen letzten Blick auf das komplett weiße Bett.

IV

Die Küche sah weitaus mehr so aus, wie Anna sie in Erinnerung hatte. Der geschrubbte Kieferntisch stand in der Mitte und wartete darauf, zum Abendessen gedeckt zu werden. Eine Auswahl an Schürzen ihrer Mutter hing an einem Haken neben der Hintertür, wo sie immer gehangen hatte. Auch hier lag ein feuchter, trauriger Geruch in der Luft wie im Rest des Hauses.

»Ich bin froh, wenn wir hier wieder raus sind«, gestand Anna. »Es ist so deprimierend.«

»Oh, ich weiß nicht«, erwiderte Sebastian. »Wenn das Haus erst mal verkauft ist, haben wir keine Möglichkeit mehr, unseren Erinnerungen vor Ort nachzuhängen. Dann ist es, als hätten wir einen Teil unserer Kindheit für immer verloren.«

Er fuhr mit der Hand über die Einbuchtungen im Türrahmen zur Spülküche, wo ihr Vater Linien ins Holz geschnitzt hatte, um Buch über ihre Größe zu führen.

»Und das ist nicht deprimierend?« Anna lachte.

Sie öffnete ein paar Küchenschränke, aber viel stand nicht darin. Mehr Geschirr, einige Gläser, die man beim Tanken geschenkt bekommen hatte und die nie kaputtzugehen schienen, eine Dose *Bird's* Puddingpulver, eine Schachtel mit Tassensuppen.

»Mum ist nie so richtig im einundzwanzigsten Jahrhundert angekommen, oder?«, sagte Anna.

»Na ja, du kennst doch den Spruch: Einmal *Heiße Tasse*, immer …«

»Ich bin froh, dass du bei mir bist. Es war furchtbar, als ich allein hier war.«

Anna hielt wie erstarrt inne. Hatte sie sich verraten?

»Wann warst du denn allein hier?«, fragte Sebastian, ohne von der Schublade aufzuschauen, die er gerade durchsuchte.

»Oh, schon vor einer Weile. Mum wollte, dass ich ihr etwas bringe. Unterwäsche oder so.«

Sebastian schien mit der Antwort zufrieden zu sein und bohrte nicht weiter. Anna war erleichtert. Als Spionin würde sie keine gute Figur abgeben.

Oben hörten sie leise Stimmen.

»Ich frage mich, ob die beiden mehr Glück haben«, sagte Sebastian.

»Ich bezweifele es und glaube nicht, dass sich in diesem Haus irgendetwas von Wert befindet. Wenn es etwas gegeben hat, dann ist es schon vor Jahren verschwunden.«

Sebastian schaute rasch auf, und Anna begegnete trotzig seinem Blick.

»Stimmt doch. Das kann man nicht unter den Teppich kehren. Das meiste von dem, was Mum und Dad hatten und was etwas wert war, ist doch in den letzten dreißig Jahren in Clare gepumpt worden.«

Sebastian antwortete nicht. War sie zu weit gegangen? Wahrscheinlich.

»Gibt es irgendetwas, was du besonders gern haben möchtest?«, fragte sie ihn, denn es war offensichtlich, dass er nicht mit ihr über Clare herziehen wollte. »Aus dem Haus, meine ich. Sentimentale Dinge?«

»Nicht, dass ich wüsste. Ich habe Dads Armbanduhr und seine Manschettenknöpfe. Ich hätte gern noch etwas von Mum, aber mir fällt nichts ein. Sie sagte mal, ich könne ihren

Verlobungsring haben. Erinnerst du dich daran? Sie hatte Angst, dass es darüber unter euch dreien zum Streit kommen könnte. Ich nehme an, dass der noch irgendwo rumliegt. Sie hätte ihn doch nicht verkauft, oder?«

»Da fragst du besser Miriam. Ich glaube, sie hat all die Sachen, die vom Heim zurückgekommen sind, nachdem … Ihr Ehering muss auch dabei gewesen sein, obwohl der vom ständigen Tragen schon ganz dünn war. Es ist ein Wunder, dass er nicht durchgebrochen ist.«

Das gleichmäßige Stapfen von Schritten war zu hören, die die knarrende Treppe herunterkamen.

»Habachtstellung«, scherzte Sebastian und blinzelte Anna zu. Für einen Moment sah er genauso aus wie ihr Vater. Sie grinste zurück. Einige Dinge, wie die Bindung zu ihrem Bruder, würden sich nie ändern.

Clare betrat als Erste die Küche, und Anna entging nicht, wie Sebastian auf die durchlöcherten Schuhe und schmutzige Kleidung schielte, die bei ihrem ersten Eintreffen keinen Eindruck auf ihn gemacht hatten. Clare schien seinen verweilenden Blick zu bemerken und starrte ihn an, als wollte sie ihn zu einem Kommentar herausfordern. Natürlich sagte er nichts.

»Glück gehabt?«, wollte Anna wissen.

»Womit?«, fragte Clare. »Kein Testament. Keine Wertsachen. Alles in allem reine Zeitverschwendung.«

»Das würde ich nicht sagen«, widersprach Miriam. »Im hinteren Schlafzimmer hängt dieses hübsche kleine Aquarell – das mit den Alpen –, und dann sind da einige Kristallgläser sowie ein paar Parfümflaschen, von denen ich denke, dass sie einmal Oma gehört haben müssen. Und eine Kristallvase ist auch ganz schön. Ich hätte ganz gern das Aquarell, wenn keiner ein Auge darauf geworfen hat.«

»Von mir aus«, meinte Sebastian. »Ich habe gerade nach Mums Ringen gefragt, Miriam. Was ist damit passiert?«

»Die habe ich bei mir zu Hause. Und auch ihre Uhr. Ich glaube, die ist von Cartier, bin mir aber nicht sicher.«

Sebastian machte eine Pause, nickte leicht und sagte: »Es ist nur, dass Mum immer gesagt hat, ich solle mal den Verlobungsring bekommen. Erinnert ihr euch?«

»Nein«, schaltete sich Clare ein, und der ansteigende Tonfall implizierte, dass sie es unglaubwürdig fand. Anna wurde das Herz schwer. Armer Sebastian. Warum konnte sie sich nicht einfach daran erinnern oder wenigstens so tun, als täte sie es? Welchen Unterschied würde es für sie machen, ob Sebastian den Ring bekam oder nicht?

»Das hat sie aber.« Mutig ließ Sebastian nicht locker. »Ich erinnere mich ziemlich genau daran. Sie sagte, ich solle ihn bekommen, weil sie ihn nicht unter uns allen aufteilen könne, und sie könne sich nicht zwischen euch dreien entscheiden.«

»An so etwas erinnere ich mich nicht«, hielt Clare mit den Händen in den Hüften dagegen. »Weshalb hätte sie gewollt, dass du ihn bekommst? Den kannst du doch gar nicht tragen.«

»Ich gebe nur wieder, an was ich mich erinnere, und will darüber nicht streiten. Wenn sich keine mehr daran erinnert, vergessen wir es einfach.«

»So etwas hätte Mum aber gesagt«, meinte Miriam. »Wenn wir nur das Testament finden würden. Sicher enthält es auch solche Dinge. Für das Haus und was auch immer wir für die Möbel bekommen, ist es nicht so wichtig. Das können wir durch vier teilen. Aber für tatsächliche Hinterlassenschaften. Vielleicht hat sie auch meinen Töchtern etwas vererbt.«

»Oh, jetzt kreisen sie alle!«, rief Clare, verdrehte die Augen und schob die Hüfte zur Seite, wie sie es schon als Teenager getan hatte. »Die Geier. Und zweifellos wird Sebastian für seine Jungs auch einen Anteil wollen.«

»Das ist nicht fair, Clare«, beschwerte sich Sebastian. »Ich habe den Ring nur erwähnt, weil Anna mich gefragt hat, ob es etwas Besonderes gibt, was ich haben möchte. Es ist wirklich egal.«

»Du bist ziemlich unhöflich, Clare«, wies Miriam sie zurecht. »Und du hast schließlich River. Willst du nicht, dass er auch etwas bekommt?«

»Nicht unbedingt. Er hat Mum kaum gesehen und sich noch nicht mal die Mühe gemacht, zur Beerdigung zu kommen. Außerdem erzählt er mir ständig, wie gut es ihm ohne mich geht, deshalb sehe ich keine Veranlassung, meinen Anteil mit ihm zu teilen, wie hoch der auch sein mag.«

Alle schwiegen und verdauten, was Clare gerade gesagt hatte. Und Clare, der anscheinend bewusst wurde, dass sie die Grenze angemessenen Verhaltens überschritten hatte, schaute auf ihre Füße, schien das Loch in ihrem Schuh zu bemerken und hob trotzig den Blick.

»Lasst uns nicht darüber streiten«, schaltete Anna sich ein, bevor Miriam die Möglichkeit hatte, ihr ins Wort zu fallen. »Nicht hier. Es ist so schon hart genug, ohne dass wir uns alle verkrachen. Wir suchen weiter nach dem Testament, und wenn sich herausstellt, dass es keins gibt, können wir immer noch entscheiden, was wir tun. In der Zwischenzeit müssen wir alles aus dem Haus holen, was die Entrümpelungsfirma nicht bekommen soll, damit wir den Rest schätzen lassen können. Drüben im Esszimmer steht das gute Geschirr, Miriam, wenn du das haben möchtest.«

»Mir fällt auf, dass du mich nicht fragst, ob ich es haben möchte«, fauchte Clare.

»Du weißt doch gar nicht, wo du es deponieren sollst«, gab Miriam zurück. Anna versuchte, sie mit einem Blick zum Schweigen zu bringen.

»Nur weil ich keine Hypothek auf einer kleinen netten Doppelhaushälfte habe wie du, Schwesterherz, bedeutet das nicht, dass ich beim Aufteilen zu kurz komme.«

»Miriam hat nicht ganz unrecht«, schaltete sich Sebastian wieder ein. »Was würdest du mit einem vollständigen Wedgwood-Service anfangen? Wenn es Miriam gefällt und sie es gebrauchen kann, dann weiß ich nicht, weshalb sie es nicht bekommen sollte.«

»Sie sollte es hierlassen, damit es mit allem anderen geschätzt werden kann«, ließ Clare nicht locker. »Und dann kann sie den Wert von ihrem Anteil abziehen.«

»Oh, sei doch nicht albern!«, empörte sich Miriam. »Ich hätte es gern. Es ist hübsch, aber ich will es nicht, wenn es all diesen Ärger verursacht.«

»Gibt es etwas, was du möchtest, Clare?«, wollte Anna wissen. »Da ist das Besteck mit den Knochengriffen und einige schöne Damasttischdecken, die kaum gebraucht sind.«

Mit kaum verhohlener Abscheu schaute Clare Anna an. »Damasttischdecken? Um Himmels willen! Was zum Teufel soll ich denn mit bescheuerten Damasttischdecken anfangen? Ich besitze nicht mal einen Tisch!«

»Ich meinte ja nur und wollte versuchen, auszugleichen. Wenn du sie nicht willst, dann ist das okay, aber du brauchst nicht so aggressiv zu sein.«

»Da haben wir's! Nichts hat sich geändert. Bei erster Gelegenheit verbündet ihr euch wieder gegen mich. Es ist immer das Gleiche. Ich sehe doch euer höhnisches Grinsen. Hast du das Loch in meinen Schuhen bemerkt, Sebastian? Ist dir doch unangenehm, jemanden ohne Kohle zu sehen, oder?«

»Jetzt hör aber auf, Clare!«, rief Miriam. »Ich würde es dir sogar zutrauen, dass du diese Schuhe absichtlich angezogen hast, um Sympathiepunkte einzuheimsen. Du arbeitest, und ich weiß mit Bestimmtheit, dass du Schuhe ohne Löcher hast. Ich habe sie gesehen. Für die Beerdigung warst du immerhin entsprechend angezogen.«

»Oh, komm von deinem hohen Ross herunter. Wer bist du denn, dass du immer die Überlegene spielen musst? So warst du schon immer. Hast unentwegt gedacht, dass du besser bist als der Rest von uns, aber so toll bist du gar nicht. Lehrerin? Wie sagt man immer? Wenn du nichts kannst, werde Lehrer.«

»Jetzt ist Schluss! Ihr beide!«, rief Anna in einem Versuch, die Situation nicht außer Kontrolle geraten zu lassen. »Das bringt nichts. Wir lassen das Haus und Inventar schätzen, und dann sehen wir weiter. Jetzt können wir sowieso noch nichts mitnehmen. Es wird Monate dauern, bis wir den Erbschein bekommen. Heute sind wir nur hier, um festzustellen, ob es etwas gibt, was für uns einen emotionalen Wert hat.«

»Emotional und wertvoll, meinst du.«

»Clare! Du machst unnötigerweise alles noch schlimmer. Keiner will dich übers Ohr hauen. Wir werden alles, was da ist, durch vier teilen. Wenn Miriam und Sebastian etwas von ihrem Anteil ihren Kindern übertragen möchten, dann ist das ihr Bier.«

»Ist ja klar, dass das von dir kommt, Anna, wo du keine Kinder hast. Du kommst doch am besten weg.«

»Sei nicht albern. Ich dachte, das war deine Idee. So wolltest du es doch. Wirklich, Clare, manchmal bist du völlig unmöglich.«

»Wenn das deine Meinung ist, dann kann ich auch gehen.« Clare drehte sich auf dem Absatz um und steuerte auf die Tür zu. »Ihr könnt machen, was ihr wollt. Das macht ihr ja immer!«

»Clare!«, rief ihr Miriam hinterher. »Sei nicht albern. Komm zurück.«

Aber die Haustür wurde aufgerissen und kurz darauf zugeschlagen.

»Mrs Connors hat heute ihren großen Tag«, vermutete Sebastian.

»Ich wollte das alles nicht«, jammerte Miriam.

»Das ist nicht deine Schuld«, beruhigte Anna sie. »Es ließ sich nicht vermeiden. Sie ist völlig uneinsichtig. Ist sie schon immer gewesen. Sie denkt, dass wir es alle auf sie abgesehen haben, und wir können nichts tun, um sie vom Gegenteil zu überzeugen.«

»Oben war sie ganz in Ordnung«, berichtete Miriam. »Wir haben über alles Mögliche geredet. Es war schön.«

»Wenn es ums Geld geht, rastet sie aus«, vermutete Sebastian.

»Na, das ist doch ein Witz. Es gibt kein Geld, denn das wurde darauf verwendet, sie aus diversen Schwierigkeiten herauszuholen, in die sie sich über die Jahre selbst gebracht hatte. Aber das sieht sie nicht, weil sie völlig paranoid ist.«

»Ich glaube, das gehört einfach dazu«, meinte Sebastian.

»Also ich habe die Nase voll«, schimpfte Miriam. »Wir versuchen einfach, das Richtige zu tun, und wenn sie das nicht sieht, dann ist sie selbst schuld.«

»Rufst du den Schätzer an, oder soll das einer von uns machen?«, fragte Anna in dem verzweifelten Versuch, das Gespräch nicht wieder auf das Fehlen eines Testaments zu bringen.

»Ich mache das«, sage Miriam. »Sie meint sowieso, dass ich es auf sie abgesehen habe. Es bringt nichts, wenn ihr auch noch in die Schusslinie geratet.«

»Na kommt«, meinte Sebastian. »Hören wir auf. Ich glaube, es reicht für heute.«

»Ich traue mich fast nicht zu fragen, aber kann ich das hier mitnehmen?« Anna hielt die kleine reparierte Porzellanfigur hoch.

»Ach Gott, die hatte ich völlig vergessen.« Miriam lächelte die kleine Statuette liebevoll an. »Ja. Nimm sie mit. Die ist sowieso nichts wert. Nicht, nachdem Clare sie an die Wand gepfeffert hatte!«

Sie gingen alle nach draußen, und Miriam schloss die Tür hinter ihnen ab. Mrs Connors war im Vorgarten und trug nicht mehr ihr Hauskleid, aber die Lockenwickler guckten noch immer unter ihrem Kopftuch hervor.

»Habt ihr alles durchgesehen?«, fragte sie.

»Ja, haben wir«, antwortete Anna knapp und zog das Gartentürchen schnell hinter sich zu.

V

Anna schaute auf den Umschlag, der vor ihr lag. Er sah völlig harmlos aus. Braunes Kanzleipapier, normale Qualität. Nur durch den Aufkleber, der nicht ganz gerade auf der Vorderseite saß, unterschied er sich von den anderen Umschlägen, die sie hier im Haus hatte. Anna stellte sich eine gehetzte Sekretärin vor, die noch vor Ende des Arbeitstages versuchte, die Post fertig zu machen.

Testament von Mrs Dorothy Bliss – Streng vertraulich.

Miriam würde durchdrehen, wenn sie wüsste, dass Anna es hatte. Obwohl das alles hier ein Albtraum war, musste Anna grinsen. Die ganze Suche und die Spekulationen und das Geschimpfe, und dabei lag das Testament die ganze Zeit hier auf ihrem Küchentisch. Irgendwie war das auch lustig.

Sie trank ihren Tee aus, umklammerte aber weiter die Tasse, um auch den letzten Rest von Wärme abzubekommen. Das hier war nicht gut. Sie musste etwas tun. Sie stellte die Tasse ab, nahm den Umschlag und spürte das Gewicht in den Händen. Die Lasche war zugeklebt, aber wenn sie an den Rändern nestelte, konnte sie den Umschlag öffnen, ohne ihn zu zerreißen. Behutsam zog sie daran, bis der Kleber nachgab und die Lasche sich öffnete. Sie stellte den Umschlag auf den Kopf und ein

Schriftstück fiel heraus, das mit einem pinkfarbenen Band verbunden war, sowie ein versiegelter weißer Umschlag.

Das Testament. Sechs Wochen hatte es hier gelegen, seitdem sie es aus dem Haus ihrer Mutter geholt hatte, doch bis jetzt hatte sie nicht in den Umschlag geschaut. Ihre Mutter hatte sie gebeten, ihn zu vernichten, deshalb hätte sich das Öffnen wie Betrug angefühlt. Andererseits hatte es Anna nicht fertiggebracht, ihn zu verbrennen. Sie war gefangen gewesen in einem Schwebezustand der Unentschlossenheit und hatte getan, was sich für sie richtig angefühlt hatte, nämlich ihn einfach ignoriert.

Doch jetzt, nach dem Vormittag mit ihren Geschwistern im Haus und der Tatsache, dass ihre Mutter tot und beerdigt war, nagte die Neugier an ihr. Was wäre, wenn sie einfach das Testament lesen würde, aber den Brief nicht? Zumindest würde sie dann wissen, was ihre Mutter beabsichtigt hatte, und könnte die Sache in diese Richtung lenken.

Natürlich könnte sie die anderen auch einfach einweihen. Sie wären sicher verärgert, weil Anna das Testament besaß und nichts gesagt hatte, und zweifellos würden sie sticheln, dass die Mutter sie um den Gefallen gebeten hatte, weil sie der Liebling gewesen war, aber das ließe sich aushalten. Andererseits wusste sie nicht, was in dem Brief an Clare stand. Was auch immer es war, ihre Mutter hatte ihre Meinung geändert und nicht mehr gewollt, dass Clare es erfuhr. Wenn Anna den Brief vorlegte, würde sie dann nicht von Rechts wegen gegen den Letzten Willen ihrer Mutter verstoßen? Konnte sie das bedenkenlos tun?

Sie würde das Testament lesen und dann eine Entscheidung treffen. Das war doch die beste Lösung, oder? Sie zog an den Enden des Bandes, knotete es auf und breitete das Testament aus. Dann fing sie an zu lesen. Ihr Blick huschte über die Juristensprache und verweilte auf den Teilen, die sie verstand. Das Vermögen sollte unter den vier Geschwistern aufgeteilt werden. Außerdem gab es spezielle Vermächtnisse. Ihre Mutter hatte das Versprechen Sebastian gegenüber nicht vergessen. Anna konnte die Stimme ihrer Mutter hören, die trotz eines Lebens in England nie ihren irischen Tonfall verloren hatte. Ihr Verlobungsring sollte an Sebastian gehen, wie er behauptet hatte. Andere kleine Schmuckstücke und Porzellan wurden gleichmäßig unter Anna, Miriam und Clare aufgeteilt. Die Enkelkinder bekamen jeweils eintausend Pfund.

Anna las weiter und da, fast am Ende, stand es. Das Testament nahm ausdrücklich Bezug auf einen Anhang, einen Brief an Clare Elizabeth Bliss. Mist! Anna seufzte. Jetzt hatte sie ein riesiges Problem. Wie konnte sie den Brief an Clare vernichten, ohne das ganze Testament zu beseitigen? Sie konnte wohl kaum die besagte Seite herausreißen und sagen: »Tut mir leid, Miriam, aber ich glaube, die Mäuse haben den Teil aufgefressen.« Oder?

Sie überprüfte das Testament mit kritischem Blick. Konnte sie die Seite entfernen und die weniger wichtigen Teile fälschen, die ansonsten auch verloren wären? Nein! Natürlich nicht! Was fiel ihr denn nur ein? Das war ein lächerlicher Plan. Das Einzige, was sie tun konnte, war, das ganze Ding noch einmal schreiben und die Unterschriften fälschen, aber sie hatte nicht das gleiche Papier, und der Stempel des Anwalts wäre auch verloren. Wer war sie? Eine Art Verbrecherin? Nein. Fälschen war keine Option. Entweder behielt sie das Testament, wie es war, zusammen mit dem Brief, oder sie verbrannte beides, wie es ihre Mutter von ihr verlangt hatte.

Anna lehnte sich auf dem Stuhl zurück und überlegte, welche Möglichkeiten ihr blieben. Margot miaute hoffnungsvoll zu ihren Füßen und wurde ignoriert.

Was wäre, wenn das Testament nie ans Tageslicht käme, wie es ihre Mutter gewollt hatte, und Anna weiter behauptete, es gäbe keins? Sebastian würde den Ring nicht bekommen. Es war nach dem gestrigen Tag klar, dass Clare niemals damit einverstanden wäre. Er wäre enttäuscht, aber er könnte ihn immer noch von seinem Anteil am Erlös des Verkaufs erwerben, wie sie es gestern diskutiert hatten. Er hatte Geld. Der Ring selbst war nicht wertvoll. Damit könnte er leben. Die Enkelkinder würden ihr Erbe verlieren. Es wäre ein schöner, unerwarteter Geldsegen, aber nicht genug, um ihr Leben zu ändern. Die gesetzliche Erbfolge würde dann sicherstellen, dass der Rest der Wünsche ihrer Mutter erfüllt werden würde. Es wäre keine völlige Katastrophe.

Anna nahm das zweite Dokument, den weißen Umschlag mit *Clare Elizabeth Bliss* darauf, in die Hand. *Zu öffnen im Fall des Todes von Dorothy Bliss. VERTRAULICH* stand auf der Vorderseite. Und der Brief war immer noch vertraulich. Anna hatte das Testament geöffnet, weil ihre Mutter tot war. Das war der Lauf der Dinge, auch wenn diese besondere Vereinbarung durchaus nicht üblich war. Und, rechtfertigte sich Anna vor sich selbst, sie war nicht umhingekommen, das Testament zu sehen, als sie den Umschlag geöffnet hatte (auch wenn sie das Band hatte lösen müssen, um es zu lesen!). Ein versiegelter Brief war etwas anderes. Sie fuhr mit den Fingern über die scharfen Kanten und stach sich dann mit der Ecke in die fleischige Kuppe ihres Zeigefingers.

Sie wusste, was sie tun würde. Ihre Mutter hatte sie gebeten, den Umschlag zu verbrennen. Ihre Anweisungen waren klar und unmissverständlich gewesen. Das Problem war, dass Anna nicht entscheiden konnte, ob das, um was ihre Mutter sie gebeten hatte, das Beste war, wenn sie nicht wusste, was in dem Brief stand. Es konnte auch nur ein Rüffel aus dem Jenseits für all die Jahre sein, die Clare verschwendet hatte. Vielleicht hatte ihre Mutter Clare nur einen allerletzten Ratschlag geben wollen und es sich dann anders überlegt. Wenn es so etwas Simples wäre, dann wäre es durchaus okay, Clare den Brief zu geben. Ja, sie wäre stinksauer darüber, aber es würde bedeuten, dass dem Rest des Testamentes gefolgt werden könnte.

Aber was, wenn es nicht so war? Was, wenn der Brief etwas enthielt, was der bereits instabilen Clare wehtun könnte? Das hatte ihre Mutter schließlich angedeutet. Und was dann? Wenn Anna den Brief las, würde sie wissen, was darinstand. Auch wenn sie ihn vernichtete, würde sie immer etwas wissen, was der Rest von ihnen nicht wusste. Würde sie das aushalten? Darauf wusste sie keine Antwort.

Was für ein Schlamassel!

Margot sprang auf den Stuhl neben ihr, verlangte lautstark miauend nach Aufmerksamkeit und ließ Anna zusammenzucken.

»Was würdest du tun, Katze, wenn du mein Problem hättest?«, fragte Anna sie.

Margot antwortete nicht, sondern schnüffelte an Annas Handfläche und verlangte, dass sie ihr über den kleinen Kopf bis zu den Ohren strich. Anna fuhr mit der Hand ziemlich grob über das weiche Fell, und Margot schnurrte zufrieden.

»Danke«, sagte Anna. »Das ist wirklich hilfreich.«

Sie lief Gefahr, die Sache zu sehr zu dramatisieren. Wahrscheinlich war es nur ein Brief an Clare, der versuchte, sie wieder auf den Pfad der Tugend zu bringen. Das würde jetzt herzlich wenig bringen. Clare war dreiundfünfzig. Ihr Lebensweg war wirklich und wahrhaftig festgelegt. Nichts, was ihre Mutter Clare mitteilen könnte, würde daran etwas ändern.

»Vielleicht ist der Brief nicht einmal von Mum«, sagte Anna zu Margot, die jetzt mit ihren Krallen an Annas Jeans riss. »Vielleicht hat Dad ihn geschrieben und Mum zur Aufbewahrung gegeben.«

Die Maschinenschrift auf dem Umschlag gab ihr keinerlei Hinweise. Allerdings erschien ihr ein Brief von ihrem Vater eher unwahrscheinlich.

»Oder vielleicht ist er von keinem von beiden. Vielleicht ist es eine Hinterlassenschaft von jemandem, den ich nicht einmal kenne, und die erst bei Mums Tod zum Tragen kommen sollte. Jetzt klinge ich wie jemand, der Detektivgeschichten schreibt, Margot.« Sie sollte wirklich aufhören, mit ihrer Katze zu reden.

Anna hielt den Umschlag gegen das Licht, aber das hochwertige Pergament gab nichts preis. Den Kopf schüttelnd, schob sie den weißen Umschlag zurück in den braunen und legte diesen zurück auf seinen Platz unter dem Stapel neben dem Brotkasten.

Sie stand auf und vertrieb damit Margot, die Einspruch erhebend miaute, sich dann aber wieder zusammenrollte, um zu schlafen.

»Für dich ist alles in Ordnung. Du musst dich nicht mit diesen komplizierten moralischen Problemen herumschlagen. Du musst nur fressen, schlafen und Ungeziefer fangen. Schönes Leben, Fellball.«

Anna griff nach ihren Schlüsseln und dem Handy auf der Arbeitsfläche, verließ das Haus und trat hinaus auf die mit Blättern übersäte Straße. Die Hitzewelle war vorüber und hatte ein paar Tage nach der Beerdigung ihrer Mutter mit einem gewaltigen Gewittersturm ein dramatisches Ende gefunden. Jetzt schien sich der Sommer darin zu gefallen, nicht schlecht, aber auch nicht herausragend zu sein. Es war warm genug, um die dicke Jacke zu Hause zu lassen, aber ohne Strickjacke hinauszugehen, wäre leichtsinnig.

Sie machte sich auf den Weg, ohne wirklich zu wissen, wohin. Ziel der körperlichen Ertüchtigung war es, den Kopf freizubekommen, die Möglichkeiten zu überdenken und eine Entscheidung zu treffen.

Sie ging in Richtung eines kleinen Stadtparks, der am Ende der Straße zwischen den Sportplätzen der Schule und dem neuen Wohngebiet lag. An einem Sonntag um diese Uhrzeit waren dort viele Familien, Hundeausführer und Liebespaare. Normalerweise mied Anna solche Orte an einem Wochenende, aber heute sollte ihr die tröstliche Nähe von Fremden bei ihrer Entscheidung helfen.

Clare ging ihr nicht aus dem Kopf. Von allen ihren Geschwistern. Clare war diejenige, von der sie sich stets am weitesten entfernt gefühlt hatte. Als Kinder waren immer Clare und Miriam zusammen gewesen. Anna war ihnen hinterhergehetzt, aber sie hatten sie nie in ihre Bande aufgenommen. Nach Sebastians Geburt war zu Hause alles anders geworden. Mum war immer müde gewesen, Miriam wütend und Clare immer weiter abgedriftet, ohne dass es jemandem wirklich aufgefallen wäre. Bis sie gemerkt hatten, dass sie fehlte, hatte Clare bereits mit ihrem alten Leben gebrochen. Sie schmiss die Hochschule, bekam River und fing an zu trinken. Es war traurig, aber Anna hatte nichts dagegen tun können. Doch jetzt hatte sie vielleicht etwas in der Hand. Würde das, was in dem Brief stand, etwas ändern?

Auf einem Grashügel in der Mitte des Parks versuchte ein Junge, einen Drachen steigen zu lassen. Es wehte eine Brise, genug, damit ein leichter Drachen wie seiner flog, aber das Kind war allein und hatte niemanden, der ihn hielt. Anna schaute zu, wie er den Drachen vorsichtig aufs Gras legte und dann immer weiter zurückging, wobei er die Schnur abwickelte. Sobald es genug war, um einen erfolgreichen Start zu gewährleisten, rannte jemand darüber, weil die feine Schnur im dichten Gras versteckt lag, und verursachte ein verknotetes Wirrwarr. Dann fing der Junge von Neuem an. Vielleicht hatte er keine Geschwister, dachte Anna, niemanden, der für ihn da war. Sie konnte sich ein Leben ohne Geschwister nicht vorstellen, obwohl sie sich manchmal wünschte, sie könnte es. Eltern sollten dazu verpflichtet werden, eine Vereinbarung zu unterzeichnen, bevor sie mehr als ein Kind bekamen, dachte Anna. Nur um sicherzustellen, dass sie ihre Verpflichtungen begriffen. Gleiche Behandlung für alle, keine Lieblinge, real oder eingebildet, und definitiv keine geheimen Briefe in Testamenten.

»Brauchst du Hilfe?«, rief Anna dem Jungen zu, als er wieder begann, die Schnur abzuwickeln.

Er schaute zu ihr, taxierte sie und suchte nach Anzeichen potenzieller Gefahr. Entweder wirkte sie ungefährlich oder sein Verdruss war größer als alle Warnsignale, die sie aussendete. Er nickte.

»Soll ich ihn für dich halten?«, fragte sie und ging auf den rot-orangefarbenen Drachen zu, der am Boden lag.

Der Junge nickte wieder. Anna hob den Drachen hoch. Es war schon sehr lange her, Jahrzehnte wahrscheinlich, aber instinktiv wusste sie, was sie tun musste. Der Junge wickelte weiter Schnur ab, während er sich rückwärts von ihr entfernte.

»Ich glaube, das reicht«, rief sie ihm zu. Er stand in ziemlicher Entfernung zu ihr. »Du musst ihn zuerst in die Luft bekommen und dann mehr Schnur abwickeln, wenn er in den Aufwind gerät.«

Der Junge schaute Anna an, als wäre sie ein Trottel. Offensichtlich benötigte er keinen Drachensteigunterricht, sondern nur jemanden, der das Teil hielt.

»Tut mir leid.« Sie lächelte. »So, bist du bereit?«

Der Junge schwieg noch immer. Es schien, als hielte er sich an das Verbot, nicht mit Fremden zu sprechen, aber sie unter gewissen Umständen einspannen zu können, um seinem Drachen zum Start zu verhelfen. Er wandte sich von ihr ab und begann zu rennen. Anna rannte ebenfalls, und als sie fand, dass sie beide das richtige Tempo erreicht hatten, ließ sie den Drachen los. Der Junge, der die Spannung auf der Schnur bemerkte, drehte sich um und zog daran, um den Drachen dazu zu bringen, in den Himmel aufzusteigen. Er flog wunderbar, als er erst einmal oben war. Anna schaute zu, wie der Junge mehr und mehr Schnur abwickelte und der Drachen immer höher stieg, bis er nur noch ein roter Punkt über ihnen war.

»Er ist wunderschön«, rief sie dem Jungen zu. »Schau, wie er fliegt!«

Der Junge hob den Daumen zum Gruß und wandte sich dann wieder seinem Drachen zu.

Anna ging über den Rasen zurück zum Weg. Sie wusste, was sie tun würde. Clare kam nicht allein klar. Genau wie der Junge mit dem Drachen brauchte sie Hilfe. Es lag bei Anna, alles zu tun, was nötig war, um ihrer Schwester zu helfen. Und wenn es bedeutete, das Versprechen zu brechen, das sie ihrer Mutter gegeben hatte, dann würde sie das tun.

VI

Jetzt, da sie sich dafür entschieden hatte, Clares Brief zu lesen, konnte Anna gar nicht schnell genug nach Hause kommen. Sie rannte zwar nicht, aber ihr Schritt war fokussiert und präzise. Jeder, der sie beobachtete, bekam den Eindruck, sie käme zu spät zu einer Verabredung. Als sie zu Hause ankam, holte sie die Umschläge aus ihrem Versteck. Der, der den Brief an Clare enthielt, war gut zugeklebt. Sie war drauf und dran, ihn über Wasserdampf zu öffnen, als ihr einfiel, dass sie einfach hinterher den Umschlag durch einen neuen ersetzen konnte. Allerdings wäre da trotzdem noch das Problem mit dem Siegel …

Anna schob ein Messer in die obere Ecke und schlitzte das Papier auf. Der Brief rutschte aus dem Umschlag. Er war auf altmodischem elfenbeinfarbenem Basildon-Bond-Papier geschrieben, das ihre Mutter immer benutzt hatte. Das, zusammen mit der ordentlichen Handschrift ihrer Mutter, ließ Anna einen Moment schwanken. Sie schloss die Augen, um sich zu beruhigen, und atmete tief durch den Mund. Ja, sie konnte es tun, und öffnete wieder die Augen. Der Brief trug das Datum Februar 2012, also musste ihre Mutter ihn nicht lange nach dem Tod ihres Vaters geschrieben haben.

Anna holte tief Luft und begann zu lesen.

Meine geliebte Clare,

es ist nicht leicht, diesen Brief zu schreiben, und ich habe viele Jahre mit mir gerungen, ob ich ihn schreiben soll. Du weißt ja, dass ich mir immer Sorgen mache. Lange Zeit habe ich gedacht, ich würde es Dir einfach erzählen. Doch die Jahre vergingen, und nie schien der richtige Moment dafür zu sein. Ein paarmal war ich dicht davor, doch dann kam immer wieder etwas dazwischen. Es war so laut in diesem Haus, als Ihr alle klein wart. Man hatte keine zwei Minuten Ruhe.

Dann dachte ich, ich sollte bis zum Tod Deines Dads warten. Ich glaube nicht, dass er es wusste, und natürlich habe ich es gehasst, Geheimnisse vor ihm zu haben, aber ich hatte das Gefühl, dass ich dieses für mich behalten musste. Und Du warst auch eine Herausforderung, nicht wahr, Clare? In Deinem Leben gab es immer irgendein Drama, und ich beschloss, Dich nicht noch mehr zu belasten, ob das nun gut war oder schlecht.

Aber letzten Endes fühle ich es in meinem Herzen, dass Du es wissen musst, und deshalb schreibe ich Dir diesen Brief, den ich meinem Testament beilegen werde, damit Du ihn bekommst, wenn ich gestorben bin. Ich weiß, dass Du denken wirst, es sei Drückebergerei, aber leider ist es das Beste, was ich tun kann.

Nachdem Miriam geboren war, hatte ich eine ziemlich schwere Zeit. Babys machen viel Arbeit. Niemand sagt einem das vorher. Ehrlich gesagt war es mit Euch allen vieren nicht leicht, aber das Erste und das Letzte waren besonders anstrengend. Das erste Kind, weil ich keine Ahnung hatte, was mich erwarten würde, und das hat mich zu Tode erschreckt, und das letzte, weil Sebastian so ein Schock war und ich eine Weile gebraucht habe, mich davon zu erholen.

Wie auch immer, Dein Dad war während der Woche wegen seiner Arbeit viel unterwegs, und ich war allein mit einem neugeborenen Baby und kam nicht klar. Ich will nichts entschuldigen, Clare, ich versuche es nur so zu schildern, wie es wirklich war, damit Du es verstehst. Ich ging nachmittags immer in ein Café, um eine Tasse Tee zu trinken. Eigentlich nur, um aus dem Haus zu kommen. Dort traf ich einen Mann, der auch manchmal dort war. Er saß immer am Tisch in der Nähe des Fensters, las die Zeitung und trank starken schwarzen Tee. Eines Tages kamen wir über irgendetwas ins Gespräch. Ich weiß gar nicht mehr, worüber. Das ist eigentlich auch egal. Danach bin ich ihm immer wieder zufällig begegnet, und dann haben wir uns ziemlich oft im Park verabredet. Nur um uns zu unterhalten. Ich habe unsere Gespräche wirklich genossen. Er schien zu verstehen, wie hart ich das Leben fand. Wenn ich darüber weinte und jammerte, wie schrecklich alles war, hörte er zu, ohne mich zu verurteilen. Er war ein wundervoller Zuhörer.

Eines Tages brachte er dann ein richtiges Picknick mit – eine Decke und Sandwiches, Schweinefleischpastete und so weiter. Außerdem eine Flasche Wein. Ich war Alkohol nicht mehr gewöhnt – da Dein Vater nie zu Hause war und Miriam so klein, gab es auch keinen Anlass, etwas zu trinken –, und es war mitten am Tag.

Der Wein ist mir jedenfalls sofort zu Kopfe gestiegen. Ich war so albern wie ein Schulmädchen, aber ich wollte nicht, dass es passierte. Er auch nicht, glaube ich. Es war einfach einer dieser Momente … der Alkohol, und ich so mitgenommen … Aber ich habe Frank geliebt und gewusst, dass ich nie etwas tun würde, was ihn verletzen könnte. Deshalb habe ich dem Mann gesagt, ich könne ihn nicht mehr treffen, und habe versucht, das alles zu vergessen. Er verstand es und wusste, dass ich meine Ehe sehr ernst nahm. Allerdings vermisste ich unsere Gespräche und ihn auch.

Als ich herausfand, dass ich schwanger war, war ich völlig durcheinander. Ich konnte nicht mit Sicherheit sagen, wer der Vater war, und natürlich konnte ich darüber mit niemandem sprechen, außer mit dem Mann. Er war unglaublich, als ich es ihm beichtete, so lieb, obwohl er hätte gemein sein können. Aber letzten Endes wusste ich, dass tatsächlich die gute Möglichkeit bestand, dass Du Franks Baby warst. Deshalb habe ich weitergemacht, als wäre nichts geschehen. Und ich liebte Dich, Clare, von Anfang an habe ich Dich geliebt.

Ich wünschte, ich hätte von Angesicht zu Angesicht mit Dir darüber gesprochen, hätte es Dir selbst erzählt, aber mit den Jahren wurde es einfach immer schwerer. Du sahst Miriam zu ähnlich, als dass jemand etwas infrage gestellt hätte. Warum auch? Ich war eine absolut respektable, verheiratete Frau. Aber dann hast Du angefangen, auf eine Art zu rebellieren, die ich von den anderen nicht kannte, und da habe ich mich gefragt, ob an Dir etwas Besonderes ist, meine Kleine.

Für mich spielt das alles keine Rolle, Clare. Du bist mein Baby. Wirst es immer sein. Ich hätte Dich nicht mehr lieben können, als ich es getan habe. Aber ich weiß, dass man heutzutage Tests machen kann, und ich glaube, Du solltest die Möglichkeit haben, es selbst herauszufinden.

Ich habe den Mann nicht wiedergesehen, nachdem Du geboren wurdest. Er ist kurz darauf ins Ausland gezogen, hat mir aber ab und zu geschrieben, um sicherzugehen, dass es mir gut ging. Sein Name ist StJohn Downing.

Meine liebe Clare, ich liebe Dich mehr, als du Dir vorstellen kannst. Du darfst nie bezweifeln, wie sehr Du gewollt warst und geschätzt wurdest. Aber ich kann dieses Geheimnis nicht bedenkenlos mit ins Grab nehmen. Ich schulde es Dir, die Wahrheit zu sagen.

Deine Dich immer liebende
Mum x

VII

Mist!

Anna saß mit offenem Mund da und starrte an die Küchenwand. Mist! Sie wusste nicht, was sie beim Öffnen des Umschlags erwartet hatte, aber das war es nicht gewesen. Ihre Mutter hatte eine Affäre gehabt. Nein. Eigentlich keine Affäre, sondern einen One-Afternoon-Stand. Ihre Mum! Ihre irische, katholische, pflichtbewusste Mutter hatte Sex mit jemandem gehabt, der nicht ihr Ehemann gewesen war. Wenn Anna es nicht selbst schwarz auf weiß in der Handschrift ihrer Mutter gelesen hätte, dann hätte sie es niemals geglaubt.

Allerdings war dieser besondere kleine Fehltritt nur der Aperitif, das Vorprogramm zur Hauptattraktion. Die tatsächliche Geschichte war viel, viel schlimmer. Clare war vielleicht nur ihre Halbschwester. Clare! Anna verstand das alles nicht. Sie vier waren doch eine Bande, die sich wie die Kesselflicker gestritten hatte und sich zu verschiedenen Gelegenheiten mit Freuden gegenseitig umgebracht hätte, aber trotzdem eine Bande. Es konnte doch nicht sein, dass Clare nicht Dads Tochter war. Sie sah Miriam so ähnlich. Als sie jung waren, hatten die Leute sie immer für Zwillinge gehalten. Sie waren offensichtlich im selben Genpool geschwommen. Oder etwa nicht?

Was, wenn es nicht so gewesen war? Was, wenn die Ähnlichkeit nur die Hälfte der Geschichte war? Konnten Clare und Miriam sich ähnlich sehen, ohne hundertprozentige biologische Geschwister zu sein? Cousins oder Cousinen sahen sich oft auch ähnlich. Vielleicht gab es Unterschiede zwischen Clare und dem Rest von ihnen, aber niemand hatte sie bemerkt, weil keiner danach gesucht hatte.

Natürlich gab es diese Unterschiede. Trotz des Aussehens war Clare nie ganz so gewesen wie der Rest der Bliss-Kinder.

Sie hatte sich gegen Dinge aufgelehnt, die die anderen akzeptiert hatten. Sie hatte Persönlichkeitsmerkmale, die keiner der anderen hatte, ein anderes Wertesystem, einen anderslautenden Moralkodex. Anna hatte immer angenommen, dass Clare sich einfach so entwickelt hatte, aber was, wenn es hier mehr um Veranlagung als Erziehung ging? Was, wenn die schwierigeren Aspekte dessen, was Clare zu Clare gemacht hatte, nichts mit Frank und sehr viel mit StJohn zu tun hatten?

Mist!

Auf einmal wusste Anna, dass es ein riesiger Fehler gewesen war, den Brief zu lesen. Was sollte sie jetzt tun, wo sie die ganze armselige Geschichte kannte? Das hier war definitiv einer dieser Momente, in denen etwas, was gerade noch wie eine tolle Idee geklungen hatte, zutiefst bedauert wurde, sobald es zu spät war, etwas daran zu ändern. Warum hatte sie nicht auf ihre Mutter gehört? Ihre Mutter hatte ihr das Versprechen abgenommen, den Brief zu verbrennen. Weshalb hatte sie das nicht getan? Anna wusste es genau. Weil sie wie gewöhnlich davon überzeugt gewesen war, es besser zu wissen. Sie war das Lieblingskind, und deshalb gab es keinen Grund, weshalb sie einen Fehler hätte machen sollen. Und jetzt das. Sie hatte die größte Büchse der Pandora geöffnet, mit der ihre Familie je konfrontiert worden war, und alles, weil sie gedacht hatte, sie wüsste es besser als ihre Mutter.

Ihr war schlecht. Sie las den Brief noch einmal. Nur für den Fall, dass sie vielleicht beim ersten Lesen etwas völlig falsch interpretiert hatte. Doch das hatte sie nicht. Nur über eines bestand nun keine Klarheit mehr, nämlich darüber, wer genau Clares Vater war.

Langsam verging die Panik, und Anna konnte wieder klar denken. Da half nur eins: Sie würde tun, was sie ursprünglich hätte tun sollen, nämlich den Brief vernichten, wie ihre Mutter es gewollt hatte. Und das Testament würde auch verschwinden müssen, denn in ihm wurde Bezug auf den Brief genommen. Das war nicht so schwer. Die anderen würden einfach akzeptieren müssen, dass ihre Mutter verstorben war, ohne ein Testament hinterlassen zu haben. Es würde ihnen nicht gefallen, doch was konnten sie tun? Und Annas Strafe dafür, dass sie nicht getan hatte, um was man sie gebeten hatte, war, dass sie das Geheimnis ein Leben lang mit sich herumschleppen musste und niemals mit jemandem darüber sprechen durfte. Und trotzdem …

Anna kaute diese Vorstellung in Gedanken durch. Es gab Schlimmeres, nahm sie an. Viele Leute schleppten Geheimnisse mit sich herum. Ihre Mutter hatte dieses hier fünfzig Jahre unter Verschluss gehalten, verdammt noch mal! Anna würde es genauso machen. Die anderen brauchten davon niemals etwas zu erfahren. Und wahrscheinlich war Clare sowieso Franks Kind. Vermutlich hatten ihre Eltern regelmäßiger Sex gehabt als Mutter mit diesem Mann, dieses eine Mal im Park. Anna entschied sich bewusst, den Teil des Briefes zu ignorieren, in dem es darum ging, dass Frank jobbedingt oft weg und Miriam ein schwieriges Baby gewesen war. All das hatte absolut nichts mit der Möglichkeit zu tun, dass Frank Clares Vater war. Überhaupt nichts. Mist! Mist! Mist!

VIII

Als Anna eine Lösung für das unbeabsichtigt von ihr geschaffene Problem eingefallen war, hatte sie wie eine brillante Idee geklungen. Sie würde StJohn Downing besuchen, einen Blick auf ihn werfen, um zu prüfen, ob er Clares Vater sein könnte, und dann wieder verschwinden. Das war doch nicht schwer. Als Vorwand würde der kürzliche Tod ihrer Mutter dienen. Er hatte ihnen immerhin eine Beileidskarte geschickt, in der hilfreicherweise seine Adresse vermerkt gewesen war. Schade, dass sie bereits eine Dankeskarte an ihn verschickt hatte, aber das war nicht mehr zu ändern. Sie würde vorbeischauen und sich vorstellen, ihn begutachten und wieder gehen. Und wenn er überhaupt nicht aussah wie Clare, dann konnte sie ihre Schuldgefühle vergessen, den Brief vernichten und ihr Leben weiterleben. Das war ein simpler Plan.

Jetzt, da sie auf der Straße vor seinem Bungalow stand, fühlte sich der Plan nicht mehr ganz so wasserdicht an. Anna war versucht, die Flucht zu ergreifen und nach Hause zu fahren, aber dann würde sie weiterhin im Ungewissen leben müssen. Ob sie dazu imstande war, wusste sie auch nicht. Immerhin hatte sie ihre unstillbare Neugier in diese missliche Lage gebracht. Und außerdem konnte es doch nicht schwer sein, ein kurzes Gespräch mit einem betagten Mann zu führen, der sie erwartete. Für das große Ganze bekam sie das doch hin, oder?

StJohn Downings Bungalow war klein und gepflegt. Er war rundum von einem Garten umgeben, der auf den ersten Blick aussah wie jeder andere, aber in dem bei genauerem Hinsehen ungewöhnliche und exotische Pflanzen wuchsen. Die Hecke, die ihn vom Haus nebenan trennte, war aus Bambus, und an den Grundstücksgrenzen standen beschnittene Stauden, die Anna nicht kannte. Gras gab es auch nicht, nur Pflaster und wellen- und kreisförmig geharkten Kies. Also keine Enkelkinder, dachte Anna, als sie sich vorstellte, welche Verwüstung ihre Nichten und Neffen in solch einer peniblen Ordnung anrichten würden. Auf der Haustür, die in kühnem Rot gestrichen war, befand sich die Hausnummer in asiatischer Schriftart. Hätte die Adresse nicht klar und deutlich auf dem Blatt Papier in ihrer Hand gestanden, hätte Anna vermutet, dass sie sich vor dem falschen Haus befand. Es sah ganz und gar nicht danach aus, dass hier ein Mann von über achtzig lebte.

Sie ging die Auffahrt hinauf, stand vor der Tür und klingelte, bevor sie die Möglichkeit hatte, es sich noch einmal anders zu überlegen. Augenblicke später wurde die Tür von StJohn Downing geöffnet. Er war sehr alt. Das konnte man an seinem Gesicht sehen. Seine Falten erinnerten Anna an die konzentrischen Kreise im Kies und verliefen in tiefen und gleichmäßigen Furchen quer durchs Gesicht. Er hatte immer noch volles weißes Haar und keine Anzeichen von kahlen Stellen, aber sein Blick war verschleiert und sehr düster. Wenn er Clares Gene in sich trug, dann waren sie ziemlich tief verborgen. Er saß in einem Rollstuhl, was Anna nicht erwartet hatte. Es war kein Allerweltsrollstuhl, sondern mehr so ein leichtgewichtiges, ultramodernes, teures Modell.

»Guten Morgen«, begrüßte er sie. Seine Stimme war noch immer fest, trotz seiner Erscheinung, und deutete leicht auf einen lokalen Akzent hin. »Kommen Sie rein, Anna.«

Er fuhr mit dem Rollstuhl geschickt zurück, damit Anna eintreten konnte, und wies auf einen Raum auf der rechten Seite.

»Bitte gehen Sie durch.«

Anna tat, was er gesagt hatte, und betrat ein helles, luftiges Wohnzimmer, in dem viele gesund aussehende Grünpflanzen standen. Der Raum sah aus wie aus einer Wohnzeitschrift, war mit grauen Kordsesseln sehr sparsam eingerichtet und hatte einen hellen Holzfußboden. An den Wänden hingen einige Blockdrucke und Strichzeichnungen von hochgewachsenen Frauen in eleganten Kimonos. Anna erkannte deutlich den japanischen Touch.

»Bitte setzen Sie sich, Anna. Darf ich Sie Anna nennen?«, fragte er höflich.

»Äh, ja. Sehr gern.« Sie war nie ganz sicher, welche Alternative es gab. Miss Bliss? Also wirklich!

»Darf ich Ihnen etwas zu trinken anbieten? Tee vielleicht? Kaffee? Etwas Kaltes?«

Angesichts der Kulisse fragte sich Anna, ob der Tee eine Zeremonie beinhalten würde. Eigentlich zog sie Kaffee vor, aber sie war neugierig. Schon wieder!

»Tee wäre großartig«, sagte sie. »Brauchen Sie Hilfe?«, fügte sie unbeholfen hinzu und bereute es sofort. Das hier war sein Haus. Wahrscheinlich konnte er ohne allzu große Probleme etwas zu trinken zubereiten.

»Ich denke, das geht schon«, erwiderte er, und der Rollstuhl fuhr summend in die Küche.

Anna saß auf der äußersten Kante des Sessels. Sie rutschte zurück und versuchte, entspannt und selbstbewusst auszusehen, doch so fühlte sie sich bei Weitem nicht. Das Haus war fantastisch. Überhaupt nicht so, wie sie es erwartet hatte. Sie suchte nach Hinweisen, ob hier doch noch jemand wohnte, aber es gab so wenig, was herumstand, dass es schwierig war.

Sie hörte, wie das Wasser in der Küche kochte und Schränke geöffnet und geschlossen wurden.

»Ihr Haus ist reizend«, rief sie. »Wohnen Sie schon lange hier?«

»Nein. Nicht sehr lange. In jungen Jahren bin ich viel gereist, doch als ich meine Lebensweise ändern musste, beschloss ich, mich niederzulassen und hierher zurückzukommen. Ich weiß nicht genau, warum, außer, dass man die Tendenz hat, zu seinen Wurzeln zurückzukehren, nicht wahr? Besonders, wenn man so alt ist wie ich.«

Er erschien in der Tür mit einem Tablett auf dem Schoß. Anna hatte sich schon halb erhoben in der Absicht, ihn davon zu befreien, aber bevor sie die Möglichkeit hatte, ihm zu helfen, hatte er das Tablett bereits auf dem Tisch abgesetzt.

»Sie sind also ursprünglich von hier?«, fragte sie.

»So früh schon Fragen, und ich habe noch nicht einmal Tee eingegossen«, scherzte er. »Es ist grüner – Sencha. Ich hoffe, er trifft Ihren Geschmack.«

Anna bevorzugte starken schwarzen Tee mit viel Milch, doch sie nickte, als wäre Sencha, was auch immer das sein mochte, ihr absoluter Lieblingstee.

StJohn goss den Tee in weiße Tassen aus Knochenporzellan, rollte zu ihr und gab ihr eine, ohne auch nur einen Tropfen zu verschütten. Anna war nicht sicher, ob sie genauso viel Körperbeherrschung gehabt hätte. Ihre Hände zitterten wie verrückt. Sie konzentrierte sich angestrengt darauf, nichts in die Untertasse zu schütten. StJohn fuhr zurück auf seinen Platz am Tisch und drehte den Rollstuhl herum, um sie anzuschauen.

»Sie sind also Anna«, sagte er, und es schien, als würde er jede Einzelheit in ihrem Gesicht begutachten. »Dorothys Mädchen.«

»Ja. Das stimmt. Genau genommen Dorothys drittes Mädchen«, fügte sie hinzu. Und vielleicht auch Franks drittes, dachte sie, obwohl dieser spezielle Umstand im Augenblick ungewiss war.

Anna hatte mehr oder weniger geplant, was sie sagen wollte, aber jetzt, wo sie hier war, ertappte sie sich dabei, dass sie plötzlich und unerklärlicherweise schüchtern war. Das sah ihr gar nicht ähnlich. Normalerweise konnte sie sich in einem Gespräch behaupten, andererseits war das hier keine allgemeine Unterhaltung. Und er war so verschlossen, gab nichts preis. Ahnte er, weshalb sie hier war? Vielleicht, doch Anna würde sich auf keinen Fall auf diesen speziellen Pfad begeben. Sie musste einfach ihrem Plan folgen, sein Gesicht nach Spuren von Clare abzusuchen, und ihn dann vergessen.

»Vielen Dank für Ihre Beileidskarte«, sagte Anna. Ihre Stimme klang überlaut in diesem friedlichen Raum, und die

Worte überschlugen sich. »Es war sehr nett von Ihnen, zu schreiben. Wir haben uns alle darüber gefreut.«

»Ich war sehr traurig, als ich erfuhr, dass Ihre Mutter verstorben war. Sie war eine gute Frau, und ich habe sie sehr geschätzt. Sie müssen über Ihren Verlust alle sehr bestürzt sein.«

»Das sind wir«, gestand Anna und spürte, wie sich ein Kloß in ihrem Hals bildete. »Aber es kam nicht überraschend. Sie hatte einen Schlaganfall und konnte sich nicht mehr um sich selbst kümmern. Deshalb war es am Ende fast ein Segen.« Annas Gespräch mit der alten Dame in *Oak's Reach* kam ihr in den Sinn. »Ich meine, ein Segen für sie. Nicht für uns«, fügte sie jetzt nervös hinzu. »Wir waren natürlich alle am Boden zerstört.«

»Natürlich«, pflichtete StJohn ihr bei. Irgendetwas an der Art, wie er sprach, fand Anna befremdlich. Er gab ihr das Gefühl, jung und dumm zu sein, und erweckte den Eindruck eines hochrangigen und nicht sehr toleranten Professors an einer Universität.

»Und Ihr Vater?«, fuhr er fort.

»Er ist vor einiger Zeit gestorben. An Krebs. Sehr schnell. Mum war ein paar Jahre allein.« Anna hatte den Eindruck, dass ihre Stimme vorwurfsvoll klang, was sie überraschte. Was versuchte sie zu sagen? Wenn Sie so viel von ihr hielten, wo waren Sie dann, als sie ganz allein war? Doch wenn es StJohn auffiel, dann ließ er es sich nicht anmerken.

Anna trank einen Schluck Tee, um die peinliche Stille zu füllen. Grüner Tee war wirklich nicht ihr Ding. Er war so dünn, doch sie musste ihn schon aus Höflichkeit austrinken. Und wieder saß sie auf dem Rand des Sessels. Sie versuchte, zurückzurutschen, ohne den Tee zu verschütten. Es gab keinen Tisch in der Nähe, auf dem sie die Tasse hätte abstellen können. Also nahm sie noch einen Schluck und schien die Fähigkeit verloren zu haben, zu reden. Mein Gott, was war bloß los mit ihr?

Schließlich durchbrach StJohn die Stille.

»Und Sie haben drei Geschwister? Stimmt das?«

Dankbar, sich auf bekanntem Terrain zu befinden, wurde Anna wieder munter.

»Ja. Miriam ist die Älteste. Sie ist Englischlehrerin. Dann kommt Clare.« Jahre des Rechtfertigens für Clare hatten dazu geführt, dass Anna ihre Äußerungen über sie auf fast nichts zurückgeschraubt hatte. So auch diesmal. »Dann ich. Ich bin unverheiratet und habe keine Kinder. Und dann noch Sebastian. Er hat zwei kleine Jungs, die nicht immer leicht sind. Allen geht es gut«, fügte sie an, als müsse sie ihrer aller Leben vor einem völlig Fremden rechtfertigen. Es war nur eine kleine Lüge.

StJohn nickte und trank seinen Tee. Dabei gab er Anna die Möglichkeit, ihn genauer anzuschauen. Sie suchte sein Gesicht nach irgendeinem Hinweis ab, fand aber nichts Offensichtliches. Vielleicht irgendetwas um die Augen herum, der Mund? Es war schwer zu sagen. Bei einem solch alten Gesicht wie seinem waren sämtliche Hinweise tiefer vergraben, als ein flüchtiger Blick erhaschen konnte. Als merkte er, dass er begutachtet wurde, hob er den Blick von seiner Teetasse und schaute Anna direkt an

»Und weshalb sind Sie wirklich hier, Anna?«, fragte er.

Wow! Das hatte sie nicht erwartet. Sie spürte, wie sie rot wurde. Mehr konnte sie nicht tun, um das Herumrutschen im Sessel oder das ständige Umeinanderschlingen der Beine zu stoppen. Seine Frage war so direkt, so wissend. Sie holte tief Luft.

»Na ja«, begann sie langsam. »Ich wollte mich für Ihre Beileidskarte bedanken. Wir alle, meine ich. Es war sehr nett von Ihnen, zu schreiben und so. Und außerdem …« Sie machte eine Pause. Um herauszufinden, ob Sie der Vater meiner unberechenbaren Schwester sein könnten. Aber den letzten Teil behielt sie für sich.

Er schaute sie erwartungsvoll an, drängte sie aber nicht.

»Und«, fuhr sie fort, »um ehrlich zu sein, war ich wahrscheinlich auch neugierig. Es gibt nicht mehr viele Freunde meiner Mutter, die noch leben. Und die kenne ich entweder oder weiß zumindest, wo sie sie kennengelernt hat. Sie waren ein kleines Rätsel. Ihre Karte tauchte aus dem Nichts auf und hat mich neugierig gemacht. Das ist alles.« Während Anna geredet hatte, war ihr Blick im Zimmer herumgehuscht, doch jetzt schwieg sie wieder und konzentrierte sich auf sein Gesicht. Aber darin war nichts zu erkennen, zumindest konnte sie nichts entdecken. Seine dunklen Augen blieben auf sie gerichtet.

»Ah«, sagte er. »Ich verstehe.«

Das war alles. Anna sagte nichts, gab ihm Zeit, mehr Einzelheiten preiszugeben, doch es kam nichts. Er schaute sie nur weiter an. Wäre da nicht sein bisheriges Auftreten gewesen, hätte sie vielleicht geglaubt, er hätte nicht mehr alle Tassen im Schrank, aber es war tatsächlich mehr als offensichtlich, dass StJohn Downing im Vollbesitz seiner geistigen Kräfte war. Würde er ihr gegenüber wirklich nichts verlauten lassen?

»Haben Sie den Brief Ihrer Mutter gelesen?«, fragte er dann, und seine Direktheit ließ sie zusammenzucken. »Den, den sie an Clare über mich geschrieben hat?«

Sein Blick blieb auf sie gerichtet. Anna hatte das Gefühl, als hätte er ihren Schädel geöffnet und starrte ihr direkt ins Gehirn, sah, wie es arbeitete, und kannte all ihre persönlichsten Gedanken. Es war sehr unangenehm. Hier wurde jedenfalls nicht um den heißen Brei herumgeredet, was Anna gefiel, doch sie fühlte sich durch seine Frage ein bisschen auf dem falschen Fuß erwischt. Aber war sie nicht hergekommen, um genau darüber etwas herauszufinden? Sofort entschied sie sich, ihm zu folgen und zu schauen, wohin er sie führte.

»Ja«, gab sie einfach zu.

»Und Clare?«, fragte er.

Anna schüttelte den Kopf. »Nur ich. Mum wollte, dass ich den Brief verbrenne, aber ich …« Sie zuckte mit den Schultern. »Na ja, ich hatte das Gefühl, es wäre nicht richtig, und deshalb hab ich ihn nach Mums Tod gelesen und …«

»Und jetzt stecken Sie im Niemandsland fest und wissen nicht, welchen Weg Sie einschlagen sollen?«

Er traf den Nagel auf den Kopf. Anna nickte.

StJohn schaute aus dem Fenster und beobachtete für einen Moment den sich hin und her bewegenden Bambus.

»Würde es helfen, wenn ich Ihnen meinen Teil der Geschichte erzähle?« StJohn konzentrierte sich weiter auf die Pflanzen.

Würde es das? Anna war sich nicht sicher. Ihr Bedürfnis nach Informationen hatte sie überhaupt erst in diese unangenehme Lage gebracht. Andererseits, war sie nicht deshalb hergekommen? Um etwas Neues zu erfahren. Oh, verdammt! Wer A sagt …

»Ja«, sagte sie leise. »Bitte.«

StJohn holte tief Luft, als bereite er sich auf die vor ihm liegende Aufgabe vor.

»Also«, legte er los. »Fangen wir mit dem an, was Sie bereits wissen.«

»Das ist nicht viel«, meinte Anna und rief sich den Brief ihrer Mutter ins Gedächtnis. »Sie lernten meine Mum in einem Café kennen. Sie kamen sich näher. Sie hatten einen …« Anna machte eine Pause. Sie spürte, wie sie wieder rot wurde. Gott, war das peinlich! Sie redeten über ihre Mutter, die mit diesem Fremden Sex gehabt hatte. »… einen …«

StJohn nickte einfach, und Anna, dankbar, dass sie es nicht laut aussprechen musste, fuhr fort. »Und das war alles. Mum bekam das Baby. Sie erzählte es Ihnen. Sie zogen weg, und bei uns ging das Leben weiter. Stimmt das so ungefähr? Zusammengefasst?«

Er fuhr mit seinem Rollstuhl zum Tisch und goss sich aus der Porzellankanne Tee nach, die er auch in Annas Richtung hochhielt, doch sie schüttelte den Kopf. Dann fuhr er zurück an seinen alten Platz, und als er dort seine Position wieder eingenommen hatte, schien er das, was er erzählen wollte, gedanklich geordnet zu haben. Er begann.

»Ich habe nie geheiratet«, sagte er mit leiser, aber deutlicher Stimme. »Das konnte ich nie. Nachdem ich Ihre Mutter kennengelernt hatte, schien mir niemand auch nur annähernd an sie heranzureichen. Sie war eine gute Frau und stand voll und ganz zu Ihrem Vater. Für sie war das, was zwischen uns geschehen war, ein Unfall, ein verkehrtes Handeln in einer Zeit großer Ruhelosigkeit. Soweit ich weiß, war es das einzige Mal, dass sie untreu gewesen ist. Aber für mich war es der süßeste, kostbarste Teil meines Lebens, und danach gab es nie mehr etwas Vergleichbares.«

Anna beobachtete ihn genau, während er sprach. Er stützte die Ellbogen auf die Armlehnen des Rollstuhls und formte mit den Händen eine Pyramide, während er die Fingerspitzen an die Lippen hielt. Ein Dreieck, dachte Anna. Wie äußerst passend.

»Nachdem wir miteinander geschlafen hatten«, setzte er seine Erzählung fort, und Anna war sehr bemüht, sich bei seiner Offenheit nicht zu winden, »war für Ihre Mutter sofort klar, dass sie einen Fehler gemacht hatte. Nicht damit, dass wir befreundet waren«, fügte er schnell hinzu. »Daran war nichts Schlimmes. Die Freundschaft war zwar ein bisschen unkonventionell, aber das war auch alles. Doch wir hätten nie … ich hätte nie … Wie auch immer, Dorothy war entschlossen, so etwas nie wieder geschehen zu lassen. Wir trafen uns ein letztes Mal im Park. Es war ein abscheulicher Tag, grau und regnerisch, und wir saßen auf einer Bank, schauten mehr auf den Rasen als uns an, und Miriam schlief im Kinderwagen. Dorothy sagte, wie sehr sie Ihren Vater lieben würde, dass das, was wir getan hatten, ein furchtbarer Fehler gewesen sei, doch das brauchte sie mir alles nicht zu erklären. Ich wusste es bereits, hatte ihr wochenlang zugehört. Ich wusste, wie viel Frank ihr bedeutete.«

Jetzt wurde seine Stimme noch leiser, und Anna merkte, wie sie sich vorbeugte, um ihn zu verstehen.

»Und das hätte es gewesen sein können«, setzte er wieder an. »Ein Fehler, begangen im betrunkenen Zustand, der sofort unter den Teppich gekehrt und nie wieder erwähnt worden wäre wie Tausende anderer Begegnungen. Aber hier reden wir von Dorothy. Sie war so eine gute Frau und verstand, wie hart das für mich war. Als Clare geboren wurde, schrieb sie es mir. Keiner von uns konnte wissen, wer Clares Vater war, und was gab es da noch zu sagen? Ich habe das Kind nie gesehen, deshalb kann ich Ihnen nicht sagen, ob ich mich durch irgendeinen väterlichen Instinkt zu ihm hingezogen fühlte. Und Dorothy hat mir keine Fotos geschickt. Ich glaube, das wäre ein zu großer Betrug für sie gewesen.«

StJohn drehte den Kopf und schaute wieder in den Garten. Anna sah, wie er sich kurz über die Augen wischte. Durch die Nase holte er tief Luft und ließ sie langsam durch den Mund entweichen, während er sich sammelte.

»Kurz darauf ging ich nach Japan. Japanische Gärten hatten mich schon immer fasziniert, und deshalb entschied ich mich, dort von den Meistern zu lernen. Und das war's. Ein neuer Start im Ausland. Dorothy wusste, wo sie mich finden konnte, wenn sie mich gebraucht hätte, aber sie meldete sich selten, und es war nicht an mir, mit ihr Kontakt aufzunehmen. Das letzte Mal, dass ich etwas von ihr hörte, war, als sie mir erzählte, sie hätte ihrem Testament einen Brief an Clare beigelegt. Und das, Anna, ist alles.«

Jetzt schaute er sie direkt an. Seine Augen waren faszinierend, fand Anna. Irgendwie hypnotisierend, als sie ihrem Blick standhielten. Sie begriff, weshalb sich ihre Mutter von ihm angezogen gefühlt hatte. Anna wandte als Erste den Blick ab.

»Das ist eine furchtbar traurige Geschichte«, gestand sie, ohne wirklich nachzudenken. »Gott, das tut mir leid. Das war gedankenlos von mir.«

»Ja, möglicherweise.« Er lächelte verhalten. »Aber dennoch wahr. Das Finden und der anschließende Verlust Ihrer Mutter war der größte Kummer in meinem Leben, aber mit den Jahren bin ich damit klargekommen. Und es ist reizend, Sie kennenzulernen, Anna. Sie sehen Ihrer Mutter sehr ähnlich. Es ist schade, dass ich Clare niemals treffen werde, aber …«

»Sie können sie kennenlernen«, unterbrach Anna ihn, und in ihrem Kopf ging sie bereits die Möglichkeiten durch. Doch StJohn schüttelte den Kopf.

»Nein«, sagte er bestimmt. »Ihre Mutter war sicher, dass es das Falsche wäre. Sie haben doch gesagt, dass sie Sie vor ihrem Tod angewiesen hat, den Brief zu vernichten.«

Anna nickte kleinlaut.

»Dann sollten Sie sich auch daran halten, Anna. Sie hatte entschieden, dass nichts damit gewonnen wäre, es Clare jetzt zu erzählen, und das finde ich auch. Ich bin ein alter Mann. Ihre Eltern sind tot. Was würde Clare mit diesem Wissen anfangen, außer, sich davon auffressen zu lassen?«

»Aber hat sie nicht das Recht, Sie kennenzulernen?«, hakte Anna nach. »Schließlich besteht eine Chance, dass Sie ihr biologischer Vater sind.«

»Wie ich diesen Ausdruck hasse«, bekannte StJohn. »Biologie bedeutet nur Chemikalien. Der Vater Ihrer Schwester war Frank. Ich habe keinen Anspruch auf Clare. Vielleicht kommt das Geheimnis eines Tages ans Licht, wenn die Zeit dafür reif ist, aber jetzt nicht.«

Anna verstand nicht, wie die Wahrheit herauskommen sollte, wenn nur StJohn und sie davon wussten, aber sie wollte den Punkt nicht breittreten.

»Und wenn es Ihnen nichts ausmacht, dann möchte ich jetzt allein sein«, sagte StJohn.

Anna sprang auf.

»Ja, natürlich. Danke, dass Sie Zeit für mich hatten und mir von Mum erzählt haben.«

»Keine Ursache.«

Er manövrierte seinen Rollstuhl auf die Tür zu.

»Und ich glaube, es wäre das Beste, wenn wir uns nicht wiedersehen, Anna. Wenn es Ihnen nichts ausmacht. Ich habe mein Leben damit verbracht, diese Sache aus dem Kopf zu bekommen, und um meiner selbst willen würde ich gern damit fortfahren.«

Anna nickte. Er hatte recht. Sie kannte jetzt die ganze Geschichte. Ihre Neugier war befriedigt. Sie würde das Geheimnis ihrer Mutter mit in ihr eigenes Grab nehmen, und die Identität von Clares biologischem Vater war ein Detail, das keiner von ihnen benötigte. Wie es StJohn bereits gesagt hatte: Welchen Unterschied würde es machen? Ihr Vater war auch immer Clares Vater gewesen, und das war's.

»Leben Sie wohl«, verabschiedete er sie und öffnete die Tür für Anna.

»Leben Sie wohl.«

Anna ging den Weg entlang. Sie drehte sich nicht um, aber sie konnte seinen Blick spüren, der ihr folgte, während sie sein Grundstück verließ.

IX

Anna hasste das Fitnessstudio. Worin bestand sein Sinn? Na ja, das wusste sie natürlich. Irgendwie musste sie weiter in ihre Lieblingsjeans passen. Außerdem las sie ständig Artikel über all die abscheulichen Dinge, die ihrem Körper unmittelbar bevorstanden: Hitzewallungen, schlaflose Nächte, Stimmungsschwankungen, Osteoporose. Die Liste war endlos. Angesichts all dieser sich am Horizont abzeichnenden Katastrophen konnte sie zumindest ein wenig Zeit in die Vorbereitung darauf investieren, was sie äußerst zähneknirschend tat.

Sie stieg hinauf und hinab, hinauf und hinab. Unermüdlich. Mittlerweile musste sie bereits die Hälfte des Mount Everest erklommen haben und war mindestens schon im Basislager. Sie warf einen Blick auf die Maschinen rechts und links neben ihr. Der Mann rechts sah aus, als würde er jeden Augenblick einen Herzinfarkt erleiden, und Schweißtropfen flogen auf ihr Trainingsgerät. Zweifellos auch auf sie selbst, aber diesen Gedanken konnte sie nicht ertragen. Die Frau zu ihrer Linken sah aus wie eine Gazelle. Anna stöhnte innerlich und ignorierte das Schwabbeln ihrer Oberschenkel, wenn sie das Pedal hinunterdrückte und auf den Datenbildschirm starrte. Noch zehn, neun, acht …

Mit brennenden Quadrizeps stieg sie ab und machte sich auf die Suche nach einem weiteren Folterinstrument. Das Ruderergometer vielleicht? Das war nicht zu schmerzhaft und erzeugte wenigstens seinen eigenen Luftzug.

Und was jetzt?, fragte sie sich, als sie mit langen, rhythmischen Zügen kräftig und sicher am Griff zog. StJohn Downing am Tag zuvor getroffen zu haben, hatte ihr zu einem klaren Kopf verholfen. Der Brief an Clare musste verschwinden. Heute Morgen beim Frühstück hatte Anna das Testament aus dem Umschlag gezogen, der unter dem Stapel auf ihrem Tisch vor aller Augen versteckt gewesen war. Sie hatte auf eine Erleuchtung gehofft, irgendetwas, an das sie noch nicht gedacht hatte und das ihr erlauben würde, das Testament zu behalten und den Brief nicht, aber ihr war nichts eingefallen. Die beiden Dokumente waren unzertrennlich miteinander verbunden.

Der Mann auf dem Stepper rutschte ab und landete verschwitzt und überhitzt auf dem Boden. Das kann nicht gut für ihn sein, dachte Anna. Die Gazellenfrau absolvierte immer noch gleichmäßige Schritte und sah aus, als wäre das Erklimmen des Mondes ein Kinderspiel für sie.

Diese ganze Situation wäre viel leichter zu ertragen, wenn sie nur mit einem der anderen reden könnte. Miriam würde wissen, was zu tun wäre, und Sebastian würde immerhin ein mitfühlendes Gesicht machen, auch wenn er nicht wüsste, was das Beste wäre. Anna wusste allerdings, dass das keine Option war. Je weniger Leute die Wahrheit kannten, desto besser, besonders, weil sie die Entscheidung getroffen hatte, Clare nichts zu sagen. Anna war auf sich gestellt.

Sie bemerkte, dass sie immer langsamer ruderte, bis sie schließlich ganz aufhörte. Genug nachgedacht! Heute würde sie den Brief und das Testament vernichten. Es würde zwar bedeuten, dass Sebastian sein Anrecht auf den Verlobungsring ihrer Mutter verlor, aber das war garantiert besser, als Clare ihrer Identität zu berauben. Und schließlich hatte ihre Mutter von Anna verlangt, dafür zu sorgen, dass Clare niemals etwas erfuhr, oder?

Nachdem sie endlich die Entscheidung getroffen hatte, fühlte Anna sich sofort viel besser und nahm die langen, sicheren Züge auf dem Ruderergometer wieder auf. Der Luftzug kühlte ihr Gesicht. Es war einfach, wenn man wusste, wie es ging.

Sie absolvierte den Rest des Trainingsprogramms und fühlte sich so leicht wie eine Feder, was mehr war, als die Gewichte bewirkten. Mission erfüllt. Sie setzte einen verschnörkelten Haken in das Kästchen auf ihrem Programm, steckte es zurück in den Kasten auf dem Schreibtisch des Übungsleiters und machte sich auf den Weg zu den Duschen. Als sie das heiße Wasser über ihre Haut laufen ließ, gratulierte sie sich zu einer guten Entscheidung. Sie kam damit klar, ein Geheimnis zu bewahren. Sie hatte breite Schultern.

Als sie sich anzog, überprüfte sie ihr Handy auf eingegangene Nachrichten. Sie hatte einen Anruf verpasst, und da war eine Nachricht von Miriam.

KATASTROPHE! Waschmaschine hinüber. Keine sauberen Schlüpfer. Hilfe!

Anna lächelte. Es war so selten, dass Miriam um Hilfe bat. Anna tippte eine Antwort.

Kavallerie eilt zur Rettung. Nimm meine. Kein Problem. Xxx

Sie drückte auf *Senden* und Sekunden später …

Danke dir xxxxx. Bist ein Engel. Bin vielleicht noch da, wenn du nach Hause kommst.

Bin gegen halb sieben da. Bis dann xx.

Ohne Eile packte sie ihre Sportkleidung in die Tasche, bürstete ihre Haare und überlegte, was sie sich zum Abendessen kochen könnte. Im Kühlschrank war Hühnchenbrust, ein schöner Salat … Der Gedanke traf sie wie ein Blitz, und ihr wurde eiskalt. Das Adrenalin kribbelte in den Fingern und im Genick. Das Testament! Es lag ausgerechnet auf dem Küchentisch, wo sie es heute Morgen hatte liegen lassen. Der Brief an Clare lag immer noch versteckt unter dem Stapel Zeitschriften und Rechnungen, aber das Testament nicht.

Anna schnappte nach Luft. Was sollte sie tun? Sie konnte kaum Miriam anrufen und plötzlich behaupten, die Waschmaschine sei kaputt. Oder sie bitten, das Dokument zu ignorieren, auf dem *Testament von Mrs Dorothy Bliss* deutlich geschrieben stand und das nur darauf wartete, gelesen zu werden. Anna schlug das Herz bis zum Hals. Sie musste so schnell wie möglich nach Hause fahren, um eine Katastrophe zu verhindern.

Sie riss ihre Tasche an sich und rannte zur Tür.

Es gab eine minimale Chance, dass sie vor Miriam bei ihrem Haus ankam, aber es war wahrscheinlicher, dass Miriams Auto bereits abfahrbereit gepackt gewesen war, als sie die Nachricht gesendet hatte, und sie jetzt bereits auf dem Weg war. Etwas anderes gab es eigentlich nicht. Sie würde einfach sämtliche Daumen drücken müssen und hoffen, dass Miriam die Wäsche nur in die Waschmaschine getan hatte und wieder gegangen war.

Anna fuhr so schnell sie sich getraute nach Hause, aber als sie in ihre Straße einbog, sah sie Miriams Auto vor dem Haus parken. Anna setzte ihr Auto rückwärts in die Parklücke dahinter. Einer der Reifen stand auf dem Bürgersteig, aber es war keine Zeit, um das zu korrigieren. Sie sprang aus dem Auto und rannte zum Haus, während sie in der Tasche nach den Schlüsseln suchte.

Die Haustür fiel hinter ihr ins Schloss.

»Hallo Miriam. Hast du das Waschpulver und alles gefunden …?«

Keine Antwort. Anna öffnete mit wild klopfendem Herzen die Küchentür. Miriam saß am Tisch. Vor ihr lag aufgeschlagen die letzte Seite des Testaments. Anna schwieg. Sie war sich nicht einmal sicher, ob Miriam sie überhaupt hatte kommen hören. Ihr Blick war auf die rechtlichen Feinheiten der Signaturseite gerichtet.

»Miriam«, sagte Anna nach einer scheinbaren Ewigkeit, die wahrscheinlich nur Sekunden gedauert hatte.

Miriam schaute mit offenem Mund und fragendem Blick zu ihr.

»Anna, was ist das?« Ihre Stimme klang sanft, als würde sie überdenken, was sie gerade gelesen hatte.

Anna schluckte.

»Das ist Mums Testament.«

»Und warum hast du es? Ich glaube, ich verstehe das nicht. Bist du zum Haus zurückgegangen, als wir nicht mehr da waren? Ist dir noch ein Platz eingefallen, an dem wir nicht nachgeschaut hatten? Warum hast du mich nicht angerufen, als du es gefunden hattest?«

Anna holte tief Luft. Das war der Ausweg. Sie konnte lügen und Miriam Glauben machen, sie hätte einen plötzlichen und erfolgreichen Geistesblitz gehabt. Sie konnte vorgeben, der Brief hätte nicht beigelegen, und dann musste die ganze Sache mit Clare nie herauskommen, und sie konnte zu ihrem einfachen, unkomplizierten Leben zurückkehren. Die Gelegenheit war zum Greifen nahe. Eine Lüge und alles wäre vorbei. Anna konnte gar nicht glauben, dass sie daran noch nicht gedacht hatte. Doch als ihr diese Gedanken durch den Kopf gingen, sah sie eine Veränderung in Miriams Gesicht, eine Art Erkenntnis, die zunächst nur ansatzweise zu sehen war und dann immer mehr zunahm. Schließlich setzte sie sich fest. Anna hatte zu lange gezögert.

»Du hast es gewusst!«, rief Miriam anklagend. »Du hast vom Testament gewusst und uns die ganze Zeit durchs Haus kriechen lassen, obwohl du wusstest, wo es war.«

Anna öffnete den Mund, um etwas zu sagen, aber Miriam war noch nicht fertig.

»Und wir hatten darüber, wie wir alles aufteilen sollten, diesen gewaltigen Streit mit Clare. Über Sebastian und den Ring und mich und das Porzellan. Und meine Töchter. Sie bekommen beide etwas. O Anna! Wie konntest du nur?«

»Hör zu, Miriam. Ich wusste das nicht. Also, dass ich das Testament hatte, habe ich schon gewusst. Mum hatte mir gesagt, wo es lag, und mich gebeten, es zu holen. Aber ich wusste nicht, was drinsteht. Jedenfalls nicht zu dem Zeitpunkt. Da hatte ich es noch nicht gelesen. Ehrlich.«

Das ging viel zu schnell. In Annas Kopf drehte sich alles, als sie überlegte, was sie Miriam erzählen und was sie für sich behalten sollte.

»Warum um alles in der Welt hast du uns nichts gesagt?«, wollte Miriam wissen, stand auf und wedelte vor Anna mit dem Testament herum. »Was war in dich gefahren, dass du geschwiegen hast? Du hättest es einfach mit zu Mums Haus bringen können, und dann hätten wir es alle zusammen geöffnet. Warum hast du das nicht getan, Anna?«

»Ich weiß nicht. Ich wusste nicht, was ich tun sollte.«

»Was soll das heißen? Du wusstest nicht, was du tun solltest. Das ist doch nicht schwer!«

Dann änderte sich Miriams Gesichtsausdruck erneut, und jetzt war ihr Blick kalt und anklagend, als sie Anna anstarrte. »Oh, jetzt verstehe ich«, sagte sie und nickte langsam. »Du wolltest zuerst hineinschauen. Das macht Sinn.«

»Miriam, beruhige dich. Du klingst schon wie Clare und verstehst alles falsch.«

»Das glaube ich nicht. Du hattest Angst, Mum hätte deinen Anteil gekürzt, und deshalb hast du entschieden, auf dem Testament zu sitzen und uns glauben zu lassen, dass es keins gäbe, während du darüber nachgedacht hast, ob du mit oder ohne besser dran wärst.«

»Das ist doch albern«, wehrte Anna sich. Von allen Gründen, die sie gehabt haben könnte, das Testament für sich zu behalten, war das der lächerlichste. Aber wenn sie jetzt einfach ruhig blieb, würde Miriam das doch merken, oder?

»Ach ja?«, fauchte Miriam und hörte sich ihrerseits alles andere als ruhig an. »So albern klingt das gar nicht für mich. Eigentlich ist es völlig einleuchtend.«

Anna schwirrte der Kopf. Was sollte sie tun? Sie durfte nicht zulassen, dass ihre Geschwister etwas von dem Brief erfuhren. Das stand fest. Ihre Mutter, StJohn und sie selbst glaubten alle, dass es ein verheerender Fehler wäre, Clare den Brief zu geben. Und wenn sie ihn jetzt erwähnte, gab es kein Zurück mehr. Miriam würde es Clare und Sebastian im Interesse der Ehrlichkeit erzählen wollen, und dann käme alles ans Licht. Nein, es war besser, Stillschweigen darüber zu wahren und sich Miriams ganzem Zorn zu stellen, um das Geheimnis ihrer Mutter zu wahren.

Aber wie konnte sie Miriam ihr Verhalten erklären, ohne sie völlig ins Bild zu setzen …?

»Ich habe euch nichts vom Testament erzählt«, setzte sie erneut an und versuchte immer noch, eine glaubhafte Geschichte zusammenzubasteln, als ihr die Worte aus dem Mund purzelten, »weil … weil ich dachte, es käme euch allen merkwürdig vor, dass Mum mir gesagt hat, wo das Testament liegt, und euch nicht. Ich weiß, dass ihr alle denkt, ich wäre der Liebling gewesen, was übrigens nicht stimmt, aber ich dachte, wenn ihr wüsstest, dass sie mich gebeten hatte, es zu holen, dann würdet ihr alle schlecht von mir denken. Und siehe da, ich hatte recht!« Anna konnte den triumphalen Unterton nicht aus ihrer Stimme verbannen, obwohl er mehr mit ihrer Erleichterung zu tun hatte, doch noch mit etwas Halbplausiblem aufwarten zu können. »Ich wollte es verstecken«, fuhr sie fort und setzte noch ein Sahnehäubchen obendrauf, »damit es einer von euch findet, aber dann …«

Sie machte eine nickende Kopfbewegung zum Testament auf dem Tisch. Anna konnte fast sehen, wie sich die Zahnräder in Miriams Kopf drehten, als sie versuchte, dem, was sie hörte, einen Sinn zu geben, und für einen Augenblick dachte Anna, sie hätte Miriam überzeugt. Doch dann sprach sie wieder.

»Aber wir hatten diesen riesengroßen Streit«, argumentierte sie und kniff die Augen zu Schlitzen zusammen. »Du hättest ihn mit einem einfachen Satz beenden können. *Ich habe das*

Testament. Das wäre doch wichtiger gewesen als all dieser Mist über Lieblingskinder, über den du dir Sorgen gemacht hast.«

Anna schaute auf ihre Füße. Was konnte sie tun? Sie saß total in der Patsche. Jetzt konnte sie nur noch schweigen und hoffen, dass alles schnell vorbei war.

»Tut mir leid«, sagte sie.

»Ich weiß nicht, was ich davon halten soll«, gab Miriam zurück, stand auf und schob den Stuhl geräuschvoll zurück. »Die anderen werden durchdrehen, wenn sie das hören. Sebastian wird verärgert sein, aber Clare sicher fuchsteufelswild. Und ich werde es ihnen erzählen, darauf kannst du Gift nehmen. Ich werde keine geheimen Spielchen spielen, wie du das getan hast.«

»Es tut mir leid«, sagte Anna wieder. »Ich wollte wirklich keinen Ärger machen.«

»Was hast du denn gedacht, was passiert, Anna? Ehrlich! Ich gehe jetzt und werde später Richard vorbeischicken, damit er die Wäsche abholt. Und das hier« – sie wedelte mit dem Testament vor Anna herum – »nehme ich mit. Ich rufe dich an, wenn ich mit den anderen gesprochen habe.«

Miriam nahm auch den Umschlag und das pinkfarbene Band mit und ging zur Tür. Der fehlende Brief scheint ihr nicht aufgefallen zu sein, dachte Anna, aber das würde er natürlich noch, wenn sie darüber nachdachte, und dann würde Miriam auch noch deswegen auf sie losgehen. Anna würde einfach behaupten, der Brief hätte dem Testament nicht beigelegen, als sie es an sich genommen hatte. Das wären noch mehr Lügen, aber was sollte sie machen? Sie konnte nicht zulassen, dass die anderen den Brief an Clare sahen. Davor würde sie ihre Geschwister schützen, egal, was es sie kostete.

Als Miriam ging, schaute sie sich noch einmal zu Anna um.

»Ich kann dir nicht sagen, wie enttäuscht ich von dir bin, Anna.«

Anna ließ den Kopf hängen. Miriam klang wie ihre Mutter, und irgendwo, da war Anna sicher, schüttelte die auch enttäuscht den Kopf. Immerhin hatte Anna alle enttäuscht – Miriam, Clare, Sebastian und ihre Mutter.

Miriam verließ das Haus mit dem Testament und ließ die Haustür hinter sich lautstark ins Schloss fallen. Die Waschmaschine ging in den Schleudergang über, und der Brief an Clare lag immer noch sicher in seinem Versteck.

Anna entkorkte eine Weinflasche.

Clare – 2017

I

Der Backbeat der Musik von nebenan wummerte im Takt mit dem Pochen in ihrem Kopf. Clare schaute auf die Uhr. Mitten in der Nacht! Ihre Nachbarn mussten doch irgendwann einmal schlafen! Vielleicht waren sie ausgegangen und hatten die Musik ohne nachzudenken weiter durch die Wand dröhnen lassen, was Clare furchtbar auf die Nerven ging. Sie schlug wieder gegen die Wand, aber das war eine halbherzige Geste. Es würde keine Wirkung zeigen, auch wenn sie da waren. Noch nie hatten sie die Lautstärke heruntergedreht, wenn sie sie darum gebeten hatte. Beim letzten Mal hatte das Mädchen – in den Zwanzigern, blass, schwarzhaarig, halb geschlossene Augen – sie ausgelacht. Richtig ausgelacht. Es war gut, dass Clare gerade nüchtern gewesen war, sonst wäre das Mädchen aus diesem kurzen Zusammentreffen ohne Zähne hervorgegangen.

Clare war jetzt hellwach, hatte aber zu keinem Zeitpunkt wirklich tief geschlafen. Sie schaltete den Fernseher ein und ließ sich vom nächtlichen Schrott berieseln. Es hatte keinen Zweck, sich weiter darüber aufzuregen. Sie würde morgen beim

Frühstück, wenn das Mädchen wahrscheinlich zu schlafen versuchte, ihre Musik so laut es nur ging aufdrehen. Dieser nur gerechte Plan gefiel ihr, und Clare lächelte trotz allem vor sich hin. Es würde sowieso nicht lange dauern, bis die Nachbarn weiterzogen. Clare kannte diese Sorte. Sie war selbst einmal so gewesen. Man lebte für den Augenblick und dachte nur daran, wie man an den nächsten Drink, Schuss oder welches Gift man auch bevorzugte kommen konnte. Dem Mädchen nach zu urteilen, waren es wahrscheinlich Drogen, die ihr Untergang sein würden, und der kam schneller als beim Alkohol. Man konnte von Alkohol abhängig sein und trotzdem länger leben.

So richtig wütend war Clare nicht auf ihre Nachbarn. Eigentlich war sie froh, endlich welche zu haben. Die Wohnung gehörte jetzt ihr, und sie würde sie behalten. Die Tage, an denen sie um Gefallen gebeten und auf dem Boden von Leuten geschlafen hatte, waren vorbei. Das hier war ein neuer Anfang. Sie war jetzt sechs Monate vom Alkohol weg, und obwohl sie jeden Tag darüber nachdachte, sich einen Drink zu genehmigen – na ja, eigentlich jede Stunde jedes einzelnen Tages –, hatte sie dem Drang bisher widerstanden. Es fühlte sich gut an. Zum ersten Mal seit Jahrzehnten hatte sie ihr Leben unter Kontrolle. Sie musste nicht einmal Miriam und ihr besorgtes Getue aushalten, denn zum ersten Mal brauchte sich Miriam um nichts Sorgen zu machen. Clare Bliss hatte es im Griff. Das Leben war, wenn auch nicht gerade toll, dann doch zumindest nicht schlecht. Sie hatte sogar so etwas wie einen Job in einer örtlichen Bäckerei. Es war nur Geld bar auf die Hand – ein richtiger Job würde sich auf ihre Sozialleistungen auswirken –, aber sie kam, wenn man sie brauchte, mehr oder weniger pünktlich, und es fühlte sich gut an, dass sich jemand auf sie verließ. Clare hasste den Ausdruck, *angekommen zu sein*, aber das war sie irgendwie schon.

Als es am nächsten Morgen an ihrer Tür klingelte, hörte sie es wegen der lauten Musik nicht, die aus ihrem alten CD-Player durch die Wände direkt in die Gehörgänge des Mädchens von nebenan dröhnte. Das hoffte sie jedenfalls. Erst als sie Annas Gesicht sah, das durchs Fenster spähte, bemerkte sie, dass jemand zu ihr wollte. Sie ging zur Tür, entfernte die Kette und schob die Riegel zurück.

»Wie hältst du nur diesen Krach aus?«, beschwerte sich Anna, als sie mit den Fingern in den Ohren hereinkam.

»Das ist Rache«, erkläre Clare, und Anna lächelte schief. Clare stellte die Musik ein wenig leiser. »Was machst du hier?«, fragte sie, plötzlich argwöhnisch geworden. Gegen ihren Willen ließ sie den Blick durch die Wohnung schweifen, überprüfte, in welchem Zustand sie war, doch sie war mehr oder weniger in Ordnung, und das hier war Anna und nicht Miriam.

»Ich bringe Post.« Anna lächelte. »Sie wurde an meine Adresse geschickt. Vielleicht hat der Absender nicht deine neue Anschrift.«

Clare war verwirrt. Das Haus ihrer Mutter war längst verkauft und das Inventar unter den vieren aufgeteilt, wie es das Testament vorgesehen hatte. Clare konnte sich weder vorstellen, wer an sie schrieb, noch dass er Anna als Überbringerin missbrauchte. Na ja, es gab natürlich River, aber Briefe waren nicht sein Stil, und außerdem hatte sie immer dafür gesorgt, dass er wusste, wo er sie finden konnte, auch wenn er selten davon Gebrauch machte.

Clare stellte den CD-Player aus. Sie konnte das Mädchen von nebenan auch später weiterquälen. »Was ist es denn?«, fragte sie, bevor sie Anna einen Platz oder etwas zu trinken angeboten oder irgendetwas getan hatte, was jetzt, da sie ein eigenes Zuhause hatte, von ihr erwartet wurde.

Anna wühlte in ihrer Tasche herum und beförderte einen weißen Umschlag zutage. Sie gab ihn Clare.

»Ich weiß es nicht«, sagte sie.

Der Umschlag war adressiert an Miss Clare Bliss, wohnhaft bei Anna unter Annas Anschrift. Die Adresse war getippt, der Umschlag frankiert, schwer und aus texturiertem Papier. Er sah teuer aus. Clare wog ihn kurz in der Hand und betrachtete ihn.

»Vielleicht ist es *der* Brief. Der verloren gegangene Brief von Mums Testament«, spekulierte sie, obwohl das sehr unwahrscheinlich war.

»Es gibt nur einen Weg, das herauszufinden«, meinte Anna. Sie wurde rot, und Clare bemerkte es.

Clare zupfte an der Lasche und legte den Umschlag dann neben sich aufs Sofa. Es waren bestimmt schlechte Nachrichten, wie immer. Sie wollte sie nicht wissen. Im Augenblick lief ihr Leben reibungslos. Sie brauchte nichts, was es aus dem Gleichgewicht brachte.

»Na?«, hakte Anna nach, schaute Clare an und hob erwartungsvoll die Augenbrauen. »Willst du ihn nicht öffnen?«

Nein, das wollte Clare nicht. Sie hatte nicht um einen Brief gebeten. Sie brauchte nichts und wollte nichts wissen. Andererseits konnte er vielleicht etwas mit diesem geheimnisvollen Brief zu tun haben, der im Testament ihrer Mutter erwähnt worden war. Der war trotz eifriger Suche nicht aufgetaucht, und Anna hatte weiter behauptet, nichts davon zu wissen, obwohl sie das Testament gehabt hatte. An der ganzen Sache war etwas extrem faul, und Clare war sich nicht sicher, ob sie Anna glauben konnte, aber keiner von ihnen konnte etwas daran ändern. Sie mussten einfach Annas fragwürdige Geschichte akzeptieren. Und weshalb hatte dann jemand diesen Brief an Anna geschickt und nicht an sie? Das war verwirrend. Vielleicht, weil sie so lange keinen festen Wohnsitz gehabt hatte. Und doch wurmte sie dieser Umschlag. Vielleicht sollte sie ihn öffnen. Nur um zu sehen, worum es darin ging.

Clare griff nach dem Umschlag, riss die Lasche auf und zog den Brief an einer Ecke heraus. Das Papier war so dick und luxuriös wie der Umschlag. Sie faltete es auseinander und begann zu lesen. Am Ende angekommen war sie kein bisschen schlauer. Wie es aussah, wollte eine Anwältin irgendetwas mit ihr besprechen, und sie sollte ihre Kanzlei anrufen, um einen Termin auszumachen. Sie schaute auf, verzog in Annas Richtung das Gesicht und las alles noch einmal.

»Also?«, bohrte Anna, nachdem Clare den Brief zum zweiten Mal gelesen hatte. »Worum geht es?«

»Weiß der Geier.« Clare gab ihr den Brief und schaute zu, wie Anna ihn selbst las. Annas Gesichtsausdruck wechselte von interessiert zu schockiert und zum Schluss zu … Wie sollte man das nennen? Verängstigt? Nein. Das war zu stark. Vielleicht besorgt. Clare konnte sich keinen Reim darauf machen, aber irgendetwas stimmte hier nicht, und Anna wusste definitiv mehr darüber als sie selbst. Allerdings wollte Clare ihr nicht die Genugtuung geben, zu fragen.

»Wirst du hingehen?«, wollte Anna wissen.

Clare zuckte mit den Schultern. »Warum eigentlich nicht? Habe ja nichts zu verlieren.«

»Möchtest du, dass ich mitkomme?«

Clare dachte einen Moment darüber nach. Sie brauchte keine Anna, die ihr nachlief und ihr im Weg stand. Sie brauchte keinen von ihnen. Hatte sie auch nie. Deshalb war sie überrascht, als sie sich sagen hörte: »Ja. Das wäre gut.«

II

In solch einem Gebäude war Clare noch nie gewesen. Es war vier oder fünf Stockwerke hoch, die Frontseite war vollkommen verglast, und man konnte Leute wie Ratten darin herumlaufen sehen. Sie hasste solche Orte, blasiert und wichtigtuerisch und voller Leute, deren Leben genauso geworden war, wie sie es sich vorgestellt hatten. Sie war am falschen Ort. Wen interessierte der Brief? Was auch immer ihr hier erzählt werden sollte, sie brauchte es nicht zu wissen. Sie machte auf dem Absatz kehrt, um den Weg zurückzugehen, den sie gekommen war, und stieß mit Anna zusammen.

»Ist es das?«, fragte Anna, und Clare bemerkte, dass sie taktvoll vermieden hatte zu erwähnen, dass Clare gerade in die falsche Richtung unterwegs war. »Bist du schon drinnen gewesen?«

Clare schüttelte den Kopf.

»Also dann, lass uns lieber gehen, sonst kommen wir zu spät«, drängte Anna. »Es sei denn …« Sie brach ab und starrte Clare mit einem Blick an, von dem diese vermutete, dass er etwas zu bedeuten hatte. »Wir müssen nicht reingehen, wenn du nicht willst.«

Anna hakte Clare unter, eine Geste, die schon eigenartig genug war, und zog sie vom schicken Eingang weg. Es war eine derart unterschwellige Bewegung, dass Clare für einen Moment dachte, sie sei vielleicht unbewusst erfolgt, doch das war sie nicht. Clare betrachtete Anna argwöhnisch. Die lockere Art, mit der sie ihr nahelegte, den Rückzug anzutreten, das behutsame Ziehen, absichtlich oder nicht, in die andere Richtung. Irgendetwas stimmte hier nicht. Es war nicht ganz so, wie es sein sollte. Clare kannte alle Tricks. Sie hatte nicht ein Leben lang damit verbracht, sich aus heiklen Situationen zu befreien, ohne in der Lage zu sein, eine Situation zu manipulieren. Verglichen mit ihr war Anna eine Amateurin, obwohl es kein schlechter Versuch war.

Anna wollte nicht hineingehen. Davon war Clare überzeugt. Also musste Anna etwas wissen, von dem sie selbst keine Ahnung hatte. Und das bedeutete wahrscheinlich, dass es etwas war, von dem Anna dachte, es wäre nicht *gut* für sie. Ihre Geschwister waren alle gleich. Sie dachten alle, sie wüssten, was das Beste für sie sei, wollten beweisen, wie viel besser sie ihr eigenes Leben im Griff hatten. Die Gründe für diese Selbstgefälligkeit waren Clare immer ein Rätsel gewesen. Worüber waren sie so dermaßen froh? Miriam war Lehrerin. Mein Gott, Lehrerin! Wenn es je einen Beruf gegeben hatte, der fantasielos war, dann war es dieser. Was Anna machte, wusste sie noch nicht einmal genau. Irgendetwas für eine Wohltätigkeitsorganisation? Und Sebastian? Na ja, der war ein bisschen besser als die anderen beiden, aber nicht viel. Hatte noch keiner von ihnen bemerkt, dass Clare erwachsen war? Sie hatte es tatsächlich bis über fünfzig geschafft. Zugegebenermaßen war sie nicht immer den direkten Weg gegangen, um dorthin zu kommen, aber letztendlich hatte sie es geschafft, und zwar ohne ihre Hilfe. Sie war nicht bereit, jetzt Annas Ratschlag anzunehmen.

Clare zog an Annas Arm. »Nein, ist schon gut. Lass uns reingehen«, sagte sie und hoffte, dass ihre Stimme klang, als wäre das hier nichts, was ihr Herz rasen ließ.

War das ein kleines Aufflackern von Enttäuschung in Annas Gesicht? Ja. Clare war sich sicher. Gut so.

Sie gingen die Marmortreppe hinauf und in die klimatisierte Stille des Empfangsbereichs. Wenn Clare ein Wort für diesen Ort hätte auswählen sollen, so wäre ihr *steril* eingefallen. Die Wände und der Boden waren weiß und glänzend und der Empfangstresen knallrot. Sogar die strategisch positionierten Grünpflanzen, die die Fahrstuhltüren verdeckten, sahen makellos aus. Clare glaubte, noch nie in einem Gebäude gewesen zu sein, das weniger nach Anwaltskanzlei ausgesehen hatte. Anerkennend stieß sie einen leisen Pfiff aus, und Anna brachte sie mit einem *Ps*t zum Schweigen.

»Das ist ja ein Wahnsinnsschuppen«, staunte Clare und strich an einer verspiegelten Wand entlang. Ihre Finger hinterließen eine Spur. Sie sah, wie Anna zusammenzuckte, als wäre

Clare ein Kind. Also steckte sie die Finger in den Mund und tat es noch einmal. Diesmal sah man die Spur noch deutlicher.

»Clare!«, zischte Anna. »Muss das sein?«

Bevor sie Gelegenheit hatte, diese Frage mit Ja zu beantworten, unterbrach sie die Rezeptionistin.

»Kann ich Ihnen helfen?«, fragte sie, und obwohl Clare auf totale Missbilligung gefasst gewesen war, war ihre Stimme freundlich, was Clare ein wenig aus der Fassung brachte. Für einen Augenblick vergaß sie sogar, weshalb sie hier waren, aber dann trat die gute, alte Anna vor, um Clares Unzulänglichkeiten auszubügeln.

»Meine Schwester hat einen Termin bei Caitlyn Bear«, sagte sie. »Clare Bliss.«

Die freundliche Rezeptionistin lächelte und nickte und dirigierte sie zu modern aussehenden roten Sofas mit dünnen Beinen und flachen Polstern. Anna setzte sich, aber Clare ging auf und ab und versuchte, sich einen Reim auf das alles zu machen. Erfolglos. Sie warf einen Blick auf Anna, die durch irgendeine Broschüre blätterte. Sie sah völlig entspannt aus, als würde sie die Hälfte ihres Lebens an einem Ort wie diesem verbringen. Vielleicht tat sie das auch. Was wusste Clare schon von Annas Welt?

Die Fahrstuhltüren öffneten sich, und eine junge Frau in einem marineblauen Hosenanzug und High Heels stieg aus, sah sich kurz um und ging dann mit ausgestreckter Hand auf Anna zu.

»Miss Bliss?«, fragte sie.

Clare beobachtete, wie Anna für einen Moment ihre Coolness verlor. Sie wirkte nervös und ein wenig unsicher. Vielleicht hat die stets perfekte Anna auch ihre Grenzen, dachte Clare, und der Gedanke gefiel ihr.

»Ja, aber meine Schwester Clare hat einen Termin bei Ihnen«, entgegnete Anna. »Clare?«

Clare musterte die Frau, ließ den teuren Hosenanzug, den eleganten Haarschnitt und das stille Selbstbewusstsein, das sie ausstrahlte, auf sich wirken.

»Ja«, sagte sie nach einem Augenblick. »Das bin ich.«

Die Anwältin streckte die Hand aus, um Clares zu schütteln, doch Clare griff nicht danach, woraufhin die Anwältin ihre betreten sinken ließ.

»Würden Sie bitte mitkommen?«

Anna stand auf, aber Clare hob die Hand, um sie aufzuhalten.

»Danke, Anna, aber ich denke, ich kann allein mitgehen. Ich bin ja jetzt ein großes Mädchen.«

Clare sah in Annas Gesicht einen überraschten und dann einen enttäuschten Ausdruck und genoss es. Ihre Schwester war doch wirklich so durchschaubar. Wenn es hier etwas gab, von dem Anna glaubte, dass Clare es nicht wissen sollte, dann würde es Clare allein herausfinden. So würden Anna und die anderen erst im Nachhinein darüber spekulieren können, was enthüllt worden war. Anna sah aus, als wollte sie protestieren, überlegte es sich aber offensichtlich anders. Sie konnte kaum darauf bestehen, Clare zu dem Gespräch zu begleiten.

»Bin gleich zurück.« Clare zwinkerte Anna zu.

III

»Haben Sie gut hergefunden?«, fragte die Anwältin. Clare hatte bereits ihren Namen vergessen, aber das war egal. Es war eine ziemlich blöde Frage angesichts der Tatsache, dass sie beide nebeneinander im Fahrstuhl standen, und deshalb antwortete Clare nicht. Die Anwältin fummelte an ihren Fingernägeln herum, um die Stille zu überbrücken. Clare schaute beim Hinauffahren auf das Bedienfeld, auf dem die Nummern der

Stockwerke aufleuchteten. Als sich die Türen öffneten, wies die Anwältin Clare den Weg zu einem Raum am Ende des Flures. Clare hatte gedacht, es sei ihr Büro, aber es war ein Konferenzraum mit großen Fensterscheiben und einem Blick auf die Straße darunter.

»Kaffee?«, fragte die Anwältin und ihr Tonfall war nicht mehr ganz so freundlich.

Clare konnte Miriam hören. Es würde nicht schaden, zu dieser Frau nett zu sein. Vielleicht war es sogar in ihrem besten Interesse. Clare lächelte breit.

»Das wäre großartig. Milch und drei Stückchen Zucker bitte.«

Clare war sicher, dass die Frau leicht die Augenbrauen hob, aber sie bereitete den Kaffee nach Clares Anweisungen zu und reichte ihr die Tasse. Clare nahm sie entgegen und setzte sich an den runden Tisch, auf dem ein schmaler schwarzer Ordner lag. Darin muss sich das befinden, worum es hier geht, dachte Clare.

Die Anwältin legte einen Stift auf den Tisch und schaute Clare direkt an. Sie war jünger, als Clare gedacht hatte. Eigentlich sehr viel jünger. Kaum alt genug, um mit der Schule fertig zu sein. Wie lange brauchte man heutzutage für ein Jurastudium? Vielleicht war sie auch gar keine Anwältin, sondern Bürogehilfin! Das würde passen. Niemand würde sich die Mühe machen, eine tatsächliche Anwältin zu schicken, um sich mit jemand so Unwichtigem wie Clare zu beschäftigen.

»Nun, Miss Bliss, kennen Sie einen Herrn namens StJohn Downing?«, fragte die Anwältin/Bürogehilfin.

Clare schüttelte den Kopf. Der Name sagte ihr gar nichts.

»Er ist beziehungsweise war ein Klient von uns. Leider ist er vor Kurzem gestorben und hat die Verwaltung seines Nachlasses uns übertragen.« Sie tippte auf den schwarzen Ordner.

In Clares Kopf überschlugen sich die Gedanken. War das hier eine dieser Situationen, die man in Filmen sah, wo jemand ein Vermögen von einem Fremden erbte? Also Clare hätte nichts dagegen. Dann mal zu. Erbschaft ohne diesen ganzen Trauerkram. Wunderbar.

»Mr Downing hat bei uns einen Brief hinterlegt, der Ihnen im Falle seines Todes ausgehändigt werden sollte. Ich habe diesen Brief hier.« Sie schlug den Ordner auf und nahm einen Umschlag heraus. Er war aus dem gleichen schweren Papier wie der Brief, der sie hierherzitiert hatte. Die Anwältin/Bürogehilfin warf ihr einen nervösen Blick zu. »Ich muss Ihnen sagen, dass der Inhalt dieses Briefes äußerst persönlich ist und Sie vielleicht schockieren wird. Deshalb können Sie den Brief entweder mitnehmen und zu einem späteren Zeitpunkt einen neuen Termin ausmachen oder ihn jetzt öffnen. Das liegt ganz bei Ihnen.«

Clare dachte an Anna, die unten am Empfang wartete. Hatte sie gewusst, was kommen würde? Hatte sie Clare deshalb angeboten mitzukommen?

Die Frau starrte sie erwartungsvoll an, und Clare merkte, dass sie antworten musste. Ohne weiter zu überlegen, sagte sie: »Ich werde ihn jetzt öffnen. Mein alter Vater sagte immer: Was du heute kannst besorgen, das verschiebe nicht auf morgen.«

Die Frau nickte und reichte ihr den Umschlag. Clare spürte, wie ihr Herz Fahrt aufnahm, wollte sich aber nichts anmerken lassen. Sie hoffte, die Frau würde nicht bemerken, dass ihre Hände zitterten. Sie öffnete den Umschlag, in dem sich ein mit schwarzblauer Tinte in verschnörkelter, altmodischer Schrift verfasster Brief befand.

Liebe Miss Bliss, begann er, und Clare spürte, wie es ihr in den Magen fuhr. Wollte sie den Brief wirklich jetzt lesen? Sollte sie ihn nicht vielleicht doch mit nach Hause nehmen? Aber andererseits, was konnte schon drinstehen, das ihr Schaden zufügte? StJohn Downing war bestimmt nur irgendein netter

Wohltäter, vielleicht ein kinderloser entfernter Verwandter, von dem sie noch nie gehört hatte. Es war nicht so, dass sie die Namen all ihrer Verwandten stets greifbar hatte. Miriam würde wissen, wer dieser Mann war. Sie könnte sie einfach anrufen …

Clare schaute auf den Brief in ihrer Hand, holte tief Luft und las weiter.

Ich hoffe, es geht Ihnen gut. Wenn Sie diesen Brief lesen, können Sie davon ausgehen, dass das Gleiche nicht auf mich zutrifft.

Er hat aber Sinn für Humor, dieser Downing, dachte Clare.

Abhängig davon, wer Ihnen über die Jahre was erzählt hat, haben Sie von mir gehört oder auch nicht. Ich war in den Sechzigerjahren für kurze Zeit ein Freund Ihrer Mutter. Danach habe ich in Fernost ausgedehnte Reisen unternommen, und wir konnten uns nicht sehen, aber ich habe immer ein wachsames Auge auf Sie alle gehabt, besonders auf Sie.

Clare spürte den Blick der Anwältin auf sich, während sie las. Ihre Hände zitterten jetzt wirklich, deshalb legte sie den Brief auf den Tisch, damit die Frau es nicht sah.

Ich bin in meinem Leben keine anderen Bindungen eingegangen, und deshalb sah ich mich mit dem heiklen Problem konfrontiert, was ich mit meinem Nachlass tun sollte. Ich habe gemeinnützige Organisationen als Notlösung betrachtet, bin aber zu dem Schluss gekommen, dass ich näher an zu Hause wahrscheinlich auch Gutes tun kann.

Was mich zum Kern des Problems bringt. Ihre Mutter hat mir erzählt, Clare, dass es bei Ihnen zur Frage, wer Ihr Vater ist, ein Problem gab …

Was? Clares Blick sprang zurück zu dem, was sie gerade gelesen hatte. Eine Frage dazu, wer ihr Vater war? Sie spürte, wie Adrenalin bis in ihre Fingerspitzen schoss und sie kurzatmig wurde, als wäre sie gerannt. Sie las weiter.

Ich sehe ein, dass das eine sehr unverblümte Behauptung ist, besonders wenn sie für Sie eine Überraschung darstellt, aber ich weiß leider nicht, wie ich das Thema auf einfühlsamere Weise ansprechen könnte. Es hat immer die Möglichkeit bestanden, dass Sie das Produkt eines besonders liebevollen und einzigartigen Zusammentreffens unter einer ausladenden Eiche sind. Statistisch gesehen sind die Chancen gering – ich nehme an, deshalb hat Ihre Mutter sich auch entschlossen, es für sich zu behalten –, aber theoretisch besteht die Möglichkeit. Wie ich bereits erwähnte, habe ich keine anderen Nachkommen. Sie, Clare, sind vielleicht alles, was ich dieser Welt hinterlasse, um zu zeigen, dass es mich gegeben hat. Aber vielleicht sind Sie es auch nicht.

Wenn es nicht um die erdrückende Frage ginge, was ich mit meinem Nachlass machen soll, hätte ich dieses ungelöste Rätsel mit ins Grab genommen und die Frage meiner Nachkommenschaft den Göttern überlassen, aber der praktische Teil in mir wollte sichergehen, dass das Produkt lebenslanger Arbeit nicht einfach an Ihre Majestät fällt.

Deshalb habe ich mir eine Lösung einfallen lassen. Wenn zweifelsfrei bewiesen werden kann, dass ich ein Kind hatte, dann soll dieses Kind erben. Wenn nicht, geht der Nachlass an eine gemeinnützige Organisation, die Kinder in Fernost unterstützt, die keine Eltern mehr haben, die sie beschützen können. Es steht Ihnen völlig frei, einen Anspruch geltend zu machen. Ich habe allerdings Anweisungen hinterlassen, dass eine solche Forderung innerhalb eines Monats ab dem heutigen Datum erhoben werden muss.

Es tut mir leid, dass dieser Brief Unruhe bei Ihnen auslöst, aber manchmal verursachen gehütete Geheimnisse unvorhergesehene Situationen.

Mit freundlichen Grüßen und allergrößtem Respekt

StJohn Downing

Ach du Scheiße! Clare schaute wieder auf den Brief, aber die Worte verschwammen. Sie warf einen Blick auf die Anwältin.

»Ist das ernst gemeint?«, fragte sie.

Die Anwältin nickte.

»Wie Mr Downing in seinem Brief schreibt, sind wir angewiesen, dass diejenige Person erbt, die einen rechtmäßigen Anspruch erhebt.«

Clare stand auf und lief hin und her. Das Zimmer war nicht groß. Sechs Schritte und sie stand vor der Wand, sechs Schritte zurück.

»Und dieser Anspruch«, sagte sie. »Wenn jemand ihn erheben würde, wie funktioniert das?«

»Es wäre ein DNA-Test notwendig, der einen zweifelsfreien Beweis liefert. Mr Downing hat eine eigene DNA-Probe für Vergleichszwecke hinterlegt. Wie Sie gesehen haben, gibt es eine Frist für die Erhebung eines solchen Anspruchs, die sich von heute an auf einen Monat beläuft. Kann ich Ihnen noch etwas anbieten, Miss Bliss? Vielleicht ein Glas Wasser?«

Clare schüttelte den Kopf. Auf ihrem Kaffee hatte sich eine Haut gebildet, aber sie nahm die Tasse und trank davon. Der Zucker ging schnell ins Blut über.

»Und um wie viel Geld geht es hier eigentlich?«, wollte Clare wissen.

Wieder öffnete die Anwältin den Ordner, fuhr mit dem Finger eine Auflistung von Zahlen hinunter und sagte: »Mit Geschäftsschluss des gestrigen Handelstages auf ungefähr eins Komma zwei Millionen Pfund. Darauf muss natürlich Erbschaftssteuer gezahlt werden, und somit wird sich die Summe eher auf sechshunderttausend belaufen, obwohl man Genaueres erst nach dem Verkauf des Besitzes sagen kann.«

Clare war schlecht. Das hier war einfach zu viel. Mehr Geld, als sie sich je hatte vorstellen können zu besitzen, aber zu welchem Preis?

Sie brauchte frische Luft. Der kalte Kaffee lag ihr schwer im Magen. Sie musste hier raus.

Ohne sich von der Anwältin zu verabschieden, griff sie nach dem Brief und verließ den Raum. Sie hörte, wie die Anwältin ihr hinterherrief, doch sie blieb nicht stehen, sondern rannte den Flur entlang zum Fahrstuhl und schlug auf die Knöpfe. Der Fahrstuhl stand im Erdgeschoss. Sie konnte nicht darauf warten und steuerte auf den Notausgang zu. Dann lief sie die Treppe hinunter, und ihre Schritte hallten von den gefliesten Wänden wider. Unten platzte sie in den Empfang. Anna saß noch immer, wo Clare sie zurückgelassen hatte. Sie schaute auf, als sie hörte, dass die Tür geöffnet wurde.

»Das ging aber schnell«, wunderte sie sich. »War alles ...? Clare?«

Anna stand auf, doch Clare eilte an ihr vorbei auf die Straße und stieß mit einem Pärchen zusammen, das gerade das Gebäude betrat. Dann lief sie in hohem Tempo die Straße entlang. Sie wusste nicht, wohin, und wollte einfach so viel Abstand wie möglich zwischen sich und das Konferenzzimmer bringen. An der nächsten Ecke war ein Pub, um dessen Tür pinkfarbene und weiße Petunien in tropfenden Blumenampeln hingen. Clare dachte nicht nach, ging einfach hinein und bestellte einen doppelten Wodka Tonic, den sie sofort hinunterkippte.

IV

Anna war weniger als zehn Minuten hinter ihr, aber Clare war bereits bei ihrem dritten Drink. Der Barmann hatte nicht mit der Wimper gezuckt, sondern ihr im selben Glas den nächsten Drink serviert. Nach ein paar abstinenten Monaten begrüßte Clare den auf ihren Organismus treffenden Alkohol wie einen lange verschollenen Freund. Sie konnte nicht akzeptieren, was gerade geschehen war, deshalb war es das Beste, es auszulöschen. Das war eine Taktik, die ihr ganzes Leben lang funktioniert hatte, und es gab keinen Grund, sie jetzt aufzugeben.

Clare hörte Anna seufzen, als sie hereinkam und sie an der Bar sitzen sah. Sie war solch eine Enttäuschung für ihre Familie. Das war sie immer gewesen. Hatten sie schon immer gewusst, dass sie keine von ihnen war, nicht richtig? Hing es damit zusammen, dass sie so verdammt perfekt waren und sie sich immer als Außenseiterin gefühlt hatte? Wie das hässliche Entlein, das nicht richtig dazugehörte, aber irgendwie toleriert wurde?

»Sollen wir uns dort drüben hinsetzen, Clare?«, fragte Anna, legte den Arm behutsam auf Clares Schulter und führte sie von der Bar weg. Schon wieder.

Clare ließ sich führen und hielt ihr leeres Glas fest vor die Brust gedrückt. Sie setzten sich ein wenig abseits an einen Tisch am Fenster. Clare stieß ihr Knie am gusseisernen Tischbein an, als sie sich setzte, und der Schmerz schoss durch ihren Körper. Anna signalisierte dem Barmann irgendetwas über ihren Kopf hinweg.

»Ich brauche noch einen«, forderte Clare.

»Gleich, aber zuerst erzähl mir, was passiert ist«, drängte Anna.

Für eine Erklärung fehlten Clare die Worte, deshalb schob sie Anna den Brief zu, den sie noch immer umklammert gehalten hatte.

»Einen doppelten Wodka!«, rief sie dem Barmann zu.

Anna nahm den Brief, strich ihn glatt und begann zu lesen. Clare beobachtete ihr Gesicht. Was erwartete sie zu sehen, wenn ihre Schwester herausfand, dass sie weniger schwesterlich waren als angenommen? Clare passte genau auf, aber da war nichts. Keine Reaktion. Es war wie zuvor, als Anna versucht hatte, ihr den Besuch bei der Anwältin auszureden.

»Du hast es gewusst«, sagte Clare langsam. »Du hast es gewusst und nie etwas gesagt.«

Alles begann plötzlich einen Sinn zu ergeben. Die Art, wie sie sie bevormundeten, die Selbstgefälligkeit, die sie alle an sich hatten, wenn sie dabei war, das stille Heben der Augenbrauen, wenn sie dachten, sie würde es nicht sehen. Sie wussten es alle und hatten nie etwas gesagt. Sie hatten einfach so getan, als wäre sie eine von ihnen, aber die ganze Zeit …

Anna schüttelte den Kopf, doch Clare ließ nicht locker. Die Puzzleteile setzten sich alle an die richtigen Stellen.

»Ihr habt es alle gewusst. Kein Wunder, dass ich für euch eine solche Schande bin. Ich dachte, es wäre nur Clare, die Katastrophe auf zwei Beinen, die nie etwas recht machen konnte, aber nein! Es ist Clare, die nicht wirklich eine von uns ist, für die wir uns entschuldigen können, weil wir wissen, dass sie nicht richtig zu uns gehört. Herrgott, was bin ich für ein Idiot, aber jetzt durchschaue ich alles!«

»Nein, Clare, du irrst dich«, fiel ihr Anna mit weit aufgerissenen Augen panisch ins Wort. »Ich wusste von StJohn Downing, aber erst nach Mums Tod, und ich habe den anderen nichts gesagt. Ehrlich.«

»Und du hast es nicht für nötig gehalten, es mir gegenüber zu erwähnen?«, fauchte Clare. »Nur eine Kleinigkeit, nicht so wichtig. Weißt du, es könnte sein, dass du außerehelich bist. Dieser Mann, der dich großgezogen hat, na ja, der ist wahrscheinlich nicht dein Vater. Schon lustig, wie die Dinge manchmal so laufen, oder?«

Clare brauchte noch einen Drink. »Wodka!«, rief sie dem Barmann zu, der am anderen Ende der Theke Gläser abwusch und sie zu ignorieren schien. *»Jetzt!«*

»Hör auf, Clare.« Annas Stimme klang, als würde sie mit einem Kind sprechen. »Das hilft auch nicht.«

»Wie willst du verdammt noch mal wissen, was mir hilft oder nicht? Ich musste mir immer selbst helfen. Es war immer das Gleiche. Ihr drei, ihr toleriert mich. Mehr nicht. Ihr habt mich in Kauf genommen, weil wir eine Familie waren und ihr es musstet. Aber weißt du was, meine kleine verlogene Schwester? Wir sind keine Familie, und deshalb brauchst du mich auch nicht mehr zu tolerieren.«

Clare schaute auf und sah, wie Anna Tränen übers Gesicht liefen.

»Und du brauchst dich für mich auch nicht mehr verantwortlich zu fühlen. Das ist doch sicher eine Erleichterung. Halbgeschwister brauchen sich nicht mehr umeinander zu kümmern. Du kannst dich einfach wieder zu Miriam und Seb verpissen. Sag ihnen, dass all ihre Probleme aus der Welt sind. Sie werden begeistert sein. Eine Sorge weniger. Der versoffene Albtraum einer Schwester kann ausgesondert werden und verrotten.«

»Hör auf! Hör auf!«, schrie Anna jetzt. »Das stimmt nicht, Clare. So sind wir nicht. Und das hier« – sie deutete auf den Brief – »das macht keinen Unterschied. Es ist egal, was irgendein Test nachweist. Du bist unsere Schwester und wirst es immer bleiben.«

Einen Augenblick griff Clare nach Annas Worten wie eine Ertrinkende nach einem Rettungsfloß. Meinte sie das ernst? Würde es für sie wirklich keinen Unterschied machen, wer bei ihrer Empfängnis das Sperma geliefert hatte? Doch dann schüttelte sie den Kopf.

»Oh, hau doch ab, Anna. Lass mich in Ruhe. Wo bleibt der verdammte Drink?«

Clare stand auf. Wenn man sie hier nicht bediente, dann musste sie woanders hingehen. Sie machte sich auf den Weg zur Tür, und ihr wurde leicht schwindelig, als sie ihre Schritte beschleunigte. Sie erwartete, Anna hinter sich zu hören, aber niemand folgte ihr. Das war's dann, dachte sie, als sie auf die Straße hinausstürzte. Jetzt bin ich endlich ganz allein auf mich gestellt.

V

Als Clare aufwachte, stellte sie fest, dass sie wie durch ein Wunder nicht in der Gosse lag, sondern sicher zu Hause angekommen war. Sie hatte es nicht bis ins Bett geschafft, aber immerhin schien sie ohne Prellungen und Kratzer noch in einem Stück zu sein. Allerdings brummte ihr der Kopf, und sie hatte einen trockenen Mund. Sie brauchte einen Drink, doch hier gab es nichts. Clare war so vorsichtig gewesen, keinen Alkohol zu kaufen, der in greifbarer Nähe aus dem Schrank heraus nach ihr rufen und sie in den Sumpf zurückziehen konnte, dem sie gerade entkommen war. Und was hatte sie jetzt getan? All die Anstrengungen, die Sitzungen bei den Anonymen Alkoholikern, die schiere Demütigung, vor einem Raum voller Fremder ihre beträchtlichen Schwachstellen preiszugeben, und alles umsonst.

Clare stöhnte und rollte sich auf die Seite, sodass ihr Kopf auf Höhe des Sofatisches lag. Vor nur vierundzwanzig Stunden hatte sie ausnahmsweise einmal die Kontrolle über ihr Leben gehabt. Eine eigene Wohnung, einen Job und einen klaren Kopf. Dinge, die für andere so normal waren, aber für sie fast unmöglich zu erreichen. Sie war nicht bereit, das alles aufzugeben, egal, wie schlimm es werden würde. Sie hatte mit sich ein Abkommen getroffen und schuldete es sich, durchzuhalten.

Der Brief lag auf dem Sofatisch. Er war reichlich zerknittert, sie musste ihm ordentlich zugesetzt haben. Auf einer Ecke war der rostfarbene Abdruck eines Glases zu sehen. Clare versuchte, sich daran zu erinnern, wo sie gewesen war, wem sie ihre Leidensgeschichte erzählt hatte, doch sie konnte sich nicht daran erinnern. Große Teile des Abends fehlten, und wie schon so oft in ihrem Leben waren die Erinnerungen daran nicht in ihrer Datenbank gespeichert. Es war eine weitere Nacht, die sie verloren hatte und die nie wieder zurückkommen würde.

Und dann war da Anna. Clare spürte einen Anflug von Schuldgefühlen. Sie konnte sich noch ziemlich gut daran erinnern, was sie zu Anna gesagt hatte. Arme Anna. Ach, egal, scheiß drauf. Es war wahrscheinlich nicht mehr, als sie verdient hatte. Immerhin hatte sie die ganze Zeit von diesem Downing gewusst und beschlossen, nichts zu sagen. Sie hatte in Clares Leben Gott gespielt.

Ihr Leben hatte nichts mehr mit dem der anderen zu tun. Es lag jetzt bei ihr. Sie konnte einfach den Test machen und das Geld erben. Sogar für einen Blinden mit Krückstock war klar, dass der Test den Fremden als ihren Vater bestätigen würde. Das würde jedenfalls ihr ganzes Leben erklären – jeden falschen Schritt, jede desaströse Entscheidung, jedes katastrophale Schlamassel, in das sie geraten war, konnte auf diese eine geheime Tatsache zurückgeführt werden. Sie war prädestiniert zu versagen. Von Anfang an war sie ein Unfall gewesen. Natürlich hatte das einen Einfluss auf ihr Leben gehabt, ihr Karma. Kein Wunder, dass alles so gekommen war. Ein Teil von ihr, ein tief verborgener Teil in ihrem Herzen hatte immer gewusst, dass es eine Antwort gab, einen Grund für ihre großen und kleinen Fehltritte. Und jetzt wusste sie, was es war.

Clare setzte sich vorsichtig auf. Ihr Kopf dröhnte, aber es war auszuhalten. Sie versuchte, klar zu denken. Es könnte gut werden, der Anfang von etwas Neuem. Sie könnte den Test machen, Anspruch auf das Geld erheben und so weit wegrennen, dass die anderen sie niemals finden würden – nicht, dass denen das unlieb gewesen wäre. Sie wären erleichtert, dass sie sie vom Hals hatten. Miriams Worte klangen ihr bereits in den Ohren. »So ist alles zum Besten gekommen. Wir haben es doch schon immer gewusst, oder? Dass etwas mit Clare nicht stimmte …«

Hatte es ihr Dad gewusst?, fragte sich Clare. Ihr entzückender, lustiger, großherziger Vater. Hatte er gewusst, dass seine Frau ihn mit einem dahergelaufenen Fremden betrogen hatte? Nein. Das glaubte sie nicht. Er hatte Clare immer fair behandelt, hatte stets auf sie aufgepasst und sie auch dann wieder aufgenommen, wenn sie den größten Mist verzapft hatte. Hätte er das für ein Kind getan, das nicht sein eigenes war? Nein. Natürlich nicht. Es musste das schmutzige kleine Geheimnis ihrer Mutter gewesen sein. Und dann Annas.

Sie brauchte etwas zu trinken, aber Tee musste reichen. Sie hatte sogar noch Milch. Also stand sie auf, schwankte leicht, als sie sich wieder mit der Schwerkraft verband, und ging in die winzige Küche. Clare schreckte zurück, denn da war bereits Anna. Ihre Schwester/Halbschwester saß auf dem wackeligen Hocker, den Clare vom Sperrmüll gerettet hatte, und starrte aus dem Fenster, wo Kinder hinter dem Wohnblock die Gasse entlangrannten.

»Ich wünschte, ich hätte ein Kind«, sagte sie, und es war so ins Blaue hineingeredet, dass Clare dachte, Anna hätte sie gar nicht gehört. »Ich habe immer angenommen, ich würde eins bekommen. Es war Teil meines Lebensplans, aber dann ist es einfach nie dazu gekommen. Ich habe sogar eine Weile darüber nachgedacht, eins allein zu bekommen. Manche Frauen machen das doch, oder? Aber ich war einfach nicht mutig genug, und jetzt bin ich zu alt.«

»Du kannst meins haben«, schlug Clare vor und ignorierte die überraschende Tatsache, dass Anna in ihrer Küche saß, vielleicht sogar schon die ganze Nacht. »Er will mich offensichtlich nicht in seinem Leben. Hast du die Milch ausgetrunken?«

»Es tut mir so leid, Clare«, fuhr Anna fort. »Ich hätte dir von StJohn Downing erzählen müssen, aber ich dachte einfach, es wäre besser, wenn keiner von ihm wüsste. Es macht doch keinen Unterschied, ob du Dads Tochter bist oder nicht. Du bleibst unsere Schwester.«

Anna schaute sie jetzt an, und Clare konnte sehen, dass ihre Augenränder blutrot waren.

»Du hast leicht reden. Von deinem Platz da oben auf dem Marmorsockel.«

Das Geräusch, das Anna machte, war eine Mischung aus Lachen und Seufzen. »Es ist reichlich Milch da«, sagte sie.

Clare wirtschaftete in ihrer Küche herum, stellte den Wasserkocher an und holte die Packung mit den Teebeuteln aus dem Schrank. Die ganze Zeit beobachtete Anna sie. Clare gefiel das. Sie mochte es, wie ein völlig normaler Mensch ihre Schwester in ihrem eigenen Zuhause zu Gast zu haben. Diese Freiheit hatte sie lange Zeit nicht gehabt.

»Was wirst du machen?«, fragte Anna und brachte Clare abrupt in die Gegenwart zurück.

»Ehrlich? Ich weiß es absolut nicht.«

Miriam – 2017

I

Miriam starrte lange auf das Plakat und nahm sämtliche Informationen in sich auf. Sie hatte *Tanz in die Freiheit* in der Universität gelesen. An viel konnte sie sich allerdings nicht erinnern. Irgendetwas mit einer großen irischen Familie, hauptsächlich Schwestern, die sich ständig darüber stritten, wie man sich am besten benahm. Das klang alles furchtbar vertraut. Und war nicht die Älteste, Kate, eine biedere Lehrerin mit zerplatzten Lebensträumen gewesen? Sie selbst wäre perfekt für die Rolle. Bei guter Beleuchtung ginge das mit ihrem Alter auch noch, und sie bräuchte überhaupt nicht zu schauspielern. Die Rolle war ihr wie auf den Leib geschrieben. Das mit dem Tanzen wäre problematischer, aber das bekäme sie wahrscheinlich auch noch hin. Wie schwer konnte es sein, mit wilder Hemmungslosigkeit auf der Bühne herumzuhüpfen? Miriam seufzte. Nicht so schwer, wenn sie siebzehn wäre. Jetzt wahrscheinlich schon eher eine Herausforderung.

Sie dachte nach dem schicksalhaften Sommer, in dem Sebastian geboren worden war, nicht mehr oft darüber nach, was aus ihr geworden wäre, wenn sie die Schauspielschule besucht hätte. Auch wenn ihr Vater Nein zum Vorsprechen gesagt hatte, als sie es zum ersten Mal erwähnte, war sie ziemlich sicher, dass sie ihn letzten Endes hätte überreden können, wenn sie einen Schritt nach dem anderen getan hätte. Erst die Bewerbung, dann das Vorsprechen. Bis zum Beginn des Semesters wäre er davon überzeugt gewesen, dass eine Tochter auf der Bühne sein Lebensziel war und dass er nie etwas anderes gewollt hatte. Natürlich hätte es immer das sehr vage Risiko gegeben, dass ihr tatsächlich kein Platz angeboten worden wäre, aber wenn sie von diesem anderen Leben träumte, ließ sie nie zu, dass diese Möglichkeit ihre Vision trübte.

Hatte sie ihn immer noch, diesen Antrieb, auf der Bühne stehen zu wollen? Auf dem College war sie bei mehreren seriösen, aber schnell wieder in Vergessenheit geratenen Produktionen dabei gewesen, und bei der Arbeit war die alljährliche Schulaufführung in ihren Aufgabenbereich gefallen, bis die Schule einen unerträglich eifrigen, neu eingestellten Schauspiellehrer dafür bestimmt hatte. Aber sie selbst auf der Bühne? Es war schon eine Weile her. Seit der Geburt der Mädchen schien nie Zeit dafür gewesen zu sein. Aber jetzt waren sie auf der Universität, und vielleicht war die Zeit gekommen, ihr Leben zurückzufordern.

Sie las noch einmal die Angaben auf dem Plakat. Das Vorsprechen für diese *neue und spannende Produktion* fand noch in dieser Woche statt. Sie kritzelte die Telefonnummer auf die Rückseite der Supermarktquittung, die sie in ihrer Handtasche gefunden hatte, und würde darüber nachdenken.

Es war fast Zeit für ihre Schicht im Laden von *Help the Aged,* und sie kam gern pünktlich, damit sie an der Kasse eingeteilt wurde und nicht beim Sortieren der Spenden helfen musste. Plastiksäcke voller ausrangierter Sachen durchzusehen, war immer noch schwierig, obwohl es schon ein paar Jahre her war, seitdem sie zu viert wie eine Heuschreckenplage über das Haus ihrer Mutter hergefallen waren. Nichts war übrig geblieben, nachdem sie und die Entrümpelungsfirma fertig gewesen waren. Das war natürlich Sinn und Zweck der Aktion gewesen, aber es machte immer noch einen sehr brutalen Eindruck, alles beseitigt zu haben, was einmal ihr Zuhause ausgemacht hatte. Was blieb, als sie die Tür ein letztes Mal abschloss, war die provisorische Messlatte, die ihr Vater in die Spülküchentür geritzt hatte. Es brach ihr das Herz, sie zurückzulassen. Wenn sie das Holz hätte herausschneiden und durch ein neues Stück ersetzen können, sie hätte es gemacht. Sie hatte sogar mit dem Gedanken gespielt, die Messlatte abzupausen, wie man es bei Messingbuchstaben auf einem Grabstein machte, aber Richard hatte gemeint, sie solle nicht albern sein. Und er hatte recht. Sie waren jetzt Erwachsene in den mittleren Jahren, und keiner musste wissen, wie groß sie im Alter von fünf Jahren gewesen waren. Aber trotzdem …

Ihr Handy klingelte, und sie rümpfte verärgert die Nase. Sie war fast am Laden angekommen und hatte keine Zeit für Unterbrechungen. Das Handy hatte sich im Futter der Handtasche verfangen, und als Miriam es endlich herausgezogen hatte, da hatte der Anrufer aufgelegt. Es war Anna gewesen. Miriam würde sie später zurückrufen, doch dann klingelte es erneut. Anna.

»Hast du dein Handy wieder nicht in der Handtasche gefunden?«, fragte die vertraute Stimme, als Miriam sich meldete. »Ich rufe immer zweimal an, weil du beim ersten Mal nie rangehst. Warum steckst du es nicht in die Hosentasche? Oder trägst es an einer Kette um den Hals?«

»Haha. Außer dir und Richard ruft mich doch keiner an. Die Mädchen schicken SMS oder unsinnige Emojis, die ich ohne Lesebrille nicht erkennen und dann nicht entschlüsseln kann.«

»Hör mal«, sagte Anna. »Es ist etwas passiert. Wir müssen reden.«

»Kann das nicht warten?«, fragte Miriam. Sie stand vor dem Laden und hatte bereits eine Hand auf der Türklinke. »Ich fange gleich im Laden an.«

»Das dachte ich mir, aber es ist wichtig. Können wir uns heute Abend treffen? Seb werde ich auch anrufen.«

»Und Clare?«, hakte Miriam nach, aber irgendwie wusste sie die Antwort auf die Frage.

»Nein. Das erkläre ich euch, wenn wir uns sehen.«

Sie verabredeten sich für später, und Miriam betrat genau in dem Moment den Laden, als ihre Kollegin mit einem selbstgefälligen Lächeln den Platz hinter der Kasse einnahm. Also heute Spendensäcke.

Sie trafen sich später bei Sebastian, da er so kurzfristig keinen Babysitter gefunden hatte. Noch bevor Miriam das Haus betrat, hörte sie, dass Theo und Zac weder im Bett waren noch irgendwelche Anzeichen machten, dorthin zu wollen. Sebastians Herangehensweise an feste Zubettgehzeiten hatte sich immer von ihrer reglementierten unterschieden, aber seitdem er allein war, schien es überhaupt keine mehr zu geben. Anna hatte ihr erzählt, dass die Jungs normalerweise irgendwann irgendwo einschliefen und dann ins Bett getragen werden mussten. Miriam war der Meinung, dass man so keine Kinder erzog, aber Sebastian hatte genug am Hals, und die Jungs waren entzückend, wenn auch ausgelassen. Sie hatten viel vom unbekümmerten Wesen ihrer Mutter geerbt. Außerdem sahen sie auch Tessas Seite der Familie viel ähnlicher – dunkler Typ mit braunen Augen und glatter karamellfarbener Haut. Miriam läutete an der Haustür und verbot sich, darüber zu urteilen.

Anna öffnete die Tür, trug noch ihre Arbeitskleidung und sah aus, als bräuchte sie sofort mindestens eine Woche Schlaf. Zac kam hinter ihr auf den Knien den Flur entlanggerutscht, dicht gefolgt von Theo, der mit einem Laserschwert herumfuchtelte. Beide Jungen sahen aus, als würden sie nie wieder Schlaf brauchen.

»Komm rein«, empfing Anna sie. »Wir sind in der Küche.« Anna zog ein Gesicht, aus dem Miriam schloss, dass sie sich auf etwas gefasst machen musste.

Sebastians Küche war nicht wie Miriams. Auf dem Tisch standen noch Teller vom Abendessen, auf der Arbeitsfläche stapelte sich Geschirr von sicher mehr als einem Tag, und die Spüle war voller Töpfe und Pfannen. Auf dem Boden stand ein Korb, aus dem Wäsche quoll. Miriam konnte nicht erkennen, ob sie sauber oder schmutzig war, vermutete aber Letzteres. In einer Ecke lagen haufenweise Schuhe. Hauptsächlich Turnschuhe, aber auch welche für die Schule, Gummistiefel und ein Rollerskate. Eine wiederverwendbare Tasche aus dem Supermarkt ergoss ihren Inhalt auf einen Teil der Arbeitsfläche, und auf einem anderen stapelte sich so viel Papierkram, dass der Haufen umzukippen drohte. Miriam biss sich auf die Zunge.

Anna begann, eine Ecke des Tisches freizuräumen, damit sie sich zumindest setzen konnten, ohne ihre Ellbogen in die Reste des Essens stecken zu müssen, das gerade konsumiert worden war. Miriam nahm die Teller und wollte sie zur Spüle bringen, aber Anna schüttelte den Kopf. Sebastian reagierte sehr empfindlich auf alles, was andeutete, er sei überfordert. Mit seinem Unmut darüber hatten sie bereits Bekanntschaft gemacht. Dinge, die für Miriam wichtig waren, wie Ordnung und Sauberkeit, waren für Sebastian ohne Bedeutung. Tessa war auch nicht anders gewesen, aber das vergaßen die Leute. Das Haus sah nicht so aus, weil Sebastian keine Frau mehr hatte, sondern es war schon immer in diesem Zustand gewesen.

Miriam stapelte die Teller aufeinander, schob sie in eine entgegengesetzte Ecke des Tisches und drehte sich so, dass sie mit dem Rücken zur Spüle saß.

»So«, hörten sie Sebastian im Flur sagen. »Ich muss mit Tante Miriam und Tante Anna etwas besprechen, und ihr lasst uns in Frieden und drosselt die Lautstärke, damit wir uns gegenseitig verstehen. Kriegt ihr das hin?«

In seiner Stimme lag keine Wut. Er erinnerte Miriam an ihren Dad, obwohl Sebastians Ausdrucksweise weit weniger blumig war.

»Okay«, sagte er, als er zurück in die Küche kam und breit lächelte. »Ich nehme an, wir haben ungefähr zwanzig Sekunden, bevor …«

»Können wir einen Film schauen?«, fragte Theo, als er in die Küche gerollt kam und den anderen Rollerskate als Skateboard benutzte.

»Ja. Aber nur, wenn der Film ungefähr altersentsprechend ist und ihr nicht zu viel Krach macht.«

Zufrieden rollte Theo zurück auf den Flur.

»Was zu trinken?«, fragte Sebastian, holte eine angebrochene Flasche Bier aus dem Kühlschrank und schnippte den Kronkorken mit dem Daumen ab. »Ich habe Weißwein, Bier oder Tee. Keinen Kaffee. Habe vergessen, welchen zu kaufen.«

»Wein, bitte«, sagte Anna, und Miriam nickte.

»Also«, begann Miriam, als alle etwas zu trinken hatten, »was ist passiert?« Erwartungsvoll schaute sie Anna an, aber Anna zupfte an einem Faden am Jackenärmel und vermied es, Miriam anzuschauen.

»Es ist sehr kompliziert und wird euch nicht gefallen, aber bitte versucht, ruhig zu bleiben, bis ich fertig bin, und dann können wir darüber reden.«

Miriam schaute Sebastian an, der langsam nickte.

»Okay. Raus damit.«

Anna holte tief Luft und fuhr mit den Fingern am Stiel des Weinglases hinauf und hinab.

»Also«, begann sie. »Ich bekam von der Anwaltskanzlei, die für einen Freund von Mum tätig ist, einen Brief für Clare. Er war gestorben und seine Anwälte wollten, dass Clare vorbeikam.«

»Was?«, fragte Sebastian. »Nur Clare? Warum wollten sie …?« Anna hob die Hand, um ihn zum Schweigen zu bringen. »Entschuldigung«, murmelte er. »Erzähl weiter.«

»Clare ist also hingegangen, und ihr wurde ein Brief übergeben. Grundsätzlich besteht die Möglichkeit, dass dieser Freund von Mum ihr Vater ist.«

Miriam war nicht sicher, ob sie Anna richtig verstanden hatte. »Was? Was hast du gerade gesagt?«

»Miriam. Bitte«, stöhnte Anna verzweifelt. »Lass mich bis zum Ende erzählen. Dieser Mann schrieb, dass Clare alles erben wird, wenn sie nachweisen kann, dass sie seine Tochter ist. Sie muss einen DNA-Test machen.«

Sebastian stieß einen Pfiff aus. »Mein lieber Schwan. Das bedeutet also …« Er legte die Stirn in Falten, als er die Folgen dessen durchdachte, was Anna gerade erzählt hatte.

»Das bedeutet«, setzte Miriam an, »dass er entweder ein verdammter Lügner ist oder Mum eine Affäre hatte.«

Miriam rief sich ein Bild ihrer Mutter ins Gedächtnis. Sie war alt und grauhaarig. So, wie sie sich zuletzt an sie erinnerte. Doch sie grub tiefer in ihrer Erinnerung nach der Dorothy von vor fünfzig Jahren, einer jungen und lebhaften Dorothy, die sich nach jemandem umgeschaut hatte, der nicht ihr Dad gewesen war, aber da war nichts.

Sebastian nahm einen Schluck Bier und fragte: »Und wie hat Clare reagiert?«

»Ungefähr so«, meinte Anna mit einer Kopfbewegung in Richtung seiner Flasche. »Ich habe sie in einem Pub gefunden. Sie war völlig verwirrt.«

»Oh nein«, seufzte Miriam. Das war ein Schlag. Eine nüchterne Clare war selten und kostbar. »Und sie war doch auf einem guten Weg. Du hast sie hoffentlich nicht dort gelassen, oder?«, fragte sie jetzt panisch bei dem Gedanken, was einer unbeaufsichtigten Clare passieren konnte, die Aussicht auf Geld hatte. Miriam hatte Clare bereits auf einer Sauftour erlebt und hoffte, dass sie so etwas nicht noch einmal würde miterleben müssen.

»Natürlich nicht!«, rief Anna empört. »Sie wollte nicht mit mir reden, also habe ich sie gewissermaßen gestalkt, bis sie zu betrunken war, um allein zurechtzukommen, und dann habe ich sie nach Hause gebracht.«

Die drei saßen da und starrten vor sich hin. Sebastian fand als Erster die Sprache wieder.

»Na ja, es würde wirklich Sinn ergeben«, sagte er. »Ich meine, wenn …« Er schaute seine Schwestern verlegen an und hoffte offensichtlich, dass sie verstehen würden, was er sagen wollte, ohne dass er es laut aussprach.

»Nein, würde es nicht«, hörte sich Miriam sagen. »Clare ist ein schwieriger Mensch, aber so ist sie nun mal. Das bedeutet nicht, dass sie die Gene irgendeines Fremden hat. Wie konntest du das annehmen, Seb?«

Sebastian sah aus, als wollte er streiten, doch dann besann er sich eines Besseren.

»Was wird sie tun?«, fragte Miriam Anna. »Sie wird doch nicht diesen Test machen, oder?«

»Ich weiß es wirklich nicht. Sie war okay, als ich gegangen bin – also was das Trinken anbelangt –, aber es hatte den Anschein, als hätte sie es noch gar nicht richtig verstanden.«

»Um wie viel Geld geht es denn?«, wollte Sebastian wissen.

»Netto um ungefähr eine dreiviertel Million, vermutet die Anwältin.«

Wieder pfiff Sebastian. »Das würde für sie aber verdammt viel ändern.«

»Solange sie es nicht vertrinkt«, meinte Miriam.

»Sie hält sich wirklich gut, Miriam. Oder zumindest bevor das rauskam. Ich glaube nicht, dass sie wieder in alte Muster zurückverfallen will.«

»Ich weiß nicht, ob sie sich selbst helfen kann.«

Anna schenkte Wein nach, obwohl Miriam ihren kaum angerührt hatte. Dann kam Miriam ein Gedanke. »Glaubt ihr, dass das in dem Brief stand, den wir nie gefunden haben? Der im Testament erwähnt wurde?«

»Jede Wette.« Sebastian nickte begeistert. »Mum wollte es Clare bestimmt mitteilen und hat dann in letzter Sekunde ihre Meinung geändert. Was denkst du, Anna?«

Miriam sah etwas über Annas Gesicht huschen, bemerkte einen Hauch von Röte an ihrem Hals, und in diesem Moment wusste sie Bescheid. An dieser Testamentssache war die ganze Zeit etwas merkwürdig gewesen. Wie Anna es bei sich zu Hause versteckt hatte, der fehlende Brief, von dem sie alle annehmen mussten, es hätte ihn nie gegeben … Damals war Miriam wütend auf Anna gewesen, weil sie ihnen das Testament vorenthalten hatte. Sie hatte selbstgerecht verlangt, dass Anna sich rechtfertigte, aber was, wenn … Miriam zuckte zusammen, als sie begriff, dass Anna Clare geschützt haben musste. Wenn sie gewusst hatte, was in dem Brief stand, dann hatte sie vielleicht beschlossen, dass es besser wäre, wenn Clare es nie erfuhr. Das Testament und den Brief zu vernichten, hätte viele Unannehmlichkeiten verursacht, aber bedeutend weniger, als Clare die Wahrheit zu sagen. Aber Miriam hatte das alles vermasselt, indem sie das Testament gefunden hatte und damit umgegangen war wie ein Elefant im Porzellanladen.

»Vielleicht«, sagte Anna leise. »Ich weiß es nicht.«

Da wurde Miriam klar, dass sie richtiglag und dass Anna Bescheid gewusst hatte. Zumindest seit dem Tod ihrer Mutter. Die arme Anna hatte diese furchtbare Last allein mit sich herumgeschleppt.

»Die eigentliche Frage ist«, sagte Miriam laut, um die Aufmerksamkeit von Anna abzulenken, »wie wir vorgehen sollen, um Clare zu unterstützen. Das muss ein solcher Schock für sie gewesen sein und reicht aus, um sie in ihrem Genesungsprozess Monate zurückzuwerfen. Ich bin dafür, dass wir zu ihr fahren und ihr klarmachen, dass das alles keinen Unterschied für uns macht.«

Sebastian schaute sie nachdenklich an.

»Das Problem ist allerdings, Miriam, dass es sehr wohl einen Unterschied macht. Ich meine, sie ist somit nur unsere Halbschwester. Das ist eine ziemlich große Sache«, gab Sebastian zu bedenken.

Miriam konnte nicht glauben, was sie gerade gehört hatte. Wie konnte Sebastian so etwas denken? Sie sprachen hier von Clare. Gerade wollte sie etwas erwidern, da schaltete sich Anna ein.

»Das ist das Lächerlichste, was du je von dir gegeben hast, Seb!«, schimpfte Anna. Sie schrie ihn praktisch an. »Das macht überhaupt keinen Unterschied. Sie ist immer noch Clare, unsere Schwester. Was wäre gewesen, wenn sie adoptiert worden wäre? Wäre sie dann auch nicht unsere *richtige* Schwester?« Mit den Händen deutete Anna Anführungszeichen an und verspottete Sebastian. »Wir sind alle von denselben Eltern im selben Haus erzogen worden. Soweit es mich betrifft, ist sie damit unsere Schwester. Und damit Schluss.«

Miriam wunderte sich über die Reaktionen ihrer beiden Geschwister. Sebastian war eigentlich bei allem immer so gelassen, und Anna und Clare waren sich eigentlich nie ganz grün gewesen. Es musste der Schock sein, aber wenn Miriam richtiglag, dann war es für Anna gar kein so großer Schock.

»Das Wichtigste«, versuchte es Miriam noch einmal, »ist Clare. Wann hast du sie das letzte Mal gesehen, Anna?«

»Heute Morgen. Ich bin über Nacht geblieben, damit ich da war, als sie aufgewacht ist. Wir haben zusammen eine Tasse Tee getrunken, und dann habe ich sie allein gelassen. Es ging ihr gut.«

»Ich meine, einer von uns sollte hinfahren, nur um sicherzugehen.«

Ein Schrei hallte aus einem anderen Teil des Hauses herüber, als Theo und Zac des Films überdrüssig geworden waren.

»Ich kann nicht hinfahren. Ich muss bei den Jungs bleiben.« Sebastian sah erleichtert aus.

»Ich fahre«, bot sich Miriam an. »Und zwar jetzt sofort.«

Sie stand auf und Anna mit ihr.

»Ich komme auch mit«, sagte sie bestimmt. »Wir richten ihr von dir liebe Grüße aus, ja, Sebastian?«

»Ach, komm schon«, meinte Sebastian. »Jetzt sei doch nicht so. Ich habe nur gesagt …«

»Hör auf«, fauchte Anna. »Tschüss, Jungs«, rief sie, als sie aus der Haustür ging, ohne auf eine Antwort zu warten.

Sebastian schüttelte den Kopf.

»Was habe ich getan?«, wollte er wissen. »Es stimmt doch. Wenn sie einen anderen Vater hat, dann ist sie nicht unsere richtige Schwester, oder?«

Miriam seufzte. »Dafür, dass du so schlau bist, mein lieber Bruder, bist du manchmal äußerst begriffsstutzig. Ich rufe dich morgen an.«

Sie reckte sich und gab ihrem Bruder einen Kuss auf die Wange. Dann folgte sie Anna nach draußen.

II

»Ich fahre«, schlug Miriam vor, als Anna in ihrer Tasche nach dem Autoschlüssel suchte. Anna widersprach nicht, dachte vielleicht an den Wein, den sie getrunken hatte, und Miriam wartete, bis sie schweigend auf der Beifahrerseite einstieg.

Dann fuhr Miriam reibungslos aus Sebastians Einfahrt und bog auf die Hauptstraße ein. Clares Wohnung lag in einer Siedlung auf der anderen Seite der Stadt. Es war jetzt dunkel, und die Scheinwerfer der Autos blendeten Miriam. Sie hasste es, abends Auto zu fahren. Sie wurde alt.

»Du musst nicht so hart mit Sebastian sein«, sagte sie auf der Fahrt zu Anna. »Es war ein Schock für ihn. Wenn er erst einmal Zeit gehabt hat, darüber nachzudenken, wird er garantiert merken, dass es keinen Unterschied macht.«

Sie hielten an einer Ampel, und Miriam drehte sich zu Anna, die mit zusammengepressten Kiefern auf die Straße vor ihnen starrte.

»Für dich war es aber kein Schock, oder?«

Anna drehte den Kopf und schüttelte ihn langsam. Den Blick hatte sie gesenkt.

»Lag der Brief beim Testament?«

Anna nickte. Beide schwiegen sie, als die Ampel auf Grün schaltete und Miriam weiterfuhr.

»Also«, drängte Miriam, »wirst du mir erzählen, wie das mit dem Testament war, oder ist das ein Geheimnis?«

»Na ja, es war ein Geheimnis«, entgegnete Anna, und aus ihrer Stimme klang Entrüstung. »Verdammter Mist. Was für ein Schlamassel.«

Miriam wartete. Es hatte keinen Sinn, Anna zu drängen. Sie würde sich zu gegebener Zeit schon mitteilen. Und Miriam musste nicht lange warten.

»Es war Mum«, sagte Anna, starrte unerschütterlich durch die Windschutzscheibe und schaute Miriam nicht an. »Sie wollte, dass ich das Testament und den Brief aus dem Haus hole, und ich musste ihr versprechen, beides zu verbrennen.«

Miriam spürte, wie sie die Lippen zusammenkniff. Auch nach all den Jahren machte es ihr zu schaffen, dass ihre Mutter Anna darum gebeten hatte und nicht sie. Sie war die Älteste, und sie hatte ihr Leben Handlangerdiensten für ihre Mutter geopfert. Und wenn etwas Wichtiges, etwas Bedeutendes getan werden musste, wen bat ihre Mutter dann um Hilfe? Anna! Das Plakat von vorhin kam ihr wieder in den Sinn. Sie würde auf alle Fälle vorsprechen. Es war immer noch Zeit dafür, im Leben einmal das zu tun, was sie wollte. Immerhin war sie noch nicht tot – jedenfalls noch nicht ganz.

»Aber du hast es nicht getan«, half Miriam Anna auf die Sprünge und hoffte, dass sie nicht ihre Verärgerung spürte und dichtmachte.

»Nein«, gestand Anna und schüttelte traurig den Kopf. »Ich wollte es, hatte es vor, als deine Waschmaschine kaputtgegangen ist, aber dann hast du das Testament gefunden, und ich hatte keine Möglichkeit mehr. Es war einfach Glück, dass du den Brief nicht gefunden hast. Deshalb beschloss ich, es wäre besser für alle, wenn ich einfach den Mund hielte.«

Anna holte tief Luft, und Miriam konnte sehen, dass sie Mühe hatte, ihre Gefühle unter Kontrolle zu halten. Das war ganz und gar Anna. Immer beherrscht und ja nichts preisgeben. Es war allerdings schön zu sehen, dass sie einige Dinge doch berührten und ihren eisernen Panzer durchdrangen. Sofort hatte Miriam wegen ihrer Gedanken Schuldgefühle. Die arme Anna. Sie waren alle wegen des Testaments so gemein zu ihr gewesen, und sie hatte nur versucht, Clare vor der Wahrheit zu schützen.

»O Anna. Es tut mir so leid. Es muss furchtbar für dich gewesen sein, dieses gewaltige Geheimnis gekannt zu haben und nicht darüber sprechen zu können. Aber …« Miriam legte eine Pause ein. »Warum hast du nicht getan, um was dich Mum gebeten hatte?«

Miriam versuchte, den anklagenden Tonfall aus ihrer Stimme zu verbannen. Eigentlich hatte Anna nur deshalb allein mit allem klarkommen müssen, weil sie sich über die Wünsche ihrer Mutter hinweggesetzt hatte, und aus diesem Grund geschah es ihr ganz recht.

Sie bogen in Clares Siedlung ab. Eine Gruppe kleiner Jungs veranstaltete Mutproben auf der Straße. Sie standen auf der weißen Linie, bis Miriams Auto sich näherte, und erst in letzter Sekunde sprangen sie auf den Bordstein. Miriam widerstand dem Drang zu hupen. Hier lenkte man lieber nicht die Aufmerksamkeit auf sich. In einiger Entfernung blinkte ein Blaulicht in den Abendhimmel, und eine Sirene ertönte und verhallte allmählich.

»Also? Warum nicht?«, fragte Miriam wieder, als sie auf dem Parkplatz vor Clares Wohnblock anhielten.

Was hätte sie getan, wenn sie Anna gewesen wäre? Wenn ihre Mutter sie gebeten hätte, die Dokumente zu vernichten, dann hätte sie das getan. Ohne Frage. Ungelesen. Ältestes Kind. Immer der Regelbefolger.

»Weil ich natürlich wissen wollte, was drinstand«, antwortete Anna spitzzüngig. »Ich weiß, du hättest sie nicht gelesen, Miriam, aber ich bin nicht du. Ich konnte einfach nicht widerstehen.«

Genau wie Pandora, dachte Miriam. Anna hob den Kopf, als erwartete sie einen Streit, doch Miriam hielt sich zurück.

»Und wolltest du es Clare erzählen?« Miriams Stimme war kaum mehr als ein Flüstern.

Anna drehte sich zu ihr und schaute sie direkt an. Miriam sah, wie ihre Augen in der Dunkelheit blitzten.

»Nein«, sagte sie. »Aber jetzt stellt sich heraus, dass das umsonst war, weil dieser blöde Mann Clare aus dem Grab geschrieben und alles ausgequatscht hat.«

Sie saßen noch einen Moment im Auto und überdachten jede für sich die Auswirkungen dessen, was sie gerade gesagt hatten. Dann ertönte ein Schrei auf der Straße hinter ihnen. Miriam öffnete die Tür, um auszusteigen, und hielt auf halbem Wege inne, um die Szene zu begreifen, die sich ihr bot. Clare ging mitten auf der Straße, hatte die Arme ausgebreitet und versuchte, auf der weißen Linie zu balancieren, was ihr jedoch nicht gelang. In jeder Hand hielt sie eine Weinflasche.

»Wachsmaske. Whiskymixer. Messwechsel«, rief sie. »Seht ihr! Ich bin nicht besoffen. Ich kann auf einer geraden Linie laufen, und ich kann sagen: Wachsmaske, Wizimixer. Mist! Ich kann es doch nicht!«

Sie brach in Gelächter aus, ein irres Geräusch, das genauso gut Weinen hätte sein können.

»Mist!«, rief Anna und rannte vom Auto zu Clare, die sich mitten auf der Straße im Kreis drehte. Sie legte die Arme um ihre Schwester und führte sie behutsam zum Bürgersteig. Clare schien sich zuerst dagegen zu wehren, ließ es jedoch zu, als sie sah, wer es war.

»Das ist ja meine kleine Schwester! Anna, der Liebling. Das heißt, sie *war* meine Schwester. Jetzt sind wir uns da nicht mehr so sicher, nicht wahr, Lieblingstochter Anna?«

Anna sprach mit ihr. Miriam konnte nicht hören, was sie sagte, aber dann deutete Clare mit einer der Flaschen in ihre Richtung.

»Da ist sie!«, rief sie. »Meine Nicht-Schwester. Die Rechthaberische. Stimmt doch, oder, Anna?«

Anna drückte Clares Arm nach unten und führte sie auf die Treppe zu, die zu den Wohnungen hinaufführte. Miriam suchte die Straße nach potenziellen Autodieben ab, obwohl sie nicht wusste, wozu das gut sein sollte, aktivierte die Zentralverriegelung und folgte den beiden.

Die Wohnung war überraschend aufgeräumt – viel aufgeräumter als Sebastians Haus. Ja, es gab Anzeichen für eine noch nicht lange zurückliegende Verschlechterung – ein Pizzakarton auf dem Boden, mehrere Weinflaschen auf dem Sofatisch –, aber hier war es im Grunde sauber. Die Sache ist noch nicht allzu sehr gekippt, dachte Miriam. Hoffentlich konnten sie verhindern, dass Clare in alte Muster zurückfiel.

Anna ging in die Küche und füllte den Wasserkocher. Miriam war überrascht, wie ungezwungen Anna sich hier bewegte, und spürte einen Stich von Eifersucht. Hatte Anna hier mehr Zeit verbracht als sie selbst? Gab es zwischen Anna und Clare eine enger werdende Beziehung, von der Miriam ausgeschlossen war? Nein. Sie war albern, und was machte es schon aus, wenn Anna und Clare eine gemeinsame Basis gefunden hatten? Es hatte schließlich lange genug gedauert.

Clare ließ sich aufs Sofa fallen, streckte sich der Länge nach aus und starrte an die Decke. Ihre Unterschenkel baumelten die Armlehne herunter.

»Tee?«, rief Anna aus der Küche, wo das Wasser zu kochen begann.

»Gibt's nichts Besseres?«, maulte Clare. »Habt ihr nicht ein oder zwei Flaschen mitgebracht? Ohne ist das doch kein richtiges Familientreffen.« Sie setzte sich auf und deutete auf Miriam. »Eins. Zwei«, zählte sie und deutete auf die Küchentür. »Einer fehlt. Wo ist mein Nicht-Bruder? Wo ist Sebastian? Für eine Familienfeier brauchen wir die vollständige Truppe. Ruf ihn an, Miriam. Sag ihm, er soll kommen und Alkohol mitbringen.«

Heute Abend würden sie nichts erreichen. So viel war klar.

»Sebastian ist zu Hause bei den Jungs«, erklärte Miriam, und ihr war bewusst, dass sie das mit ihrer Lehrerstimme tat.

»Ah, ja.« Clare nickte weise. »Frau tot.«

Miriam zuckte zusammen, als Clare zwanglos das eine Thema erwähnte, um das Anna und sie einen vorsichtigen Bogen machten.

Anna erschien mit drei Bechern dampfendem Tee, die sie auf den Sofatisch stellte. Sie entfernte die Flaschen und schob sie außer Sicht unter das Sofa. »Du hast keine Milch mehr«, sagte sie. Der Tee hatte unterschiedliche Braunfärbungen. Miriam griff instinktiv nach der Tasse mit der wenigsten Milch, obwohl sie schwarzen Tee hasste. War es nicht auf ewig ihre Rolle, die Märtyrerin zu spielen und sich damit abzufinden, dass die anderen die Opfer nicht zur Kenntnis nahmen, die sie brachte?

»Also, Clare«, begann sie. »Anna hat mir von dem Brief der Anwältin erzählt …«

»Das wird in die Annalen eingehen.« Clare zwinkerte theatralisch. »Bin vielleicht nicht euer tatsächliches, gänzliches Fleisch und Blut. Das habt ihr nicht kommen sehen, oder?«

»Kann ich einen Blick darauf werfen?«, bat Miriam. »Auf den Brief. Bitte.«

Clare nickte und schaute sich mit übertriebenen Bewegungen um, die denen eines Pantomimen glichen, aber je länger sie nach dem Brief Ausschau hielt, desto ängstlicher schien sie zu werden. »Er lag hier«, murmelte sie. »Genau hier auf dem Tisch. Ich hatte ihn, und dann habe ich ihn gelesen, und dann hatte ich ihn, und dann …« Sie schlug sich mit solcher Wucht gegen die Stirn, dass Miriam zusammenzuckte. »Der kleine Mistkerl«, schimpfte sie. »Dieser kleine gemeine Mistkerl.«

Miriam schaute zu Anna, aber die schüttelte den Kopf. Sie hatte auch keine Ahnung.

»Wer?«, fragte Miriam. »Wer, glaubst du, hat den Brief mitgenommen, Clare?«

Clare schwankte leicht auf ihrem Platz, doch ihr Blick war kalt und fokussiert.

»River.«

III

»Ein undankbares Kind zu haben, schmerzt stärker als ein Schlangenbiss.«

Miriam gefiel es, gewöhnlich ein Zitat parat zu haben, wenn eines gebraucht wurde. Aber so oft kam das nicht vor. Ihre Kinder verdrehten nur die Augen, wenn Miriam versuchte, eines zu platzieren, und unterbrachen kaum ihren Gesprächsfluss, um es zu honorieren, geschweige denn zu fragen, woher es stammte. In der Schule war es noch schlimmer. Nicht nur ihre Schüler, sondern auch die Kollegen sahen bestürzt aus, wenn sie ein herausragendes Zitat gebrauchte, als wäre es noch eine Sache, die sie aufnehmen mussten. Es hatte Zeiten gegeben, da konnte sie ganze Seiten Shakespeare zitieren, große Stücke unglaublicher Poesie, sogar die seltsamen Strophen moderner Lyrik, doch jetzt nicht mehr. Wie sagte man so schön? Anwenden statt verschwenden. Vielleicht war es für sie zu spät, für das Friel-Stück vorzusprechen.

Sie lenkte ihren eigenwilligen Verstand wieder zurück zum aktuellen Problem. Hatte River wirklich den Brief mitgenommen, oder hatte Clare ihn einfach irgendwo vergessen? Letzteres war wahrscheinlicher. Was sollte River denn auch damit anfangen? Sie wussten nicht einmal, ob er seine Mutter an jenem Abend überhaupt besucht hatte. Nach Clares Aussage hatte er sich monatelang nicht bei ihr sehen lassen. Miriam hielt nicht viel von ihrem Neffen. Anna hatte immer gemeint, River hätte sich nur aufgrund seiner chaotischen Erziehung von ihnen zurückgezogen und dass sein Vertrauen in die Familie Bliss nach und nach von Clare und ihrer Zurückweisung der immer wieder angebotenen Hilfe untergraben worden war. Miriam war River gegenüber weniger nachsichtig. Sie hatte nie die Seite an ihm gesehen, von der Anna behauptete, sie sei da. Diese freundlichere, offenere Art, die angeblich tief in ihm verborgen lag. Dennoch gab es keinen Grund, ihn mit dem verschwundenen Brief in Verbindung zu bringen. Das ergab keinen Sinn. Nein. Clare hatte den Brief wahrscheinlich im Pub herausgeholt und auf dem Tisch oder im Damenklo liegen lassen. Miriam seufzte. Musste sie immer für alles verantwortlich sein? War das auf immer und ewig das Los des ältesten Kindes? Insgeheim wusste sie natürlich, dass sie gern das Sagen hatte und am Boden zerstört wäre, wenn sie alle plötzlich umschwenken und ihre Sachen selbst regeln würden.

Also, River ja oder nein, der Brief war weg. Anna und sie hatten Clares Wohnung gründlich danach abgesucht, als diese auf dem Sofa eingeschlafen war, aber der Brief war definitiv nicht da. Miriam hatte überlegt, die Orte aufzusuchen, an denen sich Clare normalerweise aufhielt, die Idee jedoch wieder verworfen. Es gab keinen Grund, die Versäumnisse ihrer Schwester an die große Glocke zu hängen. Das Beste wäre, die Anwältin zu kontaktieren und einfach um die Zusendung einer Kopie zu bitten, obwohl es wahrscheinlich Datenschutzregeln gab, die festlegten, dass Clare das persönlich machen musste. Und wenn Miriam Clare auf die Finger schaute, sie dazu brachte, das Telefonat …

»Miss?« Eine Stimme katapultierte Miriam zurück ins Hier und Jetzt. Neunte Klasse, Englisch in der unteren Leistungsgruppe. Eine der größten Herausforderungen für Miriam. Es war Charlie Bennett, der sich meldete.

»Ja, Charlie«, sagte sie mit geübter Geduld.

»Ich verstehe das nicht, Miss. Weshalb müssen wir dieses Buch über etwas lesen, was nie passiert ist? Wenn ein Flugzeug auf einer Insel abstürzt, dann finden es Flugsicherung und Satelliten und so was. Außerdem gibt es die Blackbox, Miss.« Charlie schaute sich nach Zustimmung heischend unter seinen Klassenkameraden um.

»Ja, Miss«, meldete sich auch Shelley Keane zu Wort. »Und wo sind überhaupt die Mädchen? Ist doch blöd, dass es nur Jungs sind.«

»Shelley, das ist ein interessanter Gesichtspunkt. Inwiefern glaubst du wäre die Geschichte anders verlaufen, wenn Mädchen gestrandet wären und nicht …«

Die Schulglocke läutete, und die Klasse stand auf und schrammte mit den Stühlen übers Linoleum, bevor Miriam die Möglichkeit hatte, den Satz zu beenden. Was in aller Welt war mit dem Respekt vor Lehrern geschehen? Als Miriam ein Schulkind gewesen war, hatte keiner gewagt, aufzustehen, bevor nicht der Lehrer die Klasse entlassen hatte. Vieles war anders geworden, und Miriam fühlte sich alt.

Die Klasse drängte aus der Tür. Ein paar Schüler verabschiedeten sich beim Gehen.

»Lest als Hausaufgabe Kapitel zehn fertig«, rief sie ihnen nach und wusste, dass sie vorgeben würden, sie nicht gehört zu haben.

Als sie die zu korrigierenden Hefte in die Tasche packte, beschloss sie, zurück zu Clare zu fahren. Sie holte ihr Handy heraus und schrieb eine SMS an ihre Schwester. *Komme jetzt vorbei. Bist du da?* Sie würde hinfahren, egal, ob Clare antwortete oder nicht. Jemand musste Clare im Auge behalten, und das war am besten sie. Anna war garantiert noch bei der Arbeit, und es war nicht nötig, sie damit zu belästigen. Miriam würde auf dem Weg Milch kaufen, und dann konnten Clare und sie ungestört darüber reden, was Clare nun vorhatte.

Vierzig Minuten später klingelte sie mit einem halben Liter Halbfettmilch und einer Packung Schokokekse an Clares

Wohnungstür. Sie hatte auf ihre SMS keine Antwort bekommen, aber sie konnte einen Fernseher plärren hören, obwohl das Geräusch auch von nebenan kommen konnte. Sie klingelte gerade erneut, als Clare auf dem Stockwerkflur erschien. Sie trug die Überwurfschürze von der Arbeit und hatte eine Plastiktüte mit Hotdog Rolls in der Hand. Zwar sah sie ein bisschen fertig aus, war aber nüchtern.

»O Gott, nicht schon wieder«, stöhnte sie, lächelte aber dabei.

»Ich habe Proviant mitgebracht.« Miriam hielt ihre Einkäufe hoch.

»Im Gegensatz zu dem, was du offensichtlich glaubst, bin ich keine Totalversagerin. Jedenfalls noch nicht.«

Clare holte ihren Schlüssel heraus und schloss die Wohnungstür auf. Im Wohnzimmer waren die Vorhänge immer noch zugezogen, aber der dünne Stoff zauberte ein diffuses Licht und sperrte es nicht aus. Die Wohnung sah gut aus. Nicht wie bei Hempels unterm Sofa. Clare zog die Vorhänge auf und ihre Überwurfschürze über den Kopf. Achtlos warf sie sie über die Rückenlehne eines Stuhls, aber sie rutschte herunter. Der Drang, sie aufzuheben und ordentlich zusammenzufalten, war so groß, dass Miriam sich wegdrehen und mit der Kekspackung beschäftigen musste.

»Tee oder Kaffee?«, fragte Clare. »Ich nehme an, du hast das Zeug nicht nur für meinen Vorratsschrank gekauft, sondern weil du ein bisschen mit mir quatschen willst.«

Miriam zuckte nur ganz wenig zusammen. Bei Clare gab es nie soziale Umgangsformen. Sie sagte, was sie dachte, und machte sich keine Gedanken über die Gefühle anderer Leute. So war sie schon immer gewesen, und es hatte sie stets in Schwierigkeiten gebracht, besonders bei ihrem Vater, der gute Manieren über fast alles gestellt hatte. Aber vielleicht war er gar nicht mehr ihr gemeinsamer Vater. Sie fand das alles äußerst beunruhigend. Nur Gott wusste, wie Clare damit klarkam.

»Kaffee«, sagte Miriam. »Und du brauchst gar nicht so zu tun. Ich bin gekommen, um sicherzustellen, dass du okay bist, und um zu schauen, ob du reden willst, denn du bist meine Schwester …« O Gott. Sie nun wieder. Diese ganze Situation war gespickt mit Stolpersteinen, und man musste aufpassen, dass man nicht lang hinfiel. »… und das machen Schwestern eben«, beendete sie den Satz und hoffte, dass Clare keinen sarkastischen Kommentar mehr abgeben würde, aber Clare schien genug zu haben.

»Bin gleich zurück«, sagte sie, nahm Miriam die Milch aus der Hand und verschwand in der Küche.

»Wie läuft's bei der Arbeit?«, fragte Miriam durch die Wand.

»Die ist scheiße. Eine Scheißarbeit, die scheißwenig Geld einbringt und von einem Affen mit halbem Gehirn gemacht werden könnte«, antwortete Clare, aber etwas an ihrem Tonfall verriet Miriam, dass sie trotzdem ziemlich stolz darauf war.

»Arbeitest du mit netten Leuten zusammen?«, fuhr Miriam fort und gab Clare die Gelegenheit einzugestehen, dass ihr die Arbeit ein kleines bisschen gefiel.

»Die sind okay.«

»Ich finde es toll, dass du einen kleinen Job gefunden hast …« Verdammt! Warum musste sie *klein* sagen? Das hörte sich so herablassend, so nach großer Schwester an. Kein Wunder, dass Clare dermaßen wütend auf sie alle war. In all den Jahren war stets mehr als ein Hauch von Überlegenheit in der Art gewesen, wie sie mit Clare umgegangen waren. Das hatten sie nicht absichtlich gemacht, jedenfalls Miriam nicht – Anna hatte ihre eigenen Vorstellungen –, aber irgendwie schien alles, was Miriam zu Clare sagte, mit einer großzügigen Schicht Selbstgefälligkeit überzogen zu sein. Ausnahmsweise einmal schien es Clare nicht zu bemerken. Sie kam mit zwei Bechern zurück, aus denen es tüchtig dampfte, wodurch die Kälte im Raum noch hervorgehoben wurde.

»Ja«, meinte Clare. »Es ist Cash in die Hand, deshalb kann man nicht viel verlangen, aber es ist ein schöner Arbeitsplatz, und sie behandeln uns fair.« Sie stellte die Becher auf dem Tisch ab und setzte sich mit einem »Hmm«. Miriam bot ihr einen Schokoladenkeks an.

Miriam hatte auf dem ganzen Weg über gesprächstechnische Eröffnungsschachzüge nachgedacht, aber es stellte sich heraus, dass die Sorge unbegründet gewesen war. Clare brauchte keine Aufforderung.

»Jetzt herrscht eben ein bisschen Chaos«, fuhr sie fort. »Das schwarze Schaf der Familie könnte zu einer halben Ziege werden.«

Miriam schüttelte den Kopf und lachte. »Das ist die schlimmste Metapher …«

»Sprach die Englischlehrerin. Ich habe darüber nachgedacht, seitdem ich den Brief bekommen habe. Wie ich es sehe, gibt es zwei Möglichkeiten. Entweder bin ich Dads Tochter, oder ich bin das uneheliche Kind dieses Downing-Typen. Weiß man übrigens etwas über ihn? Der Name sagt mir gar nichts.«

Einen Augenblick schwankte Miriam, aber es war wichtig, dass sie alle ehrlich zueinander waren. Lügen würden nur mehr Groll erzeugen. »Anna hat sich mit ihm getroffen«, sagte sie.

Clare nickte, als hätte sie das durchaus erwartet. »Klar hat sie das. Typisch Anna. Immer mittendrin im Drama.«

Eigentlich hatte Miriam den Eindruck, Clare würde mehr sich selbst als Anna beschreiben, aber sie wusste, dass es besser war, nichts zu sagen.

»Er hatte geschrieben, als Mum gestorben war. Sein Brief war auf dem Stapel, den Anna beantworten musste, und dann hat sie ihn später besucht.«

Clare hatte ihren Blick auf Miriam gerichtet. Ihr Starren erinnerte Miriam an das einer Möwe. Beständig und konzentriert, um sich jederzeit auf heruntergefallene Pommes zu stürzen.

»Du meinst, sie ist hingegangen, um zu überprüfen, ob er mir ähnlich sieht.« Das war keine Frage.

Miriam zuckte mit den Schultern. »Gut möglich, aber ich weiß es nicht, denn ich bin nicht Anna, und sie hat es mir nicht erzählt. Oder Sebastian, bevor du fragst. Sie hat dein Geheimnis die ganze Zeit allein mit sich herumgetragen.«

Miriam hatte das Gefühl, Anna verteidigen zu müssen. Es kam ihr merkwürdig vor, sich so auf ihre Seite zu stellen, andererseits war die ganze Situation ziemlich merkwürdig. Clare tat es mit einem Achselzucken ab, als wäre es nichts, aber das war nicht gerecht. Für Anna war es eine enorme Belastung gewesen, die sie ganz allein getragen hatte, und das alles nur für Clare. Dennoch hatte es keinen Zweck, darauf hinzuweisen. Clare würde es wahrscheinlich nicht so sehen, jedenfalls jetzt noch nicht.

»Also«, fuhr Clare fort und zupfte an ihren Nietnägeln, »wie ich das sehe, kann ich entweder vorgeben, dass das alles nicht passiert ist, und weitermachen wie bisher, oder ich lasse den Test machen und finde die Wahrheit heraus. Ob ich das Geld annehmen werde – na ja, das steht auf einem anderen Blatt, schätze ich.«

Wie machte Clare das? Es gelang ihr immer wieder, Miriam zu überraschen. Würden sie bei einer dieser furchtbaren Gameshows mitmachen, wo man die Handlung der anderen vorhersagen musste, hätte Miriam niemals darauf getippt, dass Clare den Test machen, aber das Geld nicht nehmen würde. Das wäre die Art von durchdachter Argumentation, die sie von Sebastian erwarten würde. Anna würde wahrscheinlich den Test machen, das Geld nehmen und dem Rest von ihnen nichts sagen. Miriam war nicht sicher, was sie selbst täte, wenn sie mit dieser schwierigen Frage konfrontiert wäre. Aber Clare? Miriam hätte bei ihr ganz sicher vermutet, dass sie das Geld genommen und innerhalb von sechs Monaten verprasst hätte.

»Und«, begann Miriam zögernd, »was denkst du darüber?«

Clare lehnte sich zurück und starrte an die Decke. Sie war so lange still, dass Miriam sich fragte, ob sie weggenickt sei.

»Ich schätze …«, sagte Clare schließlich, und Miriam merkte, wie sie sich auf ihrem Stuhl ein wenig vorbeugte, »ach verdammt, ich habe keine Ahnung.«

Sebastian – 2017

I

Sebastian hatte die Nase voll von seinen Schwestern. Sie wussten immer alles besser und versäumten es nie, ihm diese Tatsache mitzuteilen. Das war schon seit dem Tag seiner späten Geburt, nach der eingebildeten Menopause seiner Mutter, so gewesen. Er war von allen immer wie ein kleines Kind behandelt worden – verwöhnt eigentlich. Die Familiendynamik hatte sich mit dem Auftauchen eines vierten Kindes, und auch noch eines Jungen, verschoben. Er wusste, dass seine Mutter einige Zeit gebraucht hatte, ihr Gleichgewicht wiederzufinden, und dass sein Vater und Miriam eingesprungen waren. Jetzt wusste er, dass Miriam das äußerst ungern getan hatte, aber damals war es ihm nicht merkwürdig vorgekommen, dass Miriam mehr seine Mutter gewesen war als seine eigentliche Mutter.

Als er ins Teenageralter gekommen war, hatte sich seine Mutter wieder gefangen gehabt, aber irgendwie schien es, dass die ersten Jahre seinen Schwestern das Recht gegeben hatten, sich in sein Leben einzumischen, obwohl er jetzt vierzig war und durchaus in der Lage, seine Angelegenheiten selbst zu regeln.

Tessa vermisste er ganz furchtbar. Sie hätte gewusst, was jetzt zu tun war, hätte das Richtige sowohl zu ihm als auch zu den Strigae gesagt, wie sie die Schwestern insgesamt nannte. Strigae waren in der römischen Mythologie eulenartige Blutsauger, hatte Tessa ihm erklärt. Sie hatte nicht wie er Mathematik, sondern Altphilologie im Hauptfach gehabt und schmückte ihr Leben mit mythologischen Kreaturen aus. Sebastian hatte sie nie nach den besonderen Merkmalen der Strigae gefragt, aber er kannte sie gut genug, um zu wissen, dass es keine liebevolle Bezeichnung war. Anfangs hatte er noch das Bedürfnis verspürt, seine Schwestern zu verteidigen, aber dann hatte ihn Tessa mit etwas, was sie gesagt hatten, zum Lachen gebracht, und dann sah er sie plötzlich mit Tessas Augen: drei mittelalte Frauen, jede mit ihren eigenen komplizierten Problemen, die ständig miteinander stritten, aber auch keinen Bogen umeinander machen konnten. Tessa hatte es immer geschafft, sie mit einer Nonchalance auf Abstand zu halten, die Sebastian bewundert hatte. Mit ihrem breiten, offenen Lächeln hatte sie Miriam zugehört, wenn diese irgendein unbedeutendes Problem in Bezug auf die Familie erläuterte, hatte dann völlig ignoriert, was gesagt worden war, und stattdessen getan, was sie für Sebastian und ihre Jungs als das Beste erachtete. Und sie hatte immer richtiggelegen.

Das Haus war furchtbar still. Theo und Zac waren im Wohnzimmer und, soweit er sagen konnte, eingeschlafen. Irgendwann würde er sich ins Zimmer schleichen und sie nach oben in ihre Betten tragen, aber jetzt noch nicht. Sebastian sank auf einen Stuhl am Küchentisch. Hier fühlte er sich Tessa am nächsten. Auch wenn sie in ihrem Schlafzimmer intimere Momente geteilt hatten, hier – im Herzen von allem, was mit ihnen geschehen war – hatte er das Gefühl, sie wäre bei ihm.

»Was meinst du, Tess?«, fragte er laut. Er sprach oft mit ihr, wenn er allein war. Es war, als wäre sie direkt hinter ihm, rührte in etwas auf dem Herd oder blätterte durch ein Reisemagazin, um einen irrwitzig exotischen Urlaub zu planen, den sie niemals antraten. »Ich habe doch recht, oder? Natürlich macht es einen Unterschied, ob Clare einen anderen Vater hat als der Rest von uns. Ein Teil der Verbindung, die uns alle zusammenhält, wäre verloren. Es ist wie, ach ich weiß nicht, wie Efeu, das an einer Wand emporrangt. Es ist immer noch mit der Wand verbunden, wenn man ein paar Wurzeln kappt, aber die Verbindung ist nicht mehr so stark. Eigentlich ist das kein guter Vergleich, aber du verstehst, was ich sagen will, oder? Wenn sie nur meine Halbschwester ist, dann ist ihr katastrophales Leben auch nur zur Hälfte mein Problem. Dann brauche ich keine Rücksicht mehr zu nehmen, oder? Ergibt das einen Sinn?«

Dachte er das wirklich? Es war sicherlich ein Bauchgefühl gewesen, das er gespürt hatte, als er die Neuigkeit hörte, aber war es immer noch seine Meinung? Anna und Miriam teilten seine Befürchtungen nicht. Er war allein auf weiter Flur, aber … es war seine Meinung, und er hatte das Recht, daran festzuhalten, wenn er es wollte.

Er hörte Tessas Stimme in seinem Kopf. Voller Freude und Lachen, wie sie immer gewesen war. »Einmal Strigae, immer Strigae«, sagte sie. »Du hängst an ihr.« Sebastian war verärgert, dass Tessa nicht ganz auf seiner Seite war. Seit wann hielt Tessa mehr zu seinen Schwestern als zu ihm? Er kannte die Antwort auf diese Frage: Seitdem sie nicht mehr seine Frau, sondern die Stimme seines Gewissens war, die in Augenblicken zu ihm sprach, in denen er nicht wusste, welchen Weg er einschlagen sollte.

Es war schwer für ihn, selbst Entscheidungen zu treffen. Es waren immer seine Schwestern und dann Tessa gewesen, die die Dinge um ihn herum hatten geschehen lassen. Er erinnerte sich daran, wie Tessa ihre Hochzeit geplant und ihm dabei das Gefühl gegeben hatte, es wäre ihrer beider Traumtag, obwohl er sehr wenig Mitspracherecht gehabt hatte. Aber das war nicht wichtig gewesen. Ihre Ideen hatten sich am Ende immer genau als das herausgestellt, was er auch wollte.

Sie hatte unbedingt eine Sommernachtstraum-Hochzeit in einem Wald nicht weit von zu Hause gewollt.

»Ich möchte Kerzen in den Bäumen«, hatte sie gesagt, und ihre dunklen Augen hatten gestrahlt. »Und ich möchte, dass alle auf einer Lichtung zusammensitzen, als wären wir Feen. Wir brauchen keine Stühle. Wir können eine große Plane besorgen oder so, und ich … Nein, warte. Kleine Hocker gingen auch, wie Melkschemel.«

»Und wo bekommen wir die?«, hatte er gefragt. »Bei *Melkschemel R Us*?« Er hatte sich über sie lustig gemacht, aber nur auf liebenswürdige Art. Sie hatten sich immer durch die irrwitzigen Teile arbeiten müssen, bevor sie zum goldenen Kern gelangten. »Stühle wären besser. Und dann kannst du Weinranken und so um die Rückenlehnen wickeln.«

Sie hatte genickt und sich vorgestellt, wie es aussehen würde. »Ja, das ist gut. Und wir können schöne Gedichte vorlesen, und Miriams Töchter können Blumenmädchen sein. Oder meinst du, sie sind schon zu groß dafür? Wie alt sind sie noch mal? Wir hätten vor fünf Jahren heiraten sollen, als sie noch ganz klein waren.«

»Da hattest du aber noch nicht Ja gesagt.« Sebastian hatte sie liebevoll angelacht. Nach ihrem Kennenlernen an der Universität hatte er unzählige Male um ihre Hand angehalten, aber Tessa hatte sich mit der Zustimmung Zeit gelassen. Sie hatte seinen Einwand mit einer Handbewegung weggewischt. »Und ich glaube nicht, dass es tatsächlich rechtsgültig ist, im Wald zu heiraten«, hatte er angefügt. »Muss das nicht in irgendeinem Gebäude stattfinden?«

Tessa hatte einen Moment enttäuscht ausgesehen, sich aber schnell wieder gefangen. »Wir könnten ein Baumhaus bauen.

Ich weiß nicht, wie viel das kostet, aber ich wette, es wäre billiger, als irgend so ein nobles Schlosshotel zu mieten. Und dann könnten wir da drin heiraten und danach zu wunderbarer, himmlischer Musik die Treppen herunterkommen und uns zu unseren Gästen gesellen. Und wir könnten barfuß …«

»Im Wald?«

Nicht alle ihre Ideen hatten umgesetzt werden können, aber sie hatten das mit dem Wald durchgezogen. Tessa war barfuß gewesen und leichtfüßig über einen grünen Teppich gelaufen, den sie ausgelegt hatten. Außerdem hatte sie einen Harfenisten gefunden, der für sie spielte, und Rosie und Ellie waren Brautjungfern gewesen und hatten auf dem Rücken kleine Flügel an ihre Kleider genäht bekommen. Miriam hatte zwar gemeint, dass sie mit zehn und sieben zu alt für so einen Blödsinn wären, aber als die Mädchen ihre hauchdünnen goldenen Kleider gesehen hatten, gab es keinen Widerspruch. Sie waren bereit gewesen, alles für Tessa zu tun, worum sie sie bat. So war Tessa gewesen. Jeder hatte sich um sie gerissen, wollte ihre Aufmerksamkeit erregen, damit er in dem goldenen Licht baden konnte, das von ihr ausging.

Jeder, außer seinen Schwestern. Miriam hatte sie für dumm und leichtfertig gehalten. Sie war der Meinung gewesen, Tessa würde Sebastians Geld nach Belieben ausgegeben, ohne selbst einen finanziellen Beitrag zu leisten. Anna war Tessa gegenüber steif und kalt gewesen, auch als Tessa einen Versuch unternommen hatte, sie für sich zu gewinnen. Da war eine so schlimm gewesen wie die andere, dachte Sebastian. Sie hatten sich umkreist, aber nie wirklich versucht, eine richtige Beziehung zueinander aufzubauen, denn sie hatten Angst gehabt, das Gesicht zu verlieren. Das Grundproblem hatte darin bestanden, dass sie sich zu ähnlich gewesen waren, aber nie hätte Sebastian das zu ihnen gesagt. »Mach dir keine Gedanken darüber«, hatte er Tessa nach noch einem schiefgegangenen Zusammentreffen geraten. »Ich glaube, sie trägt es dir immer noch nach, dass du mich ihr weggenommen hast.«

Er hatte nicht wirklich über diesen Kommentar nachgedacht, aber hinterher hatte er sich gefragt, ob er nicht den Nagel auf den Kopf getroffen hatte. Anna und er waren immer sehr verbunden miteinander gewesen, und dann hatte er statt Anna Tess. Oder noch dazu. So hatte er es jedenfalls gesehen.

Und dann war da noch Clare gewesen. Clare, die monatelang verschwand, Clare, die die Geburtstage der Jungs vergaß und manchmal sogar, dass sie überhaupt geboren worden waren. Clare, die so tief im Alkoholsumpf steckte, dass sie Tessas Beerdigung verpasst hatte. Als der furchtbare Unfall ihm seine wunderschöne Frau und die Mutter seiner hübschen Jungs entrissen hatte, wo war da seine Schwester gewesen? Sie hatte auf den Shetland-Inseln den Weg zu sich selbst gesucht, auf einem kleinen Bauernhof gelebt und Whisky getrunken.

»Das ist noch lange kein Grund, Seb«, hatte ihm Tessa ins Ohr geflüstert. »Du kannst deine Schwester nicht fallen lassen, weil du denkst, sie hätte dich fallen lassen. Wenn sie den Test macht und du von anderem Blut bist als sie, dann wird sie immer noch deine Schwester sein.«

Sebastian stützte den Kopf in die Hände.

»Weißt du, was ich an dir hasse, Tessa Bliss?«, murmelte er vor sich hin.

»Dass ich immer recht habe«, antwortete Tessa in seinem Kopf.

Clare – 2017

I

Sie wusste, dass sie irgendwo hier sein musste. Auch bei all den Liebhabern, den Wohngemeinschaften und schwierigen Phasen auf den Fußböden von Fremden hatte sie die Schachtel immer dabeigehabt wie einen Talisman. Oder einen Mühlstein um den Hals, je nachdem, wie man es betrachtete. Sie hatte sie von Ort zu Ort mitgeschleppt und nie die Verbindung dazu verloren. Als sie zu jenem Unglückstrip nach Indien aufgebrochen war, hatte sie sogar für ein Gepäckschließfach gezahlt, um dafür zu sorgen, dass die Schachtel und deren Inhalt sicher und keinen neugierigen Blicken ausgesetzt waren.

Soweit sie wusste, hatte niemand je hineingespäht. Sie konnte es nicht garantieren, aber sie hatte die Hoffnung, dass keiner an dem willkürlichen Geschwafel einer mittelalten Frau interessiert war.

Der Schrank im Flur war an sich völlig in Ordnung; schwierig wurde es nur, wenn man versuchte, ihn zu öffnen. Vorsichtig drehte sie den Knauf und öffnete ganz langsam die Tür. Sie merkte, wie sich etwas verselbstständigte und aus dem immer größer werdenden Spalt rutschte. Sie trat zurück und ließ es auf den Boden poltern. Bügelbrett. Warum hatte sie um Gottes willen ein Bügelbrett? Hatte sie überhaupt ein Bügeleisen?

Als das Bügelbrett erst einmal aus dem Weg war, wurde es einfacher, den restlichen Inhalt des Schrankes zu betrachten. Er bestand hauptsächlich aus wenig benutzten Putzutensilien, zusammengeknüllten Plastikbeuteln, die aufgehoben worden waren, weil einem die Grüne Gestapo ein schlechtes Gewissen machte, wenn man heutzutage etwas wegwarf, und Kartons voller Kram, den sie nie mehr angeschaut, aber auch nicht weggeschmissen hatte. Es war, als wollte sie daran festhalten, weil sie glaubte, eines Tages auch ein Leben wie andere Leute führen zu können. Angefüllt mit Dingen, die sie nicht brauchte, und verstaut in Schränken, die sie nie öffnete.

Die Schachtel stand in der Mitte auf dem Boden, und es war relativ leicht heranzukommen, weil es noch nicht lange her war, dass Clare sie das letzte Mal herausgekramt hatte. Als sie sie anzuheben und an allem anderen vorbeizubugsieren versuchte, was im Weg stand, merkte sie, dass ihr Rücken bedrohlich ziepte. O Gott, wie sie es hasste, alt zu werden. Als sie die Schachtel endlich aus dem Schrank gezogen hatte, trug sie sie ins Wohnzimmer und setzte sich an den Sofatisch, auf dem noch immer verstreut die Reste ihrer kleinen Teeparty mit Miriam standen. Sie stellte die Tassen auf den Boden und hob den Deckel der Schachtel an.

Beim Anblick der Notizbücher wurde sie sofort ruhiger. Hier waren sie alle, ihre Babys, bewachten die Geheimnisse ihres Lebens und beschützten sie vor Bösem. Die Notizbücher sahen alle unterschiedlich aus, und sie hatte genommen, was ihr damals gerade in die Finger gekommen war. Die ganz frühen waren Schulhefte, die sie aus nicht abgeschlossenen Schränken mit Schreibmaterialien in der Schule geklaut hatte. Danach kamen ein oder zwei schwarze Moleskines. Da musste sie Geld gehabt haben und eine Vorstellung von der Erhabenheit ihrer Aufzeichnungen, aber diese Phase hatte nicht lange angehalten. Meistens waren es billige Notizbücher für Stenografie, bei denen die Spiralen oben alle verbogen waren und das Papier so dünn, dass man nur auf einer Seite schreiben konnte, um es noch verlässlich lesen zu können. Da sie den Job in der Bäckerei gefunden hatte, hatte sie sich kürzlich eine Packung mit drei etwas festeren Notizbüchern gekauft, die Millimeterpapier enthielten, wie es die Franzosen benutzten. Zwei waren noch immer unberührt und warteten darauf, dass Clare sie mit ihren Gedanken füllte.

Ehrerbietig nahm sie ein Notizbuch aus der Schachtel. Vorne in das Kästchen, in dem normalerweise der Name des Schülers, der Name des Lehrers und die Klasse standen, hatte sie geschrieben: *Clare Bliss. 1980. Privat und vertraulich. Hände weg. Ich meine dich, Miriam!!!!!* In Wirklichkeit hatte Miriam überhaupt nichts von Clares Notizbüchern gewusst. Hätte sie es, wäre sie auf eine endlose Suche danach gegangen. Dass sie ihr Leben aufschrieb, war Clares Geheimnis.

Sie schlug das Buch nach zwei Dritteln auf einer Seite auf und begann zu lesen.

Samstag, 15. März

*Wir haben es getan! Die Erde ist nicht stehen geblieben oder so, aber was kann man erwarten? Zischendes Feuerwerk überall?!! Es ist allerdings ein Anfang, und ich bin sicher, dass wir besser werden, wenn wir es öfter machen!! Er ist viel zärtlicher als S****. Ich hatte den Eindruck, er hat darauf geachtet, dass es mir auch gefiel, was für mich ganz neu war. Normalerweise sind sie drin und wieder raus, bevor ich es richtig mitkriege! Trotz ihrer großen Sprüche ist es auch nichts Weltbewegendes. Gott, Jungs sind manchmal so bescheuert. Aber mit P*** war es anders. Allerdings ist er verdammt langweilig. Ich hatte vorgeschlagen, Apfelwein zu klauen und damit runter an den Fluss zu gehen, aber er hat voll* *einen auf Gutmensch gemacht. Das käme sicher prima in der nicht jugendfreien Abteilung, aber ich bin mir nicht sicher, ob wir so weit kommen. Ich werde allerdings noch ein bisschen dranbleiben und ihn dann abservieren. Ich kann auch mit M****** und den anderen Spaß haben, wenn P*** nicht da ist.*

Clare lächelte gerührt über ihr früheres Ich. Es klang, als hätte sie wenigstens Spaß gehabt. Sie hatte keine Ahnung, auf wen sich diese verschlüsselten Namen bezogen. Eigentlich würde man denken, sie hätten sich in ihr Gedächtnis gebrannt, aber sie waren verschwunden. Sie blätterte weiter.

Mittwoch, 14. Mai

Ich hasse Anna. Sie sitzt nie in der Scheiße. Egal, was sie tut, sie kommt immer ungestraft davon. Das kotzt mich an. Heute Abend kam sie zu spät nach Hause und hat das Abendessen verpasst. Mum hat noch nicht mal mit der Wimper gezuckt. Hat einfach Annas Essen im Backofen warm gehalten. Wäre ich das gewesen, hätte es den verdammten Dritten Weltkrieg gegeben, aber Anna kommt immer um Ärger herum. Das ist nicht fair. Sie ist erst vierzehn, Himmelherrgott! [Clare gefiel es, dass sie nicht nur derbe Schimpfwörter gebrauchte.] *Wenn ich mit vierzehn zu spät gekommen wäre, hätten sie mich eine Woche in meinem verdammten Zimmer eingesperrt. Aber nein. Prinzessin Anna darf machen, was ihr gefällt.*

Clare erkannte an den Flecken, die der Stift auf dem Papier hinterlassen hatte, wie wütend sie gewesen sein musste, als sie das geschrieben hatte. Noch heute konnte sie sich daran erinnern, wie ungerecht es sich angefühlt hatte, dass Anna solch eine Sonderbehandlung bekommen hatte. Damals war sie überzeugt gewesen, dass immer sie für Bestrafungen ausgeguckt wurde. Hatte sie am Ende doch recht gehabt? Waren sie härter mit ihr umgegangen, weil sie nicht richtig dazugehörte?

Sie zog aufs Geratewohl ein weiteres Notizbuch heraus. 1995. Die Jahre mit Dicken. Ein schiefes Lächeln umspielte ihre Lippen. Gott segne Dicken. Er hatte sich so viel Mühe mit ihr gegeben. War nett und nicht nachtragend gewesen, und eine Zeit lang hatte Clare wirklich geglaubt, sie hätte immerhin ein paar gute Seiten. Doch am Ende hatte sie ihn genauso vergrault wie die anderen. Er war sogar gut mit River umgegangen, verdammt! Sie hätte ihn behalten sollen, aber das hatte sie damals nicht so gesehen.

Sie schaute auf den Einband, öffnete das Notizbuch jedoch nicht. Normalerweise gefiel es ihr, sich auf die frühere Clare einzulassen, damit sie, wenn auch nur für ein oder zwei Momente, glauben konnte, dass die anschließenden Jahre nicht vergeudet gewesen waren. Doch diesen ganzen alten Kram wiederaufleben zu lassen, würde ihr jetzt nichts bringen. All die Jahrzehnte, die sie damit verbracht hatte, diesem trügerischen Etwas hinterherzujagen. Nur Gott wusste, was es war. Sie bekam es nie zu fassen, erspähte es nicht einmal. Es war immer gerade außer Sichtweite, ein Schatten, der ein paar Schritte vor ihr um eine Ecke bog. Wenn alles anders gelaufen wäre … wer weiß, wie ihr Leben sich dann gestaltet hätte.

Sie hätte wie ihr Vater den Journalistenberuf ergreifen sollen. Wie Frank, meinte sie. (Diese Unwissenheit machte das Leben noch komplizierter.) Frank hatte Worte geliebt. Sie waren ihm von den Lippen getropft wie Honig von einem Löffel. Oft hatte er geredet, als stünde er auf einer Bühne und seine Worte wären mehr eine Vorstellung als lediglich ein Kommunikationsmittel für seine Gedanken. Wenn Freunde zu ihnen gekommen waren, fühlten sie sich immer von ihm angezogen und hatten in Erwartung dessen, was als Nächstes kommen würde, in der ersten Reihe Platz genommen. Natürlich hatte Frank auch gern getrunken. So war das früher bei den Journalisten gewesen. Sie hatten in verrauchten Räumen gesessen, Whisky getrunken und Geschichten ausgetauscht, sich einen Wettkampf darüber geliefert, wer den dicksten Fisch an Land gezogen hatte. Kein

Wunder, dass sie Tagebuch geführt hatte und dem Alkohol zugeneigt gewesen war, dachte sie. Wie der Vater, so die Tochter. Und dann erinnerte sie sich wieder daran, dass Frank vielleicht gar nicht der Vater war, für den sie ihn immer gehalten hatte, und ihr wurde schlecht.

Mist! Sie brauchte einen Drink. Wie sollte sie nüchtern mit dieser neuen, teuflischen Schicksalswende klarkommen? Frank. StJohn. Das war ihr doch egal! Keiner von beiden war ihr eine große Hilfe gewesen. Sie hatte ganz allein die falsche Richtung eingeschlagen.

Es war eine blöde Idee gewesen, diese Schachtel wieder auszugraben. Das machte sie immer unglücklich. Aus der Schwäche für ihr jüngeres Ich wurde schon bald Abscheu, wenn sie an die Realität dachte, und das ließ sie stets auf die Suche nach einem Drink gehen. Allerdings gab es in der Wohnung keinen Alkohol. Miriam hatte dafür gesorgt. Clare hatte vorgegeben, es nicht zu bemerken, als ihre Schwester diskret den Rest des Weins in den Ausguss geschüttet hatte. Sie hatte nicht protestiert. Die jüngsten Rückfälle waren eine Reaktion auf den Schock gewesen, nicht mehr. Jetzt konnte sie allerdings kaum glauben, dass sie so lange trocken gewesen war. Das war nicht sie. Clare Bliss, die außerstande war, etwas Positives zu tun oder zu bewirken. Sie war sich nicht sicher, warum sie jemals geglaubt hatte, ihr würde ein Neustart gebühren, der alles änderte.

Wenn sich diese Gedanken in ihrem düsteren Verstand festsetzten, wusste Clare, wie sie sie verscheuchen konnte. All diese Treffen bei den Anonymen Alkoholikern hatten sie mit den notwendigen Strategien zur Abwehr ihrer Dämonen ausgerüstet. Sie schloss die Augen und holte tief Luft. Das bekam sie hin. Sie würde die Schachtel wegstellen, bevor jemand auftauchte. (Seitdem sie den Brief bekommen hatte, schien eine Fülle unerwarteter Gäste bei ihr aufzutauchen.) Dann würde sie die Wohnung putzen und danach entscheiden, was sie tat.

Die Wohnungstür schlug zu. Verdammter Mist! Konnten sie sie nicht in Ruhe lassen? Sie hatte mehr als genug Geschwisterprobleme. Aber keiner von denen hatte einen Schlüssel. Das bedeutete, es konnte nur einer sein …

»Hallo Mutter«, sagte River.

II

Clare schaute ihren Sohn an. Er sah aus, als käme er gerade von einem Fotoshooting für Hugo Boss in seiner Chinohose mit scharfer Bügelfalte, einem flotten Hemd, das am Hals offen stand, und einer Jacke, die den Eindruck erweckte, als hätte sie mehr gekostet als das, was Clare in einem Jahr in der Bäckerei verdiente. Er war ein gut aussehender Mann, musste sie ehrlich zugeben, und die feinen Linien, die sich nach seinem dreißigsten Geburtstag im letzten Jahr in seinem Gesicht abzuzeichnen begannen, verstärkten das Gesamtbild nur noch. Sie hatte immer gedacht, seine Augen hätten den gleichen verschlossenen Ausdruck wie ihre, die allerdings ständig auf der Suche nach Ärger waren.

»Du schreibst doch wohl nicht mehr diese Tagebücher, oder?«, fragte er. Er lächelte, aber Clare bemerkte den spöttischen Unterton in seiner Stimme. Er hatte keine Zeit, in Erinnerungen zu schwelgen. »Schau nach vorne«, sagte er immer, »und nicht mehr zurück.«

Clare packte die Notizbücher zurück in die Schachtel und achtete darauf, dass das, was in ihnen stand, nicht Rivers prüfendem Blick preisgegeben wurde. Wahrscheinlich hatte er sich über die Jahre bereits Zugang dazu verschafft. Es war naiv zu glauben, er hätte nie hineingeschaut, aber es gab keinen Grund, ihn direkt dazu einzuladen.

»Besteht die Chance auf Abendessen?«, fragte er und schaute zweifelnd zur Küche.

Clare wusste, dass sie außer einer halben Dose gebackene Bohnen und ein paar Eiern nichts zu essen im Haus hatte. Der Supermarkt hatte als Nächstes auf ihrer To-do-Liste gestanden. Wenn sie das jedoch River erzählte, würde er einfach annehmen, sie sei zu schlecht organisiert, um für sich zu sorgen. Das war in der Vergangenheit wahrscheinlich so gewesen, aber jetzt nicht mehr. River hatte damals mehr als seinen gerechten Anteil an den Mahlzeiten gehabt, die Clare aus dem zusammengeschustert hatte, was ergattert werden konnte. Jetzt war der Kühlschrank leer, wie er das bei normalen Menschen auch manchmal war – einfach, weil sie es noch nicht geschafft hatte, einkaufen zu gehen. Aber River würde das natürlich nicht glauben.

»Nur, wenn du geplant hast, mit mir essen zu gehen«, antwortete sie mit trotzigem Blick.

Sie sah, wie er die Nase rümpfte, als er seinen Blick durch die Wohnung schweifen ließ, und sie drückte das Kreuz durch. Eines der Dinge, die das Trockensein mit sich brachte, war ihre erhöhte Sensibilität für die Reaktionen der Leute auf sie, und das tat weh. Manchmal reichte es fast aus, um sie dorthin zurückzukatapultieren, wo sie herkam, zu diesem köstlichen Vergessen, das das Trinken mit sich brachte.

»Okay«, sagte River. »Wohin? Aber nicht in diesen furchtbaren Pub.«

»Auf der Hauptstraße gibt es eine Pizzeria, wenn das genehm ist.« Eigentlich wollte sie gern einen patzigen Kommentar darüber abgeben, dass sie bezweifelte, das Lokal könne seinen hohen Anforderungen entsprechen, aber sie verkniff ihn sich.

»Das passt.« Er musterte sie von oben bis unten in ihrem Kapuzenpullover-Jeans-Outfit.

»Ich ziehe mich schnell um«, sagte sie, bevor er die Möglichkeit hatte, genau das vorzuschlagen. Sie nahm die Schachtel, trug sie ins Schlafzimmer, schob sie hinters Bett, wo sie von der Tür aus nicht gesehen werden konnte, und öffnete den Kleiderschrank. Der Waschsalon war ein weiterer Punkt auf der Liste, aber ihre besseren Jeans waren nicht allzu schlecht, und das blaue Oberteil war sauber. Das musste reichen. Schließlich war es nur River, und trotz seiner schicken Kleidung und all den Allüren und dem vornehmen Getue wussten sie beide, woher er kam.

Wann hatte es angefangen, dass River ihr das Gefühl gab, nicht zu genügen? Vielleicht schon immer, und sie war nicht aufmerksam genug gewesen, um es zu bemerken. Es musste aber eine Zeit gegeben haben, in der er sie respektiert hatte. Immerhin war sie seine Mutter. Und sie war stolz auf ihn. Er hatte sich so gut entwickelt, was man sah, wenn man ihn anschaute, und das trotz des wackligen Starts, den sie ihm verschafft hatte, oder vielleicht gerade deshalb. Wahrscheinlich hatte River einen Blick auf ihr vermasseltes Leben geworfen und beschlossen, es anders zu machen. Allerdings brauchte er es nicht ganz so offensichtlich zu zeigen, dass er auf sie herabschaute.

Sie kämmte sich die Haare und versuchte, ein bisschen Volumen hineinzubekommen, jedoch ohne viel Erfolg. Ein bisschen roter Lippenstift vervollständigte den Look. Was hatte Coco Chanel noch gesagt? *Wenn du traurig bist, trage mehr Lippenstift auf und greife an.* Na ja, im Moment war sie zwar nicht traurig, aber es konnte nicht schaden, vorbereitet zu sein.

Als sie wieder ins Wohnzimmer kam, hatte es River nicht einmal gewagt, sich hinzusetzen.

»Also, gehen wir?«, fragte sie und ging direkt auf die Tür zu, als wäre es er gewesen, der sie hatte warten lassen, und nicht andersherum.

Das Restaurant *Giovanni's* war im zwanzigsten Jahrhundert stecken geblieben. Die holzvertäfelten Wände hatten dunkle Flecken durch eine reiche Patina aus Tausenden olivenöliger Fingerabdrücke. Vergilbte Fotografien von Filmstars aus den Fünfzigern mit über den Gesichtern gekritzelten unlesbaren Unterschriften hingen schräg daran. Auf den Tischen lagen rote Tischdecken, und Papierservietten ragten aus den Weingläsern.

»Haben Sie reserviert?«, fragte Giovanni oder jemand, der sich für ihn ausgab, als sie sich dem Empfangspult näherten. Clare schüttelte den Kopf.

»Kein Problem, kein Problem«, versicherte ihnen der Italiener und führte sie zu einer Nische in der hintersten Ecke.

Sie setzten sich, und als er die Kerze anzündete, musterte Giovanni sie wissend, als durchschaue er die Beziehung zwischen der erschöpft aussehenden mittelalten Frau und dem gut aussenden jungen Mann. »Er ist mein Sohn, verdammt noch mal!«, hätte Clare am liebsten geschrien, aber ein Teil von ihr amüsierte sich auch über die vermeintlichen Gedanken des Mannes.

»Wie läuft's bei der Arbeit?«, wollte Clare wissen, als sie bestellt hatten. Sie wusste nicht wirklich, was er arbeitete, aber welche Eltern wussten das schon? Irgendetwas mit Computern, dachte sie, aber immer, wenn sie ihn danach gefragt hatte, hatte sie bei den Antworten nicht richtig zugehört. River ignorierte ihre Frage.

»Ich habe den Brief gesehen«, eröffnete er ihr.

Ha! Sie hatte gewusst, dass er es gewesen war, der ihn mitgehen lassen hatte. Sie hob eine Augenbraue.

»Der Brief war privat.«

»Dann hättest du ihn nicht rumliegen lassen sollen, sodass jeder ihn lesen konnte«, hielt er dagegen. »Dann war also Opa Frank überhaupt kein Opa.«

Das versetzte Clare einen Stich. »Natürlich war er das. Er war mein Vater, was auch immer sonst passiert ist. Mir ist egal, was dieser Downing-Typ für Mum war. Das ändert überhaupt nichts.«

»Tut es doch.« River ließ nicht locker, riss eine Tüte mit Grissini auf, roch am Inhalt und legte sie zurück in den Korb. »Da wäre zunächst mal dieses Geld, was er dir unbedingt vermachen will.«

Das war durch und durch River. Er kam direkt auf den Punkt. Kein Herumgerede. Sie würde ihm drei Sekunden geben, bis er …

»Wie viel ist es überhaupt?«

Bingo!

»Oh, nicht viel«, antwortete sie, ohne ihn anzuschauen. »Es wurde mir gesagt, aber ich kann mich nicht mehr so genau daran erinnern.«

Wen glaubte sie hier veräppeln zu können? Ehrlich, sie klang wie Dorothy.

River forderte sie nicht einmal heraus. Mit gehobenen Augenbrauen starrte er sie nur an, bis sie sich gezwungen fühlte, die Wahrheit zu sagen.

»Eins Komma zwei Millionen«, murmelte sie. River stieß einen Pfiff aus. »Aber man muss Steuern und all diesen Mist abziehen. Was dann übrig bleibt, dürfte etwas mehr als eine halbe Million sein, denke ich. Das heißt natürlich nur, wenn ich den Test mache und es sich herausstellt, dass er mein Vater war.«

River lehnte sich zurück und betrachtete sie mit zusammengekniffenen Augen.

»Aber du wirst doch den Test machen, oder?«, fragte er. »Weshalb solltest du das nicht tun, wo all dieses Geld zu holen ist.«

Clare griff nach den Grissini, die River verschmäht hatte, und holte einen heraus. Sie brach ein Stück ab und steckte es sich in den Mund. Es war weich.

»Ich habe mich noch nicht entschieden«, sagte sie. »Ich denke noch darüber nach.«

Bis zu diesem Augenblick hatte sie nicht bemerkt, dass sie sich noch nicht entschieden hatte.

»Aber Mum, darüber braucht man doch nicht nachzudenken! Du machst den Test. Wenn du nicht mit ihm verwandt bist, wen kratzt es? Und wenn du es bist, dann hast du das große Los gezogen.«

War es wirklich so einfach? Konnte sie den Test machen und mit dem Ergebnis einfach das Geld einheimsen? Die frühere Clare hätte das bestimmt getan. Wenn sie in Rivers Alter gewesen wäre, hätte sie ihr Weg wahrscheinlich von der Anwaltskanzlei direkt zum Testlabor geführt, ohne dass sie auch nur eine Sekunde darüber nachgedacht hätte. Aber jetzt ...?

»Ich bin mir nicht sicher, ob ich es wissen will«, sagte sie leise. »Ob Dad nicht mein Vater war, meine ich. Ob die anderen nur Halbbruder und Halbschwestern sind.«

»Um diese Idioten brauchst du dir keine Sorgen zu machen«, unterbrach River sie. »Was zum Teufel haben sie denn je für uns getan, außer sich als Moralapostel aufzuspielen und auf uns herabzuschauen?«

Das stimmte nicht. Clare wusste genau, wie viel sie alle für River und sie selbst getan hatten, auch noch, als Clare es unmöglich für sie gemacht hatte. Sie hatten hinter ihr gestanden. Wenn auch nicht Schulter an Schulter, dann doch mit Rat und Tat. River wusste nicht, wie beharrlich sie über die Jahre versucht hatten zu helfen, aber Clare wusste es.

»Sag das nicht. Miriam und die anderen sind großartig gewesen. Sie haben mein ganzes Leben auf mich aufgepasst, auch wenn ich ihnen ihres zur Hölle gemacht habe.«

»Von meiner Seite aus hat es aber nicht so ausgesehen«, spöttelte River. »Ja, sie haben die richtigen Dinge gesagt und ab und zu ein bisschen Geld geschickt, aber hat uns irgendeiner von ihnen je ein Dach überm Kopf angeboten? Wenn wir vom Hostel zum B&B gestürmt sind und wieder zurück, hat uns da tatsächlich jemand von ihnen geholfen? Das war ihnen scheißegal.«

Clare verstand, wie River das aufgenommen hatte. Sie waren nie bei einem aus ihrer Familie eingezogen, außer gelegentlich für eine Nacht, aber River wusste nicht, wie oft ihre Geschwister Clare ein dauerhaftes Zuhause angeboten hatten und wie oft Clare es abgelehnt hatte. Normalerweise begleitet von einer Beleidigung und sehr wenig Anstand. Sie schämte sich für ihr Verhalten und dafür, wie sie die Hilfsangebote ihrer Geschwister brüsk zurückgewiesen hatte. Wäre dieser Test nicht der finale Schlag ins Gesicht? Es wäre, als wollte sie nicht mehr Teil ihrer Clique sein und als bedeutete ihr der Geldregen mehr als die letzten fünfzig Jahre. Und so war es wirklich nicht.

Anna hatte gesagt, die Ergebnisse würden nichts zur Sache tun und dass sich nichts ändern würde, aber das stimmte nicht. Wenn es sich herausstellte, dass sie nicht denselben Vater hatten, dann würde dieses Gefühl der Geschwisterverantwortung, das sie all die Dinge hatte tun lassen, einen kleinen Schlag versetzt bekommen. Natürlich war das alles nicht Clares Schuld, aber sie war nicht sicher, ob sie damit leben konnte. Als sie aufgehört hatte zu trinken und es ihr gelungen war, abstinent zu bleiben (abgesehen vom kleinen Ausrutscher nach dem Termin in der Anwaltskanzlei), hatte sie angefangen, die Dinge in einem anderen Licht zu sehen. Sie war sich wirklich nicht sicher, ob sie in der Vergangenheit herumwühlen sollte, besonders, wenn sie nicht in der Lage war, mit dem klarzukommen, was sie dabei fand. Und kein Geld der Welt wäre es wert, dass sie in die Hölle zurückgeschickt wurde, der sie gerade entkommen war. Plötzlich und mit einer Klarheit, die ihr völlig fremd war, wusste Clare, was sie tun würde.

»Das hat nichts mit dir zu tun, River«, sagte sie und schaute ihm direkt in die Augen. »Es ist meine Entscheidung, und ich werde den Test nicht machen lassen.«

River rutschte auf seinem Platz so schnell vor, dass Clare zusammenzuckte und vor ihm zurückwich. »Den Teufel wirst du tun«, zischte er. »Vielleicht ist es deiner Aufmerksamkeit entgangen, aber ich bin dein Sohn und in Sachen Verwandtschaft bereits ziemlich zu kurz gekommen, da du ja nie völlig sicher warst, wer mein Vater ist. Wenn ich also tatsächlich nicht so eng mit den wenigen Verwandten verbandelt bin, die ich dachte zu haben, dann habe ich das Recht, es zu wissen. Bist du überhaupt meine Mutter? Bei diesem Tempo stehe ich am Ende wahrscheinlich ohne jegliche Familie da.«

Nur für einen Augenblick starrte sie der abwehrende, verschlossene Junge ängstlich an, der er einmal gewesen war und zu dem sie ihn gemacht hatte, aber dann war der erwachsene River mit seiner selbstsicheren, emotionslosen Fassade zurück, die er sich ohne ihre Hilfe angeeignet hatte.

»Sei nicht albern«, erwiderte sie und schüttelte den Kopf. »Du weißt, dass ich deine Mutter bin. Und dein Vater? Daran können wir nicht mehr viel ändern. Aber die anderen, sie sind ein Teil von dir, ob es dir gefällt oder nicht, und ich bin nicht bereit, ihnen für eine dumme kleine Erbschaft einen Dolchstoß zu versetzen.«

»Eins Komma zwei Millionen Pfund sind keine dumme kleine Erbschaft!«, erregte sich River. Er schrie jetzt fast, und einige Gäste drehten sich zu ihnen um. »Überleg mal, was du mit dem Geld alles anfangen könntest. Fürs Erste könntest du ein Haus kaufen und bräuchtest nicht mehr eine beschissene Sozialwohnung zwischen den ganzen Versagern und Pennern zu mieten.«

»Was gefällt dir nicht an meiner Wohnung? Ich mag sie«, wehrte sich Clare, und gleichzeitig dachte sie an das Mädchen von nebenan und den permanenten Krach.

»Und du könntest etwas in mich, in mein Geschäft investieren. Ja, es läuft auch so prima, aber denk mal darüber nach, was ich mit einer Finanzspritze im Rücken alles machen könnte. Und du musst nur diesen blöden DNA-Test machen. Um Himmels willen, Mum, das ist doch nicht zu viel verlangt!«

Der Kellner erschien mit den Pizzas, spürte die Spannung und stellte die Teller auf den Tisch, ohne mit seiner lächerlichen Pfeffermühle herumzufuchteln.

»Tut mir leid, aber ich werde den Test nicht machen«, beharrte Clare. Sie war selbst überrascht, wie ruhig ihre Stimme klang und wie ruhig sie selbst war. »Ich weiß, dass es eine Menge Geld ist und dass es nützlich sein könnte, aber einige Dinge sind einfach wichtiger.«

Hatte sie das wirklich gerade gesagt? Clare Bliss, die Verschwenderin, Trinkerin und die, die allgemein zu nichts nütze war, wies den enormen Batzen Geld für das übergeordnete Wohl zurück. Irgendwo tief in ihr keimte ein kleines bisschen Stolz auf. Sie hatte es getan. Ausnahmsweise hatte sie einmal in ihrem problembeladenen Leben eine Entscheidung getroffen, die auf mehr basierte als dem, was sich direkt vor ihrer Nase befand, und sie tat das Richtige. Es fühlte sich gut an.

Es fühlte sich so gut an, dass sie auch noch wusste, die richtige Entscheidung getroffen zu haben, als River aufstand und aus dem Restaurant stürmte. Sie brachte sogar ein kleines Lächeln zustande.

Anna – 2017

I

»Sie ist einfach gegangen und hat den Test gemacht!« Miriam schrie Anna über das Telefon an. Die hielt den Hörer weiter von ihrem Ohr weg. »Nach allem, was sie gesagt hat. All dieser Quatsch darüber, dass die Familie wichtiger sei als Geld. Das hat ihr offensichtlich absolut gar nichts bedeutet. Ich weiß wirklich nicht, weshalb ich etwas anderes erwartet habe. Wie war das noch gleich mit der Katze und dem Mausen?«

Anna hatte Mühe, eine Antwort zu finden. »Bist du sicher?«, war das Beste, was sie zustande brachte. Sie war sicher gewesen, dass Clare StJohn Downings Vorschlag ignorieren würde. Aber eigentlich stimmte das nicht ganz. Es hätte so oder so kommen können, nachdem Clare die Bedingungen von StJohn Downings Testament erfahren hatte. Allerdings war jetzt irgendetwas anders an Clare. Sie umgab eine Unbeschwertheit, ein Gefühl von Gewissheit. Clare war noch immer unberechenbar, aber es war, als hätte sie ihren Platz gefunden und wüsste, was sie ausmachte. Die Wohnung, der Job, all das.

»Weißt du, ich habe oft geträumt, adoptiert worden zu sein«, hatte Clare Anna bei ihrem letzten Gespräch vor ein paar Tagen erzählt. »Ich weiß, dass das jeder macht, sich zusammenfantasieren, dass man nicht dorthin gehört, wo man letztlich gelandet ist. Aber ich war sicher. Erinnerst du dich an die Geschichte, die Dad über die beiden Jungen erzählt hat, die im Krankenhaus vertauscht worden waren?«

Das tat Anna nicht, aber sie nickte trotzdem, denn sie wollte Clare in ihrem Redefluss nicht unterbrechen. Sie war so selten, diese Intimität. Anna wollte keine Sekunde davon missen.

»Das war offensichtlich mit mir geschehen. In meinem Kopf sowieso. Ich wollte sogar in diesem blöden Krankenhaus nachfragen. Keine Ahnung, was ich gesagt hätte. Wurde am selben Tag wie ich noch ein Mädchen geboren? Könnte ich ihre Adresse bekommen, damit ich rausfinden kann, ob ihre Familie besser ist als meine?«

Sie waren den Leinpfad am Kanal entlanggegangen. Als Kinder hatten sie nicht hierher gedurft, weil es zu verlassen und zu gefährlich gewesen war. Jetzt hatte man mit irgendeiner Umweltsubvention Ordnung geschaffen, und das Gefährlichste war, von einem vorbeirennenden Jogger ins Wasser gestoßen zu werden. Anna passte sicherheitshalber auf, wohin sie trat.

»Ich habe ein ganzes verdammtes Leben für mich erfunden«, war Clare fortgefahren, und Anna hatte es im Herzen wehgetan, dass Clare in ihrer Kindheit so gelitten haben musste, und auch, dass ihr das bis jetzt noch nicht einmal aufgefallen war. »Es war perfekt, das Leben, das ich gehabt hätte, wenn ich nicht im falschen Haus gelandet wäre.«

Clare hatte ein Geräusch gemacht. Anna war sich nicht sicher gewesen, ob es ein Lachen oder ein Seufzen gewesen war.

»Wie war es?«, hatte sie gefragt und wollte eigentlich gar nichts vom Fantasieleben ihrer Schwester hören, in dem die anderen keine Rolle spielten. Aber sie wollte an dieser neuen, offenen Clare unbedingt solange sie konnte festhalten. Clare hatte mit den Schultern gezuckt.

»Gott, ich kann mich nicht erinnern. Irgendwie schwachsinnig. Und schau mich jetzt an mit meinen vertrackten Genen. Vielleicht habe ich gar nicht so weit danebengelegen.«

Clare hatte Anna zugezwinkert, aber dabei so verletzt ausgesehen, so völlig niedergeschmettert, dass Anna ihre Schwester am liebsten ganz fest an sich gedrückt hätte. Clare dagegen musste irgendetwas in Annas Gesichtsausdruck gesehen haben. Anna hatte gehofft, dass es kein Mitleid gewesen war. Auf jeden Fall hatte Clare wieder dichtgemacht, und der Augenblick war vorbei gewesen.

»Jedenfalls«, war Clare fortgefahren, als wäre nichts gesagt worden, »habe ich beschlossen, diesen verdammten Test nicht zu machen.«

Und das war's gewesen. Ende der Diskussion. Nun musste Clare sich umentschlossen haben, wenn das stimmte, was Miriam gerade erzählt hatte. Es würde immerhin zur wetterwendischen Clare passen, und Anna hätte der Sinneswandel eigentlich nicht wirklich überraschen sollen, aber er tat es doch.

»Natürlich bin ich sicher!« Miriam schrie jetzt ins Telefon. »So was würde ich mir doch nicht ausdenken.«

Die volle Tragweite dessen, was Miriam ihr gerade mitgeteilt hatte, dämmerte Anna langsam. Was würde es für sie bedeuten, wenn der Test positiv war? Sie ertappte sich dabei, wie sie die beiden Optionen gedanklich durchging, um herauszufinden, wie sie jeweils darauf reagieren könnte. Würde sie sich auf Sebastians Seite schlagen oder auf Miriams? Sollte die Schwächung ihrer gemeinsamen Gene einen Unterschied machen? Nein, und trotzdem …

»Und?«, fragte sie.

»Und was?« Miriam klang gereizt und verärgert, und Anna fragte sich, ob sie gerade zwei Dinge gleichzeitig tat.

»Und wie lautete das Ergebnis?«

»Oh, also das weiß ich nicht. Sie wartet offensichtlich noch drauf. Es dauert ein paar Tage, bis das Labor, zu dem die Proben geschickt worden sind, das Ergebnis liefert.«

Dann war noch nicht alles verloren. Es gab immer noch die Chance, dass das Ergebnis negativ sein würde, und dann konnten sie da weitermachen, wo sie gewesen waren, bevor das alles passierte. Außer natürlich, dass ihr die Last des Geheimnisses von den Schultern genommen wäre. Ein negatives Testergebnis würde bedeuten, dass ihre Mutter keinen Grund zur Sorge gehabt hätte. Es hätte kein Brief versteckt werden müssen, und die letzten paar Jahre lähmender Schuldgefühle hätten vermieden werden können. Fabelhaft. Und natürlich wäre da noch die Kleinigkeit, dass Clare ihre Familie gerne zugunsten von Geld hätte fallen lassen.

»Warst du bei ihr zu Hause?«, wollte Anna wissen. »War sie okay? Gab es Anzeichen dafür, dass sie wieder trinkt?«

Anna war überrascht, als sie merkte, dass ihre Finger von allein und ungebeten ein Kreuz schlugen.

»Was?«, fragte Miriam und wurde offensichtlich immer noch von etwas abgelenkt. »Räumen Sie sie einfach aus dem Weg und schieben sie in die Ecke«, sagte sie zu jemandem. »Nein. Ich war nicht mehr in ihrer Wohnung, seitdem wir zusammen dort waren. Ich habe River zufällig in der Stadt getroffen. Er hat es mir erzählt.«

Ah. River. Anna hatte ihren Neffen schon eine Weile nicht mehr gesehen, aber wenn er da war, dann sicher, um Clare zu besuchen. Er kam derzeit selten nach Hause. Sie dachte an den verschlossenen Jungen, der vor all den Jahren bei ihr gewohnt hatte. Schon damals war er seinen eigenen Weg im Leben gegangen. Er hatte gewusst, dass er sonst wahrscheinlich seiner Mutter in den dunklen Abgrund folgen würde, in dem sie so viel Zeit verbracht hatte. Und es hatte funktioniert. Er hatte sich ein gutes Leben aufgebaut, dabei jedoch ausschließlich sich und seine Bedürfnisse im Blick gehabt. Aber konnte man ihm dafür wirklich einen Vorwurf machen?

»Hör zu«, sagte Miriam. »Hier ist ganz schön was los. Die neuen Fliesen werden geliefert. Es ist ein Albtraum. Ich muss auflegen. Ich rufe dich bald wieder an. Gehst du kurz bei Clare vorbei? Hast du Zeit? Ich würde es selbst machen, aber … Nein! Das ist die falsche Größe. Um Himmels willen! Hat keiner auf den Bestellschein geschaut? Ich muss Schluss machen, Anna …«

Und dann hatte Miriam auch schon aufgelegt. Anna riss die Kühlschranktür auf, griff nach einer Flasche, schraubte den Deckel ab und goss sich ein großes Glas Wein ein. Sie war verärgert. Dieses Mal hatte sie Clare geglaubt, hatte ihr vertraut, und wieder war sie enttäuscht worden. Sie hätte es besser wissen müssen. Miriam hatte recht. Clare war einfach Clare. Sie würde dem Rest von ihnen keine Träne nachweinen. Ihr ganzes Leben schon hatte sie genau das getan, was ihr gefallen hatte. Anna war naiv gewesen zu denken, dass sich daran jetzt etwas ändern würde. Die Chance, all dieses Geld in die Finger zu bekommen, war viel zu verlockend, und Clare wäre egal, was sie tun musste, um ans Ziel zu kommen.

Anna kippte den Wein hinunter und goss sich ein zweites Glas ein.

Clare – 2017

I

War sie zu alt, um mit Sport anzufangen?, fragte sich Clare. Laufen kam definitiv nicht infrage, aber sie war ziemlich sicher, dass irgendetwas noch ging. So alt war sie nun auch wieder nicht! Die Frauen, mit denen sie zusammenarbeitete, erzählten immer etwas von einem Indoorcycling-Kurs, und wenn er auch nicht gerade nach Spaß klang, schien er zumindest effektiv zu sein. Sicher gab es so etwas in ihrer Nähe. Sie würde ihre Kolleginnen fragen, wohin sie gingen. Vielleicht konnte sie einen Abend mitgehen.

In ihrer neuen abstinenten Welt hatte sie viel mehr Energie als in der Zeit, als ihr Körper ununterbrochen versucht hatte, die Gifte herauszufiltern, die sie in ihn hineingoss. Ein Trainingsplan? Clare Bliss machte sich Sorgen um ihr Fitnesslevel? Sie verdrehte die Augen. O mein Gott! Als Nächstes würde sie noch ins Nagelstudio rennen! Aber ihre Jeans saßen wirklich ein bisschen eng. Das kam vom Arbeiten in einer Bäckerei und dem Konsumieren ihrer Kalorien in fester

Form. Das Leben, so schien es, war einfach ein Entzug nach dem anderen.

Allerdings fühlte sich Clare viel gesünder. Ihr gefiel dieses neue Leben. Es erstrahlte in ständig neuen Farben und wurde immer vielversprechender. Während sie Packungen mit Hamburger-Brötchen in Kartons packte, die ausgeliefert wurden, fühlte sie sich extrem gut aufgelegt. Sie versuchte, ein wenig zu pfeifen, um ihren neuen Status als glückliche Person auszudrücken, aber es ertönte nur ein schriller, unmelodischer Pfiff, und deshalb ließ sie es bleiben. Vielleicht sollte sie eine Party schmeißen. Nichts Großes, nur Familie. Vorher war nie genügend Platz gewesen, aber jetzt hatte sie die Wohnung. Sie könnte Chips und so kaufen, Limo für die Kinder, natürlich keinen Alkohol, aber das würde den anderen nichts ausmachen. Sie würden sowieso noch fahren müssen. Es wäre schön, ihnen zur Abwechslung einmal etwas Gutes zu tun.

Ja, sie könnte Würstchen im Schlafrock machen und vielleicht tiefgefrorene Snacks zum Aufbacken besorgen. Als ihre Schicht endete, war Clare so voller Ideen, dass sie das Gefühl hatte, sie würde gleich die Straße entlangschweben. Ihr Handy vibrierte in der Tasche, und sie zog es heraus. Anna.

»Hallo. Hör mal, Anna, ich habe eine tolle Idee. Wie wär's mit einer Party in meiner …?«

»Du glaubst wirklich, das ist eine gute Idee, oder?« Annas Ton war scharf, ihre Worte jedoch nicht. War sie betrunken? »Uns allen den Rücken zukehren und uns dann vom Geldsegen zu einem kleinen Treffen einladen. Großartiger Plan, Clare. Verdammt genial!«

Sie war betrunken. Anna fluchte nie im nüchternen Zustand. Das brachte Clare sofort aus dem Gleichgewicht. Ihre gute Laune von gerade eben war dahin, und ihr Herz verschloss sich schlagartig wie eine Venusfliegenfalle.

»Reg dich ab, um Himmels willen. Es war nur so ein Gedanke. Und du brauchst nicht zu kommen, wenn du denkst, dass es eine beschissene Idee ist. Ich kann auch ohne dich eine Party schmeißen.«

Clare legte mit rasendem Herzen auf. Wer glaubte sie denn, wer sie war? Prinzessin Anna mit dem Überlegenheitskomplex und der Du-bist-eine-Katastrophe-auf-zwei-Beinen-Einstellung? Sie konnte bleiben, wo der Pfeffer wächst. Clare brauchte sie nicht. Sie brauchte keinen von ihnen. Sie hatte ihr ganzes Leben damit verbracht, selbst für alles zu sorgen, eigene Entscheidungen zu treffen, und nichts würde sich daran ändern. Sie konnten zur Hölle fahren, alle miteinander. Sie würde wegziehen, sich eine neue Wohnung besorgen, einen besseren Job. Sie würde es ihnen schon zeigen, diesen scheinheiligen Bastarden. Für sie begann jetzt etwas Fantastisches.

Doch schon als ihr diese Gedanken durch den Kopf gingen, wusste sie, dass es nicht stimmte. Ja, im Moment hatte sie alles im Griff, doch es hing am seidenen Faden. Das Lesen des Briefes vom verdammten StJohn Downing hatte ausgereicht, um sie wieder aus der Bahn zu werfen. Wegziehen und neu anfangen. Wem machte sie da etwas vor?

Sie schloss die Wohnungstür auf. Flyer für Pizzabringdienste und indische Imbisse lagen auf dem Boden. Normalerweise hätte sie sie dort liegen lassen, aber das war die alte Clare gewesen. Diese neue, bessere Clare schmiss Werbung weg. Sie bückte sich und hob sie auf. Darunter lag ein Brief. Es war ein weißer Umschlag, also nichts Amtliches. Er war an sie gerichtet. In der oberen linken Ecke befand sich ein Logo in grüner Schrift. *Lancaster Laboratories*, unterstrichen mit zwei spiralförmigen Linien, die aussahen wie der Verlauf einer Achterbahn.

Verwirrt schaute sie wieder auf den Umschlag, aber es bestand kein Zweifel daran, was das war. Offensichtlich der Brief eines DNA-Labors, aber weshalb wandte es sich an Clare?

Sie hatte sich nicht mit einem solchen Labor in Verbindung gesetzt und schon gar keine Probe eingeschickt. Die wussten doch eigentlich gar nicht, wer sie war.

In weniger als zehn Sekunden hatte sie die Lösung gefunden. Das Labor hatte offensichtlich die DNA von jemandem getestet, und wenn es nicht ihre eigene war, dann blieb nur noch eine Person, die womöglich eine Verbindung zwischen ihr und StJohn Downing beweisen konnte. River.

Grenzenlose Wut überkam sie und ließ sie nicht mehr los. Wie konnte er es wagen? Verdammt noch mal! Er wusste, dass sie sich gegen den Test entschieden hatte. Sie hatten darüber gesprochen, sie hatte ihm ihre Gefühle erklärt und es ganz deutlich gemacht. Und trotzdem hatte er ihre Wünsche völlig ignoriert und das Ganze vorangetrieben. Clare presste die Kiefer zusammen, als sie alles durchdachte. Er musste unter ihrem Namen die Probe eingeschickt haben. Vielleicht hatte er sogar etwas von ihr genommen. Sie dachte an all diese Polizeiserien. Ein Glas mit ihrem Speichel am Rand, ein Haar aus ihrer Haarbürste. Der kleine Scheißkerl!

Aber er hatte das Labor nicht dazu bringen können, ihm zu antworten. Es war eine Sache, die Probe unter ihrem Namen einzuschicken, aber eine andere, an das tatsächliche Ergebnis heranzukommen. Nur die Anwältin hatte nähere Informationen über Clare. Der Brief würde immer an sie gehen. Was hatte er also vorgehabt? Wollte er sich reinschleichen, wenn sie bei der Arbeit war, und den Umschlag an sich nehmen, ohne dass sie es mitbekam? Aber an das Geld kam er nicht heran. Das war ihr hinterlassen worden, nicht ihm. Er musste geplant haben, ihr irgendwann davon zu erzählen. Vielleicht hatte er vorgehabt, irgendwie an das Ergebnis zu kommen und sie dann vor vollendete Tatsachen zu stellen. Kein Grund, das Geld jetzt nicht zu beanspruchen, Mum, wo der Test gemacht ist. Was plante er?

Verdammt, sie würde ihn umbringen! Sie würde ihn erdrosseln, seinen Körper in kleine Stücke zerhacken und sie an die Straßenhunde verfüttern. Clare zog einen Schuh aus und pfefferte ihn an die Wand. Dann folgte der andere. In ihrer Wohnung mit der abgestandenen Luft schrie sie ihren Frust heraus, und das fühlte sich gut an. Also tat sie es noch einmal.

Doch dann nahm sie den Umschlag, setzte sich aufs Sofa und starrte darauf. Und was jetzt? Plötzlich spürte sie, wie dünn die Fassade wirklich war, die sie um sich errichtet hatte. Sie könnte sie mit dem Fingernagel wegkratzen, und darunter würde die alte Clare zutage kommen. Denn trotz allem, der Wohnung und dem Job und der Abstinenz, würde sie nie etwas taugen. Ihr ganzes Leben lang war sie ein Nichtsnutz gewesen, und dieser Umschlag enthielt den Grund, die Erklärung, alles, was die anderen alle gewusst hatten, was aber niemals laut ausgesprochen worden war. Das Problem mit Clare war, dass sie nicht dazugehörte.

Sie ließ den Umschlag auf den Boden fallen und weinte.

II

Sie musste eingeschlafen sein, denn als sie aufwachte, war es dunkel und die Straßenlaterne vor ihrem Fenster warf orangefarbenes Licht durch die Scheibe. Sie brauchte einen Moment, um sich der Tatsache bewusst zu werden, dass sie nicht getrunken hatte. Vorsichtig bewegte sie den Kopf, aber er schmerzte nicht, und schlecht war ihr auch nicht. Ja, sie lag auf dem Fußboden ihrer Wohnung, aber um sie herum sah sie keine Flaschen.

Dann erinnerte sie sich. Der Brief lag noch immer ungeöffnet dort, wo sie ihn hingeworfen hatte. Mit zitternden Händen hob sie ihn auf und schlitzte ihn mit einer entschlossenen Bewegung mit dem Finger auf. Dann zog sie den Brief heraus und faltete ihn langsam auseinander. Ihr Blick huschte über die Worte, ohne irgendetwas aufzunehmen. Sie hielt die Luft an und konnte ihr Herz in den Ohren pochen hören. Dann schluckte sie und versuchte, ihre Atmung in den Griff zu bekommen, indem sie sich an die Techniken erinnerte, die sie vor Jahrzehnten in Indien gelernt hatte. Sie zwang ihren Verstand, sich auf die Worte zu konzentrieren.

Wir haben die Berechnungen der Wahrscheinlichkeit der Vaterschaft wie gewünscht abgeschlossen. Basierend auf der Analyse fünfzehn unabhängiger autosomaler DNA-Faktoren ist Mr StJohn Downing als biologischer Vater von Ms Clare Bliss ausgeschlossen.

Sie las den letzten Satz noch einmal und dann den ganzen Brief. Die Worte wirbelten in ihrem Kopf herum, und sie musste dreimal ansetzen, bevor sie sicher war, alles verstanden zu haben. StJohn Downing war nicht ihr Vater. Das stand doch da, oder? Ihr Vater war ihr Vater, und ihre Geschwister waren ihre Geschwister, und das ganze furchtbare, von StJohn Downing verursachte Durcheinander hatte nichts zu bedeuten.

Clare nahm sich einen Moment Zeit, um herauszufinden, was sie fühlte, aber sie konnte es nicht einordnen. Was war es? Erleichterung? Freude? Etwas insgesamt Komplizierteres? Ja, es war so, wie sie immer geglaubt hatten, aber eine Menge Fragen wären beantwortet gewesen, wenn sie einen anderen Vater gehabt hätte und aus einem anderen Genpool hervorgegangen wäre. Es hätte ihr die Entschuldigung geben können, die sie zur Erklärung der Katastrophe brauchte, die sie aus ihrem bisherigen Leben gemacht hatte. Sie hätte sagen können, dass sie so anders war, so viel weniger erfolgreich als die anderen, weil ihr eine andere Karte zugespielt worden war. Vielleicht hatte ein Teil von ihr auf genau dieses Szenario gehofft.

Aber dann hätte Downing ihr Gene vererben müssen, die sie bei der Wahl ihres Lebensstils beeinflusst und sie gezwungen hatten, die falschen Wege einzuschlagen. Veranlagung und nicht Erziehung … War es das, was sie beanspruchte? Dass keine der Entscheidungen, die sie getroffen hatte, ihr Fehler gewesen war, dass sie genetisch dazu bestimmt gewesen war, alles in den Sand zu setzen? Aber das, was Anna ihr erzählt hatte, klang, als wäre dieser StJohn Downing ein grundanständiger Typ gewesen. Auch wenn er ihr Vater gewesen wäre, wäre er nicht für die Litanei von Fehlern verantwortlich gewesen, die sie begangen hatte. Nein. Früher oder später musste Clare akzeptieren, dass sie allein für alles verantwortlich war. Sie selbst hatte ihr Leben verkorkst.

Clare hörte, wie ein Schlüssel ins Schlüsselloch gesteckt wurde, die Wohnungstür aufging und dann ihr Sohn auf der Türschwelle erschien. Seine Gestalt wurde vom Licht im Flur umrissen.

»Er ist negativ«, sagte Clare ohne Einleitung.

»Schade. War aber trotzdem einen Versuch wert, oder, Mutter?«

Dann drehte er sich um und verließ die Wohnung.

Sie konnte ihm nicht die Schuld geben, nicht wirklich. Er kümmerte sich nur um sich selbst, um sie beide, und zwar auf die einzige Art, die er kannte. Clare hatte nicht nur sich selbst mit ihren Fehlern geschadet.

Sie schaute noch einmal auf den Brief, nur um sicher zu sein. Und sie sollte ihre Geschwister informieren. Sie würden es wissen wollen, oder? Andererseits wussten sie nicht, dass River eine Probe eingeschickt hatte. Sie könnte es für sich behalten, ein weiteres Geheimnis. Aber sie wusste, dass sie das nicht tun würde. Sie wollte es ihre Geschwister wissen lassen. Also rief sie Miriams Nummer an.

Anna – 2017

I

Anna trug *Mulberry Magic* auf die Lippen auf. Es war ihr nicht entgangen, dass der Gesamteindruck nicht ganz so überzeugend war, wenn sie keinen Lipliner verwendete. Es war nicht gerecht, aber es gab eine Menge Dinge bezüglich des Älterwerdens, auf die sie nicht scharf war. Der Lipliner war einfach das aktuellste in einer langen Reihe.

Sie trat vom Spiegel zurück und ließ den Anblick auf sich wirken. Nicht schlecht, dachte sie, für eine Frau jenseits der fünfzig, und überhaupt, so musste es gehen. Das Taxi, das sie zum Restaurant brachte, würde in ein paar Minuten hier sein. Es war schon eine Weile her, seitdem sie zu viert, ohne Ehepartner und Kinder im Schlepptau, zusammen aus gewesen waren. Dieser besondere Abend war Miriams Idee gewesen. Es gab ihr bisheriges Leben und die Rückkehr von Clare in den Schoß der Familie zu feiern. Nicht, dass sie den lange verlassen hatte. Wäre da nicht Sebastians kleiner Ausraster gewesen, hätte sich nicht wirklich etwas geändert, und Clare wusste noch nicht einmal davon.

Miriam saß schon am Tisch, als Anna eintraf. Natürlich war sie schon da. Sie konnte gar nicht anders. Stets pünktlich zu sein, war ihr selbst auferlegter Qualitätsstandard.

»Ich habe ein paar Papadams und Gürkchen bestellt«, sagte sie zu Anna, als diese sich setzte. »Und einen Krug Mango Lassi«, fügte sie mit gehobenen Augenbrauen hinzu.

Anna hätte alles gegeben für ein Bier zum Curry, aber es war natürlich richtig von Miriam, Alkohol zu vermeiden.

Die anderen beiden trafen kurz darauf ein. Sah Sebastian leicht verlegen aus oder bildete Anna sich das nur ein? Clare sah definitiv viel besser aus. Vielleicht würde sie dieses Mal wirklich zu sich selbst finden. Anna machte sich allerdings keine großen Hoffnungen.

Sie bestellten das Essen, erklärten alle, dass Lassi genau das war, worauf sie Lust hatten, und lobten Miriam, dass sie so schlau gewesen war, daran zu denken. Sie schwatzten und kabbelten sich und stritten beim Essen, als wären sie immer noch Teenager. Es war egal, wie alt sie waren. Die Dynamik zwischen ihnen war wie die genaue Funktionsweise des Universums festgelegt. Nichts würde das je ändern. Es war verlässlich, gewiss und eine Selbstverständlichkeit

Erst als sie ihre Schüsseln mit den Resten der Chapatis auswischten, kam schließlich das Thema von Clares Abstammung auf.

»Es hätte keinen Unterschied gemacht, weißt du?«, sagte Miriam und tupfte sich den Mund mit der Serviette ab.

Sebastian beschäftigte sich mit den Reisresten und schaute niemanden an. Anna hielt die Luft an. Nicht das. Nicht jetzt, wo alles so glattging.

Clare schaute Miriam an und schüttelte den Kopf.

»Verdammt noch mal, Miriam«, sagte sie. »Du redest einen Mist! Natürlich hätte es das. Ich wäre erst mal reich gewesen.«

Miriam wollte gerade antworten, als sie das Funkeln in Clares Augen sah. Das war das Problem mit Clare. Man wusste nie, was ihr als Nächstes einfiel.

Danksagung

»Die letzten Worte von dir« begann als Kurzgeschichte und wurde dann ein Theaterstück, bevor daraus ein Roman entstand. Als Mutter von vier Kindern war ich immer fasziniert von den Beziehungen unter den Geschwistern, besonders, weil ich nur einen Bruder habe. Dynamik und Loyalität ändern sich ständig unter meinen vier Kindern, und oft scheint es, als wären sie Teil einer geheimen Gruppe, zu der kein anderer Zutritt hat. Gelegentlich streiten sie natürlich, aber wenn es hart auf hart kommt, vergessen sie ihre Auseinandersetzungen und halten dem gemeinen Feind gegenüber zusammen.

Während ich für das Buch recherchierte, las ich einen überraschenden Artikel, in dem behauptet wurde, dass mehr als siebzig Prozent der Mütter zugeben würden, einen Liebling unter ihren Kindern zu haben. Ich glaube, keinen zu haben, aber ich fragte mich, wie es sich wohl anfühlt, zu wissen, dass man das Lieblingskind ist, und welche Wirkung es auf die Geschwister hat. Das führte mich geschickt zu der alten Kamelle von Veranlagung gegenüber Erziehung, und ehe ich mich's versah, hatte ich die Zutaten für einen Roman zusammen. Ich muss allerdings sagen, dass die Charaktere der Bliss-Kinder absolut keine Ähnlichkeiten mit meinen Kindern aufweisen und dass Kind Nummer drei nicht mein Liebling ist!

Ich möchte Victoria Pepe bei Amazon Publishing dafür danken, dass sie meine Vorstellung von diesem Buch ganz und gar geteilt hat, und Celine Kelly für ihre Hilfe bei der Fertigstellung.

Druck:
CPI Druckdienstleistungen GmbH
im Auftrag der
Zeitfracht GmbH
Ein Unternehmen der Zeitfracht - Gruppe
Ferdinand-Jühlke-Str. 7
99095 Erfurt